DES JOURS
ET DES VIES

GILL PAUL

DES JOURS ET DES VIES

Traduit de l'anglais
par Élisabeth Luc

CHARLESTON

Publié originellement en langue anglaise
par HarperCollins Publishers Ltd.
sous le titre *THE SECRET WIFE*

MIXTE
Papier issu de
sources responsables
FSC® C003309

Pocket, une marque d'Univers Poche,
est un éditeur qui s'engage pour la préservation
de l'environnement et qui utilise du papier fabriqué
à partir de bois provenant de forêts gérées
de manière responsable.

ISBN : 978-2-266-29682-3
Dépot légal : septembre 2019

Pour Richard, avec tout mon amour

GÉNÉALOGIE DES ROMANOV

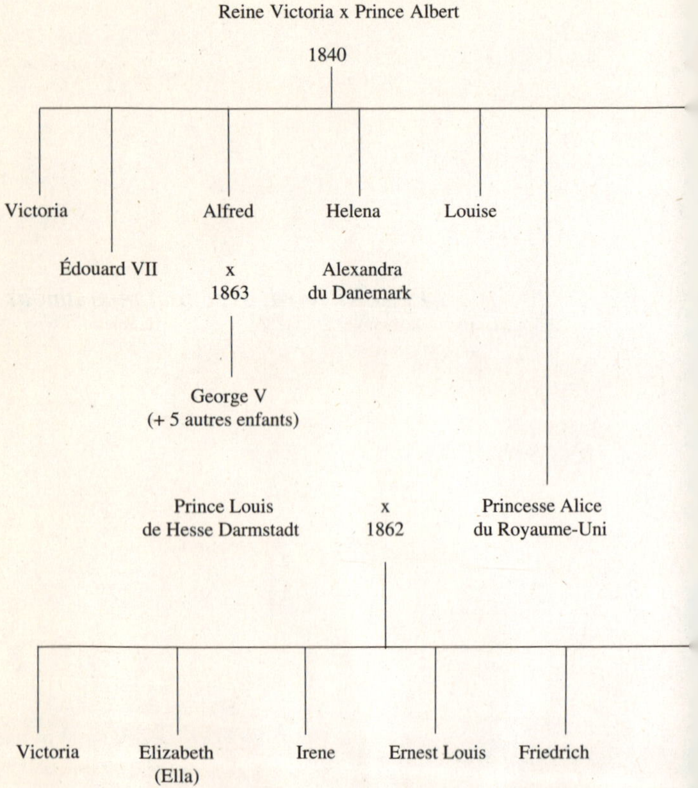

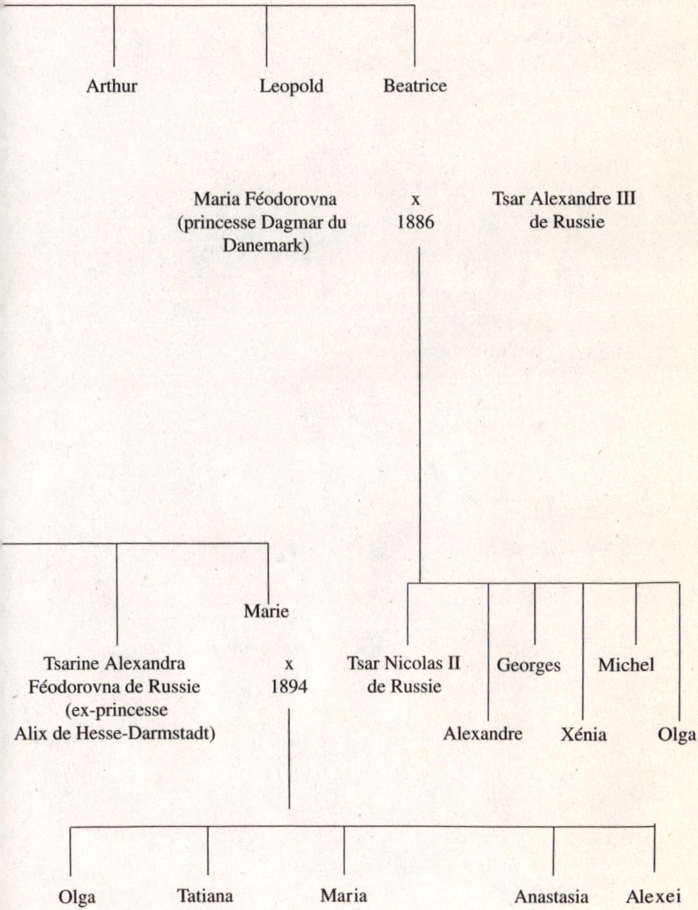
Arthur
Leopold
Beatrice
Maria Féodorovna
(princesse Dagmar du
Danemark)
x
1886
Tsar Alexandre III
de Russie
Marie
Tsarine Alexandra
Féodorovna de Russie
(ex-princesse
Alix de Hesse-Darmstadt)
x
1894
Tsar Nicolas II
de Russie
Georges
Michel
Alexandre
Xénia
Olga
Olga
Tatiana
Maria
Anastasia
Alexei

Prologue

Lac Akanabee, État de New York, 17 juillet 2016

Depuis qu'elle avait quitté son mari, vingt-neuf heures plus tôt, Kitty Fisher avait parcouru cinq mille neuf cent quatre-vingt-un kilomètres. D'après la revue de la compagnie aérienne, Londres et New York étaient distants de cinq mille cinq cent soixante-seize kilomètres et le GPS de sa voiture de location affichait quatre cent cinq kilomètres. Un océan et la moitié d'un État la séparaient de Tom. Au lieu d'en être bouleversée, Kitty évoluait dans une forme de torpeur.

En Angleterre, il était seize heures trente. Que faisait Tom en ce dimanche après-midi ? Il devait traîner à la maison, en jogging et T-shirt, après avoir appelé les copines de Kitty, en toute innocence, pour leur demander si elles savaient où elle était passée. Combien de temps lui faudrait-il pour comprendre qu'elle s'était envolée pour les États-Unis, vers un chalet hérité de son arrière-grand-père et situé au bord d'un lac ?

Tom n'en connaissait pas l'adresse, et Kitty, déterminée à le laisser mijoter un peu, avait pris soin de ne lui laisser aucun indice. Ça lui apprendrait à la tromper. À cette idée, elle frémit, et les messages qu'elle avait trouvés dans le smartphone de Tom revinrent clignoter dans sa tête. Ç'avait été un tel choc qu'à présent encore la situation lui semblait irréelle. *N'y pense pas, arrête de réfléchir.*

La voix du GPS s'exprimait avec une réconfortante assurance : « Dans deux cents mètres, tournez à gauche sur Big Brook Road. » S'entendre dicter ce qu'il fallait faire lui était agréable, c'est exactement ce dont elle avait besoin alors que son univers s'écroulait. « Vous êtes arrivée à destination. » Kitty crut soudain que la voix s'était trompée : elle ne voyait qu'une route bordée d'une forêt dense. Et pourtant, tandis qu'elle passait son chemin, la voix lui ordonna de faire demi-tour.

Kitty descendit de voiture pour partir en reconnaissance. Entre les arbres, elle découvrit un sentier envahi de hautes herbes et de branchages. D'après la carte fournie avec l'acte de propriété, c'était bien là. Elle n'osa pas engager la voiture sur le chemin, de peur d'en rayer la carrosserie. Au cœur d'un bourdonnement d'insectes, elle s'enfonça donc dans la végétation sauvage, où flottait une puissante odeur d'herbe mouillée. Bientôt, un éclat de métal attira son regard : les eaux étincelantes du lac Akanabee. Sa carte à la main, elle observa les alentours ; le chalet ne devait pas être loin.

C'est alors qu'elle vit le monticule couvert de plantes grimpantes. L'endroit étant inhabité depuis trente ans, Kitty s'attendait à le trouver en ruine. Au contraire, la forêt lui avait formé un cocon protecteur, les mauvaises herbes s'étaient enroulées autour des fondations, insinuées par les vitres brisées, et elles avaient tissé sur le toit un épais tapis. Sous cet enchevêtrement de verdure, la porte d'entrée était à peine visible et, niché sur une pente douce, non loin d'une rive de galets, le chalet offrait une vue saisissante.

La jeune femme décida d'aller voir de plus près. Du ponton écroulé ne subsistaient que quelques malheureux piliers, un arbuste avait surgi entre deux marches du porche et les avait brisées. Entrelacées avec les débris de bois, ses racines évoquaient un nid de serpents. Et, pourtant, la toiture de tôle ondulée paraissait encore assez étanche pour protéger les murs et fondations, en béton, nota Kitty.

Avec précaution, elle gagna le porche. Il devait y avoir eu une balancelle, car deux chaînes rouillées pendaient du plafond vers le plancher défoncé. Elle imagina son arrière-grand-père confortablement installé, contemplant le paysage, une bière à la main peut-être. Écartant les feuillages, elle atteignit la porte, qui n'était pas verrouillée. À l'intérieur, sombre et humide, flottait une odeur de moisi et de vieux bois, et des particules de poussière dansaient dans les rais de lumière filtrant à travers les enchevêtrements de tiges et de lianes. Dès que ses yeux se furent accoutumés à la pénombre, Kitty découvrit une pièce assez spacieuse, équipée d'un fourneau corrodé, d'un vieux lit en métal au matelas pourri et d'un bureau en bois. Des détritus traînaient un peu partout : journaux jaunis, boîtes de conserve, bottes en caoutchouc abîmées…

Elle traversa la pièce avec prudence et ouvrit une porte donnant sur une salle de bains dotée d'une baignoire, d'un lavabo et d'une cuvette de toilette très encrassés. Sur une étagère gisait un blaireau pris dans une toile d'araignée. Étrangement, la chasse d'eau fonctionnait et, après un léger grincement, une eau brunâtre se mit à couler du robinet. Le chalet devait être raccordé à une source située en amont, sur la colline. Sans doute y avait-il en sous-sol une fosse septique qui n'avait pas été purgée depuis trente ans au moins.

Kitty regagna la pièce à vivre pour inspecter l'état des murs et du plafond. Par chance, le plancher semblait solide. Une fois qu'elle aurait déblayé les détritus et arraché les plantes grimpantes, elle pourrait certainement dormir dans le chalet.

Sous le porche, elle contempla de nouveau le paysage. Quelques bouleaux blancs se dressaient entre elle et la plage léchée par des vaguelettes. Pas une maison aux alentours ; pas un bruit de moteur ne venait troubler le silence. À plus d'un kilomètre, la rive opposée était tapissée d'une forêt dense. Il n'y avait qu'elle, les arbres et le lac… C'était sublime.

Kitty retourna chercher ses bagages à sa voiture et les traîna sur le sentier, écrasant les hautes herbes. Après avoir mangé un sandwich acheté à l'aéroport et bu une cannette de soda, elle enfila des gants et entreprit d'arracher la jungle qui envahissait son chalet. Elle s'y sentait déjà chez elle. Elle était même en train d'en tomber amoureuse.

Parmi les plantes, il y avait celles que ses camarades de classe et elle appelaient des gratte-langue et dont elles s'amusaient à se coller des feuilles dans le dos. Un autre végétal invasif faisait voleter des spores qui lui chatouillaient la gorge. Kitty prit soin de ne pas le toucher. En Amérique, il y avait du sumac vénéneux et elle ne savait pas à quoi il ressemblait. Une nuée de minuscules mouches noires surgit et fut aussitôt emportée par la brise. Déterminée, Kitty s'affaira, espérant que la fatigue parviendrait à endiguer le sentiment de panique qui montait en elle. *Ne pense pas à Tom. Arrête de réfléchir*. Elle avait apporté son téléphone et son ordinateur par habitude, mais ils étaient éteints. Elle n'aurait pas supporté d'entendre ses excuses, ses justifications. Elle ne voulait pas affronter ça.

Quand elle eut arraché le plus gros des lianes, elle vit que les planches du chalet se fondaient dans le paysage tant elles avaient été battues par les éléments et envahies par la végétation. L'unique pièce de vie était vaste, six mètres de long peut-être, et percée de fenêtres. Sur le toit pentu se dressait une petite cheminée. Kitty rentra et fourra les déchets dans d'épais sacs plastique qu'elle avait apportés. Elle en profita pour lire les gros titres des vieux journaux : la catastrophe de Tchernobyl, l'explosion de la navette *Challenger*. Le lit était défoncé. Elle le sortit dans l'intention de s'en occuper plus tard et déroula son sac de couchage dans un coin, après avoir épousseté et balayé le sol.

Quand elle eut terminé, le soleil descendait sur le lac et les oiseaux s'époumonaient, dépensant leurs dernières ressources de la journée. Kitty alla s'asseoir sous le porche pour les écouter. Le chant d'un engoulevent lui rappela le hurlement d'un loup et des chauves-souris passèrent à vive allure tandis qu'au loin des grenouilles coassaient.

Soudain, elle perçut sous les planches brisées des marches un scintillement, un objet niché parmi les racines. Elle s'allongea et tendit le bras pour s'en saisir. Il était plus lourd qu'elle ne l'aurait imaginé. C'était un ovale doré d'environ deux centimètres, serti de minuscules pierres bleues, roses et ambre dans un entrelacs d'or telles des fleurs sur une plante. De toute évidence un bijou de qualité. Au dos, il y avait une gravure usée, et au sommet un orifice destiné à faire passer une chaîne. Ce pendentif saisissant devait manquer cruellement à sa propriétaire. Kitty n'avait jamais rien vu de tel.

Elle le glissa dans la poche de son jean et, assise par terre sous le porche, les jambes dans le vide, elle mangea un autre sandwich arrosé d'une petite bouteille de vin blanc qu'on lui avait servie dans l'avion. Les arbres se balançaient sous une brise légère. La surface lisse du lac reflétait les couleurs spectaculaires d'un ciel aux nuances de rose, de mauve, d'or et de bronze aussi vives et irréelles que les images en Technicolor d'un film hollywoodien.

1

Tsarskoïe Selo, Russie, septembre 1914

Émergeant d'un profond sommeil, Dimitri Malama perçut de vagues murmures et un souffle frais sur son visage. Une douleur qui lui vrillait les tempes s'intensifia sous la lumière vive : il se rappela soudain qu'il était dans la salle commune d'un hôpital où on l'avait transféré la veille. La dernière image dont il se souvenait était celle d'une infirmière lui donnant du laudanum dilué dans un verre d'eau.

Il pensa alors à sa jambe. L'avait-on amputé dans la nuit ? Depuis qu'il avait été blessé au front, il vivait dans la peur d'une infection qui le mutilerait. Il se redressa sur ses avant-bras et décela deux formes, puis repoussa le drap et fut soulagé : sa jambe gauche était bandée, mais toujours là. Il remua les orteils pour s'en assurer et retomba sur son oreiller, cherchant à ignorer les douleurs que lui infligeaient sa jambe, sa tête et son ventre.

Au moins, il était entier. Sans cela, impossible de servir son pays ; on le renverrait chez ses parents, créature pitoyable et inutile claudiquant sur une prothèse en bois.

— Vous êtes réveillé ? Vous voulez manger quelque chose ?

Une infirmière trapue, avec un soupçon de moustache, était assise près de son lit. Sans attendre sa réponse, elle lui offrit une cuillerée de bouille d'avoine qui lui donna un haut-le-cœur, et il détourna la tête.

— Très bien. Je repasserai plus tard, dit-elle en effleurant son front de ses doigts frais.

Il referma les yeux et sombra dans un demi-sommeil. La tête lourde, il percevait autour de lui les bruits de l'hôpital, et les images se mélangeaient dans son esprit : la guerre, son ami Malevitch gisant dans l'herbe, ses sœurs, sa maison…

Au loin retentit un petit rire cristallin qui n'évoquait en rien la matrone qui s'était occupée de lui. Ouvrant les yeux, il vit deux jeunes infirmières élancées portant une coiffe et une longue blouse immaculée. S'il s'était réveillé à cet instant-là, il se serait cru mort, parmi les anges.

— Je sais qui vous êtes ! dit l'une d'elles en s'approchant d'un pas léger. Vous faisiez partie de la garde impériale au palais de Peterhof. N'êtes-vous pas celui qui un jour a sauté à la mer pour sauver un chien ?

Elle avait une belle voix grave. Lorsqu'elle s'avança, il fut surpris de reconnaître la grande-duchesse Tatiana, la deuxième fille du tsar Nicolas II. Si Olga, l'aînée, ressemblait à son père, Tatiana possédait les pommettes saillantes de sa mère et, attendant une réponse, elle l'observait de ses yeux gris-violet.

— Oui, c'est moi, hélas. Mon capitaine était furieux que j'aie abîmé mon uniforme. Quant à l'animal, c'était un chien errant qui s'est ébroué et a détalé sans la moindre gratitude. (Il sourit.) Je m'étonne que vous en ayez entendu parler, Votre Altesse Impériale.

Celle-ci lui rendit son sourire.

— Ce sont des gardes qui évoquaient votre histoire, alors je leur ai demandé de me montrer qui vous étiez. Vous devez aimer les chiens…

— Beaucoup. J'en ai deux chez mes parents, un barzoï et un laïka. Ces chenapans me manquent terriblement.

— Mon père adore les barzoïs. Selon lui, il en a eu un qui était plus intelligent que la plupart des êtres humains. Sa mort l'a anéanti, ajouta-t-elle en plissant le nez de façon charmante. Ceux que nous avons dans nos chenils ne cessent d'aboyer. J'aimerais en avoir un à moi au palais, mais il faudrait qu'il soit plus discret. Auriez-vous un conseil à me donner ?

Dimitri se sentit flatté qu'une grande-duchesse bavarde avec lui en toute simplicité.

— Bien sûr, Votre Altesse Impériale. Quels chiens préférez-vous ? Les gros ou les petits ?

— Les petits, je pense. Et inutile de m'appeler « Votre Altesse Impériale ». Ici, je suis infirmière, pas princesse. Ma mère, ma sœur Olga et moi suivons une formation pour contribuer à l'effort de guerre. Je suis l'infirmière Romanova numéro trois, et elles sont les numéro un et deux.

Ces surnoms impersonnels amusèrent Dimitri.

— Aimez-vous les terriers, infirmière Romanova numéro trois ? Le terrier russe est intelligent, et pas trop agité. L'épagneul est très prisé des dames car sa fourrure est soyeuse. Il existe également de petites races de bouledogues. Pour ma part, j'aime bien le bouledogue français.

Tatiana fit claquer ses mains.

— Oh ! oui. J'aime sa bouille fripée et triste ! On dirait qu'il porte tous les maux du monde sur ses épaules.

Sa sœur Olga, le second ange, vint lui signaler qu'elle passait dans la salle suivante, mais Tatiana s'attarda auprès de Dimitri, qui s'en étonna.

— Je vois que vous êtes blessé à la jambe, ce doit être terriblement douloureux. Avez-vous besoin de quelque chose ?

— Non, merci. Je m'en veux seulement d'avoir été assez négligent pour être touché dès la première semaine de guerre.

— C'est une blessure par balle ?

Dimitri songea au moment où il s'était précipité à la rescousse de son ami Malevitch sur le champ de bataille pour le tirer par le col. Il lui sembla qu'il avait ressenti un impact dans la cuisse mais, trop occupé à sauver son camarade, ne s'en était pas inquiété.

— Oui. Je n'ai compris que j'avais été touché qu'à notre retour à la base. Bizarrement, la douleur et le saignement n'ont commencé qu'à ce moment-là.

En effet, le sang avait alors jailli et Dimitri s'était écroulé. Pourquoi n'avait-il pas saigné sur le champ de bataille ? Le mystère demeurait entier. C'était comme si un ange veillait sur lui. Une fois à terre, il avait eu très chaud et s'était mis à trembler et à claquer des dents. On lui avait arraché son pantalon, révélant un trou qui traversait sa cuisse gauche. La balle avait même éraflé la jambe droite. Par chance, elle était ressortie, et c'était peut-être ce qui avait permis aux chirurgiens de ne pas l'amputer. Au cours des dernières semaines, il avait été transféré du front de Gumbinnen, en Prusse orientale, vers divers postes médicaux puis au palais Catherine de Saint-Pétersbourg, où les vastes salons avaient été convertis en salles communes.

Tatiana voulut savoir de quelle troupe il faisait partie, et, lorsqu'il lui révéla appartenir au huitième régiment de uhlans de Voznessensk, elle s'exclama :

— Vous êtes l'un de mes hommes ! Je prendrai grand soin de vous.

Olga et Tatiana avaient reçu le commandement honoraire d'un régiment le jour de leur quatorzième anniversaire.

— C'est un honneur pour moi que d'être pris en charge par mon colonel, répondit Dimitri en souriant. Et je vais devoir soigner ma conduite en votre présence…

Ils bavardèrent un moment au sujet de la guerre déclenchée quelques semaines plus tôt par le militarisme rampant de Guillaume II. Dimitri était toujours sous le choc. Tatiana, elle, lui confia que le conflit était d'autant plus terrible que sa mère était née là-bas et que sa famille avait de nombreux cousins allemands. Elle traita le Kaiser de porc. Olga passa la tête dans l'embrasure de la porte et lui adressa un signe d'impatience.

— Je dois retourner travailler, dit Tatiana. Je suis supposée accompagner une infirmière chevronnée, et elle m'attend. En quoi puis-je rendre votre séjour plus confortable ?

— En me prêtant un livre, peut-être ? N'importe lequel. J'aime la lecture. Je vous le rendrai, naturellement, s'empressa d'ajouter Dimitri, de peur que la jeune femme ne le trouve présomptueux.

Mais elle parut ravie.

— Moi aussi, j'ai la passion des livres ! Quels sont vos auteurs préférés ?

Dimitri hésita. Tant de bons écrivains étaient antitsaristes : Alexandre Kouprine, Maxime Gorki, Ivan Bounine… Mieux valait miser sur des auteurs plus anciens.

— Tolstoï, bien sûr. Et Tchekhov.

— Je suis entièrement d'accord avec vous. Les classiques me plaisent davantage que les modernes. Mon favori est de loin Tourgueniev. Avez-vous lu *Pères et fils* ?

Le roman évoquait une jeunesse en révolte contre les valeurs de l'ordre aristocratique.

— Dans ma jeunesse, oui, répondit Dimitri, étonné. J'apprécie la poésie de Tourgueniev, ses images évocatrices qui touchent l'âme…

— Vous parlez comme un écrivain, lui fit remarquer Tatiana, amusée.

Le blessé fit la moue.

— Quand j'étais plus jeune, affirma-t-il, je tenais un journal. Hélas, j'ai arrêté depuis un moment. Ma prose était trop pleurnicharde et complaisante.

— Vraiment ? Moi aussi je tiens un journal ! J'essaie d'y décrire en toute honnêteté les événements de la journée. La quête du mot juste est un défi qui me plaît. Souvent, des phrases me viennent alors que je fais autre chose, lorsque je travaille ici par exemple, à l'hôpital, ou quand je brode, ou…

Elle s'interrompit et rougit imperceptiblement.

Dimitri était sensible à sa façon de parler lentement, en pesant ses mots, et à l'intelligence qu'il décelait dans son regard.

— Il me semble que vous avez tout d'un auteur.

Elle se mit à rire.

— Oh, je n'ai pas cette prétention… je suis la seule lectrice de mon journal.

— L'absence de lecteur permet d'exprimer ses sentiments les plus sincères. Moi, l'écriture m'aidait à mieux me comprendre. Vous savez, quand on réagit d'instinct par exemple, de façon étonnante ou déroutante, et que l'on pense : pourquoi suis-je en colère ? Qu'est-ce qui me rend triste ? Il est fascinant d'expliquer la petite étincelle qui a mis le feu aux poudres, la nuance, le détail qui fait mouche et ravive les émotions d'une expérience passée… La nature humaine est le plus captivant des sujets.

Il s'interrompit, craignant d'être trop bavard et d'ennuyer Tatiana, mais elle semblait l'écouter avec attention.

— Je vois tout à fait ce que vous voulez dire, répondit-elle en se mordant la lèvre, comme si une scène lui venait à l'esprit.

Dimitri observa cette jeune fille ouverte et spontanée, si loin des créatures hautaines et sophistiquées qu'il imaginait en songeant aux dames de l'aristocratie de Saint-Petersbourg. Tatiana, elle, ne prenait pas de grands airs. Elle lui parlait d'égale à égal.

— Infirmière Romanova numéro trois ! lança une femme sur le seuil.

— J'arrive, infirmière Tchebotareva !

La jeune fille adressa à Dimitri un sourire furtif.

— À demain ! lui promit-elle avant de s'éloigner rapidement.

Le jeune homme la suivit des yeux, un sourire aux lèvres. Il avait complètement oublié sa douleur. Quel âge Tatiana pouvait-elle avoir ? D'après ses calculs, elle devait être dans sa dix-septième année ; elle avait donc six ans de moins que lui. Mais dans son attitude elle semblait encore plus jeune, et elle était bien plus belle qu'il ne l'aurait cru avec son teint de porcelaine, ses yeux d'un gris-violet profond et limpide, ses lèvres pourpres… Si elle n'avait pas été une Romanov, Dimitri l'aurait volontiers courtisée. Au cours des années qu'il avait passées dans la garde impériale, il avait fait de nombreuses conquêtes au sein de l'aristocratie pétersbourgeoise. Hélas, aucune n'avait su capter son intérêt très longtemps. Cette fois, pourtant, il sentait qu'il aurait très bien pu tomber amoureux.

2

Le lendemain matin, lorsqu'il ouvrit les yeux, Dimitri observa le plafond où dansaient dans des demi-cercles d'un ton myosotis des chérubins, griffons et autres créatures mythologiques. Un grand lustre à plusieurs niveaux scintillait dans la lumière du soleil et les murs d'un blanc satiné étaient ornés de délicates fleurs bleues. La salle commune se trouvait dans le salon bleu du palais Catherine où, lors de son service dans la garde impériale, il avait parfois jeté un œil. Le patient du lit voisin, un dénommé Stepanov, lui avait révélé que les salons du palais d'Hiver avaient également été transformés en hôpital pour officiers. Si ces pièces étaient désormais dépouillées de tout ornement et si le précieux mobilier avait fait place à des lits, les chenets et pare-feu dorés ainsi que l'horloge ornant le manteau de la cheminée figuraient les divinités grecques Bacchus et Momos en un savant mélange de marbre et de bronze. La fortune des Romanov était inestimable.

La famille impériale ne vivait plus au palais Catherine, préférant pour l'hiver l'intimité relative du palais

Alexandre voisin, pour l'été celle du palais de Peterhof et pour les fêtes le luxe extravagant de son yacht, le *Standart*, ou de son palais de Livadia, en Crimée. La plupart des prestigieuses constructions bordant les côtes de la Baltique à Saint-Pétersbourg étaient quant à elles réservées aux réceptions des dignitaires en visite et aux cérémonies d'État.

Quel effet le fait de grandir dans une telle opulence pouvait-il produire ? Et avoir dans son jardin un pavillon des éléphants et un théâtre chinois ? Et se déplacer dans une automobile rutilante conduite par un chauffeur en uniforme ? Et pouvoir s'acheter ce que l'on veut ? Tatiana n'avait rien d'une enfant gâtée, mais le luxe qui l'environnait la distinguait des autres avec ses robes taillées sur mesure par des couturiers français et ses chapeaux venus des plus élégantes boutiques de Londres. Son parfum était signé Brocard & Co et ses souliers Henry Weiss. Dimitri avait souvent assisté aux livraisons effectuées par coursier. Quoique fils de général et membre d'une famille influente de la haute société, pouvait-il espérer un rapprochement avec Tatiana ? C'était sans doute impossible.

Il consulta l'horloge. À quelle heure viendrait-elle le voir ? La veille, elle s'était présentée en milieu de matinée. Il parvint à avaler une partie de son petit déjeuner, puis l'infirmière à moustache lui changea son pansement et lui apporta une cuvette d'eau et un rasoir. Désireux de se montrer présentable pour la visite de Tatiana, il se rasa et se coiffa avec soin.

Elle apparut à dix heures, d'un pas léger et les joues roses d'avoir couru, portant trois livres sous le bras.

— J'espère que je ne vous ai pas fait attendre. J'avais cours, et ensuite j'ai dû aller prier pour nos soldats à l'église Znaménié. Tenez… Ces titres peuvent-ils vous intéresser ?

Posant les ouvrages sur la couverture, elle approcha une chaise pour s'asseoir au chevet de Dimitri.

— C'est très gentil, infirmière Romanova numéro trois, la remercia ce dernier avec un sourire tout en s'emparant du premier volume, *Pères et fils*, de Tourgueniev. Je serai ravi de le redécouvrir et de voir s'il est à la hauteur de mon souvenir.

Avec enthousiasme, Tatiana le regarda examiner les autres livres.

— Je n'ai jamais lu *La Sonate à Kreutzer*, de Tolstoï. J'ai hâte. Les nouvelles de Gorki… parfait. Dans mon souvenir, l'une d'elles parle d'un tunnel sous une montagne. L'avez-vous lue ?

— Ah ! oui. Elle est impressionnante. Pensez-vous qu'une montagne puisse avoir un esprit désireux de nuire à quiconque lui ferait du mal ?

Ce jour-là, ses yeux tiraient davantage sur le gris, ses iris étaient cernés de violet et une mèche de cheveux auburn s'était échappée de sa coiffe blanche.

— J'ai assisté un jour au creusement d'un tunnel et je me souviens l'avoir vécu comme une offense à la nature. Gorki capture à merveille ce sentiment de blessure. Merci pour ces livres ! À présent que j'ai de quoi m'occuper, je ne pourrai plus être un patient perturbateur et désireux qu'on s'occupe de lui, ajouta-t-il avec malice, tout en caressant la précieuse reliure de cuir.

Perplexe, la jeune fille scruta les alentours avant de se rendre compte que Dimitri la faisait marcher.

— Nous pourrions en discuter lorsque vous les aurez terminés. J'adore parler de littérature. Je rédige des critiques de romans dans mon journal.

— Mais quand trouvez-vous le temps de le faire ? Vous avez des journées bien remplies, tour à tour infirmière, grande-duchesse, colonel…

Il s'efforçait d'en savoir davantage sur sa vie.

— J'écris chaque soir avant de me coucher. D'ailleurs, j'ai parlé de vous hier, avoua-t-elle en rougissant. Ma mère m'a raconté que vous étiez un héros, que vous aviez sauvé un officier blessé sous le feu de l'ennemi. Elle va vous décerner la croix de Saint-Georges.

— Mais tous les soldats sont tenus d'agir ainsi, s'étonna Dimitri. Il s'agit d'une procédure de sécurité. Dès qu'on le peut, on ramène les blessés en espérant qu'un jour quelqu'un en fera autant pour soi.

Il se garda de préciser que l'officier en question était son ami et qu'il ignorait toujours si Malevitch avait survécu à ses blessures. Il ne se sentait pas la force d'en parler.

— Je doute que l'on remette des décorations pour bravoure à n'importe qui. Je vous soupçonne d'être modeste. Vous avez l'air d'un héros.

Le regard de Tatiana pétillait, et Dimitri se mit à rire.

— J'ignore à quoi ressemble un héros ! Mon père en est un. Il était général de cavalerie dans l'armée du tsar Alexandre. Il a mené de nombreuses campagnes. En 1904, il est devenu vice-roi de Géorgie. Il a tant de médailles sur la poitrine que sa tunique pèse aussi lourd qu'une armure. Moi, je ne suis qu'un cavalier qui obéit aux ordres.

— Participe-t-il à la guerre ?

— Non. Il a pris sa retraite dans notre ville d'origine, à Lozovatka, en Ukraine.

— Je n'y suis jamais allée. Est-ce un bel endroit ?

Dimitri fit la moue.

— C'est une petite ville, au bord d'un fleuve, non loin de la mer d'Azov. Votre Altesse Impériale n'aurait aucune raison de s'y rendre. Il n'y a pas de haute société. Autrefois, c'était un environnement rural. Depuis que l'exploitation minière a commencé, le paysage est lacéré de puits dignes du tunnel de Gorki.

— Êtes-vous issu d'une famille nombreuse ? lui demanda-t-elle, les yeux rivés sur lui. Quelle enfance avez-vous eue ?

— Pas aussi nombreuse que celle de Votre Altesse Impériale. J'ai deux grandes sœurs, Vera et Valerina. Elles ne cessaient de vouloir m'enrôler dans leurs jeux, me déguisaient, me faisaient jouer dans leurs spectacles. Vous n'imaginez pas à quel point il est formateur pour un garçon de devoir porter une perruque, une robe et du maquillage ! Je me suis libéré de leur emprise vers l'âge de neuf ans, en me liant d'amitié avec l'un des jardiniers du domaine familial. Il m'a enseigné la chasse, la pêche… Mon père s'absentait souvent. Je dirais que j'ai eu une enfance assez classique.

Il se garda d'évoquer les terribles conflits avec son père, homme irascible, et les violentes corrections qu'il avait subies, parfois à coups de cravache.

— Vos sœurs sont-elles mariées ?

— Vera a épousé le prince Alexandre Eristavi-Ksani de Géorgie, mais Valerina vit encore chez mes parents. Elle a vingt-six ans et j'espère qu'elle trouvera un mari. C'est la plus réservée des deux. Un peu trop timide, peut-être. Nous sommes très proches.

— J'aimerais les rencontrer ! s'exclama Tatiana. Je ne connais presque aucune femme en dehors de ma famille. Quand la guerre a éclaté, maman venait de nous autoriser, Olga et moi, à assister à un bal ou à une soirée de temps en temps. La musique nous parvenait par les fenêtres, et nous voyions de belles dames patiner sur la Baltique. Hélas, malgré nos suppliques, nous n'avions pas le droit de nous joindre à elles. Tante Olga, la sœur de mon père, nous invitait parfois. Je crois que les dames étaient mal à l'aise à l'idée de nous rencontrer. Je n'aurais sans doute jamais pu vous croiser sur mon chemin sans cette guerre et votre blessure, cornette Malama.

— Je m'en réjouis, infirmière Romanova numéro trois. Notre conversation m'aide à oublier ma frustration de me trouver cloué au lit à subir les plaintes et les ronflements des autres.

La main de la jeune fille était posée sur la couverture, non loin de celle de Dimitri. Il brûlait d'envie de la prendre dans la sienne et de la porter à ses lèvres. Avec une autre femme, il l'aurait sans doute fait, mais il n'osait pas afficher une telle audace envers une grande-duchesse Romanov.

Sa sœur Olga entra dans la salle et se dirigea vers eux. Elle était plus petite que Tatiana et loin d'être aussi jolie avec ses traits durs et ses yeux pâles.

— Qui est ce patient qui t'accapare ? lui demanda-t-elle d'un air enjoué. Serait-ce le cornette Malama, cet officier dont tu nous as rebattu les oreilles durant tout le dîner hier soir ?

Tatiana rougit violemment.

— À votre service, fit Dimitri en baissant la tête.

— Désolée de vous interrompre, reprit Olga. L'infirmière Tchebotareva veut que tu te rendes à l'annexe pour changer des pansements.

Tatiana se leva à regret.

— Merci encore pour les livres, déclara Dimitri. Je vais commencer immédiatement la lecture de Tourgueniev.

— Je repasserai plus tard pour voir où vous en êtes, lui promit Tatiana.

Les jeunes filles s'éclipsèrent, laissant Dimitri pensif. L'infirmière numéro trois semblait l'apprécier. Au moins, elle aimait bavarder avec lui. Et elle avait parlé de lui à sa mère et sa sœur. Cela signifiait-il qu'il pourrait y avoir quelque chose entre eux ? Si la famille de Dimitri était à la tête d'un vaste domaine, sa fortune n'était pas comparable aux richesses des Romanov. Serait-il considéré comme indigne d'elle ? Espéraient-ils trouver des princes étrangers pour leurs quatre filles ? À moins que le fils d'un général russe suffise…

— Félicitations ! lança Stepanov. Je l'ai entendue dire que tu allais recevoir la croix d'or !

Dimitri fronça les sourcils. Qu'avait entendu Stepanov de leur conversation, au juste ? Il n'avait pas envie de lui parler. Il voulait simplement fermer les yeux et se souvenir du doux parfum de jasmin de Tatiana, de son regard franc, de sa voix mélodieuse, des émotions qui se lisaient sur son visage quand on prenait la peine de les déchiffrer. Il ouvrit le roman de Tourgueniev et constata qu'elle avait inscrit son nom sur le frontispice, en russe et en anglais, en lettres nettes et espacées régulièrement. Il l'effleura du bout du doigt, puis huma le parfum du volume. Devait-il se retenir de tomber amoureux d'elle ? Sans doute était-il déjà trop tard.

3

— Tu as lu les nouvelles de Tannenburg ? lança Stepanov qui lisait le journal, interrompant la rêverie de Dimitri. Une boucherie : soixante-dix-huit mille morts ou blessés, quatre-vingt-douze mille prisonniers, et le général Samsonov s'est tué.

Dimitri savait déjà que la deuxième armée russe avait été encerclée par les Allemands, mais il ignorait le bilan de l'opération. L'ampleur du massacre lui fit mal au cœur.

— Comment est-ce possible ? Pourquoi les renseignements allemands sont-ils à ce point supérieurs aux nôtres ? On dirait qu'ils interceptent nos messages alors que nous ignorons tout de leurs intentions.

Stepanov fit la moue.

— Ils sont mieux équipés. Leurs armes ont une portée plus longue et une meilleure puissance explosive. Notre supériorité numérique ne compte guère quand on nous envoie à la bataille avec des armes du XIXe siècle.

Dimitri songea aux amis qu'il avait laissés sur le front. Certains étaient-ils encore en vie ou bien avaient-ils tous été fauchés par ces armes lourdes ?

— Nous perdrons cette guerre en quelques mois si nous n'obtenons pas un matériel moderne. Notre chaîne de commandement est trop lente, trop hésitante. Les ordres mettent si longtemps à arriver que l'ennemi a le temps d'avancer.

Stepanov faisait grise mine.

— D'après le rédacteur en chef de ce journal, on ne peut pas rivaliser avec le réseau ferré dont bénéficie l'armée allemande. On se déplace toujours à cheval ! Les jours de la cavalerie sur un champ de bataille sont comptés. Les chevaux constituent une cible de taille et les armes lourdes leur font peur.

Dimitri était d'accord sur ce point, même si cela invalidait ce qu'il avait appris au corps des pages de Sa Majesté Impériale, la prestigieuse académie militaire, puis au sein de son régiment de uhlans. Excellent cavalier, il ne savait rien de la façon de positionner, charger et actionner les énormes obus d'artillerie actuellement utilisés. S'il avait brillé en sciences, en histoire militaire et en mathématiques, il n'avait quasiment aucune expérience de cette nouvelle technologie militaire si dévastatrice.

Le lendemain matin à dix heures, Tatiana fit une entrée tonitruante dans la salle.

— Malama, pourquoi ne m'avez-vous pas dit que vous aviez remporté le Stoverstny ?

Dimitri avait en effet mené dès le départ la prestigieuse course hippique de l'année précédente sur Ortipo, sa jument alezane.

— C'était il y a des lustres, répondit-il. Je suis flatté que vous vous soyez renseignée sur moi.

— Naturellement !

Faute de chaise disponible, elle s'assit au bord du lit. De la part de n'importe quelle autre jeune fille, il aurait pris ce geste pour du badinage, mais Tatiana se montrait spontanée, sans la moindre arrière-pensée.

— Je cherche à vous comprendre, avoua-t-elle.

— Je crains de ne pas être un sujet très palpitant, fit-il en souriant. Je suis un officier impatient de retrouver son régiment afin de se battre pour sa patrie. Je suis tellement prévisible que je m'ennuie moi-même.

— Je ne vous laisserai pas partir, répliqua Tatiana, taquine. En tant que colonel, je vous ordonne de rester.

Il regarda plus loin dans la salle. Olga était assise sur le lit d'un officier nommé Karangozov.

— Je ne puis désobéir à un ordre direct. Peut-être pensez-vous que l'armée se portera mieux sans moi ?

Tatiana se mit à rire.

— Sortir trop tôt et vous faire abattre serait une grande perte. Et vous devez rester pour me distraire.

— C'est vous qui me changez les idées alors que je suis alité et me sens inutile. Ma vie serait insupportable sans vos visites, que j'attends avec impatience.

— Peut-être serez-vous bientôt capable de vous promener dans le parc avec moi ? Il fait doux et les feuilles commencent à se teinter de rouge et de jaune.

Il regarda passer les nuages derrière les hautes fenêtres. Chaque fois que Tatiana disait quelque chose de personnel, le cœur de Dimitri s'emballait. Se montrait-elle aussi aimable envers les autres patients ? Dans cette salle, en tout cas, elle s'attardait plus longtemps à son chevet qu'à celui des autres.

— Cela me plairait, mon colonel, fit-il d'une voix rauque.

La tsarine Alexandra apparut soudain. Olga et Tatiana se levèrent d'un bond.

— Et si tu changeais le pansement du cornette Malama ? suggéra la tsarine à Tatiana en adressant un signe de tête à Dimitri. Olga, suis-moi dans l'annexe.

Tatiana alla chercher de l'eau, des ciseaux et des compresses. Dimitri appréhendait de lui montrer la laideur de sa blessure. Il savait qu'il n'était pas mal de sa personne, avec ses cheveux châtain clair et ses yeux noisette, mais sa jambe gauche était lacérée de vilaines plaies et sa peau rasée était tuméfiée, enflée, colorée de tons pourpres, grisâtres et orange. Heureusement, ses blessures ne saignaient plus et ne dégageaient plus de pus. Néanmoins, il aurait préféré cacher ces imperfections à la jeune fille.

Il fut incapable de regarder les doigts agiles nettoyer les contours des lacérations. À son contact, il eut une réaction virile qu'il s'efforça de dissimuler en déplaçant la couverture. C'était à la fois une torture et un plaisir. Ils ne prononcèrent pas un mot, n'échangèrent pas un regard. Peut-être était-elle troublée elle aussi ?

— Vous êtes plutôt douée, lui fit-il remarquer lorsqu'elle eut terminé son pansement et entrepris de rassembler ses instruments. Vous pourrez vous lancer dans une carrière d'infirmière si vous êtes lasse d'être grande-duchesse.

— Merci beaucoup ! déclara-t-elle en feignant de s'incliner. Je ne cherche qu'à faire plaisir. Je reviendrai plus tard pour m'assurer que vous ne jouez pas les perturbateurs.

Elle le regardait droit dans les yeux et cela provoqua en lui un choc, comme s'il venait d'être touché par une flèche de Cupidon. Les vers de tant de poètes qu'il trouvait convenus prirent soudain tout leur sens et son bonheur indicible se mêla à une terrible angoisse. Tatiana éprouvait-elle des sentiments romantiques à son égard ou appréciait-elle simplement sa compagnie ? Comment lui faire savoir qu'il était tombé amoureux sans la mettre dans l'embarras ni anéantir la complicité qui était née entre eux ?

Pendant ces heures interminables, Dimitri se demanda comment évaluer les sentiments de la jeune fille, puis décida de lui offrir un cadeau, un objet personnel qu'elle garderait précieusement. Un livre ? Comment déterminer ce qu'elle avait lu ? C'était de plus un présent très banal. Un bijou ? Sa famille possédait plus d'or et de pierres précieuses qu'il ne pourrait jamais en acheter. Il songea alors au sujet de leur toute première conversation et la réponse lui vint : il lui offrirait un chiot.

Il connaissait un éleveur qui possédait de superbes bouledogues français. Ce serait un cadeau idéal, mais comment faire parvenir un chiot à Tatiana ? Comme il voulait être le témoin de sa réaction, il était exclu de le faire livrer au palais Alexandre.

Ce soir-là, Anna Vyroubova, confidente de la tsarine, vint redresser les oreillers de l'officier. C'était une femme au visage rond et avenant, une amie chez qui sa mère séjournait souvent quand elle venait à Saint-Pétersbourg pour la saison mondaine. Après qu'elle se fut enquise de sa famille, Dimitri décida de lui demander conseil. Il voulait faire une surprise à la grande-duchesse Tatiana. Anna jugeait-elle acceptable qu'il lui offre un chiot ?

Les traits de cette dernière s'illuminèrent de plaisir.

— C'est adorable ! s'exclama-t-elle. Je suis certaine qu'elle en serait ravie. En quoi puis-je vous aider ?

Dimitri lui indiqua l'adresse de l'éleveur et lui décrivit le genre d'animal qu'il souhaitait : surtout pas le petit gringalet de la portée. Un chiot vivace, à l'aise avec les gens, pas farouche.

— Choisissez celui qui viendra renifler la main que vous lui tendrez. Évitez celui qui restera en retrait, aboiera ou montrera les crocs. Je veux un chiot joueur et qui ne morde pas ; hors de question qu'il agresse la grande-duchesse.

Très amusée d'être mise dans la confidence, Anna promit de respecter les critères de Dimitri.

Deux jours plus tard, elle s'arrêta à son chevet pour lui murmurer que l'éleveur avait un chiot parfait qu'elle avait fait mettre de côté. Il ne serait sevré qu'une semaine plus tard, et Dimitri déplora cette attente. Il voyait Tatiana chaque jour et, outre ses visites du matin, elle repassait avec Olga dans la soirée. Elles suivaient un cours avec le Dr Vera Gedroit à dix-huit heures, puis stérilisaient les instruments pour le lendemain. S'il leur restait un peu de temps, Olga jouait du piano et ils entonnaient des chansons populaires comme *Kaut Kur*, un classique letton. Tatiana chantait doucement, mais Dimitri admirait sa voix pure et mélodieuse.

Le jour où le chiot fut prêt, Dimitri fit à Anna Vyroubova ses ultimes recommandations sur l'achat d'un panier de transport, d'un collier, de nourriture, d'une gamelle et d'une litière. Enfin, il lui remit l'argent nécessaire et, lorsqu'elle revint une heure plus tard, son précieux chargement dans une caisse, Dimitri afficha un large sourire : le chiot était superbe. Anna partit chercher Tatiana dans l'annexe, et la jeune fille se présenta rapidement dans la salle, l'air agité.

— Anna Vyroubova m'a dit que vous vouliez me voir. Qu'est-ce que c'est ? ajouta-t-elle en remarquant la caisse.

Il la lui tendit.

— Un cadeau, pour vous remercier d'être si patiente avec moi.

Des halètements se firent entendre.

Tatiana ouvrit la boîte avec précaution. Une petite gueule noire en jaillit pour lui lécher la main et la jeune infirmière poussa un cri de joie. Le chiot tenait dans ses deux paumes. Elle examina ses petites oreilles pointues, le museau retroussé, et se pencha pour embrasser la tête veloutée.

— Malama… fit-elle en le regardant, incapable d'en dire davantage.

Elle était sans voix, ce qui n'avait aucune importance car Dimitri lisait dans son regard qu'elle l'aimait. Et, désormais, elle devait savoir qu'il l'aimait lui aussi. Il ne se sentait plus de joie.

4

Avec le mois d'octobre vinrent les vents froids de l'Arctique et les tempêtes. Un jour, lorsque les pluies se furent calmées, Tatiana trouva un fauteuil roulant et emmena Dimitri dans le superbe parc du palais Catherine afin qu'ils commencent l'éducation du petit bouledogue qu'elle avait baptisé Ortipo, du nom de la jument de Dimitri. Celui-ci tendit à la chienne un morceau de poulet tout en lui ordonnant : « Assis ! » tandis que Tatiana appuyait sur l'arrière-train de la bête. Dès qu'elle ôtait sa main, Ortipo bondissait sur le fauteuil pour tenter de s'emparer du poulet. Tatiana refit une tentative, mais le chiot laissa des traces de pattes sur son uniforme blanc.

— Je crois que nous avons un chien indomptable ! dit-elle en riant.

Elle épousseta sa blouse, en vain.

— Aucun chien n'est indomptable, répondit Dimitri. Mais celui-ci semble particulièrement rétif et je vous soupçonne de le gâter en mon absence.

Au moins, Ortipo avait appris à se soulager à l'extérieur, ce qui était un début. En dépit de leurs efforts, la chienne faisait la fête à tous les passants, aboyait furieusement contre les jardiniers et refusait de rentrer, sauf si on lui donnait à manger. Ils riaient à gorge déployée de la voir batifoler sur les pelouses, pourchasser les feuilles qui volaient au vent et les mouettes, qui s'envolaient dès que le chiot s'approchait.

— D'après vous, que ferait-elle si elle en attrapait une ? s'enquit Tatiana.

— Elle aurait la peur de sa vie. Ces volatiles sont redoutables.

Dimitri avait l'impression qu'ils étaient deux parents pleins de fierté et se réjouissait que la chienne leur fournisse un prétexte pour passer du temps ensemble sans éveiller les soupçons. Ils n'avaient même pas de chaperon.

Tatiana avait poussé le fauteuil jusqu'à la grotte, au bord du grand bassin, quand des gouttes de pluie se mirent à tomber. Ils durent se mettre à l'abri. Les parois extérieures étaient ornées de coquillages et à l'intérieur le thème de l'eau revenait également, avec des masques de Neptune sur les fenêtres, des dauphins et des tritons sculptés sur les piliers soutenant le plafond en coupole. Ortipo partit renifler les coins pendant que Dimitri et Tatiana attendaient la fin de l'averse près de l'entrée.

— Tante Ella m'a demandé de vos nouvelles hier soir, dit la jeune fille en regardant Dimitri d'un air timide. Elle m'a taquinée en affirmant que nous vivions une romance.

Il hésita.

— Croyez-vous qu'elle réprouve cette idée ?

— Non, pas du tout, s'empressa-t-elle de répondre. Elle connaît votre mère, vous êtes issu d'une bonne famille. Olga a le béguin pour un officier, Mitia. Vous le connaissez ?

Dimitri acquiesça et ravala un commentaire, car ledit Mitia lui semblait plutôt grossier.

— Olga ne cesse de parler de lui. Même le petit Alexis la raille. Je suppose qu'elle apprécie que nous plaisantions à ce sujet.

— Ce n'est pas votre cas ?

— Je suis assez réservée de nature… Je préfère exprimer mes sentiments dans mon journal et ne pas susciter de bavardages.

— Comme j'aimerais le lire, ce journal ! Pourriez-vous me l'apporter dans la salle commune, plus tard ?

— Hors de question ! s'exclama Tatiana avec une véhémence qui fit rire Dimitri. Croyez-vous que cette pluie va cesser bientôt ou ferions-nous mieux de rentrer rapidement, au risque d'être trempés ?

— Restons encore un moment. Je pourrais essayer de faire quelques pas si vous vouliez bien me donner votre bras.

Il prit appui sur les accoudoirs du fauteuil pour se lever et posa sa jambe blessée sur le sol avec une grimace de douleur. Tatiana l'aida à se mettre debout. L'espace d'un instant, ils furent si proches qu'il sentit la chaleur de son corps et entendit son souffle. Il brûlait d'envie de l'enlacer. Si seulement il osait !

Elle demeura près de lui tandis qu'il faisait quelques pas vacillants, puis il s'arrêta.

— Je ne veux pas que vous guérissiez si vite, se lamenta-t-elle. Ils vous renverront au front et vous en oublierez que vous m'avez rencontrée.

— Tatiana ! s'exclama-t-il avec passion. Jamais je ne vous oublierai ! Jamais ! Si j'étais mortellement blessé sur quelque champ de bataille à l'étranger, votre nom serait le dernier mot que je prononcerais et votre visage la dernière image qui m'apparaîtrait.

Des larmes montèrent aux yeux de la jeune fille, qui détourna la tête.

— Cette histoire peut-elle avoir une fin heureuse ? demanda-t-elle doucement.

— Je ferai mon possible pour qu'il en soit ainsi, répondit Dimitri dans un souffle.

Elle était si proche de lui qu'en se penchant un peu il aurait pu l'embrasser. Ç'aurait été présomptueux. Cependant, elle devait entendre les battements effrénés du cœur de l'officier parce qu'il avait la certitude d'entendre les siens à elle.

À la mi-novembre, Dimitri parvenait à traverser la salle sans aide. Aussi ne fut-il pas surpris de recevoir une lettre l'informant qu'il était jugé bon pour le service et devait se présenter à son régiment pour le 12 décembre. Craignant de la bouleverser, il n'en parla pas tout de suite à Tatiana. La perspective de lui faire de la peine l'oppressait, et pourtant il s'en voulait de lui cacher une information si cruciale. Quinze jours avant la date fatidique, il l'emmena en promenade dans le parc, devant la pyramide où des pierres tombales marquaient les sépultures des trois chiens de Catherine II. Ortipo renifla la terre gelée comme si elle détectait quelque chose, sans doute l'odeur d'un renard.

— Je savais que ce jour approchait, dit bravement Tatiana.

Elle se détourna, mais Dimitri savait qu'elle ravalait ses larmes.

— J'ai des cadeaux pour vous, lui annonça-t-elle. Vous serez surpris de voir à quel point j'ai été occupée.

— Vraiment ? Quel genre de cadeaux ? demanda-t-il, ravi.

— Je vous ai tricoté un cache-nez, des gants et plusieurs paires de chaussettes épaisses. Je ne voudrais pas que vous geliez sous une tente balayée par les vents.

Il était si touché qu'il ne trouvait plus ses mots. Était-ce le moment pour lui de l'embrasser ? Il hésita trop longtemps et elle se retourna pour appeler Ortipo, qui pourchassait un écureuil.

— Nous devrions prendre des photos, suggéra-t-elle. J'apporterai mon Box Brownie ce soir.

— Vous avez déjà des centaines de clichés de moi, lui fit remarquer Dimitri en souriant. Je suis affreux sur tous.

Olga et sa sœur étaient passionnées de photographie.

— Vous m'écrirez ? demanda Tatiana d'une voix plaintive.

— Bien sûr ! Vous recevrez une lettre chaque semaine, soit dix fois plus que n'en reçoit ma mère.

— Je vous écrirai chaque jour, déclara la jeune fille, les yeux humides.

D'instinct, Dimitri prit sa main fine et la porta à ses lèvres, s'attardant pour profiter de cette sensation et humer son parfum précieux. Tatiana ne la lui retira pas.

Le 12 décembre, au petit matin, Dimitri revêtit son uniforme bleu marine et jaune et se mit en route, en compagnie de deux autres officiers et d'une dizaine de soldats. Ils se rendaient en Pologne, où les vestiges de la première armée russe s'efforçaient de résister à l'avancée de la neuvième armée allemande. Aux premières lueurs du jour, Tatiana apparut dans l'allée du palais, la mine pâle dans la lumière hivernale. Debout près de la grille, elle agitait la main. Lorsque le camion passa devant elle, Dimitri remarqua qu'elle avait les yeux rougis par les larmes et sentit son cœur se briser.

5

Londres, avril 2016

Kitty avait failli jeter la lettre à la poubelle, pensant qu'il s'agissait d'une publicité de plus. L'enveloppe de qualité portait l'en-tête d'une société : Inheritance Trackers Inc., des « chasseurs d'héritiers ». Dès le premier paragraphe, Kitty fut attirée par un nom : Iakovlévitch. Le nom de jeune fille de sa grand-mère Marta. Elle lut donc le courrier avec plus d'attention : Kitty était l'arrière-petite-fille et unique descendante de Dimitri Iakovlévitch, décédé aux États-Unis en 1986, et dont le patrimoine n'avait jamais été réclamé. Inheritance Trackers se proposait de lui faire toucher cet héritage en se chargeant des questions administratives, moyennant une commission de quinze pour cent. Les héritiers ayant trente ans pour revendiquer une succession, si Kitty ne réagissait pas, ce patrimoine reviendrait à l'État.

Dans un premier temps, elle se montra suspicieuse car elle avait entendu parler d'arnaques où l'on faisait miroiter à une victime un héritage moyennant un versement de plusieurs milliers de dollars en règlement d'une taxe à la frontière de quelque pays africain. Certaines sociétés situées aux Bahamas prétendaient par ailleurs quadrupler n'importe quel investissement en moins d'un an. Et, de plus, sa grand-mère Marta était encore en vie en 1986. Pourquoi, dans ce cas, n'avait-elle pas hérité de Dimitri Iakovlévitch ? Et pourquoi Kitty n'avait-elle jamais entendu parler de cet homme ?

Marta avait été une grand-mère merveilleuse. Elle avait toujours des friandises dans un bocal en céramique en forme de lapin et n'hésitait pas à se mettre à quatre pattes pour jouer aux Hippos Gloutons ou à Attrap'Souris avec sa petite-fille, qui ne l'avait jamais entendue évoquer son père. Toutefois, Kitty n'avait que huit ans quand sa grand-mère était morte, et elle se promit de jeter un coup d'œil dans la vieille valise de souvenirs familiaux qu'elle avait remisée dans le placard de sa chambre après la mort de ses parents. Sans doute y trouverait-elle des photos de ce fameux Dimitri.

Lorsqu'elle appela la société, Kitty s'entretint avec un dénommé Mark, qui lui révéla que l'héritage s'élevait à plus de cinquante mille dollars. Il y avait aussi, au bord du lac Akanabee, dans les monts Adirondacks, dans le nord de l'État de New York, un chalet qui était inhabité depuis la mort de son arrière-grand-père, ainsi que des droits d'auteur pour des ouvrages qu'il avait écrits. Il était auteur ! Voilà qui était intrigant.

Que dois-je faire pour obtenir cet héritage ? demanda prudemment Kitty.

— Je vous adresse des formulaires à remplir, lui expliqua Mark. Vous nous les renvoyez, avec une copie de votre acte de naissance, un acte de mariage si vous êtes mariée, et nous nous chargerons du reste.

— Dois-je verser de l'argent ? demanda-t-elle, méfiante. Des droits de succession, par exemple ?

— Non. Nous prélèverons notre commission après règlement de la somme et à l'arrivée du titre de propriété du chalet. Souhaitez-vous recevoir des détails ?

— Pourquoi pas ?

Ce soir-là, elle oublia d'en parler à Tom mais, dès qu'elle reçut les documents officiels, elle les lui montra. Il ne sembla pas particulièrement impressionné.

— Cinquante mille moins quinze pour cent… quarante-deux mille cinq cents dollars ! Avec le cours actuel, environ vingt-sept mille livres sterling. C'est toujours bon à prendre. Tu veux le numéro d'un conseiller financier, histoire d'obtenir des idées d'investissement ?

Kitty le dévisagea. Qui était cet inconnu qu'elle avait épousé dix ans plus tôt ? Le Tom qu'elle avait rencontré à l'université aurait suggéré de claquer cet argent tombé du ciel pour faire le tour du monde ou acheter un yacht et apprendre à piloter. À trente-cinq ans, ils avaient fini de rembourser leur crédit grâce à l'héritage des parents de Kitty et ne voulaient pas d'enfants. Et Tom ne songeait qu'à économiser ? Elle ne le voyait plus sous le même jour. Ou peut-être étaitelle restée la même tandis que Tom avait changé ? Difficile à dire.

Au départ, il voulait être compositeur et passait le plus clair de son temps à composer des chansons sur son clavier. Il envoyait des démos aux grandes compagnies, qui n'avaient pas saisi l'occasion d'acheter ses créations. Il avait fini par laisser tomber pour suivre une formation de comptabilité et était désormais commissaire aux comptes dans l'administration. Sérieux et précis, il quittait la maison chaque jour à la même heure, vêtu d'un costume impeccable et dénué de fantaisie. Dans cette tenue, il passait inaperçu. S'il avait commis un crime et si l'on avait dû demander son signalement à des témoins, ceux-ci auraient eu du mal à dresser son portrait tant son physique était quelconque : cheveux châtains et courts, yeux noisette, taille moyenne, costume gris-bleu, aucun signe particulier.

Kitty se moquait de ses cravates banales, assorties à ses chaussettes banales, et de ses pantalons, qu'il plaçait dans un presse-pantalon toute la nuit afin que le pli reste en place. Elle avait envie de dévaster ses tiroirs pour n'y laisser que des chaussettes dépareillées, ou de l'enivrer pour mieux l'emmener se faire tatouer un emblème gothique sur l'avant-bras. Elle trouvait agaçant qu'il boive du déca et se brosse les dents pendant deux minutes exactement. Elle en avait assez de leur routine sexuelle du week-end, un orgasme pour elle, un pour lui, toujours de la même façon.

S'il gagnait bien leur vie, Kitty ne s'amusait plus avec lui et ignorait quand c'était arrivé. L'automne précédent, ils avaient passé des vacances merveilleuses au Costa Rica, puis un Noël agréable en famille. Depuis, leur vie était devenue monotone, sans aucune perspective à l'horizon.

Pour couronner le tout, la carrière de Kitty était dans l'impasse. Pendant ses études de journalisme, elle se voyait partir en première classe à Los Angeles en vue d'interviewer des célébrités pour *Vanity Fair*, ou publier dans le *Guardian* un scoop sur une liaison secrète de David Cameron. Au lieu de cela, elle rédigeait des critiques de théâtre dans un journal local du nord de Londres, elle gagnait une misère et devait endurer des spectacles à mourir d'ennui au moins trois soirs par semaine avant de pondre un article de cinq cents mots sans pouvoir révéler à quel point le théâtre la désenchantait.

Sa mère lui avait répété à l'envi que l'écriture était un loisir et non un moyen fiable de gagner sa vie, et ses propos résonnaient encore dans la tête de Kitty. Sa mère aurait aimé qu'elle fasse des études de droit, mais apprendre par cœur des textes interminables rebutait Kitty. Aurait-elle mieux fait d'écouter sa mère ? Ou de redoubler d'efforts pour devenir écrivain ? Rien ne semblait urgent puisque Tom gagnait assez d'argent pour eux deux. Kitty envisageait d'écrire un livre, mais changeait d'avis sur son thème au bout de quelques pages. Si elle-même ne parvenait pas à rester captivée, comment pourrait-elle passionner des lecteurs ?

— Tu as toujours été un peu fainéante, lui disait sa mère. Tu tiens ça de ton père.

Peut-être…

Quel genre de livres avait écrits Dimitri Iakovlévitch ? Étant donné son nom, il avait sans doute comme Marta des origines russes, et son œuvre était peut-être écrite dans sa langue maternelle. Kitty le saurait en recevant les relevés de droits d'auteur.

Comme il n'y avait rien de suspect dans les formulaires d'Inheritance Trackers, elle signa les documents et les renvoya avec les certificats demandés, puis discuta avec Tom de ce qu'il adviendrait du chalet situé dans l'État de New York. Il était en faveur de la vente.

— S'il n'a pas été occupé depuis plus de trente ans, le montant des travaux dépassera sa valeur, déclara-t-il avec sa mentalité de comptable.

— Mais ce serait peut-être un bon investissement, insista Kitty. Nous pourrions le rénover puis le louer par le biais d'une agence locale.

Kitty était une bricoleuse dans l'âme. Son père lui avait transmis ses compétences de menuisier et elle avait déjà retapé trois logements à Londres : deux qu'ils avaient vendus en réalisant un bénéfice, et celui dans lequel ils vivaient encore.

— Nous ne pourrions louer que trois mois dans l'année, objecta Tom. Personne ne va dans les Adirondacks en hiver, et une location saisonnière ne couvrirait pas les frais.

Kitty bâilla. Tom semblait insensible à l'aspect romantique d'un chalet dans la campagne américaine. Pourquoi Dimitri l'avait-il acheté ? Ce devait être un endroit magnifique. Au cours des semaines suivantes, Kitty garda cette idée au fond de son esprit tandis qu'elle écrivait ses articles, déjeunait ou prenait un verre avec des amis, suivait ses cours de yoga ou s'occupait de la maison qu'elle partageait avec ce mari si raisonnable et si peu audacieux.

6

Londres, 16 juillet 2016

Qu'est-ce qui incita Kitty à s'emparer du téléphone de Tom ce samedi matin-là ? Il l'avait laissé sur la console de l'entrée en partant faire son jogging. Depuis qu'ils étaient ensemble, jamais elle n'avait usé de telles méthodes, alors que tous deux connaissaient le mot de passe de l'autre. L'appareil était là, sous ses yeux… Dans une impulsion, elle ouvrit ses messages et fit défiler les textos. Presque aussitôt, la photo d'une femme nue aux énormes seins apparut, avec le texte suivant : « Tu en veux encore, chéri ? Passe chez moi à onze heures, samedi matin », suivi d'un emoji en forme de cœur.

Kitty suffoqua et le sang se mit à pulser à ses tempes. L'expéditrice se nommait Karren, avec deux *r*. Dans d'autres messages, elle disait à Tom qu'il était un amant torride et lui donnait des rendez-vous coquins. Apparemment, leur liaison remontait à deux mois, et Tom n'avait même pas pris la peine d'en effacer les preuves compromettantes.

Kitty regarda l'horloge : onze heures moins dix. Il n'allait pas tarder à arriver chez Karren. Que faire ? Elle sauta dans sa voiture et démarra en trombe pour se rendre chez Amber, sa meilleure amie, qui vivait tout près. Amber était en train d'allaiter son petit dernier, âgé de six semaines, pendant que son mari jouait dans le jardin avec leurs deux autres bambins. Sans préambule, Kitty tendit à la jeune femme le téléphone pour lui montrer la photo de Karren.

— Tu le crois ? Regarde ce que Tom fabrique derrière mon dos ! Quel enfoiré !

Elle pensait qu'Amber serait choquée ou chercherait à innocenter Tom. Au lieu de cela elle évita le regard de Kitty.

— Tu étais au courant, c'est ça ?

Affligée, Amber leva les yeux et lui rendit l'appareil.

— Je suis désolée, dit-elle. Je croyais l'avoir convaincu d'arrêter avant que tu l'apprennes. Je ne voulais pas que tu souffres.

— Tu savais ! répéta Kitty.

Elle n'en croyait pas ses oreilles. Elle partageait ses secrets les plus intimes avec Amber. Elles se disaient tout, de leurs déboires sexuels à leurs problèmes de crème solaire, de leurs frustrations professionnelles aux célébrités qui les faisaient craquer. Amber avait su trouver les mots quand Kitty avait perdu ses parents, c'était la seule personne avec qui elle supportait d'en parler. Et là, elle affichait un air coupable.

— Kitty, je…

Kitty secoua la tête, bouche bée, et la fit taire d'un geste. Il n'y avait rien à ajouter. Amber savait et avait gardé le silence. Kitty fit volte-face et s'enfuit, sachant que son amie ne la rattraperait pas avec un nourrisson dans les bras.

Elle rentra chez elle en ignorant consciencieusement les sonneries persistantes de son téléphone sur le siège passager. Tom ne tarderait pas à rentrer, un sourire hypocrite sur le visage et l'odeur d'une autre femme sur la peau. Cette pensée lui donna la nausée. Elle se sentait incapable d'affronter Tom et les conséquences de ses actes. En l'espace d'une seconde, son existence s'était écroulée. Ses projets, ses rêves reposaient sur le principe que Tom l'aimerait éternellement. Elle s'était trompée, rien de plus clair. Et Amber qui savait et n'avait rien dit ! C'était une double trahison. Il fallait qu'elle quitte le domicile conjugal. Où aller pour que Tom ne puisse pas la trouver ?

Une idée germa dans son esprit : l'acte de propriété du chalet du lac Akanabee était arrivé quelques jours plus tôt et un virement était parvenu sur son compte en banque. Et si elle allait jeter un coup d'œil sur place ? Ce serait un geste spectaculaire, à la hauteur de la situation.

Elle remplit une valise de ce qui lui tombait sous la main : vêtements chauds, sac de couchage, trousse de toilette, quelques outils et les documents officiels. Tom ne se rappellerait jamais le nom du lac. À bien y réfléchir, il était un peu distrait ces derniers mois. Était-il amoureux de Karren ? Kitty sentit les larmes lui monter aux yeux et se ressaisit, prit son ordinateur portable et son téléphone, laissant celui de Tom sur la table de la cuisine. Elle faillit lui écrire un petit mot mais se ravisa : qu'il comprenne tout seul.

À l'aéroport d'Heathrow, elle gara sa voiture sur le parking longue durée avant d'acheter un billet pour le vol British Airways de dix-huit heures atterrissant le même jour à New York à vingt et une heures, heure locale.

— Si vous n'avez pas de visa, vous devez réserver un retour pour dans moins de quatre-vingt-dix jours, lui expliqua l'employée maquillée avec soin tout en tapotant sur son clavier de ses ongles vernis en beige.

Kitty consulta le calendrier et choisit une date précédant de peu l'échéance. Elle paierait le prix fort et pourrait donc modifier sa réservation si elle décidait de rentrer plus tôt.

Dans la salle d'embarquement, elle réserva une chambre d'hôtel près de l'aéroport afin de se reposer après son arrivée, puis loua une voiture pour le temps de son séjour, ce qui lui coûta une somme rondelette. Elle s'efforça de se concentrer sur les détails pratiques afin de ne pas penser que Tom devait être rentré chez eux. Sans doute se demandait-il pourquoi elle n'était pas là pour préparer le repas. À moins qu'Amber ne l'ait appelé pour le prévenir que Kitty était au courant. Qu'allait-il faire ? À qui téléphonerait-il ? Remarquerait-il que le passeport de sa femme avait disparu ?

Pendant le vol, elle vida quatre mignonnettes de vin blanc, mangea un plat réchauffé et s'assoupit devant le dernier film de Ridley Scott ; le temps passa vite. Lorsqu'elle fit la queue à l'aéroport John Fitzgerald Kennedy, elle avait mal au cœur. Elle s'écroula ensuite dans sa chambre d'hôtel anonyme et s'endormit pour se réveiller au moment où le jour se levait derrière les fenêtres hermétiques.

Dès qu'elle fut en possession de sa voiture de location, elle programma le GPS et se laissa guider par la voix féminine, confiante, et quitta Long Island pour monter vers le nord et les Adirondacks. Elle avait plus de quatre cents kilomètres à parcourir et mettrait plus de quatre heures. Conductrice chevronnée, Kitty espérait arriver pour déjeuner afin de décider si le chalet était habitable.

Lorsqu'elle quitta l'autoroute, la circulation se fit moins dense. La route longea un moment le Great Sacandaga Lake avant de gravir la montagne. Il faisait beau et chaud, le paysage était magnifique : collines tapissées d'un velours vert de forêts, touche de bleu désignant un lac entre les arbres, ciel bleu vif parsemé de quelques nuages blancs… Et, pourtant, le cœur de la jeune femme battait à tout rompre. Elle ne put écouter la radio car la réception était mauvaise. Son estomac se mit à gargouiller. Hélas, elle était certaine de ne rien pouvoir avaler. *Tom, espèce de salaud*, se disait-elle de temps en temps. Elle fit un effort pour se concentrer sur sa conduite sans penser à rien.

7

Front de l'Est, Prusse, janvier 1915

La distribution du courrier était aléatoire sur la ligne de front. Heureusement, Tatiana lui écrivait si souvent que Dimitri n'attendait jamais très longtemps. Son écriture sur une enveloppe le mettait en joie, de même que sa façon de l'appeler « Malama chéri ». Il détectait presque un soupçon de son parfum sur le papier et elle exprimait dans chaque lettre des sentiments plus affectueux. Elle lui racontait que les ronflements d'Ortipo empêchaient Olga de dormir et qu'elle jouait avec ses sœurs à un jeu appelé rouble, elle évoquait ses patients, ses lectures, et lui répétait combien il lui manquait.

Il semblait plus facile à Dimitri de surmonter sa réserve naturelle pour exprimer ses sentiments par écrit que de vive voix, et comme Tatiana répondait à ses manifestations d'affection, leurs échanges devinrent plus audacieux. Chaque lettre lui en apprenait davantage sur la jeune fille, qui lui écrivait avec une franchise qu'il n'avait connue chez aucune femme. Avec elle, ni simagrées, ni bouderies, ni colères.

Avait-il une chance de devenir un jour son mari ou ses parents avaient-ils en tête d'autres prétendants pour leurs filles ? S'armant de courage, il lui posa la question et fut bouleversé par sa réponse :

Malama chéri,

Vous m'avez interrogée sur les projets de mariage de mes parents en ce qui nous concerne Olga et moi. Je vais vous faire rire, car j'ai entendu de nombreuses spéculations qui ne sont fondées sur rien.

D'abord, on raconte que David, le fils aîné de George V, le roi d'Angleterre, se serait pris d'affection pour moi lors de notre visite, en août 1909. Je n'avais que douze ans, j'étais donc bien trop jeune pour m'en rendre compte. Néanmoins, je me rappelle avoir dansé avec lui lors d'un bal donné à bord du *Standart*. Il y avait eu un feu d'artifice, il était assez bon danseur et portait un uniforme de l'école navale. Je n'ai pas souvenir d'une conversation. Ensuite, maman m'a dit qu'elle-même avait douze ans le jour de sa rencontre avec papa, et qu'il était possible de prendre une décision à cet âge-là. Je pense qu'elle souhaitait qu'Olga ou moi devenions reine d'Angleterre. Le destin en a voulu autrement. Depuis, nous n'avons pas revu David ; il doit être accaparé par la guerre.

En 1912, je crois, les journaux ont commencé à raconter qu'Olga allait épouser le grand-duc Dimitri Pavlovitch. Olga n'était pas au courant. Elle l'a toujours trouvé assez rustre. La rumeur a circulé pendant des années, sans fondement, ce qui agaçait beaucoup ma sœur.

Vous avez certainement entendu parler de mariages avec des princes des Balkans que nos parents auraient prévus : encore une rumeur infondée. J'ai correspondu un certain temps avec mon cousin George Battenberg, sans la moindre intention de l'épouser, je vous l'assure ! Olga a été priée d'envisager un mariage avec le prince Charles de Roumanie, en visite au palais de Livadia l'été dernier, mais elle refuse de quitter la Russie après ses noces. Nous avons donc élaboré un plan assez rusé : nous avons toutes les deux pris le soleil avant leur arrivée, sachant que dans ce milieu le bronzage est l'apanage des paysans. En dépit de notre politesse envers Charles, je crois qu'il a reçu notre message puisqu'il n'y a plus eu de rencontres entre nous.

Olga et moi nous sommes mises d'accord sur deux points : nous ne voulons épouser que des Russes et uniquement par amour, comme nos parents. Je n'imagine rien de pire qu'être contraintes de nous marier pour des raisons politiques avec quelqu'un qui ne nous plaît pas. Maman m'a garanti que ce ne serait jamais le cas et que nous pourrions choisir nos maris. À présent, je suis gênée de m'être à ce point dévoilée… Cela dit, vous m'avez posé la question, je vous ai répondu.

J'espère que vous n'avez pas froid, mon amoureux, et que vous êtes à l'abri des balles. Vous arrive-t-il de penser à moi ou êtes-vous trop occupé par vos stratégies visant à battre l'armée du Kaiser ? Votre bunker est-il confortable la nuit ? Avez-vous suffisamment à manger ? Y a-t-il de la neige où vous êtes ? Ici, nous en avons un mètre cinquante. J'ai peur que vous ne preniez froid. Chaque soir, allongée dans mon lit douillet, je m'inquiète pour vous, je me demande où vous êtes. Si seulement vous entendiez mes pensées dans la nuit glaciale !

Avez-vous reçu la lettre dans laquelle je vous annonçais qu'Anna Vyroubova, l'amie de maman, avait eu un accident ferroviaire ? Elle est grièvement blessée et nous sommes très inquiets. Au moins, elle est consciente et capable de se nourrir un peu. Maman la soigne personnellement. Elle nous est très chère.

Vous m'êtes très cher vous aussi.

Dieu vous garde.

Tatiana

Dehors il faisait moins cinq degrés mais Dimitri eut soudain très chaud, assis dans son bunker à lire et relire cette lettre à la lueur d'une bougie. Les parois de terre gelée scintillaient et son souffle formait de la buée. « Nous ne voulons épouser que des Russes et uniquement par amour. » Ce ne pouvait être qu'une allusion, voire… une invitation ? Il la voyait rougir en écrivant ces mots. Si seulement il pouvait embrasser ses joues roses, encore et encore !

Soudain, il eut envie d'elle avec une passion qui confinait à la folie et se sentit déchiré de l'intérieur. Il ne supporterait pas cette séparation un jour de plus. Qu'avait-elle donc qui le touchait à ce point ? Ses sentiments défiaient toute logique ; il l'adorait.

Dimitri souffrait tant qu'il ne trouverait de soulagement qu'à lui répondre sans tarder pour déverser ses sentiments sur le papier. N'y tenant plus, il lui posa la question qui le hantait.

Mon ange,

Votre lettre me remplit d'espoir et m'incite à vous écrire que je souhaite du plus profond de mon âme être ce Russe que vous choisirez d'épouser. Je n'ai pas de sang royal ni de fortune comparable à celle de votre famille, mais je m'engage à vous adorer et vous taquiner en proportions égales pour le reste de nos jours. L'espoir d'obtenir l'approbation de vos parents me remplit d'une détermination nouvelle à survivre à cette guerre grotesque. Mon amour pour vous constitue un invisible bouclier contre les balles et les obus.

Je vous en prie, ne parlez à personne de cette proposition, de peur que votre père ne la trouve irrespectueuse car je ne lui ai pas demandé votre main au préalable... Un accord privé entre nous ferait de moi le plus heureux des hommes.

Sa lettre terminée, Dimitri s'allongea sur sa couchette et se mit à rêver d'un mariage avec Tatiana. La cérémonie pourrait avoir lieu dans la chapelle privée des Romanov, la grande église du palais d'Hiver avec ses dorures ostentatoires et son dôme orné de représentations des apôtres. Il imagina ses parents et ses sœurs assis en compagnie du tsar et de la tsarine. Son père, homme sévère et austère, considérait que Dimitri ne gravissait pas les échelons assez vite. Il serait fier de voir son fils épouser une Romanov et ses sœurs seraient ravies de faire la connaissance des grandes-duchesses. Cette union offrirait-elle des perspectives de mariage à Valerina ? Oserait-il envoyer cette lettre ?

Dimitri y réfléchit toute la nuit et, le lendemain matin, ses sentiments n'ayant pas changé, il se hâta de remettre la lettre au responsable du courrier avant de changer d'avis. Comme d'habitude, l'enveloppe était adressée à Trina, la femme de chambre de Tatiana, afin que l'officier chargé de la censure ne découvre pas la véritable identité de l'objet de son affection. Il ne pouvait prendre le risque qu'une rumeur circule.

Ce jour-là, il n'en parla à personne, pas même à son ami Malevitch, enfin remis de ses blessures et de retour au front. Dans la soirée, autour du feu, en mangeant un bol de ragoût de gibier, ses camarades officiers le taquinèrent. Malevitch ne fut pas le dernier à le tourmenter.

— Je crois que le cornette Malama a une dulcinée ! Vous avez remarqué avec quel enthousiasme il attend le courrier ? Et de quelle manière il se précipite vers sa couchette pour lire ses lettres en privé ? Malama, dis-nous qui est l'heureuse élue !

Dimitri secoua la tête en souriant.

— Je ne dirai pas un mot à une bande de voyous comme vous !

— Regardez ! Il rougit ! jubila un autre. Il nous cache quelque chose, c'est sûr !

— C'est la chaleur du feu, persista Dimitri.

Si seulement il avait pu leur parler de Tatiana ! Il avait envie de crier son amour au monde entier. Hélas, à ce stade, la moindre maladresse risquait de compromettre ses chances, surtout si les journaux s'en emparaient. Son cœur était si débordant qu'il ressentait à peine le froid glacial de la plaine prussienne. Ce soir-là, recroquevillé sur sa couchette, tout en sombrant dans un sommeil peuplé de rêves, il s'imagina dans les bras de Tatiana et eut presque la sensation de son visage contre le sien.

8

La situation ne s'améliorait guère pour l'armée russe. Grâce à leurs nouveaux obusiers à canon long qu'ils déplaçaient sur des charrettes, les Allemands pouvaient désormais provoquer des destructions où bon leur semblait. D'énormes obus tombaient sans prévenir. La terre tremblait, les pierres volaient, et après chaque détonation assourdissante il fallait enterrer de nouveaux cadavres, s'acharner des heures durant à creuser à coups de pioche des tombes dans le sol gelé. De nombreuses dépouilles étaient inhumées ensemble, sans possibilité d'une sépulture décente. Dimitri passait ses journées à tenter de détruire les obusiers ennemis, pourtant les Russes ne progressaient pas.

Le soir, il courait voir s'il avait du courrier. Fou d'impatience d'obtenir une réponse, il reçut plusieurs lettres charmantes, écrites avant sa demande en mariage. Le jour venu, il sut d'instinct que c'était le courrier qu'il guettait. L'enveloppe était similaire aux autres, le cachet également, mais il l'ouvrit le cœur battant et le ventre noué.

Malama chéri,

Lorsque j'ai reçu ce matin votre lettre du 28 janvier, je me suis hâtée de regagner ma chambre pour vous écrire sans tarder. Ma réponse est oui, oui, oui ! De toute mon âme je souhaite devenir votre femme. Si vous voyiez comme je rougis en prononçant ces mots ! Mes parents seront d'accord car vous êtes courageux, noble et sincère. Maman m'a confié qu'elle vous admirait et je sais qu'il en ira de même pour papa. J'ai hâte de vous épouser. Si seulement la guerre pouvait s'arrêter la semaine prochaine afin que vous veniez enlever votre mariée ! Cette attente s'annonce insupportable !

Dimitri relut plusieurs fois le paragraphe ; il n'en croyait pas ses yeux. Aurait-il mal compris ? Elle avait souligné « oui, oui, oui », ce qui ne laissait planer aucun doute. Allait-il vraiment devenir le mari de Tatiana ? Ivre de bonheur, il poursuivit sa lecture :

Je comprends que nous devions garder le secret de nos fiançailles. J'espère que vous ne m'en voudrez pas de m'être confiée à oncle Grigori. Le connaissez-vous ? Il s'agit de Raspoutine, le maître spirituel sibérien, un grand ami de notre famille. Me voyant pensive, près de la fenêtre, il a deviné que je me languissais d'un être cher. J'ai fini par lui parler de vous. Il a tenu à lire une de vos lettres car il prétend qu'un homme est bien plus à même de juger des intentions d'un autre homme que ne l'est une femme. Après quelque hésitation, je lui ai montré votre demande en mariage, que je cachais dans les plis de ma robe. Il l'a parcourue puis me l'a rendue en disant : « Il vous aime sincèrement et c'est manifestement un homme bien. »

Naturellement, j'étais folle de joie. Je lui ai dit à quel point je voulais vous épouser, tout en lui signifiant que ma mère et mes sœurs ignoraient encore que nous étions amoureux, quoiqu'elles vous aient rencontré et vous admirent. Je lui ai fait promettre de garder mon secret. Oncle Grigori a fermé les yeux et m'a tenu la main pendant quelques secondes, un doigt sur mon poignet, comme s'il cherchait la vérité dans mon pouls. Il a des pouvoirs mystiques et ses prédictions se réalisent toujours. « Oui, vous l'épouserez, a-t-il déclaré, mais des jours sombres s'annoncent. » Je suppose qu'il faisait allusion à la guerre.

J'espère que vous ne m'en voulez pas, Malama. Depuis que j'ai reçu votre lettre, j'ai l'impression que je vais exploser tant j'ai envie d'annoncer la nouvelle. Nous allons nous marier ! J'ai du mal à ne pas le crier sur les toits ! Le silence est de mise, je le sais, vous n'avez pas encore demandé ma main à mon père. Il ne pourra pas vous l'accorder avant la fin de la guerre. Jusque-là, ce sera notre secret, une perspective à laquelle je m'accrocherai pour atténuer la douleur de votre absence.

Je dois partir pour l'hôpital. Je vous écrirai plus tard car vous écrire me permet de me sentir plus proche de vous. Si seulement les jours étaient plus longs, si seulement je pouvais vous écrire davantage !

Mon amour vous appartient à jamais.

Tatiana

En proie à un tourbillon d'émotions, Dimitri garda les yeux rivés sur la lettre. Il exultait à l'idée que Tatiana ait accepté sa demande, mais s'agaçait qu'elle se soit confiée à Raspoutine. Si Dimitri ne connaissait pas ce guérisseur barbu illuminé, il n'avait eu à son sujet que de mauvais échos. Penser que cet homme ait pu toucher le poignet de Tatiana et lire une lettre si personnelle le rendait fou de jalousie. Et si Raspoutine en parlait à la tsarine ? Il était très proche d'elle et risquait d'anéantir les chances de Dimitri d'intégrer la famille. Quelle mouche avait donc piqué Tatiana ?

— Que pensez-vous de Raspoutine ? demanda-t-il aux autres ce soir-là devant un bol de ragoût et un quignon de pain rassis.

— Qui est-ce ? s'enquit un jeune officier.

— C'est un charlatan, un arriviste qui se présente comme un homme de Dieu, répondit Malevitch. Il passe son temps dans les bordels et dans les bars et a réussi à s'introduire dans le cercle des Romanov. La fréquentation de ce malfrat ne leur apporte rien de bon. Il paraît que le tsar l'exilerait volontiers en Sibérie, mais que la tsarine est sous le charme.

Dimitri secoua la tête d'un air incrédule.

— D'après toi, que cherche-t-il à obtenir d'eux ? Richesse, pouvoir et influence ? fit Dimitri sur un ton railleur.

— Naturellement ! grommela Malevitch. C'est une amitié très lucrative pour lui.

— Dommage que la tentative d'assassinat du mois de mai ait échoué, renchérit un autre officier. On dit qu'il cherche à convertir la tsarine et ses filles à la secte des khlysts. Ces gens affirment qu'il faut pécher autant que possible et demander pardon plus tard. Selon eux, la repentance n'est authentique que pour les pires pécheurs. Cette philosophie cynique va comme un gant à Raspoutine.

— D'où ses nombreuses transgressions, reprit Malevitch. Il nage dans le plus simple appareil, se promène au palais en chemise de nuit et entre même dans la chambre des grands-ducs pendant leur sommeil. Ce n'est pas très sain. J'ai entendu dire qu'il faisait l'amour à toutes les femmes qu'il rencontrait… y compris sa propre fille.

— Oh, c'est immonde !

Dimitri était troublé. Comment la tsarine pouvait-elle ne pas voir clair dans le jeu de cet échevelé au regard fou et aux manières irrespectueuses ? De retour dans sa tente, de mauvaise humeur, il griffonna quelques mots à l'adresse de Tatiana :

Mon ange à moi, je déplore vos confidences à Raspoutine. Sans doute est-il tout sourires et belles paroles à l'intérieur du palais mais, croyez-moi, dans le monde extérieur ce n'est qu'un malfrat. S'il révélait notre secret, je le crains, nous n'aurions plus aucune chance de nous marier. Naturellement, je comprends votre désir de vous ouvrir à quelqu'un. Je le ressens moi-même. N'auriez-vous pas pu en parler à Ortipo ? Elle constitue une bien meilleure confidente que ce Sibérien et aurait réagi plus intelligemment. Je ne puis en écrire davantage pour l'instant. Je vous enverrai une lettre plus tard.

Bien à vous,

Malama

Il scella l'enveloppe et se précipita, toujours déconfit, vers la tente du postier. Comment Tatiana pouvait-elle croire les propos de cet imposteur ? Manquait-elle à ce point de jugement ?

Allongé sur sa couchette ce soir-là, il ne trouva pas le sommeil. Il comprit que la jeune femme était si peu exposée au monde extérieur qu'elle manquait de discernement quant à la nature humaine et ne voyait pas le mal chez les gens. Il se promit de lui enseigner la vie telle qu'elle était en dehors du palais.

Sa décision prise, il regretta le ton paternaliste de son message. Pourvu qu'elle ne change pas d'avis sur lui ! Il demeura longtemps éveillé à se tourmenter, et le lendemain à la première heure il courut récupérer sa lettre. Hélas, elle était déjà partie.

9

Toute la journée, Dimitri s'en voulut. Tatiana serait-elle blessée par ses reproches ? Son angoisse le poursuivit jusqu'à ce qu'il apprenne une nouvelle terrassante : le vingtième corps de l'armée russe avait été pris en étau à Augustów par quatre corps allemands sans qu'un seul commandant russe en soit informé. Pendant cinq jours, les hommes avaient supporté des tirs nourris en pleine tempête de neige, jusqu'à ce que tout espoir soit perdu. On disait qu'une grande partie des soixante-dix mille soldats avaient été tués et les autres faits prisonniers. Une fois encore, c'est le manque d'informations quant aux mouvements des troupes allemandes qui avait rendu possible cette tragédie.

Les commandants russes se réunirent en urgence et décidèrent pour le lendemain une contre-attaque sur le flanc droit du front allemand. C'était trop peu, trop tard, songea tristement Dimitri en préparant son cheval. Il huila son pistolet et affûta son sabre sous un vent violent et un ciel lourd chargé de nuages. Il ne supportait pas l'idée que, s'il mourait, Tatiana recevrait ses réprimandes en guise d'ultime message. Il s'assit donc pour lui écrire, en espérant que cette lettre lui parvienne avant l'autre.

Mon ange,

Vous devez pardonner à votre amoureux jaloux sa saute d'humeur d'hier soir. Je n'ai pas supporté ce moment d'intimité entre vous et un autre homme, connu en outre pour ses mœurs dissolues. Ce fut pour moi une torture que de le savoir près de vous, lisant ma lettre la plus personnelle. J'ai réagi d'instinct tel un imbécile, mais je le regrette et vous implore que ne pas m'aimer moins à cause de cet éclat.

Au front, les choses ne se déroulent pas au mieux. Nous ne parviendrons pas de sitôt à vaincre les Allemands. J'espère toutefois que nous les maintiendrons à la frontière, afin qu'ils ne foulent pas de leurs bottes la boue russe. Si seulement cette guerre se terminait, que je puisse rentrer et vous prendre dans mes bras ! J'ai envie d'entendre votre voix douce, de plonger dans votre regard... Pardonnez-moi, mon ange.

Votre Malama

Il embrassa tendrement l'enveloppe avant de la porter au postier, même si elle passerait entre de nombreuses mains avant d'arriver dans celles de Tatiana. Il aurait tant aimé la lui remettre en personne !

Au cours des semaines suivantes, le régiment de Dimitri fut contraint de battre en retraite face aux armées allemande et austro-hongroise alliées pour traverser la Pologne. Il aurait été suicidaire de rester sur place, car les Russes ne possédaient pas l'artillerie et les munitions nécessaires pour rivaliser avec leurs adversaires. Parfois, les Allemands étaient si proches que Dimitri les entendait s'interpeller, sentait l'odeur de leurs feux de camp et voyait leurs sentinelles frissonner dans la neige. Il espérait que les conditions soient plus difficiles à endurer pour eux que pour les Russes, habitués aux grands froids. Parfois, il sortait de la forêt protectrice pour observer l'ennemi, mais ne demandait jamais à ses hommes de tirer sur les lignes allemandes, par crainte de leurs armes redoutables. Tant qu'ils ne disposeraient pas du même matériel, il serait stupide d'indiquer leur position.

Pendant tout ce temps, il ne reçut aucune nouvelle de Tatiana. Les distributions de courrier étaient rares car l'armée était en mouvement et le climat rigoureux empêchait les livraisons régulières de vivres. Les soldats devaient se nourrir des cerfs qu'ils abattaient et, pour boire, ils faisaient fondre de la neige car l'eau des rivières et des lacs était gelée. Dimitri savait que ses camarades n'avaient pas reçu de courrier eux non plus. Pourtant, il redoutait que Tatiana ne l'aime plus. Et si elle rencontrait un nouvel amoureux à l'hôpital ? Serait-elle assez inconstante pour l'abandonner après quelques mois d'absence seulement ? Il ne l'en croyait pas capable. Néanmoins, elle était peut-être fâchée par ses réprimandes à propos de Raspoutine. Tout était sa faute…

L'hiver se termina par une tempête glaciale, puis un soleil timide fit lentement fondre la neige. Des stalactites se détachaient des arbres tels des poignards projetés par des mains invisibles et le sol était bourbeux.

Quelques lapins sortis de leur hibernation finirent dans les marmites du campement. Cependant, les Allemands avaient pris Varsovie et Cracovie avant de poursuivre vers la Lituanie et la Biélorussie. Rien ne semblait pouvoir les arrêter. En son for intérieur, Dimitri en voulait au commandement, qui ne parvenait pas à trouver le moyen d'arrêter cet assaut. Il fut peu rassuré d'apprendre que le tsar Nicolas entendait prendre personnellement le commandement de l'armée : autour du feu de camp on disait qu'il ignorait tout de la stratégie militaire et que placer son fils Alexis à ce poste reviendrait au même tant il était incompétent.

Après deux longs mois sans nouvelles de Tatiana, Dimitri reçut enfin un soir un paquet de lettres, toutes de la jeune fille excepté une, qui venait de sa mère. Il se précipita sous sa tente et les tria par date avant d'ouvrir la première, qui remontait au 12 février. Sans doute venait-elle de recevoir son message de réprimande.

Mon très cher Malama,

J'ai lu votre message et votre explication du lendemain. Naturellement, je comprends que vous m'en vouliez d'avoir montré votre lettre à Raspoutine. Dans la situation inverse, si vous aviez montré une de mes lettres à un camarade, j'en aurais été aussi blessée que surprise. Néanmoins, je vous assure que Raspoutine a toujours été très respectueux.

Je crois que papa et maman l'ont rencontré en 1905 et ont immédiatement été impressionnés par son interprétation éclairée des Saintes Écritures. Quand la fille du Premier ministre Stolypine a été blessée lors d'un terrible bombardement, il l'a guérie par simple apposition des mains. Il soigne actuellement maman pour ses migraines et sa sciatique et soulage mon petit frère Alexis, qui souffre des articulations. Je ne doute pas un instant de ses pouvoirs de guérison.

Un jour, quand vous reviendrez à Tsarskoïe Selo, je vous le présenterai et vous constaterez qu'il ne veut que le bien. Je n'aime pas vous contredire alors que nous risquons de ne pas nous revoir de sitôt. Si seulement nous pouvions nous regarder dans les yeux pour avoir la certitude que tout va bien entre nous ! Croyez-moi, mes sentiments n'ont pas changé à cause de ce différend. Je me réjouis que nous puissions exprimer franchement nos opinions. C'est un excellent présage pour notre vie conjugale.

La lettre se terminait par des mots d'amour. Submergé par l'émotion, Dimitri prit son visage entre ses mains. Tatiana était encore sa bien-aimée ! Il embrassa le papier et joignit les mains pour remercier Dieu de le soulager de ces mois de torture.

Puis il lut les autres lettres. Tatiana y évoquait sa tristesse après la mort d'un jeune patient. Elle avait également dessiné la médaille qu'elle avait commandée chez Fabergé pour orner le collier d'Ortipo, un bijou incrusté de pierres précieuses serties au cœur d'un feuillage d'or, et précisait que cette coquine ne la méritait pas puisqu'elle s'était laissé séduire par un autre chien du palais et attendait des petits, ce qui avait provoqué un scandale. Elle évoquait aussi les lectures conseillées par son professeur d'anglais, Pierre Gilliard, et ce qu'elle apprenait du Dr Vera Gedroit, qui la flattait en affirmant qu'elle était douée pour le métier d'infirmière. Au fil de ses lettres elle s'inquiétait davantage pour Dimitri, dont tout au long du printemps elle n'avait reçu aucun courrier alors que les nouvelles du front étaient plus mauvaises les unes que les autres.

Mon chéri,

Je vous implore de m'adresser quelques lignes pour me confirmer que vous allez bien. J'ai si peur pour vous que je peine à me concentrer sur mon travail. Quand mes sœurs me parlent, je me rends compte que je ne les ai pas écoutées parce que mes pensées sont avec vous, en Pologne. Je ne serai pas tranquille tant que je n'aurai pas l'assurance que vous êtes sauf.

La lettre la plus récente l'informait que, en octobre, Olga et elle rejoindraient leur père à la stavka, l'état-major des forces armées russes, à Moguilev, où Alexis passait en revue les troupes. Elle espérait que Dimitri pourrait y faire un saut, ne serait-ce qu'une heure : « Voir votre visage et entendre votre voix serait mon plus grand bonheur. Je ne serai rassurée sur votre sort qu'après vous avoir vu de mes yeux. »

Dimitri étouffa un juron. Moguilev se trouvait à plusieurs centaines de kilomètres au sud de sa position actuelle. Il alla demander à son commandant si quelque mission pourrait l'envoyer dans cette direction, pour livrer un message au tsar par exemple, mais il lui fut répondu qu'on ne pouvait se dispenser de sa présence.

Il lui était intolérable de penser que Tatiana était si près et qu'il n'avait pas la possibilité de la voir. Moguilev ne se trouvait pas sur le front mais, si les Allemands se livraient à une avancée soudaine, il n'était pas impensable que leurs obus l'atteignent. À quoi pensait donc Nicolas II ? S'il avait eu la moindre idée de la puissance de l'ennemi allemand, il n'aurait pas amené sa famille dans la région. Dimitri ne pouvait s'empêcher d'imaginer Tatiana déchiquetée par un obus et était à la torture. Il ne dormirait pas tranquille tant qu'elle n'aurait pas regagné Saint-Pétersbourg.

10

Lac Akanabee, État de New York, 18 juillet 2016

Le lendemain de son arrivée au lac Akanabee, Kitty se rendit dans la ville voisine d'Indian Lake pour acheter des outils et des provisions. Une rangée de maisons à bardeaux rouge foncé et de boutiques dotées d'avant-toits blancs bordait une rue principale poussiéreuse sous des écheveaux de câbles filant entre les réverbères. Il n'y avait pas de feux tricolores et tandis qu'elle cherchait une quincaillerie elle ne croisa pratiquement aucune autre voiture.

La route était jalonnée de fast-foods, de magasins de camping et de sport aux devantures constellées de piles de canots. Kitty dut passer deux fois devant Lakeside Country Stores pour remarquer le panneau indiquant qu'en plus de l'équipement de camping ils vendaient du matériel de bricolage et de plomberie, ainsi que des articles de décoration. Elle se gara et sortit sa liste : il lui fallait une tronçonneuse sans fil, une perceuse, des outils de menuiserie, une pelle, une balayette, sans oublier un réchaud à gaz, une lampe à huile, de la vaisselle et des couverts. Le vendeur, ravi de réaliser une si belle vente, rassembla ses achats.

— Vous avez un biseau coulissant ? demanda Kitty en vérifiant sa liste.

— Vous êtes sûre d'en avoir besoin ? s'enquit l'homme visiblement sceptique quant aux capacités d'une femme en juger de l'utilité de pareil outil.

— Oui. C'est pour mesurer les angles d'un escalier à reconstruire.

Il haussa les épaules et partit en chercher un en rayon.

— Vous venez d'arriver ?

— Oui. Je suis là depuis hier.

— Avec votre mari ?

Kitty se crispa. Pourquoi les employés de magasins de bricolage avaient-ils tous besoin de croire qu'il fallait toujours un homme en coulisse ?

— Non, fit-elle sèchement.

Il lui tendit un biseau dont elle vérifia l'écrou de serrage avant de l'ajouter à ses achats.

— Vous tombez à pic, reprit le vendeur. La fin de la saison des insectes approche. Il y a deux semaines, on en était infestés par nuées.

— Je me suis fait piquer cette nuit, admit la jeune femme en se grattant le cou. Vous pouvez me conseiller quelque chose ?

— Oui, répondit le vendeur en posant sur le comptoir un grand flacon d'insecticide. Par ici, on s'en sert vingt-quatre heures sur vingt-quatre d'avril à octobre.

— Il y a un supermarché dans le coin ?

Il lui en indiqua un plus loin dans la rue principale.

Vous ne pouvez pas le rater.

— Et un bijoutier ?

Elle avait glissé dans son sac à main le pendentif qu'elle avait trouvé et souhaitait le faire estimer.

— La bijouterie la plus proche est à Lake George, mais mon beau-frère a travaillé dans le métier et a conservé un stock. Vous le trouverez dans Bennett Road, ajouta-t-il en inscrivant ses coordonnées au dos d'une carte de visite. Dites que vous venez de la part de Chad.

Kitty se rendit d'abord au supermarché pour faire provision de boîtes de conserve, de crackers, de fromage, de pommes, de café et de quelques bouteilles de vin. La voiture était pleine à craquer lorsqu'elle remonta Bennett Road, aisément identifiable puisqu'il n'y avait guère d'autres rues transversales. Dès qu'elle actionna la sonnette, deux danois surgirent dans la cour, suivis d'un homme barbu vêtu d'une étonnante chemise rouge cerise.

— Bonjour ! lança Kitty. Chad m'a dit que vous aviez travaillé dans la bijouterie. J'aimerais obtenir une estimation pour ce pendentif, expliqua-t-elle en sortant l'objet de son sac pour le lui tendre.

— Très bien, répondit l'homme en l'examinant brièvement. Entrez.

La table de la cuisine était couverte d'une toile cirée à motif fleuri. Le beau-frère de Chad partit chercher une loupe dans une autre pièce puis plaça le pendentif dans la lumière du jour avant d'émettre un sifflement admiratif. Il examina la disposition des pierres, puis le dos du bijou, et le silence s'installa. Enfin, il se tourna vers Kitty, qui attendait son verdict.

— C'est du Fabergé ! L'une des plus belles pièces que j'aie jamais vues !

— Vous êtes sérieux ?

Kitty n'avait rien d'une experte, mais Fabergé était célèbre dans le monde entier. Son arrière-grand-père devait être riche. À moins qu'il ne s'agisse d'un bijou de famille…

— Si je ne m'abuse, c'est de l'or rose serti d'un saphir, d'un rubis et d'une topaze impériale. Le poinçon du fabricant figure au dos. Il est un peu usé. Toutefois, les initiales du maître d'atelier semblent être H.W.

— Je peux voir ?

Kitty eut beau scruter le bijou à la loupe, elle ne distingua rien qui ressemble à « Fabergé » ou à « H.W. ».

— C'est de l'alphabet cyrillique, lui expliqua l'homme en sortant une tablette d'un tiroir pour lancer une recherche. Je m'en doutais : « H.W. », c'est Henrik Wigström, leur maître d'atelier de 1903 à 1918.

— Il était russe ? demanda Kitty.

Dimitri avait peut-être rapporté le pendentif de Russie.

— Wigström était originaire de Finlande et travaillait au siège de l'entreprise, à Saint-Pétersbourg, sous l'égide du grand Mikhaïl Perchine, le plus célèbre maître d'atelier de Fabergé.

L'homme leva les yeux pour voir si ce nom disait quelque chose à Kitty mais ne croisa qu'un regard vague.

— À la fin du XIXe siècle et au début du XXe, l'entreprise était tellement prisée qu'ils faisaient appel à des artisans indépendants pour réaliser certaines commandes à partir de dessins fournis par les créateurs de Fabergé. Vous avez sans doute entendu parler des célèbres œufs de Fabergé…

— Euh… je crois, oui.

Apparemment, l'ignorance de Kitty le décevait.

— C'étaient des œuvres d'art extraordinaires que les membres de la famille impériale s'offraient chaque année à Pâques, avec des surprises à l'intérieur. Il n'en a été produit que soixante-cinq exemplaires et, récemment, certains se sont vendus pour près de dix millions de dollars aux enchères.

— Incroyable ! murmura Kitty, ébahie. Pour un œuf de Pâques ?

Le bijoutier se mit à rire.

— Eh bien, celui que le tsar Nicolas II a offert à sa mère en 1913 était en platine et en or incrusté de…

Il s'interrompit pour consulter sa tablette.

— … mille six cent soixante diamants à l'extérieur et mille trois cent soixante-dix-huit dans le petit panier intérieur. Rien à voir avec nos œufs de Pâques à nous, je vous le concède, mais c'était de loin la famille la plus fortunée du monde. Une monarchie absolue depuis trois siècles, alors que le peuple russe était réduit à la servitude, de sorte que toute la richesse du pays entrait dans les coffres impériaux.

La jeune femme écarquilla les yeux.

— Cela signifie que mon pendentif a de la valeur ?

— Malgré sa petite taille, je pense qu'il pourrait atteindre plusieurs milliers de dollars aux enchères. Vous voulez le vendre ? demanda-t-il en soupesant le bijou. J'ai encore des relations dans le métier.

— Non, désolée. C'est un bijou de famille. Je voulais juste savoir.

Face à la mine déconfite du bijoutier, elle ajouta :

— Je peux vous acheter une chaîne en or pour pouvoir le porter ?

Il s'éloigna, puis revint avec un plateau présentant plusieurs modèles. Elle en choisit un dont les petits chaînons rappelaient le filigrane du pendentif et le régla en espèces.

— Si vous changez d'avis pour la vente, vous savez où me trouver ! lui lança-t-il tandis qu'elle s'éloignait.

Son pendentif sur la poitrine, elle retourna vers le lac Akanabee, encore plus intriguée. Si son arrière-grand-père avait les moyens de s'offrir un pendentif Fabergé, il devait être un écrivain à succès… Pourquoi Kitty n'avait-elle jamais entendu parler de lui ?

À moins de deux kilomètres du chemin menant au chalet, elle croisa un parc de bungalows disposant d'un coffee-shop et fit demi-tour pour jeter un coup d'œil. La pancarte indiquait wifi gratuit. Elle entra, son ordinateur sous le bras.

— Bonjour ! Je peux utiliser une prise et vous demander le mot de passe pour le wifi ?

Elle expliqua que son chalet, situé à quelques kilomètres, n'était pas raccordé à l'électricité.

— Pas de problème, répondit le jeune serveur en lui indiquant une prise avant de lui préparer un *latte*.

Il s'appelait Jeff, il travaillait là pour l'été et à la rentrée reprendrait ses études à l'université. Kitty lui raconta qu'elle avait hérité du chalet tout proche qu'elle comptait rénover. Jeff ne masqua pas son étonnement.

— Je croyais que c'était une ruine… Enfin, vous devez savoir ce que vous faites.

— Je n'ai jamais affronté un tel défi, avoua-t-elle. Je verrai au fur et à mesure.

Une fois que son ordinateur fut assez rechargé, elle fit une recherche sur Dimitri Iakovlévitch. Elle trouva les biographies d'un explorateur russe dans l'Arctique, d'un compositeur juif et d'un peintre constructiviste, mais personne dont les dates correspondaient. En ajoutant « écrivain », elle dénicha une page sur un homme né en 1891 en Russie, auteur de cinq romans : *Interminable amour* (1924), *Exil* (1927), *Sous la botte* (1933), *Aux premières lueurs de l'aube* (1944) et *Vers le soleil couchant* (1947). Il n'y avait rien de plus, pas même l'année de sa mort.

Kitty navigua ensuite vers le site d'un vendeur de livres d'occasion. Il n'avait en stock qu'*Interminable amour*. Kitty en commanda un exemplaire. Jeff lui proposa de le faire livrer au coffee-shop, car le facteur ne s'aventurerait pas jusqu'au chalet.

Kitty songea un instant à ouvrir sa boîte mail. Elle avait envoyé au rédacteur en chef de son journal un message pour l'informer qu'elle s'absentait pour raisons familiales. Elle ne risquait donc pas de recevoir du travail. Il y aurait certainement des e-mails de Tom, des justifications pathétiques ou une demande de divorce… Elle frémit à cette pensée. Amber avait dû lui écrire elle aussi. Mais si Kitty contactait son amie, elle devrait évoquer l'infidélité de Tom et elle ne s'en sentait pas prête. En pleine nature, au bout du monde, elle commençait à redevenir la femme indépendante et efficace qu'elle avait été avant de se marier. Reprendre contact avec Amber et Tom, ou quiconque de son ancienne vie, risquait de l'attrister, de l'angoisser, de créer un manque.

Il y aurait tant de questions à prendre en compte. Si Tom voulait divorcer, que se passerait-il financièrement ? Elle ne pouvait vivre du peu qu'elle gagnait grâce à ses piges. De plus, elle avait dépensé tout l'argent empoché grâce à ses rénovations de logements pour aménager la maison qu'ils habitaient. Sa fierté l'empêchait d'accepter le moindre sou de Tom. Ils devraient vendre. Il faudrait qu'elle trouve un véritable emploi et, s'il tentait de sauver leur couple, serait-elle capable de lui accorder de nouveau sa confiance ? Pourrait-elle faire l'amour avec lui sans penser à Karren avec deux *r* ? Au souvenir de la photo de cette femme nue, elle sentit son cœur se serrer et ses yeux s'embuèrent de larmes. Elle finit son café.

Qu'il poireaute un peu… le temps d'éliminer Karren de son organisme. En attendant, Kitty rénoverait son chalet. À son réveil, ce matin-là, elle était allée se baigner dans les eaux cristallines du lac en écoutant le chant des oiseaux qui se disputaient le territoire. Elle ne voyait que la forêt dense, les eaux scintillantes et le ciel d'un bleu limpide, à l'infini. Ce paysage époustouflant l'aiderait à remettre de l'ordre dans ses idées au cœur de ce tourbillon émotionnel. Une seule nuit lui avait suffi pour tomber amoureuse du lac Akanabee.

11

Front de l'Est, Lituanie, 5 mars 1916

Durant l'hiver 1915-1916, Dimitri trouva le temps long. Tatiana lui manquait plus que jamais. Les armées russe et allemande s'étaient enfouies sous terre pour se protéger des blizzards. La visibilité à moins d'un mètre leur interdisait de s'aventurer hors des tranchées, de peur de se retrouver en plein no man's land. Dimitri effectuait des missions de reconnaissance à cheval, quoiqu'il soit manifeste que la cavalerie ne jouerait qu'un rôle secondaire dans la phase suivante de la guerre. Il apprit donc à positionner les armes lourdes qui commençaient à sortir des usines russes d'armement. Ce serait sans doute le seul moyen de repousser les Allemands des territoires qu'ils avaient conquis en Pologne, en Lituanie et en Biélorussie.

Il tenait le coup en rêvant de sa vie avec Tatiana après la guerre. Résideraient-ils dans une aile du palais, à Saint-Pétersbourg ? Plus à l'aise dans les grands espaces, il préférait la campagne et cet avenir lui semblait irréel ; il ne pourrait y croire tant que les parents de la jeune femme n'auraient pas donné leur consentement au mariage. En vérité, Dimitri et Tatiana ne se connaissaient pas depuis longtemps : ils n'avaient partagé que trois semaines avant son retour au front, et Tatiana avait changé en son absence. La jeune fille insouciante et enjouée avait fait place à une adulte, comme en attestaient ses lettres.

Malama chéri,

Il y a quinze mois que je vous ai dit au revoir, en ce jour de décembre, devant le palais Catherine. N'est-ce pas incroyable ? Au début de la guerre, je n'étais qu'une enfant innocente. J'ignorais ce qui m'attendait. Désormais, j'assiste les chirurgiens lors de leurs amputations, je panse des membres gangrenés et nauséabonds, je fais des injections, je distribue les médicaments, je réconforte les mourants. Hier, j'ai même réussi à apaiser un homme en pleine crise de terreur. Il regardait fixement devant lui en se balançant d'avant en arrière et perturbait les autres patients. D'abord, je lui ai parlé à voix basse. Il ne semblait ni m'entendre ni me voir, alors je me suis mise à chanter. Il s'est tu et, enfin, s'est endormi pour la première fois depuis son arrivée. J'ai l'impression que ma voix est particulièrement soporifique !

Les patients me donnent un aperçu de la vie que vous menez sur le champ. J'ai très peur pour vous. Je vous sais sur la ligne de front, en Lituanie, et même si vous ne livrez pas bataille, les obus fusent de toutes parts et les tireurs solitaires guettent le moindre mouvement. Malama, je vous en conjure, soyez prudent et abstenez-vous de jouer les héros. N'oubliez pas que vous tenez mon cœur entre vos mains.

Les mots d'amour de Tatiana émerveillaient Dimitri. Il était aimé de sa mère et de ses sœurs, voire de son père, à sa façon, même si ce dernier était strict et d'un autre temps. Tatiana, elle, avait choisi de l'aimer et il ne se l'expliquait toujours pas. Qu'avait-il donc de si spécial ? Il pouvait citer les mille raisons qu'il avait d'être amoureux d'elle, mais elles lui donnaient l'impression d'être encore plus indigne d'elle : sa douceur, sa dignité discrète... Il aimait la façon dont son regard semblait parfois venir du plus profond d'elle-même pour se poser au loin, comme pour mieux y comprendre son propre monde intérieur.

Un jour, elle lui envoya une coupure de journal les décrivant, Olga et elle, comme les « sœurs de la miséricorde de la guerre », ce dont il fut très fier. Outre son travail d'infirmière, Tatiana dirigeait un comité venant en aide aux réfugiés des territoires sous occupation allemande qui affluaient en Russie. Elle sillonnait le pays pour inspecter les centres d'accueil. Dimitri savait qu'elle se montrait modeste en affirmant qu'elle était intimidée lors des réunions de son comité et qu'elle avait envie de se cacher sous la table. Les autres soldats lui avaient appris que Tatiana était de loin la plus populaire des grandes-duchesses figurant sur les cartes postales vendues en vue de récolter des fonds pour l'effort de guerre, ce qui en disait long sur ses actions et sa beauté.

Sa mère, en revanche, était de plus en plus critiquée par la presse. « D'après la rumeur, Raspoutine incite Alexandra à négocier la paix avec l'Allemagne », affirmait un gros titre qui leur parvint, suivi de : « Un troisième ministre du gouvernement limogé par la tsarine pour avoir osé critiquer son ami proche », « La tsarine ne croit pas les allégations de corruption contre Raspoutine ». Sans doute était-il inévitable que le petit peuple se méfie d'Alexandra, née en Allemagne, où elle avait encore de la famille. En tout cas, Nicolas n'avait pas été très avisé de lui confier les rênes lorsqu'il avait pris le commandement de l'armée, laissant le Sibérien suspect au côté de sa femme.

Un jour, Dimitri entendit un groupe de soldats spéculer sur une liaison entre la tsarine et Raspoutine. Ce discours relevait de la trahison et il aurait pu les châtier. Cependant, sachant que cette opinion était très répandue, il fit mine de ne rien avoir entendu.

Alexandra lisait-elle les journaux ? Tatiana ne les lisait sans doute pas, car elle semblait ignorer les rumeurs concernant les relations entre sa mère et Raspoutine. Depuis leur petit différend, elle se montrait prudente quand elle l'évoquait dans ses lettres. C'en était fini de l'« oncle Grigori ». Elle maintenait toutefois que Raspoutine l'avait aidée à mieux comprendre Dieu. Dimitri était persuadé que Raspoutine lui avait inculqué ses idées quelque peu excentriques sur les esprits. Un jour, elle lui parla d'une femme venue à l'hôpital pour lire les lignes de la main des patients :

> C'était une femme chaleureuse, une paysanne, avec un regard mystérieux quand elle communiquait avec les esprits. Chaque soldat avec qui elle parlait semblait convaincu de ses pouvoirs. Je lui ai donc demandé de lire les lignes de ma main. Elle m'a demandé si je souhaitais avoir une réponse à une question précise. J'ai voulu savoir si elle voyait quand je me marierais. Elle a pris ma main droite et l'a manipulée un long moment, effleurant les lignes du bout du doigt. Elle m'a déclaré que ma ligne de cœur était forte et que j'épouserais un homme que j'aime vraiment. Elle a hésité

avant d'ajouter que ma ligne de vie était coupée puis tournait vers la droite, ce qui signifie que je réaliserais quelque chose d'extraordinaire dans l'avenir. Elle n'a pas voulu m'en révéler davantage, mais je me réjouis de savoir que nous allons nous marier, Dimitri, car cela signifie que vous survivrez à cette guerre.

Dimitri leva les yeux au ciel. Cela voulait-il dire qu'il pouvait se promener sans protection sur la plaine qui les séparait de la ligne de front allemande sans être abattu ? Il trouvait amusant qu'un être aussi intelligent que Tatiana puisse croire à ces sottises ésotériques et se promit de la taquiner à ce sujet dès qu'il la reverrait.

— Seigneur, je n'en peux plus d'attendre, souffla-t-il.

Le 7 mars 1916, Dimitri reçut un ordre de route. Lorsqu'il ouvrit l'enveloppe, il n'en crut pas ses yeux : Nicolas II lui ordonnait de revenir à Saint-Pétersbourg pour servir au poste d'écuyer du régiment constituant la garde de Tsarskoïe Selo. Face à cette mutation inattendue, il ne sut distinguer ce qu'il ressentait vraiment. Naturellement, il serait heureux de retrouver Tatiana, mais il avait l'impression d'abandonner ses camarades. Au lieu de tirer des obus sur les Allemands, il serait responsable des soins apportés aux chevaux du tsar. Si c'était un grand honneur, c'était aussi une solution de facilité.

Il avait ordre de partir dès le surlendemain, de sorte qu'il avait juste le temps d'envoyer un court message à Tatiana pour lui annoncer la nouvelle. Tout en rédigeant sa missive, il se demanda ce qu'elle penserait de son retour. Elle n'était plus une jeune fille à présent.

Et, en dépit de ses lettres pleines d'affection, leur histoire d'amour n'était peut-être qu'un béguin, une lubie pour elle. Lors de leurs retrouvailles, elle se demanderait peut-être ce qu'elle avait bien pu lui trouver. Et, si ses sentiments n'avaient pas faibli, elle risquait toutefois de l'observer d'un œil plus critique, plus mûr.

Il prit un train pour Saint-Pétersbourg et poursuivit son trajet vers Tsarskoïe Selo à bord d'un camion militaire qu'il avait vu quitter la gare. Il faisait presque nuit. Tatiana serait-elle à l'hôpital avec ses patients ou chez elle, en famille ? À moins qu'elle ne soit en visite dans une structure médicale dans une autre ville ? Le camion stoppa devant la grille du palais Alexandre et Dimitri se présenta aux gardes, puis, son baluchon sur l'épaule, il se rendit aux écuries.

Une mince silhouette apparut soudain sur le pas d'une porte du palais, tout de blanc vêtue, tel un fantôme. Elle vola vers lui et se jeta dans ses bras. Dimitri l'enlaça et la serra contre lui. Il huma son parfum avant de baisser les yeux vers elle. Elle avait le visage émacié, les pommettes plus saillantes, mais elle était toujours la même.

— Comment avez-vous su quand j'arriverais ?

Personne n'était au courant. Lui-même ignorait s'il trouverait un camion le jour même ou s'il devrait attendre le lendemain matin.

— Je vous ai guetté à la fenêtre toute la journée.

Elle avait le souffle court. Était-ce parce qu'elle avait couru ou parce qu'elle était submergée par l'émotion ?

— Oh, Malama, promettez-moi de ne plus jamais me quitter !

12

Tsarskoïe Selo, Russie, 17 mars 1916

Cette longue séparation n'avait en rien émoussé les sentiments de Tatiana pour Dimitri, bien au contraire. C'était comme s'ils étaient enveloppés d'une aura : les couleurs étaient plus intenses, le soleil brillait plus fort, les ultimes journées grises de l'hiver filèrent à vive allure. Dimitri entendait à nouveau les paroles des grands poètes de l'amour chaque fois qu'il plongeait dans les yeux de la jeune femme et entendait sa douce voix. Désormais, il en savait davantage sur sa personnalité grâce aux centaines de lettres qu'elle lui avait écrites. Leur amour n'en semblait que plus fort et inébranlable.

Une semaine à peine s'était écoulée lorsqu'elle surgit dans les écuries avant de se rendre à l'hôpital pour annoncer :

— Maman aimerait vous inviter à déjeuner demain à midi. Dites-moi que vous viendrez !

Dimitri n'en revenait pas.

— Votre mère m'a invité ? Moi ? Pourquoi ?

— Parce que je le lui ai demandé ! répondit Tatiana avec un sourire espiègle. Ne vous inquiétez pas, elle vous apprécie. Et vous ferez la connaissance de mon frère et de mes sœurs par la même occasion.

Dimitri s'était trouvé en compagnie de membres de la famille impériale à maintes occasions, mais en tant que membre de la garde seulement, jamais à titre d'invité, et le protocole l'inquiétait. Si seulement il pouvait consulter sa mère, une experte en la matière ! Hélas, ses parents n'avaient pas encore fait installer le téléphone dans leur maison. Au lieu de cela, il eut une conversation avec Anna Vyroubova, la dame de compagnie de la tsarine, qui lui assura qu'en ces temps de guerre le déjeuner était très informel et qu'il pourrait se contenter d'être lui-même.

Le lendemain après-midi, Dimitri se présenta au palais Alexandre, les bottes étincelantes, rasé de près, les cheveux gominés et lissés vers l'arrière. Un majordome l'introduisit au salon de réception officiel. Lorsque la porte à double battant s'ouvrit, la lumière qui entrait par les hautes fenêtres se refléta dans les miroirs si bien qu'il fut momentanément ébloui par les dorures. Puis il vit Alexandra assise devant son secrétaire, et ses cinq enfants installés sur des divans autour du feu. Tatiana se leva d'un bond pour l'accueillir, puis se chargea des présentations. Les membres de la famille semblaient parler anglais entre eux et Dimitri dut se concentrer pour les suivre car il n'employait pas souvent cette langue.

— Vous avez déjà rencontré maman lorsqu'elle vous a remis la croix de Saint-Georges.

Il s'inclina devant la tsarine, qui lui répondit d'un signe de tête cordial avant de poursuivre l'écriture de son courrier, mais Dimitri remarqua la forte odeur d'ail qu'elle dégageait. Que pouvait-elle avoir mangé au petit déjeuner ?

Tatiana le mena ensuite vers son frère, allongé sur un divan, les pieds en l'air.

— Voici Alexis, qui vient de rentrer de la ligne de front.

Dimitri n'avait pas vu le tsarévitch depuis plusieurs années. À treize ans, il semblait encore un enfant et Dimitri fut choqué par ses cernes violacés et son allure frêle.

— Votre Altesse Impériale a-t-elle assisté à des actions ? s'enquit-il.

Le jeune garçon eut l'air découragé.

— Hélas, je n'ai pas été autorisé à entrer dans la zone de tir.

Ses sœurs s'esclaffèrent.

— J'espère bien, intervint Tatiana.

Dimitri salua ensuite Olga, la sœur aînée de Tatiana, qui lui présenta Maria, une jeune fille de seize ans un peu ronde au regard rieur, et Anastasia, quatorze ans, dont les cheveux lui arrivaient à la taille. Elle les portait détachés, comme une enfant.

— Ne jouez jamais avec Anastasia, le prévint Maria en désignant un échiquier et des pièces en ivoire de dames chinoises. C'est une tricheuse invétérée.

— Et elle est mauvaise perdante, répliqua Anastasia en tirant la langue à sa sœur.

Tatiana l'interrompit vivement pour expliquer à Dimitri que les jeunes filles avaient commencé à rendre visite à l'hôpital aux soldats blessés et qu'elles y remportaient déjà un franc succès.

— Je n'en doute pas.

Il sourit quand Tatiana lui fit signe de s'asseoir dans un fauteuil auprès d'elle.

— Quel homme ne serait pas enchanté par leur esprit et leur beauté ? reprit-il.

Maria l'interrogea sur les chevaux impériaux mis à la retraite et qui vivaient désormais dans les écuries situées derrière le palais Alexandre, où ils profitaient d'une fin de vie paisible. Alexis voulut savoir lequel des chevaux de course serait le plus rapide selon Dimitri, et quand reprendrait le Stoverstnöm après la guerre. Ils semblaient avoir la passion des chevaux. Si les filles étaient d'excellentes cavalières, le tsarévitch, lui, n'avait jamais eu le droit de monter à cause de la fragilité de ses articulations.

Un maître d'hôtel annonça que le déjeuner était servi. Tous s'installèrent près de la fenêtre autour d'une table ornée en son centre d'un bouquet de roses pêche. Comment trouver des roses en avril ? Sans doute provenaient-elles de la serre du palais. Les couverts étaient en argent massif, et si Alexandra s'excusa de la vaisselle ordinaire et de la simplicité du repas, Dimitri le trouva au contraire très raffiné : velouté, filets de poisson en sauce légère, ragoût de mouton, le tout suivi d'un plat délicat de compote de pommes. Les jeunes filles entretinrent la conversation, se taquinant de temps à autre. Elles voulurent savoir si leur hôte avait vu au front des bisons ou des ours. C'était le cas, mais de loin. Elles parlèrent également de leurs patients, à l'hôpital. Tatiana, elle, semblait plus réservée et servait souvent de tampon entre ses deux plus jeunes sœurs, quand Alexandra paraissait distraite et ne disait presque rien.

Après le repas, Dimitri fut étonné d'entendre la tsarine lui proposer de prendre le thé avec elle dans la salle des portraits voisine. Il lui emboîta le pas, non sans adresser un regard furtif à Tatiana. De quoi Alexandra voulait-elle lui parler ? Que savait-elle de ses relations avec sa deuxième fille ? Comptait-elle l'interroger sur ses intentions envers elle ? Auquel cas, que répondre ?

La salle des portraits était vaste, aérée, avec des colonnes dorées et son lustre, le plus beau que Dimitri ait jamais vu, avec des cascades de minuscules cristaux. Alexandra s'assit sur un divan au-dessous d'un immense portrait de Catherine la Grande. Il prit une chaise tandis qu'un domestique versait du thé brûlant d'un lourd samovar en argent et disposait entre eux un récipient de chocolats. Dimitri eut envie de prendre une friandise car elles semblaient délicieuses, mais comme Alexandra n'en fit rien il n'osa pas se servir, de peur de commettre un impair. Sur une petite table étaient exposés ces superbes œufs Fabergé que les membres de la famille s'offraient à Pâques et qui valaient des milliers de roubles.

Tatiana lui avait confié que la famille avait cessé d'acheter des vêtements neufs quand la guerre avait éclaté, et qu'ils raccommodaient et reprisaient leurs tenues. Pourtant, la tsarine était très élégante dans sa robe chocolat brodée de feuilles bronze. Elle portait quatre rangées de perles autour du cou, une étoile de l'ordre de saint Alexandre Nevski sur la poitrine et une bague ornée d'une aigue-marine au doigt.

— Dites-moi, le jour où vous avez quitté le front, les canons mobiles étaient-ils arrivés ? s'enquit Alexandra sur un ton austère mais pas hostile.

— Oui, mais les hommes n'ont pas beaucoup d'expérience de leur maniement, répondit-il.

— Sont-ils difficiles à utiliser ?

— Ces armes sont très lourdes. Un homme de ma compagnie s'est blessé grièvement à cause du recul d'un…

Il hésita, ne trouvant pas le terme exact pour désigner la douille d'un obus. Alexandra hocha la tête pour lui indiquer qu'elle avait compris.

— Pensez-vous qu'elles feront une différence ? Vous pouvez me parler en toute franchise. Je sais qu'il y a eu des progrès en Galicie. Hélas, nous sommes au point mort au nord de la ligne. D'après vous, que faudra-t-il pour repousser l'envahisseur derrière ses propres frontières ?

Dimitri nota l'emploi du mot « envahisseur ». Elle était pourtant née au sein de ce peuple. Quelle situation inconfortable ! Il lui fit part de son opinion : rien ne servait d'avancer en un seul point de la ligne. Ils avaient découvert au début de la guerre que les troupes allemandes étaient rapides quand il s'agissait de prendre en étau les armées lors de leurs avancées, avec des conséquences terribles.

— Je crois qu'il ne faut pas prévoir une autre offensive tant que la ligne du nord au sud ne disposera pas d'armes modernes et que les hommes ne seront pas prêts à agir en une seule poussée concertée.

Elle opina, comme s'il venait de la conforter dans son opinion.

— Le ravitaillement arrive-t-il correctement ? Les hommes étaient-ils bien nourris chez vous ?

Dimitri hésita.

— Il y a eu des problèmes d'approvisionnement lors de notre retraite, mais la situation s'est améliorée dès que nous avons été statiques.

Il sentait encore son odeur d'ail, qui semblait émaner de ses pores davantage que de son haleine.

Au bout de dix minutes de conversation sur la guerre, la tsarine annonça brusquement qu'elle devait se retirer afin de se reposer avant ses engagements de l'après-midi. Dimitri se leva et s'inclina tandis qu'elle prenait congé. Sur le seuil, elle se retourna et lui adressa un sourire chaleureux.

— Je vous en prie, emportez donc ces chocolats, cornette Malama. Je les trouve trop sucrés.

— Merci, Votre Altesse Impériale, répondit-il en rougissant avant de s'incliner encore.

Avait-elle remarqué qu'il les lorgnait ? Il décida d'accepter sa proposition et s'empara du contenu du récipient avant que le majordome le raccompagne à la porte.

En regagnant les écuries, un chocolat fondant dans la bouche, il réfléchit à ce qui venait de se passer. Alexandra l'avait-elle invité uniquement pour le faire parler de la guerre ? Que pensait-elle de lui ? Aurait-il dû se montrer moins franc, plus obséquieux ?

Il obtint la réponse le soir même, lorsque Tatiana surgit, en uniforme, au sortir de sa leçon du soir avec Vera Gedroit.

— Mon chéri, vous avez charmé la famille entière ! Je le savais. Maman a écrit à papa cet après-midi pour lui dire que, selon elle, vous feriez un gendre admirable. Vous imaginez ? Je suis tellement exaltée que je ne pouvais attendre plus longtemps pour vous l'annoncer.

Elle sautillait comme une enfant joyeuse.

Dimitri pâlit.

— C'est ce qu'elle a écrit ? Cela signifie-t-il… ? Vous pensez qu'elle nous laissera nous marier bientôt ?

— Oh, mon chéri, fit-elle en inclinant la tête. Pas en temps de guerre. Nous ne pourrions prendre les dispositions adéquates et notre mariage doit être une affaire d'État. De plus, ma sœur Olga devrait se marier la première. Je vais lui enjoindre de se hâter de choisir un mari. Elle a trop de prétendants ; il est temps qu'elle se décide enfin !

— Pouvons-nous au moins annoncer nos fiançailles ? De nombreuses personnes ont deviné que nous étions proches et je ne voudrais pas compromettre votre réputation.

— Je poserai la question à maman, mais j'ai l'impression que pour l'instant elle souhaite un engagement non officiel. Il est bon que nous puissions profiter de cette période d'amour secret. Nous apprendrons à nous connaître sans être observés par le monde entier…

Elle se tourna vers la porte.

— Je ne peux pas rester… je dois aller stériliser mes instruments. Je voulais simplement vous annoncer la nouvelle.

Ils s'étreignirent furtivement et Dimitri huma le parfum de ses cheveux, qui lui rappela un détail intrigant.

— Quel est cet étrange parfum que porte votre mère ? Je ne l'ai pas reconnu…

Tatiana scruta les alentours pour s'assurer que nul ne pouvait l'entendre, puis elle fit la moue.

— Elle dégage une odeur bizarre, n'est-ce pas ? Je lui fais chaque jour une injection d'arsenic contre la fatigue, d'où l'odeur. Il en est de même pour Olga. Vous ne l'avez pas remarqué ? À demain, très cher. Près de la grille latérale, à deux heures et demie.

Ils avaient pris l'habitude de passer une heure ensemble chaque après-midi. Par beau temps, ils emmenaient Ortipo en promenade dans le parc et tentaient en vain de lui apprendre à rapporter une balle. Il leur arrivait de monter à cheval et, s'il pleuvait, ils jouaient aux cartes, lisaient des poèmes ou bavardaient tranquillement. Ils ne manquaient jamais de sujets de conversation. Dimitri notait des choses à lui dire, des bribes d'échanges qu'il avait entendus, des anecdotes sur les chevaux ou une plaisanterie. En général, une femme de chambre jouait les chaperons à bonne distance, de sorte qu'ils avaient l'impression d'être seuls.

Un matin, au détour d'une allée du parc, Dimitri entendit des gardes évoquer les filles aînées des Romanov. Il aurait dû les faire taire immédiatement mais s'arrêta pour les écouter.

— Il paraît qu'elles ont chacun un favori parmi nos hommes. Olga s'est amourachée de ce Mitia et Tatiana est amoureuse de Volodia.

Dimitri eut l'impression de recevoir un coup de poignard en plein cœur. Qui était ce Volodia et, surtout, qui était-il pour Tatiana ? Il se précipita vers la salle de garde pour se renseigner : il apprit qu'il s'agissait d'un sous-lieutenant du troisième régiment de carabiniers qui avait passé plusieurs semaines à l'hôpital l'automne précédent. C'était un ami de Mitia, l'amoureux d'Olga, et il avait une réputation de coureur de jupons. Apparemment, les quatre jeunes gens avaient joué au croquet ensemble avant que Volodia, guéri, soit renvoyé au front à Noël.

Heureusement pour lui, songea amèrement Dimitri, rongé par une telle jalousie que si cet homme s'était trouvé en ville il l'aurait volontiers battu à mort.

13

Début mai 1916, un peu plus d'un mois après le retour de Dimitri, les Romanov, dont le tsar, partirent en villégiature en Crimée. C'était leur premier voyage depuis 1913. Dimitri savait à quel point Tatiana aimait cet endroit mais, lorsqu'il vit leur automobile, une Delaunay-Belleville, disparaître au bout de la rue en direction de la gare ferroviaire, il se sentit le cœur gros et le front moite. Il avait mal à la tête et les jambes lourdes. Survivrait-il trois semaines sans elle ? Elle avait promis de lui écrire, mais hélas de simples lettres ne suffiraient plus à le satisfaire. Il ne se sentait plus en vie qu'en sa présence.

« Je suis tellement heureuse de voir la mer », lui écrivit-elle.

Olga et moi avons lézardé au soleil. J'espère que vous ne serez pas contrarié d'avoir une fiancée au visage bronzé. La chaleur fait du bien à ma mère et le petit Alexis est très vivace. Il harcèle les marins afin qu'ils lui racontent des histoires sur les sous-marins allemands. Nous avons navigué d'Odessa à

Sébastopol. Malheureusement, nous n'avons pas le temps de nous rendre à Livadia, car papa et Alexis doivent bientôt rejoindre le front.

Dimitri lut la lettre en proie à un pressentiment. Comment pouvait-elle s'amuser alors qu'il était perdu sans elle ? Puis il s'en voulut : quel amoureux reprocherait à son aimée d'être heureuse ? L'amour était-il toujours aussi égoïste ? Il aurait dû se réjouir pour elle mais il était troublé, irritable avec le personnel des écuries et ne recouvra sa bonne humeur qu'au retour de la jeune femme.

Le dix-neuvième anniversaire de Tatiana eut lieu le 29 mai. Dimitri lui acheta une paire de boucles d'oreilles en améthyste qui, selon lui, feraient ressortir les nuances violettes de ses yeux. Elles étaient coûteuses pour un militaire, et il devrait rembourser chaque mois, pendant plus d'un an, le crédit qu'il avait contracté chez le bijoutier. Mais le sacrifice en valait la peine : le bonheur de Tatiana lorsqu'elle découvrit son cadeau était flagrant. Elle étreignit Dimitri et l'embrassa sur la joue avant de passer les boucles d'oreilles et d'inspecter son apparence dans le miroir.

— Je possède bien moins de bijoux qu'on ne pourrait le croire, dit-elle en se tournant d'un côté puis de l'autre. Maman donnait à chacune de nous une perle pour notre anniversaire afin que, pour nos seize ans, nous ayons un collier. J'ai peu de boucles d'oreilles et aucune améthyste. Je crois que c'est ma pierre favorite.

— Allez-vous célébrer votre anniversaire en famille plus tard ? demanda Dimitri en souriant de voir Tatiana excitée comme un enfant et ravi de son succès.

— Seulement avec mes sœurs. Papa et Alexis sont à la stavka. Je crois, ajouta-t-elle après une hésitation, que maman y a invité Raspoutine.

— Pour votre anniversaire ? fit Dimitri. Est-il donc si proche de la famille ?

Tatiana pinça les lèvres.

— Oui. Je devrais vous le présenter pour que vous constatiez qu'il n'est pas tel que vous l'imaginez. C'est un homme très doux et gentil.

Dimitri grommela.

— Même si c'est un homme bon et si les rumeurs sont infondées, il n'en demeure pas moins que le peuple russe se méfie de lui. Ils attribuent tous les problèmes du pays à l'influence qu'il exerce : pénuries alimentaires, absence de progrès face aux Allemands, grèves des chemins de fer… Il se vante d'avoir du pouvoir sur votre mère et affirme qu'elle fait tout ce qu'il veut.

— Je n'étais pas au courant des pénuries alimentaires et des grèves des chemins de fer, fit Tatiana en fronçant les sourcils. Mais en quoi cela pourrait-il être la faute de Raspoutine ? C'est un homme de Dieu, un guérisseur.

— Il n'en est pas directement responsable. Cependant, les gens le pensent et c'est ce qui compte. Votre mère ferait mieux de le bannir du palais tant qu'elle dirige les affaires du pays. Peut-être devrait-il retourner en Sibérie, au moins jusqu'à la fin de la guerre ?

Dimitri se demanda s'il avait bien fait de se montrer aussi franc, car la jeune femme semblait bouleversée, sidérée. Il considérait néanmoins que, s'il était appelé à entrer dans cette famille, il était de son devoir de manifester le fond de sa pensée.

— Il faut que je vous explique quelque chose, lui murmura doucement Tatiana. Venez, asseyons-nous.

Dans le parc du palais Catherine, elle l'entraîna vers un banc près des cascades du grand bassin. Dimitri patienta, car elle cherchait ses mots.

— C'est un secret de famille, mais puisque vous serez un jour des nôtres je crois que vous devez savoir… Vous n'ignorez pas qu'Alexis est de santé fragile, n'est-ce pas ?

Tout le monde le savait. Tatiana se mordilla la lèvre.

— J'ai peur que vous ne vouliez plus m'épouser si je vous raconte la suite…

Dimitri lui prit la main et la serra très fort.

— Quel que soit ce secret, je vous promets de ne pas changer d'avis.

Elle opina, comme si elle s'y attendait, puis reprit :

— Alexis souffre d'une maladie hémorragique appelée hémophilie, qui affecte aussi certains de mes cousins en Prusse.

Dimitri retint son souffle.

— Il suffit qu'il se cogne la jambe, même légèrement, pour qu'il saigne au niveau des articulations. Il a déjà failli mourir plusieurs fois au cours de sa courte vie. En 1912, il s'est blessé en sautant à bord d'un bateau. Il était si malade qu'il a reçu les derniers sacrements. Chaque fois, oncle Grigori parvient à le sauver alors que les médecins ont échoué. Il a plusieurs fois ramené à la vie le tsarévitch alors qu'il avait un pied dans la tombe. C'est pourquoi la famille ne peut se passer de lui. Naturellement, nous ne pouvons l'expliquer au peuple russe, car Alexis est l'héritier qui doit perpétuer la lignée des Romanov.

En effet, songea Dimitri, ils ne pouvaient révéler une telle vulnérabilité.

— Je suis désolée pour vous, mon ange. Vous devez être terriblement inquiète.

Soudain, la confiance d'Alexandra en Raspoutine et la tolérance de Nicolas faisaient sens.

— C'est un élément que vous devez prendre en compte, poursuivit Tatiana. Si nous avons un fils, il y a un risque qu'il hérite de cette affreuse maladie, qui se transmet par la mère. Je me dois de vous mettre en garde, au cas où vous préféreriez revenir sur votre proposition.

Dimitri en fut frappé d'effroi : le connaissait-elle donc si mal ? Il se mit à genoux devant elle dans l'allée.

— Rien ne me ferait changer d'avis, déclara-t-il d'une voix tremblante. Rien ! Maintenant que je connais la vérité sur votre frère, je vous aime encore davantage.

— Vous êtes si pur, si altruiste, répondit-elle en posant une main sur son épaule.

Son accès d'égoïsme lorsqu'elle était partie en vacances revint à la mémoire de Dimitri, et il se sentit indigne d'elle. Parfois, son amour pour elle lui semblait une folie incontrôlable. Mais il était fier qu'elle lui ait confié ce secret de famille si délicat.

Au cours de ce printemps, leur confiance mutuelle s'était développée. Tatiana lui ouvrait souvent son cœur mais cette confidence très particulière lui donna le sentiment de devenir un membre de la famille à part entière, et ce fut un grand honneur pour lui.

Quand Tatiana fut repartie travailler, Dimitri réfléchit à ses propos. Si Alexis se révélait trop fragile pour engendrer un héritier, en quoi la succession du trône en serait-elle affectée ? Olga et son mari succéderaient-ils à Nicolas II, et ensuite leurs enfants ? Et si Olga ne se mariait pas, à l'image de sa sœur Valerina ? Le trône reviendrait-il à Tatiana et lui-même ? Il ne voulait pas être tsar. La soif de pouvoir n'était pas dans sa nature. Son souhait le plus cher était que, un jour, Tatiana et lui aient une maison à la campagne, où ils auraient des chevaux et des chiens, et où ils élèveraient leurs propres enfants, à la grâce de Dieu. Si l'un de leurs fils héritait de cette maladie sanguine, ils affronteraient l'épreuve le moment venu.

À regarder si loin devant, il eut l'impression de tenter le destin. Et si la guerre se poursuivait sous les pires auspices pour la Russie, dans combien d'années pourrait-il enfin épouser Tatiana ? Et si elle tombait amoureuse d'un autre homme d'ici là ? Tatiana pouvait-elle être contrainte à un mariage arrangé dans le cadre d'un traité de paix ? Ces scénarios le torturaient, et il ne parvenait à se détendre que les après-midi où elle était là, quand la certitude d'être aimé d'elle le rassurait.

En ce mois de juin, le temps était superbe à Saint-Pétersbourg. Il faisait bon, le ciel était sans nuages et quelques averses nocturnes venaient arroser les massifs de fleurs qui poussaient à profusion dans les jardins des domaines impériaux. Ils reçurent enfin des nouvelles encourageantes du front : l'offensive du général Broussilov avait contraint l'armée austro-hongroise à battre en retraite et, à la fin du mois, les hommes avaient avancé de presque cent kilomètres et capturé trois cent cinquante mille prisonniers. Ce succès prouvait de quoi la puissante armée russe était capable quand elle avait un commandant compétent à sa tête. Ce fut un soulagement général.

Tout changea en juillet, quand les troupes allemandes furent détournées du front de l'Ouest pour mener une riposte. Les pertes russes augmentèrent de nouveau. Le 27 août, la Roumanie déclara la guerre à l'Autriche-Hongrie. En conséquence, Broussilov se retrouva avec des centaines de kilomètres de ligne de front supplémentaires à défendre, jusque dans les Balkans. Des rumeurs prétendant que les hommes valides seraient renvoyés au front se répandirent alors dans la salle de garde. Dimitri espérait ardemment ne pas en faire partie.

Un soir, début septembre, il apprit qu'un nouvel afflux d'officiers blessés était arrivé au palais Catherine. Parmi eux se trouvait le dénommé Volodia, auquel Tatiana se serait, disait-on, attachée en son absence. Il souffrait d'une blessure au dos et risquait de rester un certain temps. La jalousie se mit à le ronger.

S'il n'avait pas interrogé Tatiana à propos de Volodia, c'est en partie parce qu'il était trop fier, mais aussi parce qu'il redoutait qu'une expression furtive ne trahisse la vérité des sentiments de la jeune femme, ce qu'il n'aurait pu supporter. Il n'osait se rendre à l'hôpital pour voir à quoi ressemblait son rival. Il craignait trop de trouver Tatiana à son chevet et de la voir lui parler, lui sourire…

Puis, par un coup cruel du destin, le lendemain de l'arrivée de Volodia, Dimitri reçut un nouvel ordre de mission : il devait se présenter à un poste, en Moldavie, pour le 20 septembre. Le cœur battant à se rompre, il s'écroula. Comment pouvait-il quitter Tsarskoïe Selo alors que son rival s'y trouvait et que Tatiana le verrait chaque jour ? Le souffle court, Dimitri vit défiler dans son esprit des images affolantes. Il pourrait se faufiler dans la salle commune pendant la nuit et étouffer Volodia sous son oreiller. Il demanderait ensuite à Tatiana de s'enfuir avec lui pour l'épouser, et ils gagneraient un pays qui n'était pas impliqué dans cette guerre sanglante.

Puis lui vint une idée qui n'était pas si invraisemblable. Il n'existait qu'un moyen pour qu'il retourne au front avec tant soit peu de sérénité, et cela valait la peine d'essayer.

14

Dimitri informa Tatiana de sa mutation alors qu'ils étaient assis dans une prairie parsemée de fleurs sauvages, au-delà du pavillon des lamas, dans le parc du palais Alexandre. Elle avait tressé une guirlande de fleurs de camomille qu'elle avait glissée autour du cou de Dimitri, par-dessus son uniforme, et les pétales blancs tombaient déjà.

Elle fondit aussitôt en larmes.

— Oh, Malama ! Je ne le supporterai pas ! Comment vivre sans vous ?

Désespérée, elle lui agrippa le bras.

— Vous n'imaginez pas mon angoisse quand vous étiez au front. Chaque matin je me réveillais avec la gorge serrée. Et nous sommes désormais si proches que… c'est intolérable…

Elle se mit à sangloter.

— Allons, mon ange, fit-il en l'enlaçant, au bord des larmes.

Tatiana avait le don de faire ressortir une douceur à laquelle il n'était pas habitué.

— Au moins, reprit-elle, quand il s'agit de papa et Alexis, je sais qu'ils sont protégés. Mais vous, vous êtes de ceux qui foncent droit sur l'ennemi. Je ne peux vous perdre, Dimitri, c'est impensable !

Anéanti par son angoisse, il l'embrassa sur la tête, puis posa son front sur le sien.

— Lisez-vous mes pensées ? lui demanda-t-il.

Elle secoua la tête et une mèche soyeuse vint effleurer sa joue.

— J'ai frôlé la mort bien des fois au cours de cette guerre, lui dit-il d'un ton grave. Mais jamais je n'ai eu autant à perdre. Notre amour est devenu si fort ces derniers mois que je me sens incapable de courir le risque de vous perdre.

— Vous ne me perdrez pas, lui assura Tatiana d'une voix rauque.

Le souffle court, le front toujours collé au sien, il poursuivit :

— Je deviens fou, Tatiana. J'ai envie de me cogner la tête contre les murs tant je suis frustré de devoir attendre la fin de cette guerre infernale pour vous épouser. Je risque de mourir sans avoir connu ce bonheur si doux. La seule chose qui pourrait atténuer la douleur de cette séparation serait que vous m'épousiez avant mon départ.

Étonnée, la jeune femme retint son souffle.

— Je sais qu'un mariage princier est impossible, s'empressa-t-il d'ajouter, mais que diriez-vous d'une cérémonie secrète, juste entre nous ? Je ne vous demande pas de vous donner à moi, même si cette perspective m'enchante. Je veux simplement que nous soyons unis devant Dieu, de sorte que, si mon heure vient, je puisse monter au ciel en sachant que vous m'aimiez vraiment et que vous m'y rejoindrez un jour pour l'éternité.

— Je ne supporterais pas que vous mouriez, répondit Tatiana les yeux inondés de larmes. Je vous en prie, ne dites pas des choses pareilles !

— Si j'étais votre mari, j'aurais une raison de vivre. J'aurais la certitude que vous m'attendez et que votre amour est infaillible. Je vous promets, Tatiana, que si vous faites cela pour moi, je ferai en sorte de survivre.

Elle leva les yeux vers lui.

— Qui se chargerait d'une telle cérémonie ?

— Un ami, le père Oblonski, qui officie dans ma ville d'origine. Je lui ai déjà demandé s'il était disposé à me marier secrètement à la femme que j'aime et il a accepté. Sa chapelle se trouve à quelques kilomètres en aval de la Kuzminka. Nous pourrions nous y rendre de nuit sans être vus. Nul n'aura à le savoir.

Il attendit qu'elle ait assimilé ses paroles, soulagé qu'elle n'ait pas refusé d'emblée.

— Si nous nous marions officiellement après la guerre, ne sera-ce pas de la bigamie ?

— D'après le père Oblonski, non.

Trop heureux qu'il ait accepté de célébrer cette union, Dimitri avait écouté les explications du prêtre d'une oreille distraite. Il devina devant quel dilemme se trouvait la jeune femme, tiraillée entre amour et devoir.

— Mes parents devront ne jamais le savoir. Et promettez-moi de ne pas faire de moi une veuve.

Elle avait le regard triste, mais l'air déterminé. Alors seulement, Dimitri comprit qu'elle devait l'aimer presque autant qu'il l'aimait. Sinon, elle n'aurait pas accepté de prendre un tel risque.

— C'est promis.

Du bout du doigt, il essuya une larme au coin de l'œil de Tatiana.

Trois jours plus tard, ils se retrouvèrent à minuit près d'une entrée latérale du palais Alexandre. Dimitri avait amené deux montures. Ils chevauchèrent jusqu'à la rive du fleuve, où les attendait une barque. Dimitri alluma une bougie et la tendit à Tatiana tandis qu'il ramait. À la lueur de la flamme, elle avait les yeux écarquillés. Perdus dans leurs pensées, ils ne dirent pas un mot. Seuls le bruit de l'eau contre la coque et le hululement d'une chouette rompaient le silence.

— Vous êtes sûre de vous, mon ange ? demanda-t-il en amarrant leur embarcation.

— Certaine.

La porte de la chapelle était ouverte. Le père Oblonsky les attendait, vêtu de sa tenue au motif rouge et doré, coiffé d'une mitre dorée et paré d'une grosse croix autour du cou. Il les fit entrer puis bénit rapidement les anneaux que Dimitri lui remit avant d'entamer les rituels ancestraux qui allaient les unir pour la vie. Ils reçurent chacun un cierge. La main de Tatiana tremblait. Avec sa robe blanche au col montant, elle était à la fois abasourdie et incroyablement belle. La fumée odorante qui s'élevait des encensoirs, la voix grave du prêtre, les icônes scintillantes qui ornaient l'intérieur de la chapelle créaient une ambiance onirique.

— Ce que Dieu a uni, que l'homme ne le sépare pas.

Obéissant aux consignes du prêtre, Dimitri glissa le plus grand anneau au doigt de Tatiana et le plus petit à son propre auriculaire, puis le prêtre les bénit.

— Seigneur notre Dieu qui dans ton œuvre de salut as voulu nous montrer la dignité du mariage, garde dans la concorde et la paix tes serviteurs Dimitri et Tatiana qu'il t'a plu d'unir l'un à l'autre ; accorde-leur la dignité dans le mariage et la pureté de leur union ; fais que leur vie commune demeure immaculée et que, dans la pureté de leur cœur et l'observance de tes commandements, ils atteignent la vieillesse dans l'opulence…

Les désormais mari et femme se regardèrent timidement. Tatiana sourit, mais Dimitri était trop ému pour réagir. Ses oreilles bourdonnaient, ses jambes menaçaient de se dérober, son esprit était en ébullition. C'était le moment le plus précieux de sa vie et, pourtant, il avait l'impression d'en être à peine conscient. Il avait besoin de temps pour ralentir, pour savourer chaque seconde, analyser chaque parole, vivre pleinement cette cérémonie. Ils burent tour à tour une gorgée de vin dans un calice, puis le prêtre enroula son étole autour de leurs mains jointes afin de les unir pour l'éternité.

Trop vite, la cérémonie prit fin. Ils s'embrassèrent d'un frôlement de lèvres, la sensation la plus merveilleuse qu'ait ressentie Dimitri.

— Que Dieu vous bénisse et vous garde pour le reste de vos jours, conclut le père Oblonsky. Je vous souhaite d'être heureux.

Ils n'eurent pas le loisir de s'attarder car il était déjà trois heures du matin. Sur le fleuve, Dimitri eut des difficultés à ramer contre le courant. Les arbres noirs agitaient leurs branches au clair de lune. Tatiana ne disait rien. À quoi pouvait-elle penser ? En cet instant où ils auraient dû être plus proches que jamais, il était frustré par le mystère de l'autre. Regrettait-elle sa décision ? Se sentait-elle contrainte ?

— Tout va bien ? s'enquit-il, hésitant.

Elle poussa un soupir d'aise.

— Je réécoute les prières et les bénédictions dans ma tête. Je ne veux oublier aucun détail de cette nuit. Aucun mariage princier ne sera comparable à la magnifique simplicité des vœux que nous venons d'échanger.

Un sanglot s'échappa de la gorge de Dimitri. Il lâcha une rame pour sécher ses yeux de sa manche. Il pensa à son père, qui lui reprochait de pleurer, le traitant de fillette et lui intimant d'apprendre à maîtriser ses émotions. Pourtant, lorsqu'un instant plus tard, au détour d'un méandre du fleuve, son visage fut soudain illuminé par la lune, ses joues scintillaient de larmes mais il n'en avait que faire, car Tatiana comprendrait…

15

Lac Akanabee, État de New York, fin juillet 2016

Kitty se jeta à corps perdu dans les travaux de rénovation de son chalet. Elle commença par tailler à l'aide de sa tronçonneuse les branchages qui envahissaient le chemin, afin qu'il soit praticable en voiture. C'était essentiel pour transporter les planches et les vitres dont elle aurait besoin et évacuer les gravats ainsi que le vieux lit vers une décharge. Elle grimpa sur le toit et en répara une partie rouillée, puis elle enfonça son balai dans le conduit de la cheminée pour le dégager des nids d'oiseau qui l'obstruaient. Elle coupa l'arbuste qui avait poussé entre les marches du porche et en fit du petit bois pour la cheminée, puis reconstruisit péniblement l'escalier, ponça le bois et l'imperméabilisa avant d'ajouter une rampe de chaque côté. Elle entendait la voix de son père : « En douceur, les angles, sinon la moisissure va s'y insinuer. »

Elle frotta l'intérieur du chalet, arrachant de vieilles toiles d'araignées, des squelettes de rongeurs et des amas de champignons. Elle boucha plusieurs trous creusés dans les murs par des racines de plantes invasives et fit appel à une entreprise locale pour purger la fosse septique. Les employés lui confirmèrent que son eau provenait d'un puits et lui déconseillèrent de la boire à cause de la rouille des conduits. En revanche, elle se prêtait parfaitement au nettoyage.

Chaque matin, elle se fixait des tâches à accomplir dans la journée : remplacer une vitre, décrasser les tuyaux de la salle de bains, creuser une fosse pour le barbecue, réparer la balancelle… La liste était interminable. Elle acheta un lit de camp, une chaise pliante et une glacière pour protéger ses provisions des insectes. À part cela, le chalet n'abritait guère que le vieux bureau de Dimitri. Malgré sa fière allure, le fourneau était trop rouillé pour qu'elle puisse y cuisiner ; ses bagages étaient empilés dans un coin de la pièce principale et le seul ornement consistait en un bouquet de fleurs sauvages dans un gobelet en plastique sur le bureau. Cet esprit minimaliste lui plaisait.

À la fin de la journée, quand elle avait atteint ses objectifs, elle faisait à la nage pour se rafraîchir et laver sa peau pleine de poussière et de sueur le tour de la pointe de sa baie, puis de la suivante. Ensuite, elle s'installait sous son porche un verre de vin blanc à la main. La brise lui séchait les cheveux tandis qu'elle contemplait le lac en réfléchissant à ce qu'elle ferait le lendemain. Tom rôdait à la frontière de ses pensées, mais elle ne l'y laissait pas entrer. En bonne fille unique, elle se débrouillait très bien toute seule. Cependant il n'était pas si facile d'oublier une vie conjugale. Le jour viendrait où elle devrait prendre une décision. Mais plus tard. Pour l'heure, elle était concentrée sur son chalet, qu'elle voulait parfait. Le cadre était si spectaculaire qu'elle tenait à lui rendre justice ; ce devrait être sa plus belle rénovation.

Au coffee-shop, Jeff se montrait très serviable en la laissant recharger ses outils et en lui conseillant des fournisseurs de la région. Un jour, il lui remit un colis : son exemplaire d'*Interminable amour*, le roman de Dimitri Iakovlévitch, était arrivé. Sa couverture démodée, avec un motif de spirales vert bouteille, taupe et noir ne révélait aucun indice sur le contenu. Les rabats de couverture ne fournissaient pas davantage d'informations sur le roman ou l'auteur. Kitty le rapporta au chalet et s'installa au bord de l'eau, nue dans son siège en toile tant la chaleur de la journée était accablante. Au cas où des promeneurs seraient apparus, elle avait à portée de main un grand T-shirt. Mais en pleine nature, les vêtements étaient superflus.

Au début de l'histoire, Mikhaïl, un jeune paysan, voyait Valerina tomber de son vélo et se précipitait à son secours. Elle avait les mains et les genoux écorchés et ensanglantés. De toute évidence elle souffrait, mais elle serrait les dents et ravalait ses larmes. D'emblée, il tombait amoureux d'elle.

La traduction inégale comptait quelques tournures maladroites. Néanmoins, Kitty fut vite emportée par l'exploration du sentiment amoureux de Mikhaïl, qui aurait aimé se glisser sous la peau de Valerina pour connaître ses moindres pensées, ses sentiments, ce qui lui aurait permis de ne jamais commettre d'impair, en actes ou en paroles. Lorsqu'elle parlait avec quelqu'un d'autre, il était rongé par la jalousie et il lui semblait perdre la raison au profit d'une affliction qui le plongeait dans les affres de la souffrance. Bientôt, son dévouement fut cependant récompensé puisqu'elle tomba également amoureuse de lui, ce qu'il peinait à croire, oscillant sans cesse entre exaltation et angoisse. Malgré elle, Kitty laissa ses pensées vagabonder vers les débuts de son histoire avec Tom.

Elle l'avait remarqué alors qu'il chantait ses chansons à un petit groupe dans le bureau des étudiants. Elle avait aimé sa façon de se laisser absorber par sa musique, ses cheveux en bataille, son T-shirt rayé et ses bretelles, ainsi que son sourire lorsque l'assemblée l'avait ensuite applaudi. Pendant quelques semaines, elle l'avait guetté, suivi, cherchant un moyen de se présenter à lui, et finalement c'est lui qui avait fait le premier pas en surgissant à son côté tandis qu'elle passait commande au bar.

— Pour moi, ce sera un demi de bitter, lui avait-il lancé d'un ton espiègle.

— Vous pouvez ajouter un demi de bitter ? avait demandé Kitty au barman.

Tom avait paru déconfit.

— Je plaisantais. Tu n'as pas à m'offrir un verre. Attends, je te rembourse.

Après avoir insisté pour payer sa consommation, il l'avait suivie vers le groupe d'amis qui l'accompagnait et s'était présenté. Il était affable et tout le monde semblait l'apprécier. Kitty était tellement attirée par lui qu'elle peinait à se concentrer sur la conversation et brûlait de le toucher, de se lover au creux de son épaule, de se blottir contre lui. Jamais elle n'avait à ce point désiré un homme. La force de ce désir charnel le laissait-elle indifférent ? En aucun cas. À la fin de la soirée, tandis que les autres se levaient pour partir, il l'avait prise par la main pour murmurer :

— Je peux rentrer avec toi ? S'il te plaît…

Kitty vivait en résidence universitaire et elle n'avait pas le droit de recevoir des invités la nuit. Elle était néanmoins parvenue à le faire entrer discrètement. Dès que la porte s'était refermée derrière eux, ils avaient arraché leurs vêtements et passé une nuit d'amour torride, frénétique, qui l'avait laissée dans un état de délicieuse torpeur. Le lendemain matin, alors qu'elle préparait du thé, Tom lui avait dit : « Je sais, c'est un peu gênant, mais… tu t'appelles comment, déjà ? »

Un grand éclat de rire avait suivi, et Kitty en riait encore, mais Karren avec deux *r* réapparut dans son esprit et elle recouvra son sérieux.

Elle se leva et posa son livre pour entrer dans l'eau fraîche du lac. À cet endroit, elle était peu profonde. Kitty avait l'habitude de nager vers le large jusqu'à ce que le chalet ne soit presque plus visible entre les arbres qui l'entouraient. De loin, elle constatait à quel point il était isolé, sans la moindre construction humaine à presque deux kilomètres à la ronde.

Elle était arrivée à Akanabee depuis trois semaines et n'avait eu aucun contact avec quiconque en Angleterre. Au risque de passer pour une excentrique, elle se nourrissait de sa solitude et chaque journée en autarcie semblait la rendre plus forte. Bientôt, elle le serait assez pour rentrer chez elle et affronter ses déboires conjugaux. Peut-être même pourrait-elle remédier à son mécontentement quant à sa vie en général. Elle avait trente-cinq ans et il était temps pour elle de décider de quelle manière elle souhaitait vivre les prochaines décennies. Si ce n'était pas avec Tom, elle devrait chercher quelqu'un d'autre avant d'avoir des rides et des cheveux blancs. Elle secoua la tête pour chasser cette image ; la perspective d'être avec un autre homme la consternait. Il faudrait qu'elle s'efforce de connaître ses goûts, sa façon de dormir, ses humeurs… Tout cela lui semblait insurmontable.

Elle s'enfonça dans l'eau claire et fraîche. Elle en voyait le fond, pourtant il était plus loin qu'il n'y paraissait, de sorte qu'elle dut remonter à la surface pour respirer avant de l'avoir touché.

Comme la chaleur était trop intense pour les activités physiques, Kitty décida de prendre sa journée pour se plonger dans le roman de son arrière-grand-père. Il était étrange de découvrir sa personnalité à travers cette histoire, dans son chalet, sur ses traces. Allongée à l'ombre de ces arbres qu'il avait dû contempler, elle se sentait en lien avec lui à lire de la sorte son premier roman.

La guerre civile séparait Mikhaïl et Valerina, dont les familles étaient envoyées dans deux régions éloignées. S'il était contraint de se battre, leur amour était plus fort que jamais et aucun des deux ne se marierait ni ne fréquenterait quelqu'un d'autre, de sorte qu'ils mèneraient une vie en demi-teinte, hantés par le souvenir de ce premier et unique amour.

Au coucher du soleil, Kitty alluma un feu et fit cuire un burger sur une grille puis déboucha une bouteille de vin et poursuivit sa lecture à la lueur orange et vacillante des flammes. Dans l'ultime chapitre, Mikhaïl trouvait le village perdu au fin fond de la Sibérie où Valerina travaillait dans une ferme collective. On l'informait qu'elle était dans les champs au volant d'un tracteur dernier cri qui venait de lui être livré. Dans ce roman, la modernité était décrite comme le mal et les machines prenaient la place des humains, métaphore de l'obéissance absolue au régime. Mikhaïl repérait au loin Valerina et courait vers elle. Elle le reconnaissait et tentait de couper le moteur mais un problème technique la faisait accélérer brutalement et foncer droit sur Mikhaïl. Elle tournait vivement le volant et le véhicule basculait sur le flanc, écrasant la jeune femme sous son poids. Mikhaïl tentait de la dégager mais le tracteur était trop lourd. Ses appels à l'aide demeuraient vains car il n'y avait personne autour. Alors il s'allongeait par terre auprès de Valerina et l'embrassait tandis que ses blessures mortelles la faisaient sombrer dans les ténèbres de la mort.

Quoique convenue, cette conclusion lui tira des larmes et Kitty s'essuya les joues sur le bas de son T-shirt sans cesser de pleurer. Bientôt, elle fut secouée de sanglots sonores qui la firent hoqueter. Elle enfouit son visage dans le creux de son bras, pleurant à chaudes larmes telle une enfant. Même à la mort de ses parents elle n'avait pas pleuré ainsi. Était-ce parce qu'elle était ivre ? De quoi s'agissait-il, au juste ? À peine s'était-elle posé la question qu'elle comprit : Tom lui manquait et elle avait tant de choses à lui dire ! Si seulement il pouvait voir le travail qu'elle avait accompli dans le chalet. Elle avait envie de lui parler de cet arrière-grand-père russe qui était écrivain. Peut-être Tom pourrait-il aider Kitty à rendre sa vie plus épanouissante ? Malheureusement, il n'était plus son Tom et elle ne pouvait parler avec lui à cause de cette infidélité qui planait entre eux. Tant qu'elle ne saurait pas comment elle allait gérer le problème, mieux valait éviter tout contact avec lui.

Le soir, allongée sur son lit de camp, les yeux secs, Kitty repensa à Dimitri Iakovlévitch. Il fallait être un romantique dans l'âme pour écrire l'amour de façon si émouvante. Pourquoi avait-il choisi de vivre en ce lieu si reculé ? Était-il seul ? Était-il venu à Londres rencontrer son arrière-petite-fille ou était-il déjà trop âgé et fragile pour voyager lorsque Kitty était née ? Elle était couchée à l'endroit même où il avait installé son lit, dans un coin, près de la fenêtre, de sorte que, comme elle en cet instant, il avait dû contempler les branches des bouleaux blancs qui se balançaient au clair de lune. Si elle ne croyait pas aux fantômes, elle percevait presque sa présence, à un mètre d'elle ; il veillait sur elle.

Le lendemain matin, elle partit pour le coffee-shop avec son ordinateur afin d'effectuer de nouvelles recherches sur Dimitri. Sur un site de généalogie qu'elle avait utilisé au cours de ses études, elle trouva des renseignements sur l'immigration américaine. Hélas, le nom de Dimitri ne figurait nulle part. Lorsqu'elle entra le nom de jeune fille de sa grand-mère Marta, le moteur de recherche lui indiqua une petite fille de huit ans entrée aux États-Unis en 1934. La date correspondait à peu près. L'enfant avait voyagé dans une cabine de seconde classe en compagnie de sa mère, Rosa Liebermann, dont le nom ne disait rien à Kitty, et de son frère, Nicolas, neuf ans. Kitty avait entendu parler d'un grand-oncle Nicolas. Il devait s'agir de sa famille. C'est en remontant sur la page qu'elle le trouva : Dimitri Iakovlévitch Malama, âgé de quarante-trois ans et quatre mois. Son vrai nom de famille était Malama ? Pourquoi signait-il ses romans Iakovlévitch ? Leur point de départ était Berlin, et Kitty ne mit guère de temps à envisager la raison de leur départ d'Allemagne, en 1934, car Rosa portait un nom à consonance juive. Comment Dimitri, né russe, s'était-il retrouvé à Berlin ?

Kitty effectua plusieurs autres recherches, sans succès. Elle ne put déterminer ni à quel endroit son arrière-grand-père et Rosa avaient vécu en arrivant aux États-Unis, ni quelles écoles leurs enfants avaient fréquentées, ni où Dimitri avait travaillé.

Elle éteignit son ordinateur et fit un saut à Indian Lake pour acheter du vernis à bois en vue d'imperméabiliser le chalet pendant qu'il faisait encore beau et sec. Le vendeur du magasin de bricolage lui conseilla les produits les plus adaptés aux hivers froids et enneigés de la région. Désormais, il la respectait ; peut-être avait-il admis qu'elle pouvait être compétente.

Dans l'après-midi, alors qu'elle s'affairait sur la façade, elle entendit sur le lac le moteur d'un horsbord. Elle se retourna et vit près de la rive un pêcheur à la peau tannée et aux cheveux poivre et sel. Elle lui fit signe puis longea le ponton pour l'accueillir.

— Vous avez acheté le chalet ? lança-t-il en plissant les yeux.

— J'en ai hérité, expliqua-t-elle. Mon arrière-grand-père y vivait.

— Pas possible ! Vous êtes une parente de Dimitri ! Je croyais que ce chalet était une ruine mais il serait heureux de vous voir l'arranger si joliment.

Kitty demeura interloquée. Cet homme connaissait Dimitri ? Au lieu de passer une heure sur Internet, pourquoi n'avait-elle pas pensé à se renseigner dans les alentours ?

— Je peux vous offrir une bière ? Ou un café ?

— Je veux bien une bière.

Il amarra son bateau sur un pilier brisé du ponton et mit pied à terre.

— Je m'appelle Bob. Je vis de l'autre côté du lac, expliqua-t-il avec un signe de la main.

Kitty alla chercher deux bouteilles et ils s'installèrent dans l'herbe, face au lac. Il lui proposa une cigarette qu'elle refusa. Il l'alluma donc pour lui-même.

— C'est drôle que vous soyez venu car j'essayais justement de me renseigner sur Dimitri. Vous étiez amis ?

Bob secoua négativement la tête.

— On se disait bonjour quand on se croisait en faisant les courses. Il ne m'a jamais invité et moi non plus. C'était chacun chez soi.

— Sa femme vivait ici, avec lui ?

— Je n'ai pas vu de femme, répondit Bob, perplexe. Il se promenait seul avec son chien. C'était un écrivain, alors il appréciait sa solitude, sans doute.

— Hier, j'ai lu un de ses romans. Jusqu'à récemment, j'ignorais qu'il y avait un écrivain dans ma famille.

— Oui, j'ai tous ses bouquins. Il nous les a offerts, à Sue et moi, pour notre mariage. Ma femme aime lire mais moi, je n'ai pas le temps.

— C'est formidable ! s'exclama Kitty, ravie. Vous les avez encore. Vous croyez que Sue accepterait de me les prêter ?

— Certainement, dit-il tout en regardant avec un sourire en direction de sa maison. Vous voyez cette lueur au milieu des arbres, là-bas ? C'est sans doute elle qui nous observe avec les jumelles. Elle doit se demander ce que je fabrique à boire de la bière avec une jolie dame.

Kitty aperçut en effet un reflet dans le feuillage. Elle n'avait pas pensé que l'on puisse l'observer à la jumelle et rougit en songeant qu'elle s'était abondamment promenée nue.

— Vous ne vous sentez pas trop seule ? reprit Bob. Votre petit ami va venir vous rejoindre, peut-être ?

— Mon mari est en Angleterre. Comme vous le voyez, j'ai de quoi m'occuper.

Elle désigna la façade partiellement vernie.

— Je vous donne mon numéro de portable, dit Bob en le griffonnant au dos du papier aluminium de son paquet de cigarettes. Appelez-moi si vous avez besoin de quoi que ce soit. C'est un endroit un peu isolé pour une jeune femme seule.

Sa sollicitude toucha Kitty. Elle se sentait totalement en sécurité mais il était toujours bon d'avoir le numéro d'un voisin en cas d'urgence. Il prit congé en promettant de repasser le lendemain avec les livres de Dimitri.

Kitty se remit au travail, agacée de constater que la couche de vernis qu'elle avait posée était incrustée de mouches mortes ou mourantes, comme si une bataille miniature venait d'avoir lieu.

16

Moldavie, décembre 1916

L'hiver s'installait lorsque Dimitri atteignit la Moldavie, un pays vallonné, niché entre les empires russe à l'est et austro-hongrois à l'ouest. Tout combat demeurerait impossible tant que les cols seraient enneigés. Le sol était trop dur pour le creusement de tranchées, de sorte que les deux camps étaient réduits à attendre. Dimitri était furieux d'avoir parcouru des centaines de kilomètres vers le sud pour passer plusieurs mois à vivre de maigres rations dans un bunker quand il aurait pu rester à Tsarskoïe Selo auprès de son épouse bien-aimée. La situation était caractéristique du manque total d'anticipation du haut commandement russe.

Avec le recul, son mariage était un rêve. Il n'en revenait pas d'être marié avec la plus belle, la plus douée des grandes-duchesses Romanov. Les lettres de Tatiana qu'il recevait régulièrement avaient désormais un caractère plus intime. Elle y évoquait notamment des questions familiales qu'il aurait été déloyal de lui confier avant leur mariage :

Il devient trop difficile pour Olga de continuer à travailler à l'hôpital. Elle ne supporte plus les interventions et le nettoyage des blessures, qui la rendent malade. Elle souffre nerveusement de l'absence prolongée de notre père et de notre frère et reporte son attention sur Mitia (oui, il est de retour parmi nous !). Je t'assure, elle ne parle que de lui et j'en ai par-dessus la tête ! En revanche, elle ne me demande jamais de tes nouvelles, Malama chéri. Je crois qu'elle est jalouse de notre amour et qu'elle préfère ne pas en entendre parler.

Elle lui écrivit qu'Anastasia et Maria se chamaillaient sans cesse, qu'elles en venaient parfois aux mains et se roulaient par terre en se tirant les cheveux. Il fallait alors les séparer de force. Sa mère prenait des doses de plus en plus fortes de Véronal pour soigner ses nombreux maux, ce qui l'assommait au point que Tatiana devait se rendre seule aux pénibles réunions du comité des réfugiés. Dans cette lettre, la jeune femme exprimait son angoisse quant à la sécurité de Dimitri, l'implorant de rester bien au chaud et de ne pas s'exposer au danger.

Si Tatiana se faisait du souci pour lui, Dimitri, lui, était de plus en plus inquiet pour les Romanov, car les soldats étaient nombreux à déclarer ouvertement que la famille impériale devait être renversée. Nicolas avait perdu le soutien d'une grande partie de son armée, lasse des missions suicidaires contre un ennemi mieux équipé et mieux dirigé. Les conquêtes territoriales de l'offensive de Broussilov avaient déjà été récupérées par la neuvième armée austro-hongroise et une victoire était peu probable sur ce front. Grâce au courrier que leur envoyaient leurs familles, les soldats étaient également au courant des pénuries alimentaires et redoutaient la famine qu'apporterait l'hiver. En guise de rations, les militaires devaient se nourrir de ce qu'ils chassaient et, à présent que Nicolas était au front et qu'Alexandra tenait les rênes, à Saint-Pétersbourg les gens se plaignaient de plus en plus de l'influence de Raspoutine sur les décisions de la tsarine.

— D'après moi, ce sont des espions allemands qui transmettent les secrets militaires russes à l'ennemi, c'est pourquoi les Allemands ont toujours une longueur d'avance sur nous, dit un jour un soldat à ses camarades.

Dimitri déplorait qu'Alexandra n'ait pas un cercle de conseillers plus large. Malheureusement, elle avait toujours tenu à distance l'aristocratie de Saint-Pétersbourg et n'avait confiance en personne si ce n'est en son mari et en Raspoutine, ce qui donnait lieu aux allégations les plus diverses.

Le 18 décembre, Malevitch vint trouver Dimitri sous sa tente pour lui faire part de nouvelles alarmantes en provenance de la ville : Raspoutine avait disparu et l'on soupçonnait un acte criminel. Dimitri imagina aussitôt la détresse de Tatiana et s'empressa de lui écrire une lettre pleine de compassion. Il n'avait jamais rencontré Raspoutine car l'occasion ne s'en était pas présentée, mais en dépit de sa méfiance radicale envers le guérisseur il comprenait à quel point les Romanov pouvaient avoir besoin de lui et seraient anéantis de le perdre.

Le lendemain, un messager lui livra une lettre de Tatiana qui lui apprit la terrible nouvelle :

Oncle Grigori a été odieusement assassiné, apparemment au domicile du prince Félix Ioussoupov, qui est marié à ma cousine. J'ai du mal à écrire ces mots. Tu es peut-être déjà au courant parce que les journaux ne parlent que de cela ; les patients les lisaient ce matin à l'hôpital et dans l'un d'eux on voyait une horrible photo du cadavre, avec un œil arraché. Quelle horreur ! On raconte qu'il a été empoisonné, poignardé et a reçu une balle, mais qu'il n'est mort que lorsqu'ils l'ont noyé dans la Malaïa Neva, où son cadavre a été retrouvé sous une couche de glace. Qu'arrive-t-il à notre pays ? Pourquoi infliger un tel sort à un saint homme ? Je ne comprends pas...

Dimitri pensa que Ioussoupov avait peut-être manigancé le coup afin de protéger la famille des rumeurs insidieuses au sujet du saint homme. Si ce meurtre évitait la contagion, le jeu en valait la chandelle. Hélas, Dimitri ne pouvait confier sa théorie à Tatiana. Aussi lui répéta-t-il à quel point il était désolé et combien il aurait aimé être présent pour la réconforter.

Le lendemain, une autre lettre lui parvint, à peine plus apaisée que la précédente :

Je me console en feuilletant un carnet que j'ai conservé au fil des années et dans lequel j'avais noté ses enseignements. Un jour, Dimitri, je te le montrerai pour que tu prennes conscience de sa bonté. Maman est très affligée. Pour elle, oncle Grigori est un martyr digne d'être canonisé et aurait mérité des funérailles nationales. Mais papa, qui est de retour du front, s'y est opposé. Il a organisé ce matin une simple cérémonie à laquelle nous avons assisté. Maman a déposé une icône sur la poitrine d'oncle Grigori avant que le cercueil ne soit fermé puis nous avons jeté des fleurs blanches dans sa tombe en lui faisant nos adieux. Je ne comprends pas ce monde. Comment de telles horreurs peuvent-elles se produire ? Si seulement tu pouvais m'expliquer pourquoi...

Dimitri espérait que la nouvelle des funérailles n'avait pas été rendue publique. Tatiana ignorait l'état d'esprit du peuple, de plus en plus hostile : les simples soldats se réjouissaient de l'assassinat de Raspoutine, et dans les rues de Saint-Pétersbourg on allumait des bougies pour célébrer l'événement en chantant qu'un chien méritait de mourir comme un chien.

Dimitri redoutait les conséquences pour les Romanov. Si on avait osé tuer un proche des souverains, cela signifiait que le respect pour la famille impériale s'amenuisait. Or, si elle était renversée, qu'est-ce qui prendrait sa place ? Une République ? Quelles en seraient les implications pour le peuple russe ? Qui perpétuerait les traditions de leur grande nation ? Et, surtout, que deviendraient les Romanov ?

Il aurait tant voulu pouvoir protéger sa jeune épouse. Mais, à des centaines de kilomètres au sud de Saint-Pétersbourg, Dimitri se sentait impuissant et il lui était insupportable d'imaginer Tatiana aux prises avec une foule déchaînée s'en prenant aux bâtiments publics de la ville. Loin d'être défendu par un régiment, le palais Alexandre n'était sous la surveillance que de quelques gardes peu qualifiés.

Incapable de surmonter son angoisse, il écrivit au tsar une lettre pleine de fougue pour lui conseiller, en ces temps de tumulte, de poster de nombreux gardes loyaux à Tsarskoïe Selo pour veiller sur Tatiana et les grandes-duchesses. Si les vieux gardes impériaux avec lesquels il s'était entraîné auraient donné leur vie pour cette famille, ils avaient été envoyés au front et l'actuelle escorte impériale n'était constituée que de recrues rustres, moins dévouées et moins bien formées que les précédentes. Il implora Nicolas II de rappeler ses gardes au palais et de tout faire pour assurer la sécurité impériale.

Dimitri ne s'attendait pas que sa lettre ait une quelconque influence car il doutait de la perspicacité du tsar. Pourtant, ce dernier avait peut-être davantage conscience de la situation de la nation qu'on ne le croyait, car il répondit par retour du courrier que Dimitri devait regagner Tsarskoïe Selo au plus vite pour intégrer l'escorte impériale. Il ajoutait : « Je sais que vous êtes un ami sincère de ma famille et je compte sur vous pour me faire part de vos moindres préoccupations. »

Dimitri prépara son paquetage et prit le premier train pour Saint-Pétersbourg, où il arriva le 7 janvier, jour de Noël pour les Russes orthodoxes. Il se rendit aussitôt au palais Alexandre, à Tsarskoïe Selo, et, avant même de gagner ses quartiers, il pria le majordome de livrer un message à Tatiana afin qu'elle le rejoigne près de l'entrée latérale.

Grelottant de froid, il attendait depuis dix minutes à peine lorsque la jeune femme apparut, vêtue d'une robe légère. En le voyant, elle poussa un cri de joie et se précipita dans ses bras.

— Jamais de ma vie je n'aurai de plus beau cadeau de Noël !

Dimitri ouvrit son manteau et serra Tatiana contre lui pour les réchauffer. Il se jura en silence que, tant qu'il vivrait, nul ne toucherait un cheveu de cette femme. Il était prêt à mourir pour la protéger.

17

Tsarskoïe Selo, Russie, février 1917

Après le meurtre de Raspoutine, Nicolas II resta au palais Alexandre pendant deux mois, élaborant une stratégie pour une offensive au printemps contre les Allemands. La salle de billard était jonchée de cartes constellées de flèches, de croix et d'inscriptions sur lesquelles il se penchait jour et nuit. Pour Dimitri, le tsar se berçait d'illusions à planifier une telle campagne. Dans l'armée russe, le taux de désertion grimpait de jour en jour et les mutineries couvaient. À l'instar de ses hommes et en tant que commandant en chef, Dimitri n'avait guère confiance en les compétences du tsar et pensait que ce dernier serait bien avisé de confier les rênes à l'un de ses généraux, plus chevronnés. Lorsqu'ils se croisaient dans un couloir, Nicolas le saluait d'un signe de tête furtif sans lui adresser la parole et Dimitri n'était pas certain que le tsar sache qui il était.

Pendant six semaines de bonheur, il put voir Tatiana chaque jour. Elle travaillait dur à l'hôpital tandis qu'il avait de nombreuses tâches à accomplir en tant que membre de l'escorte impériale et ils essayaient de se retrouver dans leurs moments libres. Ils pouvaient alors bavarder et jouer avec Ortipo, comme avant. Il la taquinait sur son laxisme vis-à-vis de la chienne qui, lors de leurs promenades, décidait de l'itinéraire et ne prenait pas la peine d'aller chercher la balle lorsque la jeune femme la lui lançait. C'est toujours Tatiana qui finissait par aller la chercher elle-même ; Ortipo était la patronne.

Le soir, Dimitri rejoignait parfois Tatiana dans les salles de l'hôpital pour écouter un orchestre de musiciens roumains engagé pour distraire les patients. Assis côte à côte, ils ne se touchaient pas, mais Dimitri sentait leur délicieux secret flotter entre eux : ils étaient mari et femme. Volodia ayant été transféré pour sa convalescence, il n'avait pas à affronter son ancien rival.

Tatiana n'avait aucune idée de la vie en dehors du palais. Dimitri préféra ne pas éclairer sa lanterne, de peur de la tourmenter davantage et en vain, puisqu'elle n'était pas en mesure de résoudre les problèmes économiques du pays. Pour les Russes du peuple, le pain était rare, la viande inexistante, et les rares boutiques possédant encore des marchandises pratiquaient des tarifs exorbitants. Au début de la guerre, le tsar avait interdit la production et la vente de vodka et certains en fabriquaient clandestinement. Cet alcool les rendait ivres jusqu'à la folie. Des foules enragées brûlaient dans les rues des portraits des parents de Tatiana et la presse publiait des caricatures du tsar et de la tsarine en train de manger du caviar et du homard ou allumant des cigarettes à l'aide de billets de cent roubles pendant que leur peuple mourait de faim. Tatiana aurait été bouleversée de les voir.

L'opinion publique hanta l'esprit de Dimitri jusqu'au milieu du mois de février, quand Tatiana vint lui annoncer qu'Olga et le tsarévitch avaient de la fièvre et toussaient. Le médecin avait diagnostiqué la rougeole.

— Mon pauvre petit Alexis, soupira-t-elle. Il voulait tant regagner Moguilev avec papa. Je crois que les hommes étaient très gentils avec lui là-bas.

— Tu te tiendras à distance de leur chambre, n'est-ce pas ? s'inquiéta Dimitri. Je ne veux pas que tu tombes malade.

— C'est maman qui les soigne car elle a déjà eu la rougeole. Je ne crois pas qu'on puisse l'attraper deux fois. J'ai installé Maria dans la chambre d'Anastasia.

Dans la soirée, Dimitri trouva Tatiana fébrile lorsqu'elle accomplissait ses tâches à l'hôpital.

— Habille-toi bien chaudement pour regagner le palais, lui intima-t-il.

Mais il était trop tard. Le lendemain, ses craintes furent confirmées : leur femme de chambre, Trina, vint lui annoncer que Tatiana était tombée malade elle aussi. Elle lui adressait un court message, d'une écriture peu affirmée :

J'espère que je ne t'ai pas transmis cette maladie, mon chéri. C'est la plus terrible des afflictions. Pardonne-moi de ne pas me sentir suffisamment bien pour t'écrire davantage.

Dimitri lui envoya une note accompagnée d'un perce-neige séché entre deux feuilles de papier, affirmant qu'elle était certainement sublime malgré ses boutons. Il n'obtint pas de réponse et, quelques jours plus tard, Trina vint lui annoncer que l'état de santé de la jeune femme avait empiré. Tatiana avait développé dans les oreilles des infections qui la rendaient sourde, et le médecin redoutait que son audition n'en soit définitivement endommagée. Dimitri était anéanti de la savoir souffrante. S'il l'avait pu, il aurait enduré le mal à sa place. Il avait eu la rougeole étant enfant. Comme Trina lui annonça que Tatiana avait les cheveux coupés à ras afin de faire baisser la fièvre, il la supplia de lui donner une mèche auburn qu'il glissa sous son oreiller. Chaque soir, il en effleurait sa joue et murmurait en pensée des mots d'amour à son épouse secrète. Il se languissait d'elle.

Si Dimitri se concentrait sur les invalides, il avait entendu dire que, en ville, des milliers de femmes étaient descendues dans la rue pour protester contre les pénuries alimentaires et que leur nombre augmentait d'heure en heure. Le 25 février, une fusillade retentit devant les grilles du palais. Il réunit une poignée de gardes et se précipita pour connaître l'origine de cette agitation. Plusieurs centaines d'habitants de la ville manifestaient leur mécontentement, et beaucoup brandissaient des pancartes. Certains étaient armés.

— Je vous en prie, gardez votre calme ! leur cria-t-il. Les enfants impériaux sont gravement malades.

— Qu'ils brûlent en enfer ! hurla une femme. Au moins, ils sont bien nourris, pas comme les miens !

Dimitri envoya deux gardes chercher du pain dans les cuisines du palais et adressa un télégramme au tsar Nicolas à Moguilev pour lui demander ses instructions. En attendant la réponse, il ordonna aux cuisines de faire cuire le plus de pain possible pour le distribuer à la foule, mais il ignorait ce qu'il faudrait faire lorsque les réserves seraient épuisées. D'ici là, ils auraient peut-être trouvé une solution.

Le lendemain, fou de rage de savoir que la foule effrayait ses enfants malades, Nicolas II téléphona du front et ordonna au capitaine des gardes de réprimer les manifestants par la force, sans hésiter à ouvrir le feu si nécessaire. Dimitri en fut affligé. Le tsar n'avait donc rien appris de la révolution de 1905, quand il avait dû céder nombre de ses pouvoirs à la douma, la nouvelle institution gouvernementale ? Sa seule option avait alors consisté à négocier, car la majeure partie de son armée se trouvait au front. À présent, il ne pouvait même plus compter sur la loyauté de son armée.

Après l'appel téléphonique, le capitaine réunit la garde pour faire part aux hommes de l'ordre. L'expression de ses camarades indiqua à Dimitri que c'était peine perdue.

— J'en ai assez, dit l'un d'eux en posant son arme. L'armée a ouvert le feu à Saint-Pétersbourg et des centaines de cadavres jonchent les rues. Moi, je ne tire pas sur mon propre peuple.

D'autres voix s'élevèrent pour le soutenir. Dimitri et le capitaine les réprimandèrent sans conviction, sachant qu'ils n'avaient pas un effectif suffisant pour contenir une foule déchaînée qui ne supporterait pas davantage de morts. Les ordres du tsar ne seraient pas respectés.

Chaque journée apportait son lot de nouvelles mutineries. À présent que la révolution, qui couvait depuis longtemps, était en marche, nul ne savait quelle direction elle allait prendre et la suite dépendrait grandement de Nicolas II. S'il demeurait déterminé à s'en sortir par la force, il y avait toutes les raisons de redouter les conséquences d'un tel choix pour lui et pour le pays.

Dimitri et ses camarades de la garde impériale patrouillaient dans l'enceinte du palais, leurs fusils et baïonnettes sur l'épaule, ignorant les clameurs et les détonations intermittentes dans la ville. Malgré la neige et le froid glacial, il défilait avec détermination : nul n'entrerait au palais où Tatiana était alitée tant qu'il serait là pour la protéger.

Le soir du 28 février, Alexandra sortit dans la cour pour parler aux gardes, emmitouflée dans des fourrures de la tête aux pieds.

— Pour l'amour du ciel, dit-elle aux gardes, je vous implore de ne pas faire couler une seule goutte de sang pour nous, dit-elle.

Elle avait beaucoup vieilli en peu de temps et avait le teint pâle, le visage émacié.

— Comment se portent les grandes-duchesses, Votre Altesse Impériale ? osa lui demander Dimitri.

— Elles ne sont pas encore guéries, répondit-elle en secouant la tête. Le président de la douma nous a conseillé d'évacuer le palais, mais les filles ne peuvent être déplacées.

— Vous pouvez compter sur nous pour rester à notre poste quoi qu'il arrive, lui promit Dimitri.

Elle pinça les lèvres et le remercia d'un hochement de tête, la mine anxieuse.

Le 2 mars, une rumeur stupéfiante se répandit : le tsar aurait abdiqué. Ce n'était pas crédible, Nicolas II était trop arrogant, trop sûr de son droit divin. On affirma d'abord qu'il avait abdiqué en faveur d'Alexis, ce qui était ridicule compte tenu de la fragilité et de l'inexpérience totale de l'adolescent. Ensuite, on raconta que Nicolas avait voulu voir son frère Michel accéder au pouvoir et que celui-ci avait refusé. Peu à peu, Dimitri réalisa que les rumeurs devaient être fondées. Mais qui dirigerait désormais la nation ?

Les gardes reçurent l'ordre d'évacuer le palais, ne laissant que des officiers de l'escorte impériale pour surveiller le périmètre. Ils réorganisèrent leurs rondes et réduisirent leur temps de sommeil afin de donner l'impression qu'il y avait suffisamment de gardes en vue pour empêcher la foule d'envahir les lieux. Tandis que Dimitri patrouillait près des grilles, quelqu'un entonna *La Marseillaise* à l'harmonica. Dimitri crispa les doigts sur son fusil, mourant d'envie d'abattre cet homme sur-le-champ. Mais il aurait eu trop à perdre à se montrer nerveux, car sa femme était malade et enfermée dans un palais en état de siège.

Pourtant, il n'y avait aucune nouvelle de Nicolas. Le tsar avait promis de revenir à Tsarskoïe Selo le 1er mars et les jours passaient sans le moindre signe de son retour. Le 5 mars, le téléphone et l'électricité furent coupés au palais. L'approvisionnement en nourriture s'amenuisait et, après une garde de nuit, Dimitri se précipita aux cuisines pour se réchauffer les mains et les pieds devant les fourneaux. Il ne trouva à manger qu'une miche de pain rassis et des os de poulet de la veille.

Lorsqu'il traversa la cour, des débris carbonisés jaillirent des cheminées et voletèrent tels de gros flocons de neige noirs. Un collègue lui apprit qu'Alexandra faisait brûler sa correspondance et ses journaux. Or pourquoi aurait-elle fait une chose pareille si elle n'avait rien eu à cacher ? Dimitri ne put s'empêcher de se demander quelles révélations infâmes figuraient dans ses lettres à Raspoutine. Mieux valait qu'elles ne tombent pas entre les mains des prochains dirigeants, quels qu'ils soient. Sur un débris, quelques mots étaient encore lisibles. De son talon, Dimitri les réduisit en poussière.

Dans la matinée du 8 mars, une délégation du gouvernement provisoire se présenta. Dimitri y reconnut Alexandre Kerenski, un homme politique, ce qui lui parut rassurant puisqu'il semblait avoir une influence modérée sur la douma. Ils demeurèrent plusieurs heures au palais, dont Dimitri surveillait l'entrée en retenant son souffle. Kerenski était-il en train de faire part à la famille de son destin ? Tatiana était-elle en état de participer à cette réunion ? Levant les yeux vers la fenêtre de sa chambre, il constata que les rideaux étaient tirés.

À midi, leur capitaine les convoqua.

— Nous devons quitter le palais cet après-midi, annonça-t-il, la gorge nouée et les yeux baissés face à l'incrédulité générale. Le premier régiment de carabiniers nous remplacera. Les hommes sont en ville et arriveront d'un moment à l'autre.

Dimitri fut saisi d'un malaise, car ce régiment avait juré allégeance au gouvernement révolutionnaire.

— La tsarine demande que nous partions tranquillement, sans rien faire qui puisse retarder le retour du tsar ni affecter le sort de ses enfants.

Le capitaine fit ensuite circuler de petites icônes de la Vierge que la tsarine offrait à chaque membre de son escorte pour le remercier de sa loyauté. Au bord de la panique, Dimitri manipula la miniature, ne supportant pas l'idée de quitter le palais et d'être à ce point impuissant. Il songea à se cacher pour rester près de Tatiana, mais hélas, il serait arrêté si on le découvrait. Il s'empressa donc d'aller voir Trina pour obtenir des nouvelles de la jeune femme. Il espérait la voir et lui expliquer que, s'il devait partir, il ne s'éloignerait pas.

— Elle ne reçoit toujours pas de visites, répondit la domestique. On m'a fourni une autorisation pour entrer et sortir du palais. Si vous voulez, je pourrai vous rejoindre et servir de messagère entre vous.

Dimitri lui déclara qu'il la retrouverait chaque matin près d'une porte latérale. Le cœur gros, il regagna ensuite ses quartiers, ôta son uniforme de garde impérial pour enfiler des vêtements civils, puis il prépara son paquetage et sortit dans le parc.

Il leva les yeux vers la chambre de Tatiana en espérant qu'elle regarderait au-dehors. Il avait envie de la voir, à la fois pour la rassurer elle et se rassurer lui-même. Qui savait combien de temps encore ils devraient attendre avant d'être réunis ? Et dans quelles circonstances ? Il franchit les grilles, mais s'éloigner d'elle lui faisait aussi mal que si on lui arrachait un bras.

18

Tsarskoïe Selo, Russie, mars 1917

À Tsarskoïe Selo, les Romanov étaient de plus en plus attaqués. Partout où il allait, Dimitri entendait les gens de la ville parler de l'infidélité supposée d'Alexandra. On disait qu'Alexis n'était pas le fils du tsar et même que les grandes-duchesses prenaient des amants au sein du personnel du palais. Il avait du mal à garder son sang-froid et à se retenir de riposter. Il s'occupait tant bien que mal en écrivant à ses anciens amis de la garde impériale tel Malevitch, qu'il savait loyal envers les Romanov. Ensemble, ils parviendraient sans doute à trouver un moyen de les aider. En public, il prenait soin de ne pas s'identifier en tant que descendant d'une famille notable. L'hostilité était telle qu'il risquait de se faire agresser par la foule. Il vit un aristocrate s'enfuir à pied car sa voiture venait d'être retournée.

Chaque jour, Dimitri décortiquait les journaux pour tenter de déterminer qui serait leur prochain dirigeant. Le prince Georges Lvov semblait représenter le gouvernement provisoire mais, à Saint-Pétersbourg, un conseil nommé soviet de Petrograd avait une influence grandissante. D'autres soviets se constituaient à travers le pays et la véhémence de leurs déclarations alarmait Dimitri. La Russie avait besoin d'un dirigeant avisé qui procurerait au peuple de la nourriture afin qu'il cesse d'accuser une seule et même famille d'être responsable de tous les problèmes.

Tatiana se remettait lentement de sa rougeole et, à en juger par ses lettres, elle n'avait aucune idée du danger qui guettait sa famille.

Mon cher amour,

J'aimerais tant que nous puissions nous voir. Cependant, ma vanité m'empêche de me montrer dans cet état. Tu seras choqué d'apprendre que les cheveux qu'il me restait sont tombés par poignées et que je dois porter un foulard pour dissimuler mes tonsures. Je sais combien tu adorais mes cheveux et je te promets qu'ils repousseront au plus vite ! J'ai également maigri, mais je peux désormais manger des aliments solides et je compte me remplumer bientôt. Nous sommes tous d'humeur raisonnable. Je crois que nous allons embarquer pour l'Angleterre pour rendre visite à notre famille, le roi George V et les siens, jusqu'à ce que la révolution soit réprimée. Mon travail à l'hôpital me manque. Je m'occupe en lisant et en empêchant les plus jeunes de se chamailler, ce qui n'est pas une mince affaire. Tu me manques. J'aimerais passer ne serait-ce qu'un moment avec toi, poser mon front contre le tien pour voir si je peux lire dans tes pensées.

Dimitri se réjouit qu'elle ne puisse pas deviner ses pensées, car il ne voyait pas comment les Britanniques pourraient envoyer un bateau sur la Baltique, où patrouillaient les navires de guerre allemands. L'Allemagne leur accorderait-elle un passage ? Cela ne plairait guère à la Russie révolutionnaire. Dans sa réponse, il se garda d'évoquer ses doutes :

Puisque ta vanité est de retour, je suis sûr que tu seras vite de nouveau toi-même… Quand tu embarqueras pour l'Angleterre, je te suivrai de près. Tes parents nous permettront peut-être de nous marier officiellement là-bas si la révolution se prolonge. Nous pourrions acheter un manoir à la campagne, avoir des chevaux et des chiens. Je devrai faire des progrès en anglais car je suis loin de le parler aussi couramment que toi mais je te promets d'adopter leur ton guindé car je trouve qu'il s'agit d'un beau projet.

Chaque jour, il se rendait au palais Alexandre pour confier une lettre à Trina et en recevoir une de Tatiana. Ensuite, il longeait la route dans l'espoir d'apercevoir la jeune femme. Il voyait souvent le tsar faire du vélo vêtu d'une veste d'ouvrier et d'une casquette de paysan, couper du bois ou briser de la glace, mais il avait toujours la tête baissée et ne voyait pas passer Dimitri. Grâce aux journaux, ce dernier savait que Nicolas et Alexandra étaient assignés à résidence afin qu'ils ne reprennent pas le trône. Aux yeux de Dimitri, ils n'en avaient aucune intention.

Devant la grille patrouillaient des gardes révolutionnaires identifiables à leur insigne figurant un ouvrier et un drapeau rouge. Dimitri devinait leur inexpérience à la façon malhabile dont ils tenaient leur baïonnette et sursautaient au moindre bruit. Il s'agissait de nouvelles recrues pleines d'enthousiasme qui rejoignaient le mouvement en marche. Les habitants de la ville s'arrêtaient pour regarder à travers la grille et l'un d'eux murmura à Dimitri que certains gardes emmenaient les gens dans le parc pour leur permettre d'apercevoir la famille impériale moyennant vingt roubles. Tatiana n'en avait pas parlé dans ses lettres. Dimitri était horrifié par ce manque de respect. C'est comme si les Romanov étaient devenus des animaux exotiques dans un zoo et n'étaient plus ces monarques issus d'une dynastie de plusieurs siècles.

Au début du printemps, la neige et la glace fondirent et les arbres bourgeonnèrent presque du jour au lendemain. Chaque jour, Tatiana manquait davantage à Dimitri et il avait de plus en plus peur pour elle. Pourquoi ne s'était-il rien passé ? Aucun signe d'un bateau qui emmènerait la famille en Angleterre. Incapable de supporter cette incertitude, Dimitri prit rendez-vous à Saint-Pétersbourg avec l'ambassadeur britannique, sir George Buchanan. Pour ce faire il invoqua son statut de membre de l'escorte impériale, ce qui était risqué étant donné les circonstances, et se dit qu'en cas de question il prétendrait ensuite être un simple soldat d'origine modeste.

Récemment, sa mère lui avait écrit que son père avait été interrogé par les gardes révolutionnaires et risquait de passer en jugement pour des charges non encore spécifiées. Comment un général ayant remporté tant de médailles au service de son pays pouvait-il faire l'objet de soupçons ? Quiconque était riche ou avait des relations devenait apparemment une cible. De nombreux amis des Romanov avaient été arrêtés : Anna Vyroubova, la dame de compagnie d'Alexandra, était détenue à la forteresse Pierre-et-Paul et plusieurs parents éloignés étaient assignés à résidence au cas où ils tenteraient d'aider Nicolas à reprendre le pouvoir.

— Je crains que le ministre britannique des Affaires étrangères n'ait recommandé au gouvernement russe de prendre d'autres dispositions quant à la future résidence de la famille impériale, déclara l'ambassadeur derrière ses petites lunettes. Les difficultés posées par leur transport vers Londres en temps de guerre se sont révélées insurmontables. De plus, le nouveau gouvernement ne souhaite pas voir partir le tsar et la tsarine car ils connaissent tous les secrets de guerre. Vous comprendrez que je ne puisse rien faire de plus…

— Vous devez absolument les aider ! s'exclama Dimitri, horrifié. Que vont-ils devenir sans l'aide de leurs cousins britanniques ? La presse appelle à les juger pour trahison envers leur pays. Qui sait ce qui va arriver ?

Le diplomate se crispa sur son siège.

— Bien sûr, nous ne relâcherons pas la pression en exigeant qu'ils soient traités humainement. Le gouvernement britannique a pour règle de ne pas s'ingérer dans les affaires d'une nation souveraine.

Dimitri sentit son cœur se serrer d'angoisse. Si les Britanniques ne pouvaient les sauver, il faudrait compter sur les monarchistes russes. Il avait dénombré une vingtaine de collègues disposés à l'aider, mais c'était insuffisant pour former un sauvetage armé capable d'exfiltrer les Romanov du pays. Les cheminots étaient particulièrement militants et ne les laisseraient pas monter dans un train. Ils n'avaient aucun espoir de voler un bateau dans un port sous bonne garde. De plus, il n'oubliait pas ce qu'il était advenu de Louis XVI et Marie-Antoinette après leur fuite à Varennes en 1791. Arrêtés, ils avaient été jugés et guillotinés. Dimitri en frémit. Si le tsar et la tsarine étaient accusés de trahison envers leur pays, il était essentiel de ne pas fournir d'éléments compromettants à leurs juges.

S'il ne dit mot à Tatiana de ses découvertes, ses lettres trahissaient son humeur de plus en plus morose.

Le docteur nous a appris qu'Olga avait le cœur affaibli par sa rougeole, et Maria ne peut toujours pas marcher. Je m'efforce de remonter le moral des invalides en leur faisant la lecture et par beau temps nous les sortons en fauteuil roulant dans le parc. Nous avons le droit de nous aventurer dans les bois, où la nature est sauvage. J'évite de venir devant la maison car des gens nous observent derrière les grilles. Néanmoins, je le ferais si j'avais l'espoir d'y voir ton cher visage.

Nous avons parfois de la visite. Je ne veux pas que tu sois repéré par nos gardiens révolutionnaires car tu risquerais la prison, comme notre pauvre et chère Anna Vyroubova. Quelle cruauté d'infliger un tel sort à une malade ! De quelle trahison peut-elle être coupable ?

Dimitri, je me languis de toi de toute mon âme. Si seulement nous pouvions passer ne serait-ce que cinq minutes ensemble, seuls... En pensant à ta nature passionnée, à ton esprit si fin, à tes yeux pétillants et à tes bras si forts, je peux supporter le pire, et j'ai la certitude que nous serons bientôt réunis.

Dimitri se réjouit d'apprendre qu'ils pouvaient se promener dans les bois. Il avait peut-être une chance de l'y croiser... Il emprunta un cheval et longea la bordure du parc impérial en quête d'endroits moins surveillés. Il put ainsi s'aventurer dans le parc Alexandre à travers le cimetière des chevaux et poursuivre vers la ferme et les bois, où il chercha un lieu de rendez-vous potentiel. Une tour blanche de style gothique désaffectée où les domestiques dormaient naguère se dressait à cinq minutes de l'entrée principale du palais. Il se glissa à l'intérieur et gravit les marches de l'escalier en colimaçon jusqu'au sixième étage, puis émergea sur les remparts crénelés. De là, il avait une vue sur le parc jusqu'à la ville. Les gardes permettraient-ils à Tatiana de venir aussi loin ? La tour se trouvait à proximité des jardins ; la jeune femme pourrait peut-être tenter sa chance.

Au lieu de lui faire passer la consigne dans une lettre qui risquait d'être interceptée, Dimitri chargea Trina de dire à Tatiana qu'il l'attendrait dans la tour blanche à dix heures chaque matin. Si elle avait la possibilité de l'y rejoindre, même pour quelques minutes, ce serait merveilleux. Il insista pour qu'elle ne se mette pas en danger.

Le lendemain matin, il arriva sur place à neuf heures trente et se cacha à l'entrée, dans un recoin d'où il pouvait guetter l'arrivée de la jeune femme dans l'allée. Il n'eut pas à patienter longtemps : elle marchait au bord du lac, se penchant de temps à autre pour cueillir des fleurs sauvages qu'elle déposait dans un panier. Elle était maigre dans sa robe grise et avait un foulard gris noué sur la tête. Il admira sa démarche élégante. Elle avait tout d'une grande-duchesse, même dans ces vêtements de paysanne. Au bord de l'eau, elle cueillit un iris blanc, vérifia que la voie était libre et courut vers l'entrée de la tour.

Dimitri l'attira aussitôt dans ses bras et la dévora de baisers.

— Mon amour, souffla-t-il, incapable d'en dire davantage.

Elle avait mauvaise mine, le visage pâle et émacié, mais la rougeole ne lui avait laissé aucune cicatrice. Il lui caressa la joue et plongea son regard dans ses prunelles grises, submergé par l'intensité de ses émotions.

— Je ne peux pas rester longtemps… ils vont me chercher, murmura-t-elle. Quel bonheur de te voir !

— Comment cela se passe-t-il au palais ? Dis-moi la vérité.

Elle hésita.

— Il est plein de soldats ivres qui brisent nos précieux objets et font la fête en permanence. Ils n'ont aucune discipline. Papa semble s'y être résigné. Il erre seul, sans nous adresser la parole. Maman reste dans sa chambre à broder. C'est moi qui dois remonter le moral des miens et, parfois, j'avoue que je suis à bout de forces. Avec toi je me sens revivre.

— Je serai là tous les jours à dix heures. Et je fais mon possible pour assurer votre libération.

— Si seulement les Britanniques se dépêchaient… soupira Tatiana.

Dimitri dut se détourner. Il ne se sentait pas le courage de lui annoncer que les Britanniques n'avaient plus l'intention de les évacuer. Il préféra lui demander à quoi elle passait ses journées.

— Papa et moi plantons des carottes et des légumes d'été sur une parcelle proche du palais. J'aime travailler la terre, même si mes ongles en pâtissent.

Elle lui tendit ses mains, qu'il embrassa tour à tour.

— Et toi ? Que fais-tu ?

— J'ai un logement en ville où j'attends des nouvelles des personnes à qui je parle de votre sauvetage. Je me demande souvent si je devrais informer le nouveau gouvernement de notre mariage afin d'être détenu avec vous pour être à tes côtés.

— Non ! s'écria-t-elle. Surtout pas ! Nous avons besoin que tu restes à l'extérieur. Si tu nous rejoignais, tu ne pourrais plus nous aider.

Elle l'embrassa sur les lèvres.

— Je suis heureuse de te savoir prêt à renoncer à ta liberté, et il serait merveilleux de nous voir chaque jour, mais dans l'immédiat mieux vaut que les choses restent ainsi.

— Nous nous verrons peut-être plus souvent. Je viendrai ici chaque matin et tu me rejoindras chaque fois que les circonstances te le permettront. Ne prends aucun risque !

Ils échangèrent un long baiser, puis la jeune femme reprit sa promenade pour retourner en captivité, non sans un dernier regard. Lorsqu'elle disparut au détour du palais, Dimitri songea que c'était peut-être la dernière fois qu'il la voyait et eut l'impression de recevoir un coup de poignard en plein cœur. Il ne supportait pas de la savoir en péril et brûlait de l'enlever pour l'emmener dans la campagne, de chevaucher jusqu'à ce qu'ils soient en sécurité. Mais c'était impossible, car elle ne quitterait jamais sa famille.

Quelques jours plus tard, Tatiana revint à la tour, de même que plusieurs jours ensuite, alors que le printemps cédait la place à l'été. Leurs rendez-vous leur donnaient du courage : elle pouvait se décharger de son fardeau et Dimitri exultait du simple bonheur d'être avec elle. Il revivait par la suite chaque étreinte, chaque mot d'amour, et la certitude d'être aimé lui faisait du bien.

Le 12 juillet, il l'attendait dans la tour blanche et la vit arriver au moment où deux gardes révolutionnaires surgissaient dans l'autre direction. Ils ne pouvaient que se croiser. Dimitri perçut le trouble de la jeune femme, qui se demandait comment réagir. En pensée, il lui intima de rebrousser chemin. Hélas, il était trop tard.

— Hé, là-bas ! Qui es-tu ? lança l'un des gardes.

Dimitri n'entendit pas sa réponse. Sans doute dit-elle la vérité car le soldat reprit :

— Vous autres n'avez pas le droit de venir ici ! Vous ne pouvez pas quitter la cour du palais. Retournes-y immédiatement, sale garce !

Ivre de rage, Dimitri avait la certitude qu'il pouvait tuer les deux gardes avant qu'ils donnent l'alerte et pensa au couteau qu'il portait à son ceinturon. Tatiana regarda vivement dans sa direction et secoua imperceptiblement la tête, puis elle fit demi-tour et s'éloigna rapidement sur le chemin en direction du palais. Dimitri tremblait de fureur. Comment avaient-ils osé l'insulter de la sorte ? Il les observa avec attention lorsqu'ils passèrent, afin de mémoriser leurs visages, et se jura que quand la révolution serait réprimée il les ferait jeter en prison.

Lorsqu'il se rendit à la grille latérale pour son rendez-vous avec Trina, elle lui remit une lettre urgente de Tatiana.

Quelle tristesse de ne pas avoir pu t'embrasser tout à l'heure… Dans mes rêves, je fais comme si ces soldats ne m'avaient pas empêchée de te rejoindre. J'essaie de penser à des moments de bonheur partagé et j'aimerais que tu en fasses autant. Je suis au désespoir, mais nous n'aurons peut-être pas d'autre occasion de nous rencontrer à la tour blanche. Ce matin, on nous a annoncé que nous quitterions Tsarskoïe Selo le 31 juillet. Ils ne nous ont pas dit où ils nous emmenaient. Nous savons simplement que c'est vers le sud. Nous espérons qu'il s'agira de Livadia. Ce serait merveilleux ! Nous emporterons autant d'affaires que nous le pourrons. Qui sait quand nous reviendrons ? Quoi qu'il en soit, mon chéri, je t'écrirai dès que je connaîtrai notre destination, avec l'espoir fervent de te voir là-bas avant longtemps. Je t'aime de tout mon cœur, maintenant et à jamais.

Le 31 juillet, Dimitri se posta dès l'aube près des grilles du palais Alexandre. Apparemment le transfert de la famille n'était plus un secret car des centaines de personnes y assistaient. Certaines lançaient des insultes et des railleries, d'autres étaient simplement curieux. Ce manque de respect le mit hors de lui, même s'il comprenait l'exaspération de ces familles affamées dont le père avait été tué à la guerre. Voyant un officiel émerger avec un message pour les gardes, il se fraya un chemin dans la foule pour entendre que le cortège impérial était sorti par la grille ouest et était en route pour la gare ferroviaire.

Il prit son cheval et se précipita dans l'espoir de l'intercepter et parvint à la gare au moment où les Romanov sortaient d'un convoi d'automobiles rutilantes. Il chercha Tatiana des yeux et découvrit qu'elle faisait de même. Il porta les doigts à ses lèvres pour lui envoyer un baiser furtif. Elle en fit autant et croisa les doigts comme pour prier. Quelques secondes plus tard, elle monta à bord d'un train et disparut. Dimitri se sentit envahi par une sensation de vide et un terrible pressentiment.

19

Lac Akanabee, État de New York, 12 août 2016

Une nuit, un violent orage balaya le lac. À quatre heures du matin, Kitty fut réveillée par la pluie et eut l'impression que des pierres tombées du ciel martelaient son toit de tôle. Elle alluma sa lampe à huile et alla regarder le spectacle depuis la porte. Le vent courbait les arbres et des éclairs zébraient le ciel au-dessus du lac. La fosse qu'elle avait creusée pour faire du feu était déjà pleine d'eau. Au moins, la toiture qu'elle avait réparée semblait étanche.

Le hurlement des éléments et le vacarme du toit étaient si assourdissants qu'elle ne put se rendormir. Elle ouvrit donc le deuxième roman de son arrière-grand-père, *Exil*. Bob lui avait apporté les livres quelques jours plus tôt. Tous lui étaient dédicacés, ainsi qu'à sa femme, Sue, d'une écriture nette. *Exil* avait été publié pour la première fois en 1927. Il s'agissait d'une réimpression américaine de 1950. Si le texte était merveilleusement lyrique, l'histoire elle-même était sombre. Un homme était contraint de quitter son pays natal pour des raisons inexpliquées. Il arrivait dans une ville lumineuse, ravagée par la corruption, où tout le monde tentait de vendre quelque chose : drogue, gadgets inutiles, ou eux-mêmes. Était-ce ainsi que Dimitri voyait New York ? Puis Kitty se souvint qu'il n'était arrivé qu'en 1934. Peut-être décrivait-il Berlin ? Le héros de cette histoire était hanté par une mauvaise action commise dans le passé. Il tombait amoureux d'une femme superbe mais était incapable de s'engager dans cette relation à cause de son âme troublée, et elle finit par le quitter.

Une chose est certaine, songea Kitty en se frottant les yeux, *il comprenait la dépression.* Jamais elle n'avait lu un livre qui l'entraîne aussi loin dans l'esprit d'un dépressif. C'était une expérience troublante, que traduisait le déluge qui faisait rage au-dehors. Aux premières lueurs de l'aube, des trombes d'eau tombaient encore. Les gouttes rebondissaient sur le sol desséché par le soleil et la rive opposée du lac était obscurcie par un gros nuage bas. À huit heures, il faisait encore si sombre que Kitty avait encore besoin de sa lampe pour lire. Elle décida de se rendre au coffee-shop pour boire un *latte* et avoir un peu de compagnie humaine. Ce roman l'avait mise d'humeur morose.

Jeff n'était pas là, mais l'établissement était plein de campeurs cherchant à se protéger du déchaînement des éléments. Kitty trouva un coin où recharger son ordinateur tout en écoutant les doléances des vacanciers qui espéraient une randonnée, une descente en canoë ou en rafting et se retrouvaient avec des heures à tuer et des enfants agités à distraire. Les vitres embuées et le brouhaha des conversations donnèrent à Kitty un sentiment de solitude et, pour la première fois, de nostalgie. Nul ne lui prêta attention lorsqu'elle ouvrit son ordinateur. D'abord, elle consulta le site du *Guardian* et parcourut les nouvelles ainsi que les préoccupations des lecteurs de ce journal : coupes budgétaires, immigration, etc.

Son curseur se déplaça ensuite vers l'icône « Mails ». Non sans appréhension, elle cliqua pour ouvrir sa boîte de réception, qui contenait mille huit cent soixante-quinze messages non lus. Elle but une gorgée de café et parcourut son courrier. Le nom de Tom revenait fréquemment : Tom Fisher, Tom Fisher, Tom Fisher. Ce fut un véritable défilé, comme un stroboscope, et elle se sentit oppressée. Quoi qu'il ait à lui dire, elle ne se sentait pas prête à le savoir. Elle ne put toutefois s'empêcher de lire les intitulés des e-mails : « Je regrette », « Contacte-moi », « Urgent, il faut que je te parle », « Je t'aimerai toujours », « On peut parler ? ». Elle déroula les messages sans les ouvrir, ressentant une douleur dans la poitrine, au-dessous des côtes. Son cœur palpitait tel un mal lancinant. Elle respira profondément, en vain, puis, posant une main sur son cœur, elle le sentit battre trop vite et céda à la panique. Elle n'arrivait plus à respirer !

Kitty débrancha son ordinateur et se faufila entre les campeurs, les sacs à dos et les jeunes enfants pour gagner la sortie. Lorsqu'elle ouvrit la porte, une bourrasque chargée de pluie s'engouffra à l'intérieur, déclenchant un tollé général. Elle sortit vivement et referma aussitôt la porte. Au volant de sa voiture, elle quitta le parking, en proie à des palpitations. Le souffle court, elle n'était pas en état de conduire.

Après quelques centaines de mètres, elle se gara au bord de la route et posa la tête sur le volant.

Que fallait-il en penser ? Tom voulait-il dire qu'il l'aimerait toujours mais qu'il aimait aussi Karren avec deux *r* ? Qu'il l'aimerait toujours mais qu'il voulait divorcer ? De quel amour parlait-il, au juste ? Un mois s'était écoulé et elle n'était pas prête à entendre Tom, c'était manifeste. Elle regrettait d'avoir ouvert sa boîte. Il lui faudrait davantage de temps pour gérer la situation et ses répercussions, ce qui intensifia sa sensation d'échec, dans son couple comme en général.

Inévitablement, la voix réprobatrice de sa mère se fit entendre : « Pourquoi renonces-tu si vite ? Tu commences le piano et tu te lasses, tu commences le tennis et tu ne veux pas continuer. Tu ne persévères dans rien. » Baissait-elle les bras si facilement ? Outre le piano et le tennis, elle avait abandonné les cours de théâtre et les autres activités extrascolaires parce que sa mère en attendait trop d'elle et voulait que sa fille excelle dans tous les domaines. Le jour où elle avait appelé chez elle pour annoncer qu'elle avait obtenu une mention assez bien à ses examens universitaires de journalisme, sa mère avait rétorqué : « Quel dommage ! En travaillant un peu plus… » Si elle avait vu Kitty affalée en cet instant sur son volant, en proie à une crise d'angoisse, sa mère n'aurait pas manqué de se répandre en soupirs lourds de sens.

La jeune femme s'efforça de respirer régulièrement, comptant jusqu'à cinq entre chaque inspiration, puis tenta de faire le vide dans sa tête pour se concentrer sur son souffle, comme elle l'avait appris en cours de yoga. Un camion passa en trombe, éclaboussant son pare-brise d'eau et de boue.

Il fallait qu'elle s'occupe. La lecture du roman suivant de Dimitri ne suffirait pas. Elle se rappela une parcelle envahie par les mauvaises herbes derrière le chalet, à laquelle elle n'avait pas eu le temps de s'attaquer. La terre humide faciliterait l'arrachage. Elle serait trempée jusqu'aux os mais aurait la sensation d'avoir réalisé quelque chose. Le terrain était plat et sans arbres. Elle pourrait y faire des plantations. Rester occupée était le meilleur moyen de soigner un cœur brisé.

20

Malgré une semaine pluvieuse, il faisait encore chaud. Kitty s'affairait à déblayer le terrain entourant le chalet et avait l'impression de travailler sous un jet d'eau tant il pleuvait à torrents. De la vapeur s'élevait de la terre fraîchement retournée. C'était un dur labeur. Elle finissait crottée, fourbue. Ensuite, elle réchauffait des nouilles sur son réchaud et se préparait du thé à l'intérieur. Elle passait ses soirées sous le porche, sur sa balancelle, à boire du vin en lisant les romans de Dimitri Iakovlévitch.

Ses récits étaient riches, étonnamment modernes par certains aspects, et tournaient autour de deux thèmes récurrents : l'amour et le deuil. Les personnages masculins étaient plus en phase avec leurs émotions que n'importe quel homme de sa connaissance. Ils analysaient leurs réactions en fonction des événements. En revanche, les personnages féminins étaient légèrement idéalisés, un peu trop parfaits peut-être. Un homme écrivain était-il capable de créer des personnages de femmes convaincants ? Les deux derniers romans, écrits en Amérique, auraient très bien pu paraître à l'époque actuelle. Le style était net, dépouillé, si évocateur qu'il lui semblait connaître les personnages dont il était question comme s'ils avaient vécu avec elle, dans le chalet. Ils étaient complexes et avaient des défauts sans jamais être ternes. À l'image de Dimitri, peut-être ?

Kitty détenait les droits d'auteur de ces romans qui constituaient son héritage. Et si elle essayait de les faire rééditer ? Elle pourrait contacter son dernier éditeur, Random House… Ils se vendraient bien avec des couvertures plus modernes et de bonnes critiques dans la presse. Elle écrirait un texte sur son arrière-grand-père et expliquerait les circonstances de ses découvertes. Mais il fallait d'abord qu'elle en apprenne davantage sur lui car il demeurait une ombre et sa biographie se limitait à quelques dates et lieux, avec de grands vides.

Un après-midi, sous une pluie battante, elle entendit une voiture parcourir le chemin menant au chalet. Elle lâcha sa pelle pour aller voir. C'était une voiture de police. L'un des deux agents baissa sa vitre et lança :

— Kitty Fisher ?

Abasourdie, elle recensa mentalement mille raisons pour s'expliquer leur présence avant même de répondre par l'affirmative. Avait-elle transgressé le règlement de la société de location de sa voiture ? Y avait-il un problème avec l'acte de propriété du chalet ? Devait-elle s'acquitter d'une taxe foncière ?

— Votre mari a signalé votre disparition en Angleterre, lui expliqua l'agent. On vous a retrouvée grâce à votre carte de crédit. Les employés du coffee-shop nous ont dit qu'on vous trouverait ici. Tout va bien, madame ?

Il ne lui était jamais venu à l'idée que Tom puisse s'adresser à la police. Quel imbécile !

— Je suis désolée que vous vous soyez déplacés jusqu'ici ! Je vous en prie, venez prendre un café, je vais vous expliquer.

Ils la suivirent à l'intérieur en prenant soin de s'essuyer les pieds avant d'entrer. Kitty alluma son réchaud à gaz.

— Je n'ai qu'une seule chaise, hélas. Vous êtes mes premiers invités… Je suis là depuis un mois. Je retape mon chalet. Je viens d'en hériter.

— Vous n'avez pas dit à votre mari que vous veniez ?

L'un des policiers parlait tandis que l'autre inspectait ses réparations sur les murs.

Kitty se retourna pour verser du café instantané dans les tasses.

— J'avais besoin de prendre du recul. Il m'a trompée avec une autre.

— Alors vous avez décidé de lui donner une bonne leçon.

— Non, fit Kitty en secouant la tête. J'étais désemparée et je voulais savoir si ce chalet était récupérable, et les choses se sont mises en place.

— Vous avez fait du bon boulot, on dirait, mais vous devriez informer votre mari que vous allez bien. Il a cru que vous aviez fait une bêtise…

— Un suicide, vous voulez dire ? demanda la jeune femme en fronçant les sourcils. Tom me connaît mieux que ça…

Sa voix s'éteignit. La connaissait-il vraiment ? Avait-il vraiment cru qu'elle se suiciderait à cause de Karren avec deux *r* ? Elle ne le croyait pas capable d'une telle arrogance.

— Il a remué ciel et terre pour vous retrouver. Il doit être affligé.

Kitty réfléchit un instant. Tom, affligé ? Tant mieux ! N'empêche qu'elle ne se sentait pas capable de lui parler et d'écouter ses pathétiques excuses.

— Vous ne pouvez sans doute pas l'informer que je vais bien et que je compte rester ici le reste de l'été ? Je vous en prie, ne lui indiquez pas mon adresse. Je ne voudrais pas qu'il débarque ici.

— Pourquoi ? Il est violent ?

— Non, s'empressa-t-elle de répondre. Ce n'est pas ça.

Ils échangèrent un regard. Le plus bavard pinça les lèvres avant de répondre :

— Vous êtes très isolée, par ici. Vous êtes certaine de ne pas vouloir qu'il vienne ?

Elle tenta d'imaginer Tom dans le chalet, en vain. C'était son chalet à elle, pas celui de Tom. De plus, sa crise d'angoisse quelques jours plus tôt lui rappela qu'elle n'était pas prête à lui parler. Pas encore. Elle agissait d'instinct pour se protéger d'une plus grande souffrance. Quand elle se sentirait assez forte, elle le contacterait.

— Je vais l'appeler, mais pas tout de suite. Je suis désolée de vous avoir fait perdre votre temps. Vous avez certainement des affaires bien plus importantes à régler.

— Non, madame. C'est plutôt calme, par ici. Un accident de voiture de temps en temps, une conduite en état d'ivresse… la région n'est pas très criminogène. Si vous êtes sûre de ce que vous voulez, on enverra un e-mail à la police en Angleterre pour leur dire que vous allez bien. Merci pour le café.

Ils cherchèrent un endroit où poser leurs tasses. Kitty les leur prit avec un sourire. Les deux agents regardèrent un instant à l'extérieur, par la porte du chalet, attendant inutilement une accalmie pour courir vers leur voiture sans se faire tremper.

— Soyez prudente ! conclurent-ils avant de se précipiter sous la pluie battante.

Elle leur fit signe depuis le porche, puis rentra et s'assit sur son lit de camp, les jambes contre la poitrine, et se balança d'avant en arrière. Tom était vraiment un abruti ! Il aurait mérité une bonne amende pour avoir fait perdre son temps à la police. Sans doute avait-il deviné sa destination avant même que sa carte de crédit ne permette de la localiser. Il ne supportait tout simplement pas de ne pas maîtriser la situation.

Kitty réalisa soudain qu'ils s'étaient installés dans un schéma où Tom était décisionnaire en tout. Peut-être était-ce parce qu'il était le seul à avoir un salaire régulier. Il choisissait les vacances qu'ils pouvaient se permettre, ou l'achat d'une nouvelle voiture. Il avait voulu déménager à Crouch End, un quartier chic, quitte à engloutir l'héritage des parents de Kitty et les bénéfices qu'elle réalisait en rénovant des logements. Elle, elle serait volontiers restée dans le quartier cosmopolite de Turnpike Lane, mais Tom, considérant que le taux de criminalité augmentait, dès lors qu'on eut tenté de lui voler sa voiture, décida qu'ils devaient plier bagage.

Au début, quand ils étaient fauchés, c'était différent. Ils partaient en vacances sur un coup de tête et jamais en voyage organisé. Ils réservaient un vol bon marché pour Bangkok ou Mumbai et se déplaçaient grâce aux transports locaux en logeant chez l'habitant ou sur la plage, hors des sentiers battus. À cette pensée, le parfum du thé cultivé dans les montagnes du sud de l'Inde lui revint. Ils étaient restés dans une minuscule auberge, avaient fait de la randonnée dans les collines et passé leurs soirées dehors à manger des mangues et à discuter avec les villageois qui rentraient des champs. Elle se rappelait le jour où Tom lui avait sauvé la vie en jetant une pierre sur un serpent noir qui avait surgi juste à côté d'elle. Elle sentait le parfum d'un collier de jasmin qu'il avait acheté à un vendeur des rues pour le lui passer autour du cou. Ils discutaient, discutaient à n'en plus finir, toujours fascinés par le point de vue de l'autre. Qu'était-il arrivé ?

Un détail du dernier roman de Dimitri lui revint : le personnage masculin se demandait pourquoi son couple était si différent au bout de vingt ans. Si la dynamique était la même, le pouvoir avait changé de camp : en même temps que son statut, sa façon de voir sa conjointe avait évolué. Kitty réfléchit un instant. Tom n'était pas un tyran. Elle l'avait laissé devenir peu à peu celui qui était responsable des crédits, des voitures et des vacances. Il n'avait pas pris le pouvoir, elle le lui avait donné. Elle ne prenait pas de décisions de ce type parce qu'elle les trouvait stressantes. Il était bien plus facile de ne pas prendre le risque de ce que sa mère appelait un « échec ». Par défaut, elle s'était glissée dans un rôle d'enfant. C'était une théorie intéressante. Plus elle y pensait, plus elle était persuadée de voir juste. Elle avait suivi le mouvement sans être une partenaire à part entière du couple. Tom aurait peut-être aimé qu'elle soit plus active.

Naturellement, rien de tout cela ne justifiait son infidélité. Le simple fait d'y penser la rendait furieuse. Était-elle en train de le punir en gardant le silence ? Probablement. Le principal obstacle demeurait que, quand elle songeait à l'appeler ou à lui envoyer un e-mail, une foule d'angoisses remontaient à la surface : argent, sécurité, famille, avenir. Et elle devait vite refermer la boîte et s'occuper pour faire diversion.

21

Tobolsk, Sibérie, 6 août 1917

Malama chéri,

Nous sommes arrivés à Tobolsk au terme d'un long trajet en train, puis en bateau à vapeur. Quel paysage étrange et isolé ! Une région plate et marécageuse, grouillant d'insectes sous un ciel infini. On me dit que l'on ne peut y venir qu'en été car le fleuve gèle dès les premières neiges, interdisant toute circulation. C'est peut-être la raison pour laquelle on nous a envoyés ici. Nous sommes isolés, oubliés. Papa ne peut plus poser de problèmes au nouveau gouvernement et nous restons à bord du bateau dans l'immédiat parce que la maison du gouverneur, où nous devons loger, a récemment servi de baraquement et a grand besoin d'être nettoyée et restaurée. Nous pouvons nous promener en ville. Les gens sont à la fois curieux et amicaux. Tout le monde nous demande pourquoi les filles ont les cheveux courts, croyant à une nouvelle mode de Saint-Pétersbourg. Quand nous leur expliquons que nous avons été malades, ils ne savent que dire.

Je vais me dépêcher de t'envoyer cette lettre dans l'espoir que tu viendras nous rejoindre dans ce hameau. J'aimerais pouvoir t'en dire davantage mais je sais que nous tirerons le meilleur parti de la situation. Il m'en faut peu pour être heureuse : savoir que ma famille, dont tu fais partie, est en sécurité et bien portante.

Tendrement,

Ta T

Deux semaines plus tard, Dimitri reçut la lettre à Tsarskoïe Selo et se rendit chez Malevitch. Au lieu de lui avouer la vérité, il prétendit qu'il avait appris où se trouvaient les Romanov grâce à certains contacts.

— Pourquoi la Sibérie ? s'inquiéta Dimitri. C'est l'endroit le plus reculé du pays. Ils n'ont aucune intention d'envoyer la famille en exil.

— Je suppose qu'ils ne savent plus quoi faire depuis que les Britanniques ont refusé de les accueillir. Pourquoi ne peuvent-ils pas se rendre au Danemark, d'où vient la mère du tsar ?

— À nous d'essayer. J'irai à Tobolsk histoire de reconnaître le terrain.

Malevitch acquiesça.

— Moi, je reste à Saint-Pétersbourg pour trouver des camarades susceptibles de nous aider. Nous communiquerons par télégramme. Prends garde à tes propos, car ils seront sans doute lus par ces autorités ivres de pouvoir. Nous nous ferons passer pour des hommes d'affaires et parlerons de marchandise pour désigner la famille. (Dimitri tiqua.) Oui, je sais, c'est un peu insensible, mais…

La perspective d'un hiver sibérien emplissait Dimitri d'effroi. Il plaça dans un sac ses bottes, son manteau et son chapeau en peau de loup, puis il embarqua pour un long trajet vers Tobolsk, d'abord en train, ensuite en bateau. Son unique consolation était que chaque kilomètre parcouru le rapprochait de son épouse bien-aimée.

Il remonta les quais de l'Irtych sous un ciel de plomb malgré la température étouffante. Pensant que la famille impériale y était désormais installée, il demanda comment se rendre à la maison du gouverneur et découvrit une bâtisse blanche et carrée de deux niveaux dans le style classique, entourée d'une cour bordée d'une clôture de trois mètres de haut. Deux gardes se tenaient près de la grille. Il n'y avait aucun signe de la famille mais, derrière une fenêtre du premier étage, il perçut un mouvement qui lui serra le cœur. Était-ce Tatiana ? Si seulement elle regardait au-dehors ! Il brûlait de la voir.

Dimitri s'attarda jusqu'à ce que les gardes commencent à l'observer d'un œil soupçonneux. Au détour d'un virage, il fut ravi de rencontrer Trina qui gravissait la pente lestée d'un panier.

— Dieu merci, vous êtes là ! s'écria-t-il. Je viens d'arriver. La famille va bien ?

— Aussi bien que possible au vu des circonstances, répondit la femme de chambre des grandes-duchesses. Le tsar est frustré par le manque d'espace pour les activités de plein air. En trois minutes on fait le tour de la cour et il n'a nulle part où planter des légumes. La tsarine a installé une chapelle dans l'ancienne salle de bal et elle prie tous les jours. Sinon, elle reste dans sa chambre. Les filles et Alexis s'ennuient. Ils n'ont le droit de sortir dans la cour qu'entre onze heures et midi, puis de quatorze heures à la tombée du jour.

— Pouvez-vous transmettre des lettres à Tatiana sans être fouillée par les gardes ?

— Bien sûr. Je réside au pied de la colline et je passe par ici chaque matin à sept heures trente et je fais beaucoup d'allers-retours pour les courses.

— Alors je vous apporterai une lettre tous les matins à sept heures trente. Dieu vous bénisse pour votre loyauté.

Que ferait-il sans elle ? Elle pensait certainement qu'ils étaient amants mais avait gardé leur secret.

— Si vous voulez, suggéra-t-elle, je demanderai à la grande-duchesse Tatiana de sortir sur le balcon pour vous faire signe.

— Est-ce bien raisonnable ? Les gardes ne remarqueront-ils rien ?

— Les filles s'installent souvent sur le balcon pour observer les passants. Venez à deux heures moins le quart.

Cinq minutes avant l'heure, Dimitri monta au sommet de la colline tel un promeneur. De loin, il distingua sur le balcon la silhouette de Tatiana. Elle était plus grande, plus svelte que ses sœurs, avec le port altier d'une ballerine. Comme si elle avait senti son regard, elle se tourna et le vit. Ils se regardèrent de loin et ce fut pour Dimitri un moment très émouvant. La savoir en sécurité, la voir de ses propres yeux était pour lui un grand bonheur. Il se rendit compte que, durant tout le trajet, il avait redouté d'apprendre à son arrivée la mort de Tatiana. La décapitation de Louis XVI et Marie-Antoinette le hantait. Cependant, et quoique l'esprit révolutionnaire ambiant soit imprévisible, il était certain qu'aucun Russe loyal ne tuerait la famille impériale.

Les gardes ne paraissant pas la surveiller, Dimitri s'aventura sur la route bordant le jardin, levant les yeux chaque fois qu'il le jugeait possible. Tatiana porta ses doigts à ses lèvres pour lui envoyer un baiser. Il eut envie de repasser devant la maison mais un garde s'était tourné vers lui. Dimitri fit donc mine d'avoir oublié quelque chose. S'il se montrait prudent, il pourrait peut-être apercevoir Tatiana chaque jour. Dieu seul savait ce que feraient ces gardes si leur mariage était révélé au grand jour. Sans doute serait-il arrêté sur-le-champ.

La lettre que Trina lui remit le lendemain matin détaillait la vie à l'intérieur de leur prison. En dépit des efforts de Tatiana pour paraître optimiste, Dimitri devinait sa détresse.

Malama chéri,

Je te remercie du fond du cœur de nous avoir suivis dans cet endroit reculé. Nous avons fait de notre mieux pour nous sentir chez nous avec les photographies et bibelots apportés de Tsarskoïe Selo. Hélas, le manque de liberté nous pèse. Je regrette de ne plus pouvoir me promener dans les bois afin de te rejoindre dans la tour. Ici, cela semble impossible. Sais-tu que Dostoïevski a brièvement été emprisonné dans cette ville en 1850 ? Je me demande ce qu'il en a pensé.

Nous passons nos journées à lire, à jouer aux cartes ou aux dominos, nous faisons des exercices dans la cour, prions, mangeons. Le temps passe lentement. Je regarde l'horloge, me disant qu'une heure doit s'être écoulée mais non, ce ne sont que des minutes. Nous avons toutefois une lueur d'espoir : on nous a accordé l'autorisation de nous rendre à l'église du monastère de Blagovechenski ce dimanche. Ce sera notre premier office depuis six mois et nous sommes très impatients. Peut-être pourrais-tu venir également ? Ce serait merveilleux.

Je sais que tu ne m'abandonneras jamais, et surtout ne va pas croire que je n'apprécie pas tes sacrifices et le danger auquel tu t'exposes. Je t'aime pour cela. J'aime tout en toi. Mon unique bonheur est de rêver d'un avenir où nous serions ensemble.

Dimitri veilla à arriver à l'église bien en avance et s'installa sur le côté afin d'avoir une vue sur les fidèles. À sa grande surprise, la délégation impériale fut introduite par une porte latérale et passa devant lui. Le tsar semblait perdu dans ses pensées. La tsarine, en revanche, lui adressa un signe de tête discret. Tatiana esquissa un sourire qu'Olga remarqua avant de paraître abasourdie de voir Dimitri. Visiblement, Tatiana ne lui avait pas dit qu'il était là.

Il regarda sa chère épouse faire un signe de croix puis allumer un cierge. Elle portait une robe bleu pâle à col montant et ses cheveux joliment ondulés lui arrivaient presque aux épaules. Elle avait la mine grave debout aux côtés de sa mère et de ses sœurs. Pendant les cantiques, elle se tourna plusieurs fois pour croiser le regard de son bien-aimé.

Les offices orthodoxes étaient toujours longs, mais le prêtre semblait déterminé à impressionner par son énergie ses visiteurs impériaux. Une heure s'écoula, puis deux, et Dimitri aurait aimé qu'il prêche toute la journée. Il était merveilleux de se trouver sous le même toit que Tatiana après ces longues semaines de séparation, et de constater par lui-même qu'elle allait bien. La famille repassa devant lui et Tatiana en profita pour lui frôler le bras.

Dimitri avait loué un logement dans la ville. Ce soir-là, il écrivit à Malevitch pour lui dire dans quelle situation il avait trouvé les Romanov (« la marchandise »), lui décrivit les lieux et la position des gardes autour de la maison. En vérité, il savait qu'il était impossible de les faire sortir de cette prison. En ce début de septembre, la température chutait considérablement et dans quelques semaines il ne serait plus possible de quitter Tobolsk avant huit mois d'hiver. Au printemps suivant le gouvernement révolutionnaire serait peut-être plus clément et permettrait sans doute aux plus jeunes membres de la famille de partir. Nul ne pouvait les juger coupables d'un quelconque crime, quels que soient les torts de leurs parents, auxquels Dimitri en voulait pour leur vision étriquée et dépassée de la monarchie. Les Romanov avaient amassé leur immense fortune grâce aux ressources de la nation. Et, pourtant, Nicolas n'avait pas jugé bon d'ouvrir les coffres quand son peuple mourait de faim. Alexandra avait cruellement manqué de clairvoyance en suivant les conseils de Raspoutine alors même que le peuple voyait en elle une alliée de l'ennemi. À eux deux, ils avaient réussi à transformer une famille impériale respectée en une institution impopulaire. Alexis, treize ans, ou Tatiana, vingt ans, ne pouvaient être tenus pour responsables.

Cependant, il se remémora à nouveau l'histoire de Marie-Antoinette, dont le crime avait été d'être née autrichienne à une époque où l'Autriche était l'ennemie jurée de la France. Sa fille aînée, Marie-Thérèse, avait été retenue prisonnière six ans durant avant d'être exilée. Les origines allemandes d'Alexandra et l'autoritarisme de Nicolas joueraient-ils en leur défaveur ? Un accident de naissance pouvait-il signifier pour les jeunes Romanov des années d'assignation à domicile ?

22

Tobolsk, Sibérie, hiver 1917

Le 28 octobre, Dimitri acheta son journal habituel auprès d'un vendeur de rue. En lisant la une, il se crispa : encore un coup d'État à Saint-Pétersbourg ! Trois jours plus tôt, les bolcheviques menés par Lénine et son camarade Trotski avaient renversé le gouvernement provisoire et pris le contrôle de Petrograd. Tout avait commencé à neuf heures quarante-cinq, lorsque le croiseur *Aurora* avait ouvert le feu sur le palais d'Hiver. À quatorze heures, les rebelles avaient pris le palais. Le gouvernement était emprisonné dans la forteresse Pierre-et-Paul.

Dimitri en fut abasourdi. À ses yeux, Lénine et Trotski étaient des fanatiques contraints à l'exil après la révolution de 1905. Au retour de Lénine en Russie, en avril 1917, chacun s'attendait à le voir rejoindre le gouvernement provisoire. Au lieu de cela, il avait publié son propre programme dans la *Pravda*. Selon lui, les paysans devaient s'emparer des terres des propriétaires terriens, les ouvriers prendre le contrôle des usines et les travailleurs manuels devaient être mieux payés que les employés de bureau. Dans l'entourage de Dimitri, tout le monde le traitait de fou et nul ne le croyait capable de parvenir à ses fins, et pourtant… Le changement était intervenu au cours de l'été, quand Lénine avait annoncé son intention de retirer sans tarder la Russie de la guerre contre l'Allemagne. Comme le gouvernement provisoire se faisait prier, recherchant de meilleures conditions, Lénine promit aux soldats épuisés qu'ils pourraient rentrer chez eux immédiatement et ils finirent par changer leur fusil d'épaule. Cette mesure à court terme coûterait cher au pays, qui perdrait certainement le contrôle sur les pays baltes.

Dimitri s'inquiétait pour ses parents et leur confortable domaine appartenant à la famille depuis des siècles. Et que deviendraient les Romanov dans ce nouveau paradis des travailleurs ? Ces événements allaient couper en deux la Russie et transformer à jamais ce pays qu'il aimait tant.

Peu de temps après, il reçut une lettre de sa mère l'informant de l'arrestation de son père. Les bolcheviques semblaient implacables envers la bourgeoisie. Homme fier, son père ne se soumettrait pas facilement à la captivité. Pourvu qu'il ne soit pas assez fou pour résister à ses geôliers ! Dimitri conseilla à sa mère d'engager un bon avocat. En d'autres circonstances, il serait rentré chez lui pour la protéger ainsi que ses sœurs et tenter de faire libérer son père. Mais, pour l'heure, sa priorité était sa femme.

La nouvelle de la prise de pouvoir des bolcheviques était-elle parvenue au tsar ? Il posa la question à Tatiana dans sa lettre quotidienne. À en juger par sa réponse, elle n'appréciait pas les implications du changement de gouvernement :

Je me réjouis que la guerre soit terminée si cela signifie qu'aucun autre Russe ne sera tué. Papa s'inquiète pour les pays baltes actuellement occupés par les Allemands et que nous pourrions perdre lors des négociations de paix. Il a demandé à participer aux débats...

Ensuite, elle changeait de sujet :

T'ai-je dit que nous avons désormais cinq cochons dans une vieille écurie de la cour ? Ils sont adorables et viennent quand on les appelle par leur nom. Ortipo aboie mais elle est trop timorée pour s'en approcher. J'essaie de ne pas m'attacher à eux car je soupçonne qu'ils seront dans nos assiettes cet hiver. Nous avons également des poules, des dindes et des canards. Papa leur a creusé une mare. Moi, j'ai commencé à relire l'œuvre de Tolstoï, car il semble que nous serons coincés ici pendant les prochains mois. J'avais oublié à quel point il est un bon conteur ! Aimes-tu *Anna Karénine* ? Nous répétons aussi *Les Trois Sœurs* de Tchékhov pour divertir nos parents. Je mets en scène la pièce et j'y incarne Macha. Si seulement tu pouvais nous voir jouer...

Le ton presque insouciant de Tatiana sidérait Dimitri. Se rendait-elle compte que la nation était partagée en deux ? La captivité ne lui offrait qu'un horizon restreint, à moins qu'elle fasse simplement bonne figure face aux événements. Lui qui pensait avoir appris à la connaître était incapable de deviner ses pensées. Cherchait-elle à faire preuve de courage ?

Dimitri écrivit à plusieurs amis aristocrates pour leur demander quels étaient leurs projets quant à cette prétendue révolution des travailleurs. Ils n'allaient tout de même pas céder leurs biens sans se battre ? Coincé à Tobolsk, il n'était pas en mesure de participer à la résistance et cela l'affligeait, mais il ne pouvait laisser Tatiana quand le danger grandissait telle une ombre fondant sur le pays pour les engloutir.

20 décembre 1917

Malama chéri,

Aujourd'hui la température a atteint moins dix-neuf et les courants d'air entrent par les fenêtres. Je me suis emmitouflée dans mon manteau le plus chaud avec un châle. J'ai pris Ortipo sur les genoux ; elle me sert de bouillotte. Hélas, j'ai les doigts engourdis par le froid et du mal à tenir ma plume. Pardonne mon écriture tremblotante. Nous sommes occupés à préparer des cadeaux de Noël puisque nous sommes dans l'impossibilité d'en acheter. Je peins des marque-pages pour nos gardes et je brode ou tricote des présents pour la famille. Que pourrais-je faire pour toi, mon chéri ? Préfères-tu une écharpe ou des chaussettes ? Veille à venir à l'église pour la messe de Noël. Nous nous verrons. J'aime tant Noël ! Je hume le parfum citronné d'un sapin baumier placé juste devant la porte de ma chambre.

Le jour dit, Dimitri prit place à l'endroit habituel dans l'église du monastère de Blagovechenski. Ces rares occasions d'approcher sa bien-aimée lui mettaient du baume au cœur. La famille Romanov arriva, emmitouflée dans d'épais manteaux et des cache-nez. En passant devant lui, Tatiana avait un sourire dans le regard. Elle lui glissa un paquet dans les mains. Nul ne s'en rendit compte parmi les fidèles et Dimitri le cacha vite sous sa veste. Plus tôt, il avait confié à Trina son cadeau destiné à Tatiana, une broche en améthyste achetée à la femme de son propriétaire. Lorsqu'elle défit son manteau, il remarqua qu'elle la portait sur son col. Elle se tourna et croisa son regard.

L'office de ce nouveau prêtre était interminable. Lorsqu'il appela les communiants, il utilisa le titre désormais interdit de tsar Nicolas II, empereur et autocrate de toutes les Russies. Un murmure parcourut l'assemblée. Les gardes postés à l'entrée échangèrent un regard. Ce prêtre ignorait manifestement que la monarchie avait été abolie et que l'ancien tsar était devenu le citoyen Romanov. Quand il désigna Alexandra comme l'impératrice de toutes les Russies, il y eut un mouvement de foule et d'autres gardes surgirent. Dimitri crispa les doigts sur le couteau qu'il portait en permanence à sa ceinture. Si les soldats en venaient aux mains, il se saisirait de Tatiana et la ferait sortir de l'église pour la protéger.

Durant l'office, Dimitri garda les yeux rivés sur les gardes, mais ils ne semblaient pas avoir reçu l'ordre d'intervenir. À la fin, ils encerclèrent la famille Romanov et l'entraînèrent dans la rue vers la maison du gouverneur aussi vite que possible. Dimitri remarqua l'expression égarée de la tsarine.

Le lendemain matin, Trina remit à Dimitri une lettre de Tatiana. Cette fois, elle ne tentait même pas de feindre l'insouciance.

Les autorités bolcheviques sont si furieuses que les titres de papa et maman aient été utilisés lors de la messe qu'il nous est interdit de nous rendre à l'église. Je suis attristée car c'était notre seule occasion de quitter la cour dans laquelle nous sommes confinés, et mon unique chance de te voir de près, mon précieux amour. Je ne sais comment je vais conserver mon optimisme.

Il caressa le gilet qu'elle lui avait tricoté et lui avait remis lors de l'office. La couleur auburn de la laine lui rappelait celle des cheveux de la jeune femme. Le gilet lui allait bien et lui tenait chaud. S'il avait l'impression qu'elle l'enlaçait, le vêtement lui rappelait néanmoins qu'il n'avait aucune idée de quand il pourrait à nouveau l'embrasser, si cela devait se produire un jour.

En janvier, la température chuta encore à moins vingt-neuf degrés sous un ciel limpide pendant les brèves heures de jour. Les Romanov construisirent dans la cour un château de neige et s'amusèrent lors de leurs sorties à glisser sur la pente comme sur un toboggan. Dimitri proposa de promener le corniaud du voisin de sa logeuse, ce qui lui fournit un prétexte pour traîner aux alentours de la résidence du gouverneur pour écouter les exclamations d'amusement de la famille lors des glissades. Lorsqu'elle se perchait au sommet de la butte de neige, Tatiana voyait par-dessus la clôture et agitait le bras. Elle lui lançait parfois quelques mots. Olga lui criait également des salutations, tandis que les plus jeunes membres de la famille lui faisaient signe. À certains moments, la situation semblait presque normale, puis la réalité revenait les frapper de plein fouet quand un garde lui criait de circuler.

En nouant des relations dans la ville de Tobolsk, Dimitri découvrit que les monarchistes y étaient nombreux. Dans les salons de thé, les conversations à voix basse allaient bon train sur des projets visant à libérer et à faire passer à l'étranger les Romanov. Il les écoutait avec attention, puis sortait inspecter les voies d'eau, les chemins et autres moyens d'évasion potentiels. Certaines voies seraient sans doute praticables dès le dégel. Les gardes qui encerclaient la propriété étaient négligents. Il y aurait des occasions d'extraire la famille avec peu d'hommes.

Tout changea le 14 février, quand les gardes de la maison du gouverneur furent remplacés par un nouveau régime plus strict. Tatiana écrivit que l'on reprochait aux anciens gardes d'être trop amicaux envers la famille. Les nouveaux se montraient plus sévères. Ils se hâtèrent de détruire la butte de neige et de réduire les revenus accordés aux Romanov. « Seulement six cents roubles par mois, se plaignit la jeune femme dans une lettre. Comment vivre avec si peu ? Nous allons devoir nous séparer de dix domestiques et réduire de façon drastique notre consommation alimentaire. »

Savait-elle que, en Russie, les ouvriers non spécialisés gagnaient en moyenne deux cents roubles par an pour nourrir leur famille ? Probablement pas. Elle avait sans doute dépensé autant d'argent pour acheter la médaille d'Ortipo chez Fabergé. Elle n'en était en rien responsable, car elle avait été élevée ainsi. Dimitri avait lui aussi grandi avec des domestiques, mais l'armée l'avait rendu autonome. Il était capable de s'occuper lui-même de son linge et de ses repas. Tatiana ne saurait par où commencer. C'était une infirmière compétente, et elle se consacrait à son frère Alexis, alité à la suite d'une chute dans la neige.

Je dois lui masser les membres plusieurs fois par jour pour lui éviter des crampes et me montrer très douce pour ne pas lui faire mal aux articulations, qui sont enflées. Ses cris sont déchirants. C'est un garçon courageux qui a souffert davantage dans sa courte vie que la plupart des gens au cours de leur existence.

Le froid s'attardait malgré les journées qui s'allongeaient. Dimitri passait le temps en s'efforçant d'élaborer un plan de sauvetage. Il lisait des livres qu'il empruntait, promenait le chien, nouait des amitiés et écrivait chaque jour une lettre à Tatiana.

Sous le nouveau régime, elle n'avait plus le droit de sortir sur le balcon ni de faire signe derrière les fenêtres, de sorte qu'ils n'avaient aucun moyen de se voir. Heureusement, Trina leur servait de messagère en cachant leurs lettres au fond de son panier.

L'univers de Dimitri s'était réduit comme celui des Romanov et celui des habitants de Tobolsk en hiver. Puis arriva une communication du monde extérieur : un télégramme de sa sœur Valerina. En l'ouvrant, il eut l'impression que le sol s'écroulait sous ses pieds :

PÈRE MORT CRISE CARDIAQUE EN PRISON, STOP. MÈRE ET MOI AU PAVILLON DU GARDE-CHASSE CAR MAISON RÉQUISITIONNÉE PAR BOLCHEVIQUES, STOP.

Dimitri encaissa difficilement le choc. Il s'accroupit et prit son visage entre ses mains. Il lui semblait impossible que son indomptable père soit mort, ne respire plus, le corps froid et figé. Si leurs rapports avaient toujours été plus formels qu'aimants, Dimitri était fier de lui, il espérait que son mariage avec une grande-duchesse les rapprocherait et que son père apprendrait à le respecter. Il n'en serait pas ainsi.

Un soupçon apparut soudain dans son esprit : le général était un homme robuste et vigoureux malgré ses soixante ans. Avait-il vraiment été victime d'une crise cardiaque ou bien ce régime exécutait-il ses opposants de haut rang ? Il n'y avait aucun moyen de le savoir, mais l'idée que son père ait pu être assassiné le rendait fou de rage.

Ce soir-là, dans son lit, il pleura de colère de ne pouvoir quitter Tobolsk pour assister aux funérailles, réconforter sa mère et ses sœurs et rendre un dernier hommage au défunt. À travers ses larmes, il se rappela que son père lui reprochait sa sensibilité, qu'il considérait comme une faiblesse. Peut-être avait-il raison. Cependant, Dimitri ressentait une tristesse infinie qu'ils ne se soient pas mieux connus, car à présent il était trop tard.

23

Tobolsk, Sibérie, printemps 1918

En avril, la glace qui couvrait la Tobol et l'Irtych commença à fondre. De gros blocs se détachaient dans un craquement sinistre pour dériver en aval avant de se transformer en neige fondue. Les premiers bateaux arrivèrent, apportant fruits, légumes, carburant, journaux et, parmi les passagers, un commissaire spécial chargé de la famille Romanov, homme de trente-cinq ans environ nommé Vassili Iakovlev. Dimitri le connaissait vaguement depuis l'hiver 1916-1917 sur le front de Moldavie. Il était cultivé et influent malgré son engagement récent auprès des bolcheviques. Il attendit quelques jours puis alla le saluer dans les locaux du soviet, où se tenaient les conseils des travailleurs.

Derrière son bureau, Iakovlev se leva et serra la main de Dimitri d'un air méfiant.

— Qu'est-ce qui t'amène dans ce trou perdu, Malama ?

Dimitri s'assit. Il avait préparé une réponse.

— J'envisage d'organiser des recherches de minerai dans la région. Et toi ?

Iakovlev sourit. De toute évidence, il n'en croyait pas un mot.

— Je suis à la tête de la garde rouge de Tobolsk.

— C'est bizarre. Pourquoi envoyer quelqu'un ayant ton ancienneté dans cette bourgade ? s'enquit Dimitri d'un air innocent. Parce que les Romanov y sont détenus, peut-être ?

— Je le suppose, concéda Iakovlev en croisant son regard.

Le silence s'installa entre eux, puis Dimitri reprit :

— Qu'est-ce qu'ils vont devenir, d'après toi ?

— J'ai entendu dire que le citoyen Romanov allait être jugé pour trahison et que sa femme le rejoindrait si sa correspondance avec Raspoutine se révélait compromettante. Des enquêteurs passent au peigne fin des lettres trouvées chez eux et réunissent des preuves de leur collusion avec les Allemands.

Dimitri hocha la tête, comme s'il approuvait.

— Et les enfants ?

— Je ne crois pas qu'une décision ait été prise…

Iakovlev regarda Dimitri d'un air méfiant.

— Tu dois les connaître de l'époque où tu étais dans la garde impériale.

— À peine. Ils n'auraient pas parlé à quelqu'un de mon rang.

— Et pourtant tu es là, insista Iakovlev en secouant la tête.

— Pure coïncidence. Néanmoins, je me réjouis qu'un homme tel que toi soit responsable de cette affaire et que leur destin ne soit pas livré à la foule.

— Effectivement.

Ils échangèrent un long regard dans lequel Dimitri crut déceler une forme de compréhension. Il se leva.

— Je te laisse à ton travail, Iakovlev, mais j'espère te revoir bientôt. Si je peux faire quoi que ce soit pour t'aider dans ta tâche, n'hésite pas.

Il quitta les lieux un peu rassuré. Un homme cultivé, féru d'art, ne pouvait qu'avoir de la compassion, non ? Et même si le couple impérial était jugé pour trahison, même s'il était déclaré coupable, les enfants, dont Tatiana, ne pouvaient être inculpés. Elle et Olga étaient les sœurs de la Miséricorde pendant la guerre. Le portrait de Tatiana était une carte postale très populaire. L'opinion publique ne tolérerait pas qu'on leur fasse du mal.

Deux jours plus tard, Iakovlev vint voir Dimitri chez lui et lui proposa une promenade au bord de la Tobol. Dimitri prit son manteau, son chapeau, et ils se mirent en route pour fouler la neige fondue parmi les arbres noirs et nus. La rivière en crue charriait les blocs de glace des montagnes dans un vacarme tel qu'ils devaient hausser le ton pour évoquer leurs familles. Dimitri eut un moment d'émotion quand Iakovlev lui présenta ses condoléances pour la mort de son père.

Aux confins de la ville, il n'y avait pas âme qui vive. Ils évoquèrent la révolution et Iakovlev lui révéla que des aristocrates avaient perdu leurs terres et leurs biens à travers le pays. À Moscou, il y avait eu une résistance féroce. L'Ukraine et l'Estonie s'étaient déclarées Républiques indépendantes. Ailleurs, les soviets usaient de leur influence pour réprimer toute opposition.

— Pourquoi travailles-tu pour eux ? s'enquit Dimitri.

— Je suis officier dans l'armée. C'est mon métier. De plus, j'espère pouvoir modérer les extrémistes grâce à mon influence.

— J'espère que ce sera le cas, mais ce que j'entends m'attriste.

Ils se turent un instant, plongés dans leurs pensées, puis Iakovlev reprit, mine de rien :

— Si on m'a envoyé ici à cette période, c'est pour une raison précise. Les Romanov doivent bientôt être déplacés vers une destination secrète et je suis chargé de superviser ce transfert.

Dimitri sentit son cœur se serrer.

— Seront-ils en sécurité où ils iront ?

— Je ne suis pas persuadé qu'ils le seraient à l'endroit qui a été suggéré, poursuivit le commissaire avec prudence. J'ai donc l'intention de les emmener à Omsk. Tu connais ? C'est une ville très agréable.

Il marchait tête baissée et ne croisa pas le regard étonné de Dimitri. Omsk ne se trouvait pas sous contrôle bolchevique. Pourquoi Iakovlev lui faisait-il cette révélation ?

— Quand doivent-ils partir ?

— C'est un secret… bientôt. Ce mois-ci, sans doute, le temps de tout mettre en place.

Il s'exprimait sur un ton étrange. Sans parler franchement, il semblait espérer que Dimitri saisisse la perche qu'il lui tendait.

— Je pense que le projet peut être élaboré dans ce laps de temps, admit-il.

Iakovlev hocha la tête et reprit dans un murmure :

— Bien. Je l'espère. Nos nouveaux dirigeants auraient sans doute intérêt à ce que les circonstances leur évitent de montrer au monde leur pire visage.

Il ne peut être plus clair, songea Dimitri. Iakovlev lui demandait d'organiser une évasion vers Omsk.

— Comment se déroulent tes recherches de gisements, mon ami ? reprit Iakovlev d'un ton plus léger.

— À merveille. Je ne regrette pas d'être venu.

Ils discutèrent de vieilles connaissances, de la guerre, du traité de paix qui cédait les pays baltes à l'Allemagne et du réchauffement de la température en ce début de printemps sibérien. Aux yeux du monde, ils avaient l'air de deux camarades de l'armée en train de bavarder, mais Dimitri savait qu'il y avait quelque dessein sous-jacent dans lequel chacun aurait un rôle à jouer.

Dès qu'ils se séparèrent, Dimitri se hâta d'envoyer un télégramme à Malevitch pour l'informer que la « marchandise » arriverait à Omsk avant la fin du mois et lui demandant s'il pourrait se charger de la suite du transport. Le sauvetage des Romanov semblait soudain possible. D'Omsk, ils pourraient être conduits en automobile vers la Crimée, puis prendre le bateau pour Constantinople sans avoir à traverser le territoire sous contrôle bolchevique. C'était l'endroit idéal.

Le cœur en joie, il brûlait d'envie d'annoncer la nouvelle à Tatiana, mais il était trop dangereux d'en parler dans une lettre. Moins elle en saurait, plus elle serait en sécurité.

24

Tobolsk, Sibérie, avril 1918

Très cher Malama,

Hier, nous avons reçu la visite du très charmant commandant Iakovlev. Papa a confiance en lui, à juste titre j'espère. Il nous a dit que nous allions être déplacés, mais sans préciser notre destination. Il a cependant fait allusion au nord-ouest. Le problème, c'est que la santé d'Alexis ne lui permet pas de voyager. Il souffre d'une hémorragie extrêmement douloureuse dans le bas-ventre. Papa lui en a fait part, et Iakovlev a tenté d'éluder le problème. Puis voyant mon frère de ses propres yeux il a admis de mauvaise grâce que certaines d'entre nous devraient rester pour s'occuper de lui. Maman était tiraillée. Devait-elle suivre son mari ou rester avec son fils malade ?

Il fut finalement décidé que papa avait plus besoin d'elle, de sorte qu'Olga, Anastasia et moi resterons auprès d'Alexis le temps qu'il se remette.

— Non ! s'exclama Dimitri, saisi d'effroi.

Elle aurait dû lui dire que le tsarévitch était souffrant. Pourquoi le lui avoir caché ? Sans doute pour lui épargner des tourments, comme il épargnait la jeune femme en lui dissimulant la mort de son père. Hélas, leur projet tombait à l'eau. Il s'empressa de lui répondre :

Mon amour, je t'implore de réfléchir. Il est essentiel que ta famille reste soudée en ces temps incertains. Crois-moi, j'ai mes raisons dont je ne peux te parler dans cette lettre. Vois s'il serait possible de transporter Alexis avec un maximum de confort. Tu peux compter sur moi pour trouver le nécessaire. Je t'en prie, fais cela pour moi, Tatiana. Veille à ce que ta famille reste soudée.

Elle lui répondit que le ton de son message était alarmant et maintint qu'Alexis n'était pas transportable. Dimitri était au désespoir. Si seulement il pouvait lui parler en tête à tête, il lui expliquerait que c'était leur unique chance de salut ! Hélas, c'était impossible.

Il adressa un télégramme à Malevitch, qui était déjà arrivé à Omsk, pour le prévenir que la marchandise serait acheminée en deux fois. Existait-il un moyen de garder le premier colis en sécurité jusqu'à l'arrivée du second, un ou deux mois plus tard ? Malevitch lui confia que ce serait difficile, mais qu'il s'efforcerait de faire ce qu'il lui demandait.

Dimitri avait prévu de voyager peu après les Romanov et de participer à leur départ clandestin d'Omsk puis à la mise en place de leur trajet vers l'étranger. Quand la famille serait à bord du bateau, il espérait avoir le temps de rendre visite à sa mère et ses sœurs pour organiser leur départ également. À présent, il devait tout arranger. Une voiture vint prendre le tsar et la tsarine ainsi que leur fille Maria, laissant les autres enfants sous bonne garde dans la maison du gouverneur.

Je lis à Alexis *Les Contes de Shakespeare*, écrivit Tatiana peu après le départ de ses parents. Il apprécie particulièrement *Jules César* et la scène de meurtre. Pourquoi les garçons aiment-ils tant la violence ?

D'après ta lettre, j'ai l'impression que tu en sais plus que tu n'en dis sur la destination de mes parents. Si seulement tu m'en révélais davantage ! Je me demande s'ils partent pour la Suède ou la Norvège car Iakovlev a évoqué le nord-ouest. Il a précisé que le trajet durerait cinq jours, donc c'est peut-être trop loin. Pourvu qu'ils n'aillent pas à Moscou… Ce nouveau gouvernement ne semble pas bien disposé à notre égard. Dis-moi ce que tu sais, Malama, sinon je vais vivre dans la peur.

Dimitri, lui, était fou d'angoisse. Il redoutait que, en réalisant que Iakovlev avait emmené le couple impérial à Omsk, hors du territoire placé sous son contrôle, le gouvernement se livre à des représailles sur les enfants restés sur place. Il répondit à la lettre de la jeune femme en s'efforçant d'apaiser ses craintes. Néanmoins, il acheta plusieurs fusils qu'il remit à des sympathisants monarchistes en ville, au cas où il faudrait lancer un assaut sur la propriété. Il surveillait la bâtisse jour et nuit en quête de la moindre anomalie et conseilla à Tatiana de mettre à l'abri ses objets de valeur, au cas où elle devrait partir plus tôt que prévu. S'il avait pu lui parler, il lui aurait tout dit, mais il ne pouvait prendre le risque que les gardes fouillent le panier de Trina et découvrent sa lettre.

Le manque de communication entre Tobolsk et le monde extérieur était frustrant et le devint encore plus lorsque Dimitri reçut un télégramme de Malevitch : la « marchandise » n'était pas arrivée à Omsk. Que s'était-il passé ? Où étaient Nicolas II et sa femme ?

Dimitri rongeait son frein. Si seulement Iakovlev lui envoyait des nouvelles ! Sans doute n'osait-il pas le contacter parce que les soviets interceptaient et lisaient les télégrammes.

Une semaine après le départ du couple de Tobolsk, Dimitri marchait dans la rue quand il entendit un vendeur de journaux crier : « Le tsar et la tsarine à Iekaterinbourg ! »

Iekaterinbourg ! Il n'y avait pas pire endroit ! Cette ville du cœur industriel de la Russie abritait les travailleurs les plus militants, farouchement hostiles à la monarchie. Le cœur gros, il acheta un journal pour lire l'article : le cortège impérial était arrivé dans la ville deux jours plus tôt, conspué par la foule à la gare ferroviaire. Ils étaient logés dans la villa d'un ingénieur militaire, Nicolas Ipatiev, « maison à destination spéciale », un surnom de bien mauvais augure.

Qu'était-il advenu du projet de Iakovlev ? Manifestement, il avait échoué. Au lieu de conduire les Romanov dans une ville où ils seraient parmi des sympathisants, ils se trouvaient entourés de fervents soutiens de la révolution. Furieux, Dimitri frappa le mur de son poing. De Tobolsk, il aurait peu de chances de les sauver.

De retour chez lui, il manipula l'un des fusils qu'il avait achetés. Avec son égoïsme d'homme amoureux, il se demanda s'il pouvait sauver Tatiana seule : entrer discrètement la nuit, la réveiller dans son lit sous quelque prétexte et l'emmener. Hélas, elle ne le lui pardonnerait jamais, serait furieuse d'avoir été dupée et voudrait retrouver sa famille.

Était-elle en sécurité dans la maison du gouverneur, sans la protection de son père ? Les gardes la traitaient-ils avec respect ? Il lui écrivit pour lui révéler où se trouvaient ses parents et sa sœur Maria et lui demander de ses nouvelles. « Si tu as le moindre problème, je me ferai connaître immédiatement pour proposer ma protection », précisa-t-il.

La jeune femme lui répondit sans détour :

> N'y pense même pas ! J'ai besoin que tu restes où tu es. Penser à toi me donne de la force. Si nous sommes menacés, Trina m'en informera. Pour l'heure, nous sommes assez bien traités, mais la nourriture est mauvaise et Alexis n'a pas tous les médicaments dont il a besoin. Le temps plus clément me donne de l'espoir en des jours meilleurs. Tu me manques tant que je souffre en permanence. Parfois je me dis que ce doit être encore pire pour toi puisque tu es seul. Moi, j'ai mon frère et mes sœurs. C'est ainsi. Songe combien ce sera doux après ces épreuves, lorsque nous serons enfin réunis.

Dimitri projeta sa botte à travers la pièce. Il était insupportable pour un homme d'action, un soldat, d'être incapable d'aider les femmes qu'il aimait le plus au monde. Il trahissait sa mère et ses sœurs en n'osant pas quitter Tatiana, et il trahissait Tatiana parce qu'il n'avait pas réussi à sauver sa famille en la faisant sortir de Russie après plus d'un an d'assignation à résidence. À contrecœur, il dut se résigner à cette situation, avec l'impression d'être un mauvais mari, un mauvais fils, un mauvais frère.

25

Lac Akanabee, État de New York, fin août 2016

Dimitri Iakovlévitch ne quittait guère les pensées de Kitty tandis qu'elle s'affairait aux travaux ou s'asseyait au bord du lac pour admirer la splendeur de la nature. Qu'est-ce qui avait incité son arrière-grand-père à s'installer dans cet endroit ? Pourquoi était-il seul ? Avait-il trouvé satisfaction dans ce calme ? Une fois de plus, elle se demanda pourquoi sa mère n'avait jamais mentionné un écrivain dans la famille, même quand Kitty lui avait fait part de ses propres ambitions d'écriture. Elle aurait dû comprendre que c'était un détail de taille, non ? Cela dit, sa mère ne l'avait pas encouragée à écrire. Ce n'était pas un métier assez prestigieux pour sa fille unique.

Elle songea à la valise pleine de photos de famille qu'elle avait rangée dans le placard de sa chambre à Londres. Y en avait-il de Dimitri ? Elle s'était plongée dedans lorsqu'elle avait cherché des photos pour le faire-part des funérailles conjointes de ses parents, mais sans jamais aller plus loin. La valise contenait des albums couvrant tout le XXe siècle, du côté maternel aussi bien que paternel. Si seulement elle pouvait les feuilleter ! Si seulement une personne de confiance pouvait lui envoyer cette valise sans lui poser de questions ! Quelqu'un qui aurait la clé de sa maison et qui ne dirait rien à Tom…

Marion, leur femme de ménage ! Elle était digne de confiance et s'en chargerait. Plus Kitty y réfléchissait, plus l'idée lui plaisait. Elle se rendit au parc de bungalows et, en attendant que son téléphone se recharge, elle ouvrit ses e-mails et envoya un message chez Random House, à New York, pour savoir s'il restait des membres du personnel qui auraient pu connaître son arrière-grand-père. Elle expliqua qu'il avait été publié chez eux entre les années 1930 et 1970. Elle reçut une réponse automatique lui indiquant que sa requête serait traitée dans les meilleurs délais.

Elle alluma son téléphone sans prêter attention aux textos et messages qu'elle avait reçus, et appela Marion. C'était le début de la soirée à Londres et, derrière sa femme de ménage, elle entendait les voix des enfants. Comme elle ignorait de quelle manière Tom avait justifié son absence, elle décida d'en dire le moins possible.

— Je suis aux États-Unis et j'ai besoin que vous m'adressiez une valise par transporteur. Vous pourriez le faire ? Sans rien dire à Tom ? C'est une surprise.

Elle retint son souffle.

— Bien sûr, répondit Marion.

Depuis qu'elle élevait seule ses enfants puisque son mari l'avait quittée, Marion ne tenait plus les hommes en haute estime.

Kitty lui expliqua où se trouvait la vieille valise en cuir marron. Elle semblait assez solide et il suffisait de l'étiqueter à son adresse. Il y avait dans le quartier une agence Fedex que Kitty pouvait appeler pour régler par carte de crédit. Marion n'aurait qu'à remplir les formulaires et obtenir un reçu.

La femme de ménage nota l'adresse du parc de loisirs, puis demanda :

— C'est urgent ? Je ne devais pas retourner chez vous avant vendredi, mais je peux y faire un saut demain, si vous voulez.

— S'il vous plaît… ce serait génial.

Soudain, Kitty se demanda si Karren avait profité de son absence pour s'installer avec Tom. Lui arrivait-il de passer la nuit dans le lit conjugal ? Marion le lui dirait-elle si tel était le cas ? Et tenait-elle vraiment à le savoir ?

— Vous allez bien ? s'enquit Marion.

Kitty réfléchit un instant, puis décida de laisser couler :

— Ça va.

Deux jours plus tard, la valise arriva au coffee-shop. Kitty regagna avec impatience le chalet afin d'en examiner le contenu. Marion l'avait enveloppée de tellement de ruban adhésif qu'elle dut utiliser un canif. À l'intérieur, elle découvrit des albums photo, des portraits encadrés et des clichés, toutes décennies confondues. Elle commença par les trier en fonction de l'âge et du côté de la famille.

Elle se concentra ensuite sur les photos sépia du côté maternel. Heureusement, quelqu'un avait griffonné au dos les noms au crayon : « Rosa, Nicolas et Marta, Coney Island, 1937. » C'était trois ans après leur arrivée en Amérique. Il y avait en arrière-plan un parc d'attractions et ils avaient tout l'air d'une famille s'adonnant à une journée de loisirs. La photo avait sans doute été prise par Dimitri. Une autre montrait les enfants un peu plus grands au sommet de l'Empire State Building. Kitty réfléchit à la date de naissance de sa grand-mère. Ce devait être en 1925 ou 1926. Marta, avec ses jambes maigres, ses cheveux châtains raides comme des baguettes retenus par un bandeau et ses dents trop grandes, semblait avoir treize ou quatorze ans sur le cliché. Nicolas était plus grand, les cheveux courts, en pantalon et le col de sa chemise ouvert.

Marta semblait pourtant plus populaire que Nicolas. Sur ces images d'enfance, elle était souvent entourée d'amis. Plus tard, il y eut des petits amis par dizaines. Sa grand-mère n'était pas une beauté saisissante, mais elle était toujours souriante et rieuse et s'habillait avec goût. Même quand elle était une vieille dame, elle arborait des tailleurs pantalon qui la rajeunissaient et se coiffait souvent d'un chapeau d'homme.

Il y avait aussi de nombreuses photos de Rosa la brune, souriant avec ses amis dans le jardin d'une maison habillée d'un bardage ou assise sur le canapé à côté d'un chien. Kitty dut chercher longtemps pour trouver une image d'elle avec un homme qui pourrait être son mari et qui la tenait par la taille. Il était très séduisant avec ses cheveux plaqués en arrière et son sourire éblouissant de vedette de cinéma. Était-ce Dimitri ? Il était grand, élégant et se tenait bien droit. Elle trouva un autre cliché du même homme, dans son jardin, appuyé sur une binette, le port altier, presque au garde-à-vous malgré ses cheveux en désordre après l'effort. Le front haut, les sourcils épais, le regard sombre, les pommettes saillantes, les lèvres charnues… Ses traits semblaient taillés à la serpe. Était-il mélancolique ou se faisait-elle des idées ? Elle crut déceler un air de famille avec elle et sa mère. La forme du visage, peut-être, le menton…

Pourquoi n'y avait-il pas plus de photographies de lui ? Elle se dit que, à l'époque, c'étaient les hommes qui portaient l'appareil. Deux générations plus tard, son propre père était encore le photographe de la famille. Il reprochait à sa femme de couper la tête aux personnes qu'elle photographiait.

Kitty découvrit aussi des cartes postales de vacances en Suisse, en Cornouaille, à Santa Barbara et à Vancouver, avec diverses signatures. L'encre était ancienne et presque effacée. Il y avait aussi des lettres d'amis de la famille qui donnaient des nouvelles des enfants, des petits-enfants, des maladies, des déménagements. Kitty ne connaissait aucun de ces noms.

Au fond de la valise, elle dénicha un carnet très abîmé, à la couverture de cuir noir. Chaque page était couverte d'une écriture en caractères cyrilliques. L'objet avait dû appartenir à Dimitri. Des notes pour ses romans, peut-être ? L'écriture était petite et très nette, mais elle n'y comprenait rien. Pourquoi garder ce carnet et pas d'autres notes et manuscrits amassés au fil de sa carrière ? Il devait y avoir une raison, et Kitty décida de la découvrir. Elle se dit que, si elle avait connu son arrière-grand-père, elle aurait sans doute eu beaucoup en commun avec lui. Ce carnet lui permettrait peut-être de mieux le comprendre.

Kitty se rendit au coffee-shop pour la seconde fois de la journée et alluma son ordinateur en quête d'un traducteur du russe. Une certaine Vera Quigley vivait à Gloversville, à une centaine de kilomètres. Elle l'appela et prit rendez-vous avec elle pour le lendemain après-midi.

26

Gloversville, État de New York, 1er septembre 2016

Vera Quigley habitait une maisonnette sur deux niveaux et dont la porte donnait directement sur la rue. L'intérieur était une véritable maison de poupée, avec des murs tapissés de livres, et si encombré qu'il fallait se faufiler entre les meubles. Âgée d'une soixantaine d'années, la dame était petite et avait les cheveux très fins, des cheveux de bébé comme ceux qui repoussent après une chimiothérapie. Véra désigna un fauteuil à Kitty qui, en s'asseyant, sentit les ressorts sous la toile.

— Vous êtes russe de naissance ? s'enquit-elle en observant une série de matriochkas alignées sur une étagère.

— Non. Mes parents sont arrivés en 1917 mais je suis bilingue. Je travaillais au département des langues slaves de l'université de Yale. Je me suis installée ici à la retraite. Je fais quelques traductions… Je vous sers une citronnade ?

Un pichet était posé sur la table. Kitty accepta volontiers car il faisait chaud et elle avait la gorge sèche.

— Voici le carnet dont je vous ai parlé. Je crois qu'il a appartenu à mon arrière-grand-père, qui était écrivain.

Vera s'en empara, chaussa ses lunettes et parcourut la première page.

— C'est un journal intime, déclara-t-elle d'emblée. Ces courtes lignes, ici, sont des dates. Vous voyez ? Le 15 mars, un mercredi.

— De quelle année ?

Vera examina la couverture du carnet.

— Je ne vois pas d'année. Voulez-vous que je traduise un peu le texte pour savoir de quoi il s'agit ?

— Oh oui, s'il vous plaît !

Vera s'exprima lentement :

— Dimanche 18 février. *Obednitza* à onze heures…

Elle leva les yeux pour voir si Kitty avait compris.

— C'est un élément liturgique de l'Église orthodoxe russe. « Ensuite, nous avons travaillé dans le jardin, à creuser le sol. Une lettre du monde extérieur m'a fait rire. M. y décrit la soupe au chou de sa logeuse. Il a l'impression qu'elle a fait bouillir des chaussettes sales. Il dit qu'il apprend des tours à un corniaud malodorant ayant les caractéristiques de tant de races qu'il est impossible de deviner d'où il vient. Ce chien apprend très vite. Il attend dans un coin pendant plusieurs minutes puis, à un signal, part chercher une balle qu'il dépose sur les genoux de M. contre un croûton de pain. Il ferait honte à certains chiens de notre connaissance ! »

Vera s'interrompit et leva les yeux vers Kitty.

— Je me demande ce que signifie « une lettre du monde extérieur ». Où se trouvait-il ?

— Je l'ignore. Je continue ?

— Prenons un passage situé plus loin, peut-être…

Vera feuilleta le carnet jusqu'au milieu.

— « Lundi 30 avril. Olga et moi apprenons à faire du pain sous le regard attentif de Trina. »

— Qui est Olga ? Et Trina ? se demanda Kitty à voix haute.

Vera haussa les épaules et poursuivit :

— « J'ai l'impression qu'il faut pétrir la pâte pendant vingt minutes au moins pour en chasser l'air, puis la laisser reposer une demi-heure avant de la façonner. Toute activité qui nous aide à moins penser à maman, papa et Maria est la bienvenue. J'espère que, dans ma prochaine vie, cette compétence me sera utile. »

— « Dans ma prochaine vie » ? fit Kitty avant de répondre à sa propre question. Peut-être que Dimitri envisageait d'émigrer. Il a vécu à Berlin entre les deux guerres.

Vera tourna encore quelques pages.

— « Lundi 4 juin. Nous sommes furieux contre Maria, qui a sympathisé avec le plus jeune des gardes, Anton, celui qui a le nez de travers. Elle dit qu'elle plaisante, mais cela les encourage à jouer avec nous autres. J'ai dû repousser violemment Anton ce soir, car il m'avait touché les seins en se rendant aux latrines puis émis un son grossier en me provoquant. »

Vera regarda Kitty.

— Ce texte est écrit par une femme, on dirait.

— Qui cela peut-il être ? Et pourquoi y avait-il un garde ? Où étaient-ils ?

— « J'ai le sentiment grandissant que nous allons mourir dans cette maudite maison aux fenêtres passées à la chaux et qui ne laissaient entrer aucun rayon de soleil, et que je ne reverrai plus jamais mon tendre amour… »

— On dirait qu'ils sont en captivité. Je me demande pourquoi.

En lisant la suite, Vera retint son souffle.

— « Demain, Anastasia fête ses dix-sept ans. »

Elle leva les yeux vers Kitty.

— Ces noms ne vous disent rien : Olga, Maria, Anastasia ?

— Non. Pourquoi ?

Vera parcourut la page et traduisit un autre extrait :

— « Alexis est très courageux. Malheureusement, depuis notre arrivée, il va trop mal pour sortir dans le jardin, même en fauteuil roulant. »

Elle releva la tête.

— Je suppose qu'il pourrait s'agir d'un faux.

— Un faux ? Quel genre de faux ? De qui s'agit-il d'après vous ?

La traductrice fronça les sourcils.

— Ce sont les prénoms des membres de la famille Romanov, la famille impériale, retenue en captivité après la révolution, en 1917.

— Ce n'est pas possible !

Kitty s'efforça de se rappeler ses cours d'histoire.

— Pourquoi Dimitri aurait-il détenu un journal intime appartenant à l'un d'eux ?

Vera posa le carnet sur une console, comme s'il s'agissait d'une précieuse relique, et se leva.

— Je crois que je devrais porter des gants pour le manipuler. C'est peut-être un document historique.

Elle alla chercher dans un tiroir une paire de gants de coton blanc.

— Vraiment ? Selon vous, il y a une chance qu'il soit authentique ?

— On sait que les deux filles aînées et leurs parents tenaient un journal. Ils sont conservés aux archives nationales russes, mais certains extraits ont été traduits et publiés. Le ton et le contenu sont étonnamment similaires. La description des fenêtres blanchies de la villa Ipatiev, à Iekaterinbourg. Il est notoire que Maria a flirté avec un garde et que les autres étaient furieux.

Kitty était abasourdie.

— Que leur est-il arrivé ?

— Ils ont été assassinés aux premières heures du 17 juillet 1918.

La traductrice se rassit et ouvrit le carnet à la dernière page.

— Il se termine le dimanche 14.

Elle prit sa tablette, qui semblait incongrue dans ce décor plein de livres poussiéreux. Au bout de quelques minutes de recherches, elle déclara :

— Oui, le 14 juillet 1918 était un dimanche. Naturellement, il faudra faire de nombreuses vérifications avant de le déclarer authentique.

— D'après vous, à qui appartenait ce journal ? demanda Kitty qui n'en revenait pas.

— À Tatiana, sans doute. Tous les autres ont été cités.

Elle tapota sur sa tablette et la tendit à Kitty, qui vit le portrait d'une jeune fille élégante aux cheveux ondulés, avec une raie sur le côté, vêtue d'une robe ivoire très longue, brodée. Elle portait plusieurs colliers et bracelets. Elle semblait hautaine, altière, méfiante, comme si elle n'accordait pas facilement sa confiance.

— Elle est très belle, déclara Kitty. Quelle mort tragique !

Vera fit une nouvelle recherche.

— Regardez-moi ça ! s'exclama-t-elle. C'est l'écriture de Tatiana. Très pointue et graphique, avec des lignes verticales inhabituelles pour l'époque. Elle est identique à celle qui figure dans le carnet, vous ne trouvez pas ?

Kitty scruta les deux écritures. Les chiffres étaient similaires.

— Pourquoi mon arrière-grand-père était-il en possession du journal intime de la grande-duchesse ?

— Il existe un tas d'explications. Une semaine après les assassinats, la villa Ipatiev a été ouverte au public. Les curieux sont entrés et ont emporté des souvenirs. Dimitri pouvait en faire partie. Ou alors quelqu'un le lui a remis. Il était peut-être l'un des gardiens de cette maison, pourquoi pas ?

— Vous voulez dire l'un des assassins ?

D'instinct, Kitty n'y crut pas. L'auteur de romans d'amour si émouvants ne pouvait être un meurtrier.

— Non, les historiens sont certains de connaître le nom de tous les assassins. Iakov Iourovski, le chef des gardes, et huit de ses hommes.

Elle manipula sa tablette et énuméra les noms : Ermakov, Koudrine, Medvedev, Nikouline, Kabanov, Netrebine, Vaganov et Jan Tselms. Il a désigné les hommes ayant le plus de sang-froid. Je crois que plusieurs autres gardes ont refusé d'y participer.

Kitty frémit, espérant que Dimitri ne soit pas impliqué. Mais comment serait-il entré en possession de ce carnet ? Soudain, elle se rappela le pendentif et l'ôta pour le montrer à Vera.

— J'ai trouvé ça sous le chalet de mon arrière-grand-père. D'après un bijoutier, c'est du Fabergé.

— Henrik Wigström, le maître d'atelier préféré des Romanov. Il est superbe. Et si je vous prêtais quelques livres sur cette famille ?

Vera inspecta ses rayonnages et sélectionna deux ouvrages.

— C'est très gentil. Accepteriez-vous de traduire ce journal ?

— Mes services ne sont pas bon marché, répondit Vera après une hésitation. Pourquoi ne pas en faire don à une bibliothèque ou une université qui financerait la traduction ?

— Je ne veux pas m'en séparer. C'est l'un des rares objets qu'il me reste de mon arrière-grand-père, un souvenir des origines russes que je viens de me découvrir. Si je finance moi-même cette traduction, combien cela me coûtera-t-il ?

Vera s'assit pour estimer le nombre de pages, puis elle se mordilla la lèvre et annonça le prix de deux mille dollars, en ajoutant qu'il lui faudrait deux ou trois semaines.

Kitty n'hésita pas longtemps. Si son arrière-grand-père avait conservé ce carnet, c'était pour une bonne raison et elle était certaine qu'il aurait voulu qu'elle le lise. Elle utiliserait un peu de l'argent de son héritage qui se trouvait sur son compte en banque.

— J'aimerais que vous vous en chargiez si vous êtes certaine de le vouloir…

— Vous plaisantez ! fit Vera avec un large sourire qui la rajeunit. C'est un projet fascinant !

Kitty lui serra la main.

— Marché conclu, alors.

En retournant au lac Akanabee, l'esprit en ébullition, elle s'interrogeait sur les raisons pour lesquelles son arrière-grand-père détenait le journal intime d'une grande-duchesse russe. Peut-être connaissait-il cette famille. L'avait-il trouvé après les assassinats ? Pourquoi l'avoir gardé au lieu de le confier à une bibliothèque ? S'agissait-il d'une copie dont il comptait tirer un roman ?

Si seulement Tom avait été là, avec son esprit logique. Il la surprenait souvent en suggérant des réponses auxquelles elle n'avait pas pensé. Elle aimait le fait que leurs esprits fonctionnent différemment.

Puis elle se rappela la photo sur son portable et fit la moue. *Espèce de salaud ! Pourquoi as-tu tout gâché ?*

27

Iekaterinbourg, Russie, mai 1918

Trois semaines après le départ du couple impérial, Trina se présenta chez Dimitri pour l'informer qu'Alexis avait été jugé apte à voyager et que les enfants Romanov allaient rejoindre leurs parents à Iekaterinbourg. Dimitri fit ses bagages et régla à sa logeuse une semaine supplémentaire de loyer pour la dédommager d'un départ sans préavis, puis il se précipita vers la maison du gouverneur. Plusieurs *tarantass*, voitures à cheval démodées, étaient garés devant, sans doute pour effectuer la première partie du trajet. Dimitri alla vite s'acheter un cheval pour les suivre.

Le cortège impérial de vingt-sept personnes avec les domestiques et les précepteurs fut escorté vers les voitures, ainsi que les trois chiens : Ortipo, Joy, l'épagneul d'Alexis, et Jimmy, le pékinois de la famille. Un domestique porta Alexis, suivi de Tatiana qui tentait de le réconforter. Trop inquiète pour son frère, elle ne leva pas la tête.

Dimitri chevaucha derrière les voitures, dissimulé par les arbres. Il dormait à la dure chaque fois que le cortège faisait une halte dans une auberge pour la nuit. C'était un trajet difficile, sur des routes en mauvais état. Dimitri compatissait pour le pauvre Alexis, qui devait souffrir le martyre. Chaque fois qu'il apercevait Tatiana, elle semblait harassée, anxieuse. Il brûlait d'envie de la prendre dans ses bras. Elle soutenait les autres de son mieux et personne ne s'occupait d'elle.

Cinq jours plus tard, ils entrèrent en gare de Tioumen, dans l'Oural. Dimitri vit les jeunes femmes monter à bord d'un train, désemparées parce qu'elles étaient privées du confort auquel elles étaient habituées. Le train impérial était un véritable palais avec des lits moelleux, des divans, des lustres, des tables dotées de lampes individuelles. Ce wagon ne comportait que des sièges en bois sans le moindre ornement et accueillait aussi d'autres passagers. Dimitri fit en sorte d'être repéré par Tatiana. Elle parut soulagée de découvrir qu'il voyagerait avec elle, même s'il devait rester à deux wagons de distance du cortège impérial.

Le train s'ébranla dans un long grincement et la fumée envahit l'atmosphère, noircissant les vitres. Lorsque Dimitri voulut emprunter le couloir pour se rapprocher de Tatiana, les gardes l'en empêchèrent. À la nuit tombée, allongé sur un banc, il imagina la jeune femme dans la même posture. Parviendrait-elle à trouver le sommeil ? Devait-elle se contenter du bouillon fade et du pain qu'il avait réussi à se procurer ?

À Iekaterinbourg, il descendit sur le quai et vit un contingent venu du soviet local. La foule jouait des coudes, impatiente de voir les enfants impériaux.

Dimitri s'y mêla en essayant de ne pas attirer l'attention. Plusieurs heures s'écoulèrent. Des officiels défilèrent. Enfin, les enfants apparurent, accompagnés uniquement de trois domestiques. Ils reçurent l'ordre de porter eux-mêmes leurs bagages et Dimitri fulmina de voir Olga, Tatiana et Anastasia peiner à les soulever. Le seul domestique masculin ne pouvait les aider car il portait Alexis. Ils furent conspués par la foule. Dimitri eut envie de réprimander les gens et de se précipiter à la rescousse de Tatiana, mais il fut contraint de regarder, impuissant, sa bien-aimée rejoindre les autres. Ensemble, la tête haute, ils gravirent la colline entourés de gardes rouges.

La villa Ipatiev fut un véritable choc. Bien plus petite que la maison du gouverneur, elle était ceinte d'une haute clôture située à un mètre des murs, de sorte qu'il n'y avait pratiquement aucun espace de promenade. De construction moderne, elle avait des fenêtres obstruées par de la peinture blanche. Des sentinelles armées de mitrailleuses étaient postées à chaque angle. C'était une véritable prison et ses geôliers ne voulaient prendre aucun risque. Tatiana se tourna pour lui adresser un dernier regard hanté avant de disparaître à l'intérieur.

Dimitri contourna la bâtisse pour repérer les gardes et tenta d'entendre ce qui se déroulait. Il faisait froid pour un mois de mai. Des flocons de neige voletaient et la famille ne se risquerait sans doute pas au-dehors pour se dégourdir les jambes. Apercevant un trou dans la palissade, il se pencha mais ne vit que des murs et des fenêtres blanchies.

Pour se loger, il devrait choisir un endroit isolé au cas où il aurait pu libérer la famille. Il déambula jusqu'à trouver une brasserie où il demanda si quelqu'un connaissait un fermier qui aurait un modeste logement à louer et un cheval à vendre. Il avait laissé le sien à Tioumen au moment de prendre le train. Sa requête fit le tour de la salle et, finalement, un homme dit avoir un ami qui avait un cousin susceptible de l'aider. Le cousin se présenta avec un cheval et emmena Dimitri à la sortie de la ville, vers une maisonnette nichée à l'orée d'une forêt de pins. Ils s'accordèrent sur le prix, puis Dimitri attacha son cheval et entra. À la nuit tombée, il resta assis, seul.

Imaginer Tatiana détenue dans ce lieu sordide le saisissait d'effroi. Trina avait dû rester à bord du train, de sorte qu'il n'avait plus la possibilité de faire parvenir des lettres à la jeune femme. Elle était enfermée sous bonne garde, dans une ville farouchement hostile à la famille impériale. La fin était proche, il le sentait au plus profond de lui et avait peu de temps pour trouver un moyen de la sauver.

Le lendemain matin, il sillonna la ville pour reconnaître le terrain. Iekaterinbourg se dressait sur le versant oriental de l'Oural. Il restait des traces de l'exploitation minière sur les parois rocheuses. On recherchait les pierres précieuses, de celles que les Romanov utilisaient naguère pour leurs bijoux et les œufs de Fabergé sans s'interroger une seconde sur leur origine. La ville comptait de superbes bâtisses – cathédrales, églises, théâtres et habitations de style classique –, mais aussi de nombreuses usines crachant leur fumée, des fabriques de papier et des tanneries nauséabondes où les habitants gagnaient leur vie. Voznessenski Prospekt, où se trouvait la villa Ipatiev, constituait l'avenue principale. Dimitri passa devant la maison mais, même à cheval, il fut incapable de voir par-dessus la barricade. Il n'entendit aucun signe de vie en provenance de l'intérieur.

Quatre mètres plus loin, une plaque de cuivre indiquait le consulat britannique. Il ralentit. Cela valait-il la peine de se renseigner ?

Dimitri fut introduit dans un couloir où il patienta dans un fauteuil en cuir pendant vingt minutes avant de rencontrer le consul, sir Thomas Preston. C'était un homme élancé, distingué, de trente-cinq ans environ. Il observa avec attention Dimitri, qui se présenta comme un ancien membre de l'escorte impériale soucieux du destin des Romanov et désireux de savoir en quoi il pouvait leur venir en aide.

Sir Thomas tapota son bureau de son stylo, l'air navré.

— Je me renseigne chaque jour sur le couple impérial et ses enfants, désormais. Hélas, je n'en sais sans doute pas plus que vous. Ce matin, j'ai reçu une délégation du personnel resté à bord du train. Ils n'ont nulle part où aller et je m'efforce de les héberger. Il semble toutefois que certains d'entre eux aient été incarcérés. Les informations ne sont pas fiables.

Dimitri perdit patience.

— Le gouvernement britannique ne peut donc rien faire pour les secourir ? Ce sont des parents du roi George V, que diable ! Je suis outré par cette indifférence !

Sir Thomas pinça les lèvres.

— Avez-vous entendu les nouvelles du front de l'Ouest ? Savez-vous combien d'hommes sont morts dans les tranchées ? Je crains que l'on n'ait pas d'autres préoccupations à Londres.

Dimitri eut envie de crier sa colère mais se contenta de pousser un long soupir.

— Je comprends votre inquiétude, lui assura sir Thomas. Moi-même, je suis très alarmé par l'évolution de la situation. S'il était en mon pouvoir de contribuer à une tentative de libération de cette famille sans en être tenu pour responsable, soyez certain que je le ferais.

Étonné, Dimitri leva les yeux vers lui. Enfin un officiel semblait disposé à agir !

— Mes collègues et moi avons élaboré de nombreux plans, sans succès. Le problème, c'est qu'il y a plusieurs personnes à extraire en même temps, dont un garçon incapable de marcher. Et j'ai dénombré dix postes de garde devant leur nouvelle résidence. Il faudrait des dizaines d'hommes lourdement armés pour sortir les prisonniers de la ville et les conduire à l'abri.

— Absolument, admit le consul. Je vais être très clair : le gouvernement britannique n'apportera aucune aide officielle. Cependant, j'ai discuté avec des marchands britanniques qui évoluent régulièrement dans la région et acheminent des marchandises vers Londres. Nous avons évoqué des itinéraires potentiels en cas de sauvetage. Ils connaissent des moyens de contourner le blocus maritime allemand. Je pourrais vous mettre en contact avec eux.

— Le feriez-vous ?

Dimitri n'en revenait pas. La compassion de sir Thomas contrastait fortement avec la froideur et l'indifférence du personnel de l'ambassade britannique à Saint-Pétersbourg.

— Pourquoi me feriez-vous confiance ? ajouta-t-il.

Sir Thomas sourit.

— Mon expérience de diplomate m'a appris à jauger la personnalité d'un homme. Vous avez pris le risque de vous identifier en tant que membre de l'escorte impériale. J'aurais pu appeler le soviet local pour vous faire arrêter. Les gens sont particulièrement militants dans cette ville, vous verrez. Soyez discret.

Un aide apporta un plateau et sir Thomas proposa une tasse de thé à Dimitri, qui n'avait rien bu ni mangé depuis la veille au soir. Le breuvage le réchauffa et apaisa un peu sa tension.

— Vous êtes si proche de leur maison… Connaîtriez-vous quelqu'un qui fait des allées et venues et qui accepterait de transmettre des messages pour moi ?

— Hélas non, répondit sir Thomas. Des religieuses leur apportent des œufs et de la crème une fois par semaine. Naturellement, toutes les livraisons sont passées au peigne fin. Un groupe de femmes va faire le ménage de temps en temps. Malheureusement elles sont recrutées par le soviet. Vous ne trouverez pas de partisanes des Romanov parmi elles. Quant au père Storojev, le prêtre qui leur rend visite pour célébrer les offices orthodoxes, il ne prendra jamais le risque de contrarier les bolcheviques. Leurs seuls autres visiteurs sont les gardes rouges. J'ai essayé de transmettre un message de bienvenue au couple impérial le jour de son arrivée, mais j'ai essuyé un refus. Je suis désolé.

Dimitri était anéanti. Comment les libérer sans communiquer avec Tatiana ? Ses lettres lui manquaient. Il voulait avoir un aperçu de sa vie quotidienne. Répétaient-ils une autre pièce ? Progressait-elle dans ses tentatives de faire du pain ? Ces menus détails l'empêchaient de devenir fou. Il eut l'impression de se noyer dans un océan de désespoir.

28

Iekaterinbourg, Russie, juin 1918

Trouvant mille prétextes pour passer devant la villa Ipatiev plusieurs fois par jour, Dimitri finit par déterminer l'emploi du temps de la famille. Ils avaient le droit de sortir dans le jardin à onze heures du matin, pendant une demi-heure, puis entre quinze et seize heures. Un matin, alors que les gardes semblaient ne pas le voir, il regarda par le trou de la palissade et aperçut les jeunes femmes qui jouaient au tennis sans filet. Tatiana portait une robe gris pâle et un châle à franges rouges sur les épaules. Il n'osa pas l'interpeller. Il faisait beau, mais sa mère et son frère n'étaient pas là. Nicolas marchait de long en large dans la cour, perdu dans ses pensées, tandis que Tatiana encourageait ses sœurs à se concentrer sur leur partie. Elle cherchait manifestement à leur remonter le moral.

Soudain, son instinct incita Tatiana à se retourner pour regarder droit vers le trou, avec insistance. Il cligna de l'œil. Le voyait-elle ? Savait-elle que c'était lui ? Il prit un bout de papier dans sa poche et griffonna : « Je t'adore. D.M. » Il en fit une boulette qu'il glissa dans l'orifice, puis il s'éloigna, les bras ballants pour emprunter une rue latérale. Une demi-heure plus tard, lorsqu'il passa de nouveau, la boulette de papier avait disparu. Son cœur s'emballa. Pourvu que Tatiana l'ait ramassée, et non un garde !

Il revint à quatre heures et demie. Les Romanov étaient rentrés. Il y avait une boulette de papier coincée dans l'orifice de la palissade. Il s'assura que la voie était libre et s'en empara avant de la glisser dans sa poche. Il ne la défroissa que quelques rues plus loin, les doigts tremblants. Il reconnut l'écriture penchée de Tatiana : « La famille tient bon. Je me languis de toi de tout mon cœur. Sois béni de nous avoir suivis jusqu'ici. Ta proximité me donne de la force. Je t'adore maintenant et à jamais. »

Dimitri étouffa un sanglot. Sa femme si belle, si éthérée savait qu'il était là et l'aimait encore. Il voyait comme une lueur au bout du tunnel. Ils devraient prendre soin de ne pas trop utiliser cette ouverture dans la palissade pour communiquer, car s'ils se faisaient prendre, les gardes la puniraient. Il lui expliqua la situation dans un message. Elle n'y répondit pas, ce qui impliquait qu'elle avait compris.

La possibilité d'écrire à Tatiana le mettait en joie. Dans la semaine, il retourna voir sir Thomas Preston et l'informa qu'il avait un moyen de communication avec les Romanov.

— Bien, approuva le consul. Ce sera utile. J'ai moi aussi une nouvelle qui vous intéressera peut-être : un membre de mon personnel connaît un fermier, un dénommé Tolmatchev, dont la fille fait le ménage à la villa Ipatiev. Il paraît que Tolmatchev n'est pas un partisan des bolcheviques, qui ont imposé un tas de lois insensées aux paysans. Je me suis dit que ce serait intéressant.

— Pourriez-vous m'indiquer comment me rendre chez lui ?

Sir Thomas but une gorgée de thé.

— Il vaut mieux que mon employé vous le présente. La semaine prochaine. Nous allons organiser cela.

Ils évoquèrent les bouleversements imposés à la société russe par les nouveaux dirigeants, la collectivisation de l'industrie, les droits des travailleurs. Ils s'accordèrent sur le fait que le prix des denrées alimentaires augmentait et que les plus pauvres étaient plus démunis que jamais. Quand sir Thomas lui demanda des nouvelles de sa famille, Dimitri eut honte.

— Mon père a été arrêté peu après la révolution et est mort en prison l'hiver dernier. Ma mère et mes sœurs attendent ma visite, mais je n'ai pas… je ne pouvais quitter les Romanov. Je me suis trouvé tiraillé… (Il rougit.) Je n'ai pas pu assister aux funérailles de mon père car nous étions confinés à Tobolsk en attendant le dégel. À présent, j'ai l'impression que l'on a plus besoin de moi ici que chez moi, à Lozovotka. Si seulement ce n'était pas si loin ! Chaque fois que je leur écris pour retarder ma venue, je me sens plus coupable.

Sir Thomas l'observa d'un air pensif, puis demanda :

— De quelle grande-duchesse êtes-vous amoureux ?

Dimitri fut tellement surpris qu'il renversa un peu de thé sur son pantalon.

Le consul se mit à rire.

— Je m'en doutais ! Alors, laquelle ?

— Tatiana, murmura Dimitri après une brève hésitation. Et elle m'aime aussi.

— C'est mérité compte tenu des sacrifices que vous faites pour elle. Eh bien, je ferai mon possible pour vous aider.

Dimitri se rendit à la ferme de Piotr Tolmatchev en compagnie d'un certain Henderson, employé au consulat. Le fermier travaillait dans un champ de blé. Lorsqu'il les vit lui faire signe, il se fraya un chemin parmi les longues tiges pour s'approcher de la clôture.

— Vous êtes au courant des derniers ordres de Moscou ? demanda-t-il, reprenant une conversation qu'il avait eue avec Henderson lors de leur précédent entretien. Je dois céder mon surplus de blé à un commissariat qui le redistribuera en fonction des besoins. Ceux qui ont un travail manuel pénible recevront le plus, tandis que ceux dont le travail n'est pas physique n'ont pratiquement rien. Autrement dit, les gens comme vous vont crever de faim, lança-t-il à Henderson avec un regard en biais pour Dimitri.

— Cela semble infaisable, commenta avec compassion Henderson, qui lui présenta Dimitri.

Ils bavardèrent un moment du nouveau système économique que les bolcheviques envisageaient d'imposer à tout le pays, avec des quotas stricts pour chaque produit.

Dimitri ne connaissait pas ces plans en détail et fut horrifié de la vitesse à laquelle la structure sociale du pays était réduite en lambeaux. Une partie de lui acceptait que l'aristocratie, dont il avait fait partie, n'ait plus sa place au XXe siècle. Le fait qu'une famille privilégiée possède la terre et les produits qui en étaient issus par droit de naissance quand ceux qui ne provenaient pas d'une telle lignée devaient s'échiner de longues heures sur ces terres et par-dessus le marché payer des impôts ne pouvait qu'engendrer la rébellion. Mais l'alternative que proposaient les bolcheviques semblait simpliste. Si les terres étaient en propriété collective, comment s'assurer que tout le monde fournirait la même quantité de travail ? Qui apporterait l'investissement nécessaire pour reconstruire et rénover les équipements, comme son père l'avait fait sur leur domaine ?

Le paysan avait le visage rougeaud et les yeux d'un bleu limpide sous ses cheveux courts et gris.

— Si j'en avais les moyens, je m'installerais dans le Sud, en Crimée ; les bolcheviques n'ont pas réussi à la prendre. La famille de ma femme vient de là-bas et les terres y sont fertiles. Les journées plus longues permettent de rentrer deux récoltes par an au lieu d'une tandis qu'à Iekaterinbourg, nous, les paysans, nous avons de la chance quand l'année est rentable. Je ne sais pas où je vais trouver des surplus à donner à l'État.

Dimitri attendit qu'il y ait un creux dans la conversation pour déclarer :

— Il paraît que votre fille travaille à la villa Ipatiev. Vous parle-t-elle de l'état d'esprit de la famille impériale ? J'imagine qu'ils sont très inquiets.

Le fermier secoua la tête.

— C'est choquant, n'est-ce pas ? Si les bolcheviques ont des preuves que le tsar et la tsarine ont trahi, qu'ils les révèlent et qu'ils les jugent au tribunal. Dans le cas contraire, pourquoi ne pas les libérer pour qu'ils partent en exil ? Elena, ma fille, dit que c'est une famille charmante. Ils sont reconnaissants pour les services qu'on leur rend. Elle a de la peine pour eux.

— Elena est-elle là aujourd'hui ? s'enquit Dimitri en scrutant les alentours.

— Elle donne à manger aux cochons, répondit le fermier en désignant une dépendance à une centaine de mètres.

La conversation se poursuivit, mais Dimitri surveillait du coin de l'œil la porcherie. Enfin, une jeune fille en sortit un seau à la main. Il était trop loin pour la voir avec précision. Grande et mince, elle s'avança vers eux. Dimitri vit alors les cheveux châtains qui lui arrivaient aux épaules et une idée germa dans son esprit. Une idée un peu folle. Son plan pourrait-il fonctionner ? Tandis que Henderson et le fermier discutaient, il réfléchit.

— Combien d'argent vous faudrait-il pour vous installer en Crimée ? les coupa-t-il.

— Pourquoi cette question ? demanda Tolmatchev, intrigué.

— Donnez-moi une somme, insista Dimitri.

— Deux mille roubles, répondit le fermier après un rapide calcul.

— Si je vous verse deux mille roubles, pourrez-vous demander à votre fille de nous aider à communiquer avec les Romanov ? Nous essayons de les faire passer à l'étranger et avons besoin de quelqu'un qui ait accès à la maison.

Dans un premier temps, le paysan parut soupçonneux.

— Qui êtes-vous ? Qu'est-ce qui me garantit que vous n'êtes pas un espion bolchevique ?

— Je me porte garant de lui, intervint Henderson.

Dimitri le remercia d'un hochement de tête.

— Eh bien, il faut que je réfléchisse. Que voulez-vous qu'elle fasse ? Qu'elle transmette des lettres ?

— Pas exactement. D'abord, il faudrait déterminer quels jours elle ira travailler là-bas au cours des semaines à venir. Pourriez-vous faire cela ?

— Deux mille, dites-vous ? En espèces ?

— En espèces.

— J'ai l'impression qu'on va se mettre d'accord, mon ami.

Il serra la main de Dimitri avec dans le regard une lueur d'espoir, celui d'échapper à une existence de plus en plus ardue. Le plan pouvait fonctionner. Il le fallait.

Dimitri retourna voir Thomas Preston en ville.

— Je voudrais parler à l'un de vos marchands au sujet de l'itinéraire le plus sûr pour quitter la Russie. Certains sont-ils à Iekaterinbourg ?

— Vous avez un plan ? demanda le consul, surpris.

— J'y travaille.

— Le mieux placé serait Henry Armistead. Je vais l'appeler.

Il décrocha un combiné et ordonna à sa secrétaire de contacter l'homme, puis raccrocha.

— Entre nous, nous avions déjà réfléchi à la question dans le cadre d'un projet visant à extraire la famille de Tobolsk. Ils devaient naviguer sur l'Ienisseï vers la côte nord, puis embarquer vers Mourmansk grâce à une compagnie maritime norvégienne. Il a fallu annuler l'opération quand ils ont été déplacés à Iekaterinbourg. Cet homme pourrait peut-être organiser quelque chose de similaire ici si l'on parvenait à extraire les Romanov de la villa.

— Je vous en prie, demandez-lui de venir au plus vite, implora Dimitri.

La sonnerie du téléphone retentit. Sir Thomas expliqua à son correspondant qu'il avait une livraison importante pour l'itinéraire de Mourmansk dont ils avaient déjà parlé.

Il y eut un silence, puis il reprit :

— Vous ne pouvez pas le faire avant ? Il sera peut-être trop tard. L'occasion sera passée… Très bien. Vous vous occupez de tout ? Le 13 juillet, c'est noté.

Dimitri était abattu. C'était dans trois semaines. Au moins auraient-ils le temps de mettre l'opération en place, car il y avait de nombreux détails à régler. En quittant le consulat, il se rendit au bureau du télégraphe et envoya un câble à sa mère :

DÉSOLÉ, RETENU PAR AFFAIRE URGENTE, STOP. PRIÈRE M'ENVOYER DEUX MILLE ROUBLES POUR CONCLURE, STOP. ESPÈRE QUE VOUS ALLEZ BIEN, STOP. VIENDRAI BIENTÔT, STOP. VOTRE FILS.

Ensuite, il expédia un câble à Malevitch :

MARCHANDISE PRÊTE À IEKATERINBOURG LE 13 JUILLET, STOP. VIENS UNE SEMAINE AVANT AVEC VINGT YELKA, STOP.

Les épicéas – yelka – étaient les plus grands et les plus robustes des arbres des forêts lorsqu'ils avaient combattu pendant la guerre. Ils les comparaient parfois à de vaillants soldats. Malevitch comprendrait la référence.

Très stressé, il retourna chez lui pour réfléchir à son plan. Au moins, il passait à l'action. Il avait déjà trop attendu ; c'était sa dernière chance.

29

Lac Akanabee, État de New York, septembre 2016

Au début du mois de septembre, il faisait beau et chaud sur le lac caressé par une brise légère. Kitty avait le teint hâlé et des reflets blonds dans ses cheveux châtains. Elle était concentrée sur la reconstruction de son ponton et avait acheté des planches neuves puis arraché les anciennes pour repartir de zéro. Elle avait toujours aimé la menuiserie, la sensation du bois cédant sous la scie, le plaisir des joints qui s'emboîtent à la perfection, le contact lisse d'une planche poncée. Quand le ponton fut achevé, elle y installa son fauteuil de camping pour y lire le soir en buvant du vin les livres que Vera lui avait prêtés. Elle y restait jusqu'à la nuit tombante, lorsque les oiseaux diurnes cessaient de chanter pour céder la place aux créatures nocturnes.

Kitty fut vite emportée par l'histoire des Romanov : au début du XXe siècle, il s'agissait de l'une des familles les plus fortunées du monde. Elle découvrit l'hémophilie d'Alexis, la dépendance de sa mère envers Raspoutine, guérisseur sibérien et mystique, les soupçons qui avaient pesé sur eux pendant la Première Guerre mondiale et la colère suscitée par leur train de vie alors que la famine sévissait dans le pays, jusqu'à la révolution de 1917. L'ouvrage décrivait la captivité de la famille impériale, d'abord au palais Alexandre, à Saint-Pétersbourg, puis dans la maison du gouverneur, à Tobolsk, en Sibérie, et enfin dans la villa Ipatiev, à Iekaterinbourg, à l'est de l'Oural. Une carte montrait la chaîne de montagnes qui coupait la Russie du nord au sud telle une colonne vertébrale tordue. Kitty apprit que la situation de la famille s'était dégradée peu à peu quand Lénine et Trotski avaient pris le contrôle de la partie occidentale du pays : rations réduites, biens spoliés, manque de respect grandissant de la part des gardiens. Les Romanov devaient alors faire tinter une cloche pour aller faire leurs besoins et ne pouvaient sortir qu'à des heures limitées ; ils étaient bien loin du luxe auquel ils étaient accoutumés.

Vera Quigley avait promis à Kitty de lui envoyer une première partie de sa traduction dans la semaine. La jeune femme partit vérifier ses e-mails au coffee-shop, où elle supprima ceux de Tom (« Kitty, je t'aime », « Kitty, je t'en prie, il faut qu'on parle, quand reviens-tu ? »). Bientôt, elle serait prête à lui répondre, mais pas tout de suite, pas encore. Elle adressa un bref message aux amis inquiets, leur expliquant qu'elle passait l'été dans un lieu sans wifi, mais qu'elle les contacterait dès son retour. Comme elle l'espérait, il y avait un e-mail de Vera, avec en pièce jointe un fichier qu'elle s'empressa de télécharger et d'ouvrir. Apparemment, Vera en était presque à la moitié du texte. Elle lui disait qu'elle était si absorbée par ce travail qu'elle en oubliait de manger. Elle était par ailleurs persuadée qu'il s'agissait de l'authentique journal intime de la grande-duchesse Tatiana et se sentait privilégiée d'avoir été choisie pour le traduire. Si les Romanov avaient toujours parlé anglais en privé, les gardes bolcheviques insistaient pour qu'ils ne s'expriment qu'en russe. Sans doute était-ce la raison pour laquelle le journal était rédigé en russe.

Le journal commençait en février 1918 et se terminait en juillet de la même année. Kitty consulta les premières journées : Tatiana y évoquait une pièce intitulée *L'Ours*, que ses frère et sœurs et elle étaient en train de répéter et qu'ils avaient jouée pour leurs parents le soir du 23 février. Parfois, elle s'exprimait comme une adolescente : « Je n'arrêtais de rire quand Olga s'est mise à réciter le rôle de Maria à la place du sien. Elle a gâché l'atmosphère dramatique. » En effectuant des recherches, Kitty découvrit que Tatiana avait vingt et un ans et s'étonna de trouver des centaines de photos d'elle : en tenue de marin sur le yacht impérial, le *Standart*, en robe d'apparat en 1913, en uniforme d'infirmière en 1915. De toute évidence, les Romanov étaient férus de photographie. Ils figuraient dans une multitude de lieux et on trouvait même en ligne des vidéos un peu floues. Dans l'une d'elles, les cinq enfants paradaient dans un jardin, par ordre décroissant de taille, comme les enfants Trapp dans *La Mélodie du bonheur*. Les filles portaient une robe blanche et un chapeau de paille orné de rubans.

Tatiana souriait rarement et semblait plus réservée que les autres, plus princière. Elle était aussi la plus belle avec ses pommettes saillantes, son regard pénétrant et sa chevelure châtain. Il semblait incroyable à Kitty que le carnet retrouvé au fond de sa valise de photos de famille ait appartenu à cette femme. *Qui es-tu ?* se demanda-t-elle en scrutant le portrait en noir et blanc de cette femme disparue depuis cent ans et avec laquelle, pourtant, elle se sentait intimement liée.

De retour au chalet, elle lut la traduction de Vera sur l'écran de son ordinateur. Certains passages évoquaient des personnes qui lui étaient tout à fait inconnues.

Vendredi 22 mars

J'ai écrit à tante Ella, à Perm. Nous gardons un si bon souvenir des fêtes auxquelles elle nous a emmenés. Avec le recul, nous étions un peu frustes. Des cousins de la campagne... Nous restions groupés, n'osant parler aux autres, et les invités nous évitaient, ne sachant comment se présenter. J'espère qu'Ella est en sécurité et en bonne santé, ainsi que grand-maman et tous les autres. Ils me manquent terriblement. Nous sommes captifs depuis plus d'un an. Notre destin est entre les mains de Dieu et je garde espoir, même si notre avenir ne se fera pas en Russie. Je crois que je peux être heureuse n'importe où tant que M. est avec moi.

Qui était M ? Sa sœur Maria ? À quel côté de la famille appartenait la tante Ella ? Kitty poursuivit sa lecture.

À huit heures du matin, nous avons eu l'obednitza et, après le déjeuner, le vechernaya puis la confession dans le couloir. J'ai lu quelques pages d'*Anna Karénine* avant de dormir. J'ai envie de la secouer ! Vronski ne la mérite pas.

Kitty se mit à rire. Elle avait souvent pensé la même chose de l'héroïne crédule du roman classique de Tolstoï. Au fil de sa lecture, elle perçut une forme de féminité juvénile alliée à un sens de la responsabilité envers son entourage. Et, même si Tatiana ne l'exprimait pas, Kitty devinait son angoisse.

Une semaine plus tard, elle reçut une nouvelle livraison de Vera, concernant les mois d'avril et mai 1918.

Dimanche 8 avril

Papa est contrarié par les nouvelles directives des gardes rouges qui lui interdisent, ainsi qu'à Alexis, de porter ses épaulettes. C'est ridicule ! Personne ne nous voit puisqu'il nous est interdit de quitter la propriété. J'ai essayé de le réconforter. Hélas, papa ne parle pas de ses problèmes. Peut-être se confie-t-il à maman. Olga est en pleine dépression. Maria et elle ne semblent pas comprendre notre situation. Elles se chamaillent, s'amusent et se battent sans se soucier du regard des gardes. Maman et Alexis sont obsédés par leurs maux et il est vrai que, sans la moindre distraction, il est facile de ne penser qu'à cela. J'aimerais tant qu'ils fassent un effort. Pardonne ma nervosité ce soir, cher journal. J'espère qu'elle va s'apaiser pendant la nuit et que je me réveillerai demain matin pleine de compassion.

Les premiers jours de mai, Tatiana décrivait leur périple éreintant entre Tobolsk et Iekaterinbourg. Il semblait avoir pris une semaine, ce qui étonna Kitty car, d'après le livre de Vera, les deux villes n'étaient séparées que de quatre cent cinquante kilomètres environ.

À chaque cahot de la voiture, Alexis grimace de douleur. Je sais que le cocher s'en rend compte et fait de son mieux pour éviter les ornières, mais la route est dans un état déplorable à cause du dégel. J'espère que le voyage de papa, maman et Maria s'est mieux déroulé puisque le sol était encore gelé. Si seulement nous avions pu voyager avec eux !

Elle décrivait également la joie des retrouvailles à Iekaterinbourg, ainsi que leur nouveau logement :

OTMA (Vera expliquait dans une note qu'elle utilisait cet acronyme pour désigner les quatre sœurs) partagent une chambre au papier peint fleuri, avec un tapis d'Orient. Faute de lits, nous dormons par terre, sur des piles de manteaux. Dans l'après-midi, nous avons passé une demi-heure au jardin, parmi de superbes lilas et chèvrefeuilles. Quel dommage, par cette chaleur intense, de devoir rentrer dans cette maison à l'atmosphère étouffante ! Des religieuses nous ont envoyé des œufs et de la crème pour redonner des forces à Alexis. Il est encourageant de savoir qu'il y a des personnes généreuses dans cette ville, et qui pensent à nous.

Le 19 mai, il était question d'un œil dans une palissade, ce qui était étrange. Vera précisait qu'il s'agissait, selon elle, d'une obscure métaphore, peut-être de nature religieuse, et qui ne lui était pas familière :

J'ignore comment je l'ai remarqué, parce que nous nous trouvions à plusieurs mètres de distance. Quoi qu'il en soit, une sorte de lueur a attiré mon attention. D'abord, j'ai cru me méprendre, puis j'ai supposé que c'était un enfant car il se trouvait à la hauteur de ma poitrine. Sa façon de me suivre avait quelque chose de familier. J'ai alors fait une merveilleuse découverte !

Le texte s'arrêtait là, et Kitty en fut tout aussi mystifiée que Vera. Quelle était donc cette découverte ? Il était frustrant de lire un journal vieux de cent ans. Dès qu'il lui semblait connaître un peu mieux Tatiana, une référence cryptique venait lui rappeler qu'elle ne savait pratiquement rien d'elle.

Jeudi 14 juin

Papa n'a plus de tabac, ce qui le rend irascible. Je suis allée parler à Anton, l'un des gardes, pour lui demander s'il pouvait lui en procurer. Il a émis la plus obscène des requêtes. Si M. l'avait entendu, il l'aurait tué sur-le-champ.

Ce mystérieux M. était donc un homme, mais Kitty n'avait aucune idée de son identité. Tatiana masquait sans doute son nom au cas où les gardes auraient exigé de lire son journal.

Kitty avait lu dans les livres de Vera que les filles avaient cousu leurs bijoux dans les coutures et doublures de leurs vêtements afin d'éviter que les gardes ne les leur dérobent. Il n'en était pas question dans ce journal.

Les Romanov devaient avoir eu une peur bleue durant ces mois d'attente, ignorant tout de leur destin, or le journal ne mentionnait que leur quotidien, leurs repas, les prières, les sorties, les lectures. Une vie tranquille.

Lorsqu'elle reçut la dernière partie de la traduction, Kitty se précipita vers le dernier jour, le dimanche 14 juillet. Le ton était sombre.

L'archiprêtre Storojev est venu célébrer un office aujourd'hui avec son diacre, Buimirov. Nous étions heureux de le voir parce que nous n'avions pas communié depuis longtemps. Il a chanté *Avec les saints, donne le repos*. (Vera avait joint une note expliquant qu'il s'agissait d'une prière orthodoxe pour les défunts.) Sentant à quel point les paroles étaient de circonstance, nous nous sommes tous agenouillés, sauf Alexis, bien sûr, qui est resté dans son fauteuil. « Avec les saints, donne le repos, ô Christ, à l'âme de ton serviteur, là où il n'y a ni douleur, ni tristesse, ni souffrance, mais la vie éternelle. » Aucun d'entre nous ne s'est joint aux prières. À la fin, nous nous sommes approchés pour embrasser la croix. Papa et maman ont reçu le sacrement et, quand Storojev est parti, je l'ai remercié discrètement. Sans savoir pourquoi, j'ai le pressentiment que nous ne le reverrons pas.

Tatiana avait ensuite recopié des paroles qui, d'après Vera, étaient de Jean de Cronstadt, un saint russe : « Votre douleur est indescriptible, la douleur du Sauveur dans les jardins de Gethsémani pour les péchés du monde se joint à votre chagrin, vous y trouverez de la consolation. »

D'après les livres d'histoire, aucun d'entre eux n'imaginait qu'il leur restait un jour seulement à vivre. Cependant, le ton de ce texte porta Kitty à penser que Tatiana en avait eu le pressentiment.

30

Iekaterinbourg, Russie, 26 juin 1918

Pendant trois semaines, Dimitri travailla d'arrache-pied à la mise en œuvre de son plan. Il réserva des chambres pour héberger les vingt hommes qu'il espérait voir arriver avec Malevitch, mais pas toutes au même endroit afin de ne pas éveiller les soupçons. Henry Armistead logerait chez sir Thomas Preston, comme cela lui était déjà arrivé.

Dès qu'il reçut les deux mille roubles de sa mère, il se rendit chez Piotr Tolmatchev, le fermier. Dans la cuisine, Dimitri posa le sac plein d'argent sur la table et l'ouvrit.

— Ce que je veux, dit-il, c'est que votre fille me procure un plan de l'intérieur de la maison indiquant où vit la famille et où sont postés les gardes. Nous devons également connaître les mesures de sécurité.

Le fermier avait les yeux rivés sur l'argent.

— Aucun problème, mon ami, fit-il en hochant la tête.

— Ensuite, je veux qu'elle prenne la place de Tatiana, la deuxième fille des Romanov, juste pour une nuit.

— Quoi ?

Dimitri poursuivit calmement :

— Nous devons parler à un membre de la famille afin que tous comprennent bien notre plan. Tatiana a l'esprit pratique et votre fille lui ressemble : même taille, même corpulence, même couleur de cheveux.

Le fermier s'empourpra.

— Si elle est découverte, elle sera exécutée !

Dimitri secoua la tête.

— Elle ne sera pas découverte. La famille impériale sera prévenue et l'entourera afin qu'elle passe inaperçue. Elle portera les vêtements de Tatiana, puis reprendra les siens le lendemain matin. Cela ne durera qu'une nuit. En échange, je donne à votre famille la possibilité d'une nouvelle vie.

Il désigna le sac.

— Ils n'auront peut-être pas besoin que le ménage soit fait deux jours de suite ! protesta le fermier.

— Ces femmes travaillent toujours deux matinées de suite. Nous adapterons nos plans en fonction de leur emploi du temps. Je vous garantis que votre fille ne passera qu'une nuit là-bas. Vous avez ma parole.

Tolmatchev réfléchit un long moment.

— Je ne peux vous donner ma réponse tout de suite, dit-il enfin. Je dois en discuter avec ma femme et ma fille.

— Méfiez-vous, mon ami. Plus vous mettrez de personnes dans la confidence, plus le secret risquera d'être dévoilé. Et, si le plan n'est pas mis en œuvre, je ne pourrai pas vous remettre cet argent.

Dimitri referma le sac et se leva.

— Je reviendrai après-demain. Vous aurez certainement d'autres questions à me poser.

En rentrant chez lui, Dimitri se sentait coupable. Son plan n'était pas sûr, et, s'il échouait, il serait maudit. Mais il ne voulait pas prendre le risque de laisser Tatiana dans la maison quand les hommes de Malevitch donneraient l'assaut. Il la libérerait avant l'attaque et, avec un peu de chance, l'opération se déroulerait sans effusion de sang. Les Romanov quitteraient la Russie, la jeune Elena rentrerait chez elle en toute discrétion et Tolmatchev prendrait l'argent pour partir s'installer en Crimée. Et, si Dimitri prenait la précaution de faire sortir Tatiana au cas où les gardes ouvriraient le feu durant l'opération, que Dieu le lui pardonne !

Deux jours plus tard, lorsque Dimitri retourna à la ferme, la femme et la fille de Tolmatchev rejoignirent les deux hommes dans la cuisine.

— Je vais vous dire ce que je sais de la villa, déclara Elena. Je ne vois pas comment je pourrais passer pour la grande-duchesse Tatiana. Je ne lui ressemble en rien.

Certes, c'était une jeune fille ordinaire au visage rond, mais la silhouette pouvait correspondre.

— Vous seriez étonné de savoir que l'on regarde très peu le visage de quelqu'un quand on le connaît, répondit Dimitri. On se crée une image intérieure et, ensuite, il suffit de regarder dans une pièce et d'y voir le bon nombre de personnes. Tant que vous n'engagerez pas la conversation avec les gardes, ils vous prendront pour Tatiana et n'auront aucune raison de penser le contraire.

— Les autres femmes de ménage s'en rendront compte, elles. Elles me connaissent.

— Sont-elles dignes de confiance ? Tatiana pourrait-elle sortir seule en fin de matinée ?

— Mon amie Svetlana m'aidera peut-être, dit Elena, pensive. Nous sommes attachées aux filles Romanov.

— Vous aurez la mort de ma fille sur la conscience ! persifla l'épouse, une femme robuste. Sachez que je suis contre ce plan.

— Tais-toi ! lui ordonna le fermier. Le consulat britannique se porte garant de cet homme. J'ai foi en lui.

Mal à l'aise, Dimitri poursuivit :

— Et si nous parlions de la villa ?

Elena lui expliqua que la famille vivait au premier étage, dont elle dessina le plan, lui montra où les gardes prenaient leurs repas, où se trouvait la chapelle et lui indiqua les issues.

— Ici, il y a une porte qui mène au sous-sol, où dorment certains gardes.

Dimitri observa le dessin et questionna Elena jusqu'à ce qu'il puisse se représenter précisément couloirs et portes.

— Combien de temps à l'avance connaissez-vous vos matinées de ménage ?

— Deux ou trois jours. En général, j'y vais une fois par semaine, mais les jours varient. Là, j'y retourne le lundi 8 et le mardi 9 juillet.

Dimitri hocha la tête.

— Ensuite, ce pourrait donc être le 15 et le 16 ?

— Je ne le sais pas encore.

— Nous en reparlerons. Merci de tout cœur pour ces renseignements.

Malevitch et ses « épicéas » arrivèrent le 10 juillet et retrouvèrent Dimitri chez lui. Après les salutations d'usage, Dimitri leur servit de la vodka clandestine achetée à son logeur et ils s'assirent pour étudier le plan de la villa Ipatiev et les rondes et relèves des gardes, qui entre une heure et cinq heures du matin étaient moins nombreux. L'opération se déroulerait donc dans ce créneau horaire. Le projet consistait à tuer les sentinelles postées à l'extérieur avant qu'elles ne donnent l'alerte. Ce serait difficile à cause du couvre-feu imposé dès vingt heures qui, heureusement, n'était pas strictement respecté.

— On vise la tête, dit Malevitch. Tu dis que les postes de garde mesurent environ six mètres de haut et que nous serons de l'autre côté de la rue principale ? C'est assez proche.

Chacun savait que le risque d'échec était grand, mais ils étudièrent toutes les éventualités. Dimitri avait une confiance totale en Malevitch, dont les hommes étaient d'anciens gardes impériaux mieux formés que les soldats ordinaires. Il était impatient de passer à l'action : après dix-sept mois d'impuissance, enfin il ferait quelque chose, et enfin Tatiana serait libre.

Seuls Tolmatchev, sa femme et sa fille étaient au courant du projet visant à extraire la jeune femme de la maison ; Dimitri avait trop honte pour en faire part à Malevitch ou à sir Thomas car il n'y avait aucun avantage stratégique à procéder ainsi. Égoïstement, il voulait mettre la jeune femme à l'abri.

Tous les deux ou trois jours, Dimitri se rendait au consulat britannique. Sir Thomas lui confirma que Henry Armistead comptait bien arriver le 13 et acceptait de l'aider. Tandis que le jour fatidique approchait, Elena lui annonça qu'elle travaillerait les 15 et 16. Dimitri pria le consul d'informer Armistead que la « marchandise » serait prête à embarquer à l'aube du 16.

Il écrivit ensuite à Tatiana pour la prévenir. « Nous avons besoin de ta coopération pour un plan d'évasion. Lundi, une femme de ménage échangera ses vêtements contre les tiens pendant son travail. Tu devras partir avec les autres femmes de ménage et la laisser prendre ta place. N'aie pas peur. Je t'attendrai dehors. » C'est en écrivant ces mots qu'il prit conscience du risque qu'il lui faisait encourir. Que se passerait-il si elle était prise sur le fait ? Si un garde interceptait ce message ? Quoi qu'il en soit, ce plan était plus sûr pour elle que rester dans la villa Ipatiev durant l'opération.

Le vendredi 12, il passa devant la bâtisse pendant que les jeunes femmes étaient dehors et regarda dans le trou de la palissade. Quand il fut certain que Tatiana l'avait repéré, il glissa le message dans l'orifice, puis s'éloigna. Au coin de la rue, il se retourna. Il lui sembla que le papier avait disparu. Plus moyen de revenir en arrière…

31

Iekaterinbourg, Russie, 13-15 juillet 1918

Le samedi 13 juillet, dans l'après-midi, Dimitri se rendit au consulat dans l'espoir de rencontrer Henry Armistead, mais il n'était pas encore arrivé.

— Ne vous inquiétez pas, déclara sir Thomas. On m'a dit au téléphone qu'il était parti hier, il devrait donc être là à la nuit tombée. Repassez demain.

Le lendemain, il n'y avait toujours aucun signe de lui. Armistead avait dû être retardé en route et Dimitri était sur le point d'exploser ; la tension était insupportable.

Le dimanche soir, il rencontra Malevitch pour envisager différentes solutions.

— Nous devrions passer à l'action. Tout est prêt, les hommes sont là, fit Dimitri. Plus on attendra, plus les Romanov seront en danger.

Malevitch s'y opposa farouchement.

— À quoi bon libérer les Romanov sans stratégie pour les extraire du pays ? Ils ne pourront pas monter dans un train sans être dénoncés par les cheminots.

Nous sommes trop loin pour voyager par la route. Nous avons besoin d'Armistead.

Dimitri dut admettre que son ami avait raison ; pourtant, l'idée de patienter confinait pour lui à la panique. En une semaine, tout pouvait arriver…

Après leur entrevue, Dimitri rendit visite à sir Thomas, qui n'avait aucune nouvelle d'Armistead et ne s'expliquait pas son absence mais qui s'efforça d'apaiser son hôte de plus en plus désemparé.

— Il ne m'a jamais laissé en plan. Je vous garantis qu'il sera là demain.

Dimitri se garda de lui donner les raisons de sa nervosité. Sir Thomas ignorait que, le lendemain, Elena entrerait dans la villa pour prendre la place de Tatiana. Fallait-il l'en empêcher ou faire confiance à Armistead ?

De retour chez lui, il envisagea différentes options, tout en caressant distraitement le gilet que Tatiana lui avait tricoté. Il avait encore le temps de se rendre à la ferme de Tolmatchev et d'informer Elena que l'opération était repoussée d'une semaine, mais il avait tellement envie de voir Tatiana qu'il rechignait à différer son plan, comptant les heures qui le séparaient du moment où il pourrait la prendre dans ses bras. Une semaine, c'était beaucoup trop long.

Finalement, il décida qu'il ne révélerait rien à Elena. Si Armistead n'arrivait pas, ce serait là une répétition pour la semaine suivante et il pourrait faire part de son projet à Tatiana afin que la famille agisse dès le début de l'assaut.

Le lendemain matin, à huit heures, Dimitri regarda le groupe de femmes de ménage entrer dans la villa

Ipatiev. Pour contenir sa fébrilité extrême, il erra à cheval dans la ville. C'était le moment où tout pouvait échouer. À onze heures, il prit des nouvelles au consulat. Armistead n'avait toujours pas donné signe de vie. Dans la cour, il vit Tatiana déambuler avec ses sœurs. Allait-elle faire ce qu'il lui avait demandé ? Elle devait être pétrifiée. À midi, en tenue d'ouvrier, il se mit en poste au coin de la rue, un peu plus loin dans Voznessenski Prospekt, et consulta sa montre de gousset.

La grille s'ouvrit, laissant sortir un groupe de femmes. Dimitri chercha à distinguer les silhouettes, mais ne vit ni Elena ni Tatiana. Son cœur battait la chamade.

Les femmes longèrent la rue. La grille s'ouvrit soudain de nouveau et deux autres femmes apparurent, bras dessus, bras dessous. Dimitri la reconnut aussitôt. Il paraissait improbable que les gardes ne l'aient pas reconnue. Elle ne se mouvait pas comme les autres femmes et, même avec la coiffe et la robe d'une fille de paysan, elle avait le port d'une grande-duchesse. À la fois exalté et terrorisé, il crut défaillir.

Aucun garde ne lui accorda la moindre attention lorsqu'elle les dépassa en compagnie d'une autre femme de ménage, sans doute Svetlana, l'amie d'Elena. Lorsqu'elle leva les yeux vers lui et le vit, il devina sa terreur. Elle se montrait très courageuse et Dimitri n'avait jamais douté d'elle. Quand elle arriva à sa hauteur, il la prit par le bras et remercia Svetlana, qui murmura :

— Bonne chance ! À demain.

Tatiana tremblait de tout son corps tandis que Dimitri l'entraînait dans une rue où il avait laissé son cheval.

— Je crains de ne pas avoir de selle en amazone, lui dit-il d'une voix brisée par l'émotion.

— Ce n'est pas grave, répondit-elle en se hissant sur la monture.

Dimitri se plaça derrière elle et lança un dernier regard à la maison. Sans un mot, ils s'éloignèrent.

Tatiana était libre ! Les bras autour d'elle pour tenir les rênes, Dimitri avait le cœur en joie de sentir la chaleur de son corps et ses cheveux lui caresser le visage. Derrière eux, il n'y avait que des paysans à cheval ; aucun véhicule de la garde rouge, qui roulait en automobile. Ils avaient réussi !

Lorsqu'ils arrivèrent dans la petite maison de Dimitri, Tatiana tremblait encore mais il put enfin l'enlacer et la serrer contre lui avant de lui ôter sa coiffe en la caressant.

— Dimitri ! Pourquoi avoir fait cela ? Qu'arrivera-t-il à ma famille si mon absence est remarquée ?

Il lui expliqua qu'il attendait l'arrivée d'un négociant et qu'avec d'autres hommes il espérait délivrer sa famille au cours de la nuit. Sinon, elle regagnerait la villa le lendemain matin et le projet serait repoussé d'une semaine.

Elle l'écouta avec attention, les yeux écarquillés.

— Comment les sauveras-tu ? Et Alexis, qui le portera ? Où irons-nous ?

Il lui assura que ces détails avaient été pris en compte par ses hommes, d'anciens membres de la garde impériale.

— Je vais passer la nuit ici ? Avec toi ?

Elle balaya le lieu du regard.

— Oui. Je dois sortir cet après-midi pour voir ce marchand. Si l'opération est confirmée pour cette nuit, je rejoindrai les hommes puis je reviendrai te tenir au courant. Ici, tu es en sécurité. La maison est isolée.

Encore sous le choc, elle s'assit sur une chaise et posa les mains sur la table pour les empêcher de trembler.

— Je t'accorde que c'est le moment d'envisager ce plan. Je ne voulais pas te l'annoncer dans un message mais nous sentons tous que la fin est proche. Le manque de respect des nouveaux gardes, l'impertinence… Et puis nous sommes devenus un véritable problème pour la garde rouge, qui nous reproche la nourriture que nous mangeons et les hommes mobilisés pour notre surveillance.

— Tu crois qu'ils comptent vous déplacer à nouveau ?

Elle secoua la tête.

— Peut-être. Je ne sais pas…

— Tu es en sécurité, Tatiana.

Il s'agenouilla à ses pieds et posa les mains sur ses genoux.

— Fais-moi confiance, je ne permettrai pas qu'il arrive quoi que ce soit à toi ou ta famille.

Elle lui caressa les cheveux.

— Mon mari, fit-elle d'une voix rauque. J'ai tellement de chance.

Il y avait à manger dans la cuisine, mais Tatiana était trop anxieuse pour avaler autre chose qu'une tasse de thé. Ils s'installèrent sur le divan et s'enlacèrent, se racontant ce qui s'était passé pendant ces mois de séparation, les moments de désespoir, l'exaltation mêlée de peur quand elle avait lu son message et compris qu'il avait l'intention de les exfiltrer.

— Il y a eu d'autres projets, dit-il avant de lui expliquer l'idée de Iakovlev de les emmener à Omsk et celle de Henry Armistead de gagner Mourmansk. Le consul britannique nous soutient, ajouta-t-il, et cela parut la rassurer.

Cet après-midi-là, ils échangèrent de longs baisers passionnés. Dimitri ne songea même pas à faire l'amour avec elle. Ils auraient tout le temps dans leur nouvelle vie. Pour l'heure, il savourait le bonheur d'entendre sa voix, de goûter ses lèvres, de sentir la douceur de sa joue contre la sienne, de l'entourer de ses bras. Ils collèrent leurs fronts l'un à l'autre et, cette fois, ils purent lire que leurs pensées mutuelles étaient les mêmes.

Le temps s'étira comme dans un rêve, et en regardant sa montre Dimitri vit qu'il était presque dix-sept heures.

— Je dois me rendre au consulat pour voir si Armistead est arrivé. Quoi qu'il arrive, je serai de retour d'ici une heure, lui promit-il. Verrouille la porte et n'ouvre que si tu entends ma voix.

— Je t'en prie, fais vite ! l'implora-t-elle.

— Repose-toi, mon ange, lui recommanda-t-il après un ultime baiser langoureux. Nous ne dormirons peut-être pas beaucoup cette nuit.

Au consulat, Dimitri fut accueilli par un sir Thomas navré. Malevitch était là aussi, visiblement abattu.

— Je viens d'avoir des nouvelles d'Armistead, annonça le consul. Il a fait son possible pour arriver à Iekaterinbourg, mais des soldats bloquent les routes d'accès. Vous avez certainement entendu parler de l'avancée des troupes tchèques par la Sibérie. Elles seraient à moins de cent cinquante kilomètres.

— Armistead ne peut pas nous faire faux bond ! Pas maintenant ! s'insurgea Dimitri.

— Vous ne comprenez donc pas ? Il n'aura peut-être pas besoin de venir si les Tchèques libèrent Iekaterinbourg. Ils battent les bolcheviques partout où ils passent et ont constitué un gouvernement provisoire à Omsk. Enfin une armée blanche efficace se dresse contre les rouges !

Cela n'apaisa en rien l'angoisse de Dimitri.

— Les bolcheviques vont déplacer les Romanov avant l'arrivée des Tchèques. Jamais ils ne laisseront un tel trophée à l'armée blanche.

Sir Thomas admit cette probabilité.

— Quand ils seront plus proches, suggéra-t-il, vos hommes pourront les contacter et leur confier la famille. Je sais que c'est risqué. Malheureusement, c'est la seule solution.

Dimitri arpenta la pièce.

— Je vous en prie, mettons notre plan en œuvre cette nuit ! À l'approche de l'armée blanche, la garde rouge risque de s'affoler et tout peut arriver !

— Où iraient les Romanov ? demanda Malevitch. Il n'y a aucun lieu sûr dans cette ville et des barrages routiers constellent les alentours. Attendons une semaine ou deux. À la moindre tentative de déplacement, nous pourrons intervenir… et il sera peut-être plus facile de les libérer sur la route que dans une maison sous surveillance.

Dimitri était perplexe. Obsédé par l'idée que Tatiana puisse retourner dans cette villa alors qu'elle était à présent en sécurité, il voulait lancer l'opération le jour même.

— Leur vie est en jeu. Je ne peux rester impuissant.

Malevitch lui tapota l'épaule.

— Nous demeurerons attentifs et agirons s'il le faut. N'aie pas peur, Malama. Reste fort.

Dimitri était au bord des larmes lorsqu'il regagna son domicile à la nuit tombée. Jamais Tatiana n'accepterait d'abandonner sa famille. Il faudrait la ramener dans sa prison le lendemain à la première heure, avec les autres femmes de ménage. L'idée de lui dire au revoir une fois de plus sans savoir quand il pourrait à nouveau la tenir dans ses bras lui était insupportable. Si seulement elle choisissait de rester…

Quand il s'engagea dans l'allée, il vit que la porte de sa maison était ouverte. Que faisait Tatiana ? Il lui avait pourtant recommandé de n'ouvrir à personne. Arrivé plus près, il constata que la porte avait été défoncée. La terreur au ventre, il descendit de son cheval et se précipita chez lui.

— Tatiana ! cria-t-il en courant comme un perdu, en proie à la panique.

Dans la pièce à vivre, une chaise était renversée mais la jeune femme n'était pas là. Il chercha dans les placards, derrière les rideaux, puis fouilla les dépendances, les bois environnants, le cœur serré.

— Tatiana ! hurla-t-il en poursuivant ses recherches.

Près d'un bosquet, il vit des empreintes de sabots et de pas. Il remonta en selle et suivit leur trace. Parvenu à une fourche, il ne trouva plus aucun indice et, tel un possédé, il se mit à hurler de douleur. Puis il choisit une route et s'éloigna dans la nuit qui tombait.

32

Iekaterinbourg, Russie, 15-16 juillet 1918

Lorsqu'il recouvra ses esprits, Dimitri comprit que des cavaliers avaient dû les suivre jusque chez lui. Il avait cherché du regard des gardes rouges en automobile, leur mode de déplacement habituel, et était si heureux de tenir Tatiana qu'il s'était montré imprudent. Ses poursuivants avaient dû attendre qu'il s'en aille pour enlever la jeune femme. Était-elle déjà de retour à la villa Ipatiev ? Il ne le saurait pas avant le lendemain matin à onze heures, lorsque les Romanov sortiraient dans la cour.

Qu'est-ce qui avait donc éveillé les soupçons des gardes ? L'une des femmes de ménage avait peut-être dénoncé l'imposture. À moins que, prise de panique, Elena n'ait craché le morceau elle-même... Qu'allait-elle devenir ? Avait-elle pu regagner la ferme après avoir négocié sa liberté au prix de cette trahison ?

Il décida de ne pas perturber le fermier et son épouse et de se rendre à la villa en empruntant les rues latérales en toute discrétion. Le couvre-feu était en vigueur puisqu'il était plus de vingt heures ; seuls les gardes postés dans leurs tourelles veillaient encore. Il se rendit ensuite chez Malevitch et le fit appeler par la logeuse. D'une voix tremblante, il lui expliqua ce qu'il avait fait.

— Il faut assiéger la maison immédiatement, insista-t-il.

Malevitch dissimula ses émotions sous un masque d'efficacité militaire, mais Dimitri devina son effroi.

— Si elle est à l'intérieur, on peut être certains qu'ils auront doublé la garde en prévision d'un assaut dans la nuit. Et nous n'avons toujours nulle part où conduire la famille. Laissons passer la nuit et consultons sir Thomas demain. Peut-être peut-il se renseigner par les voies officielles.

— Tu ne comprends pas, Malevitch ! s'écria Dimitri au bord des larmes. Ils risquent de la tuer cette nuit !

— Je crois que je commence à comprendre, dit-il en posant une main sur l'épaule de son ami. Tu aurais dû me le dire avant. Je ne me rendais pas compte que tu étais amoureux d'elle.

— C'est plus que de l'amour… bien plus, murmura-t-il.

— Bon, parcourons ensemble la ville et ses alentours. Je prends des fusils.

Ils arpentèrent les rues une à une, s'arrêtant pour dresser l'oreille devant chaque bâtiment officiel et se cachant dès qu'ils apercevaient des soldats. Il fit jour quasiment jusqu'à minuit, puis, dans la nuit noire, il devint impossible de poursuivre les recherches.

— Et si ce n'étaient pas les gardes rouges qui l'avaient emmenée ? s'enquit Malevitch. Qui était informé de ton plan ?

— Uniquement le fermier, Tolmatchev, sa femme et sa fille, ainsi que Svetlana, l'amie de la fille.

Dimitri se creusait la tête en quête d'une explication. La femme de Tolmatchev les avait-elle dénoncés pour protéger sa fille ? Dans ce cas, ils ne toucheraient pas les deux mille roubles et Elena risquerait la prison. Cela n'avait aucun sens, et, à la manière dont elle avait aidé Tatiana à quitter la villa, Dimitri ne parvenait pas à croire à une trahison de Svetlana. Pourtant, elle était peut-être coupable…

— Allons chez toi et essayons de retrouver leur trace, suggéra Malevitch.

Dimitri se réjouit d'avoir enfin un plan en perspective, car son esprit était sens dessus dessous.

En s'approchant de la maisonnette, il pria pour qu'un miracle se soit produit : Tatiana serait assise sur le divan et leur donnerait une explication plausible à son absence. Il retint son souffle et mit pied à terre, puis se rua dans sa maison, où il ne trouva que le silence et l'absence de la femme qui peuplait ses pensées et qui pourtant avait été là quelques heures plus tôt.

— C'est bizarre, fit Malevitch. Si les gardes rouges l'ont emmenée, pourquoi ne vous ont-ils pas arrêtés tous les deux ?

— Peut-être n'étaient-ils pas assez nombreux et craignaient-ils que je les surpasse ?

— Dans ce cas, ils auraient pu revenir avec du renfort, insista Malevitch en s'asseyant. Ce ne sont peut-être pas les gardes rouges qui l'ont capturée. Et si l'armée blanche avait eu vent de l'affaire et envoyé une délégation la chercher ?

Dimitri entrevit une lueur d'espoir.

— Tu crois ? Mais comment auraient-ils su où la trouver ?

— Je l'ignore… le fermier a pu parler à quelqu'un. J'irai à leur rencontre demain. Ils sont sous les ordres du général Koltchak. Tu te souviens de lui ?

Dimitri acquiesça.

— C'est un type bien. Je leur demanderai s'ils détiennent la grande-duchesse et je servirai d'intermédiaire pour l'exfiltration du reste de la famille. Reste ici et garde un œil sur la villa Ipatiev. Vois également si sir Thomas peut exercer une quelconque pression sur la garde rouge. Pour l'heure, nous devrions dormir un peu, Malama. Je prends le divan.

Dimitri finit par se laisser convaincre d'aller se coucher. Il s'écroula tout habillé sur son lit et resta allongé les yeux ouverts. Il vit alors quelque chose dépasser sous la commode, un objet tombé sur le sol. Il se leva et ramassa un carnet rempli de l'écriture impeccable de Tatiana. Son journal intime. Sans doute l'avait-elle caché sous ses vêtements afin de le mettre à l'abri des gardes. Avait-elle eu l'intention de le lui remettre ?

Les dernières pages dataient du dimanche, un peu plus de vingt-quatre heures plus tôt. Incapable de lire le texte, Dimitri porta le carnet à son visage pour en humer le parfum. Il avait si peur pour elle qu'il sentit ses entrailles se nouer d'angoisse.

Aux premières lueurs de l'aube, Malevitch se mit en route pour localiser le quartier général de l'armée blanche, à Kamensk d'après ses informations, soit à cent cinquante kilomètres de là environ. Étant un cavalier émérite, il pouvait parcourir cette distance en une journée et avait promis d'envoyer à son arrivée un télégramme au consulat.

Dimitri retourna examiner les traces de sabots qu'il avait repérées la veille. Il ne pouvait y avoir eu plus de deux ou trois hommes, mais la piste s'arrêtait au niveau de l'intersection. À huit heures, il revint en ville et observa de loin les femmes de ménage qui entraient dans la villa : par rapport à la veille, il en manquait une. Empli de la honte d'avoir sauvé Tatiana puis de l'avoir perdue, il rendit ensuite visite à sir Thomas pour tout lui avouer.

Le consul afficha une mine grave.

— Vous croyez que la fille du fermier est toujours à l'intérieur ?

— Je le saurai quand ils sortiront dans la cour, à onze heures.

— Dieu que c'est compliqué ! Je vais formuler une requête pour obtenir la garantie que les Romanov sont en sécurité, puis j'interrogerai mes contacts sur place. Si la fille du fermier ne sort pas avec les autres femmes de ménage, vous devrez prévenir ses parents. Et ce ne sera pas une tâche agréable, je le crains. Ensuite, nous attendrons des nouvelles.

Dimitri passa la matinée au consulat à observer la villa depuis une fenêtre du premier étage. Il refusa toute nourriture ou boisson. Même une gorgée de thé ne serait pas passée tant il avait la gorge nouée. Il ne voyait aucun signe de vie. À onze heures, cinq silhouettes apparurent dans la cour. Dimitri descendit en trombe et sortit dans la rue pour gagner le côté de la villa Ipatiev. Les nerfs à vif, il regarda par le trou de la palissade et, avant même qu'elle ne tourne la tête, il comprit que la personne svelte qui portait la robe grise de Tatiana était Elena. La famille semblait tendue, apeurée, et errait dans la cour sans un mot. Comme à son habitude, Nicolas faisait les cent pas. Seuls les chiens étaient aussi exubérants que de coutume.

Dimitri aurait aimé transmettre un message à Elena afin de lui dire qu'elle serait bientôt secourue. Si seulement il avait eu la présence d'esprit de parler à Svetlana le matin ! Jamais il n'aurait dû faire une chose si méprisable.

Il était posté au coin de la rue lorsque les femmes de ménage quittèrent la maison à midi. Svetlana se précipita vers lui avec inquiétude.

— Où est Tatiana ? Elena ne sait pas quoi faire. Comment peut-elle partir si elles n'échangent pas leurs vêtements ?

— Je sais. Je suis désolé. Nous faisons notre possible. Ne dites rien à personne et votre amie sera bientôt libérée.

Lui-même n'y croyait guère, et il perçut la méfiance de la jeune femme de ménage.

Il se rendit ensuite à la ferme pour raconter au couple Tolmatchev ce qui était arrivé.

— *Svoloch !* s'écria la fermière en le giflant. Vous nous aviez promis qu'elle ne risquait rien ! Jamais je ne vous pardonnerai si elle…

La paysanne fondit en larmes, mais Dimitri s'empressa de révéler au couple le plan visant à libérer les Romanov en vue de les remettre à l'armée blanche.

— C'est pour très bientôt, leur assura-t-il. Je vous tiendrai au courant. La bonne nouvelle, c'est que les gardes n'ont pas remarqué l'échange et que la famille joue le jeu. Elena est en sécurité dans l'immédiat.

— Elle doit être morte de peur, souffla son père. Garantissez-nous que ce sera bientôt réglé !

— Je vous donne ma parole, répondit Dimitri.

D'une façon ou d'une autre, cela le serait…

Avant de partir, il posa sur le sol de la cuisine le sac de billets, mais la femme du fermier donna un coup de pied dedans.

— Que voulez-vous qu'on fasse de cet argent sans notre fille ? Vous y avez pensé ? À vos yeux elle ne devait même pas être un humain, rien qu'un corps que vous pouviez vous acheter. Vous êtes répugnant !

Honteux, Dimitri baissa la tête. Il se dégoûtait lui-même.

Dans l'après-midi, il regagna le consulat. Sir Thomas lui permit de s'asseoir près de la fenêtre pour surveiller la villa Ipatiev. Au moins, il avait l'impression d'agir, même si c'était futile. À quinze heures, la famille sortit dans la cour : Elena n'était plus là. Un frisson d'effroi parcourut Dimitri. Où était-elle passée ? Sa véritable identité avait-elle été découverte ? Des voitures allaient et venaient, mais il ne parvenait pas à déterminer si elles étaient plus nombreuses que d'habitude et n'en reconnaissait pas les passagers. Une grande agitation s'empara de lui.

— Rentrez chez vous avant le couvre-feu, lui conseilla sir Thomas à dix-neuf heures. Rien ne sert de rester ici, nous aurons du nouveau au matin.

À contrecœur, Dimitri retourna chez lui, espérant encore un miracle. Hélas, Tatiana n'était toujours pas là. Il pleura à chaudes larmes en caressant le divan où elle s'était assise, puis le silence l'enveloppa. Après deux nuits sans sommeil, il parvint à s'assoupir quelques heures et se réveilla le cœur brisé. Avait-il tout gâché par manque de clairvoyance ? Jamais il ne pourrait survivre avec un tel poids sur la conscience.

Dès la fin du couvre-feu, il se précipita au consulat. Sir Thomas faisait grise mine.

— Asseyez-vous, Malama. J'ai des nouvelles que je trouve crédibles.

Dimitri s'écroula sur une chaise.

— De mauvaises nouvelles ?

— Je le crains. Le tsar Nicolas aurait été abattu par les gardes rouges cette nuit.

33

Iekaterinbourg, Russie, 17 juillet 1918

Dimitri en eut le souffle coupé. Son tsar, son commandant en chef, avait été exécuté. D'instinct, il sut que c'était sa faute puisqu'il avait enlevé Tatiana. Jamais plus il ne pourrait se regarder dans une glace, et Tatiana le tiendrait certainement pour responsable de la mort de son père.

— Et les autres ? s'enquit-il d'une voix brisée.

— On dit qu'ils ont été transférés dans un autre lieu de détention.

— Où ça ?

— Une de mes sources m'a parlé de Verkhotourye, mais l'information n'est pas confirmée. Les gens du coin ont entendu une certaine agitation vers trois heures du matin et il paraît que de nombreux véhicules ont quitté les lieux.

Dimitri se leva d'un bond.

— Je pars dès aujourd'hui pour Verkhotourye. Il doit bien y avoir quelque chose à faire !

— C'est à presque trois cents kilomètres au nord.

— Je vous téléphonerai en arrivant.

— Ah, au fait… votre ami Malevitch m'a envoyé un télégramme ce matin. Il a rencontré Koltchak, le commandant de l'armée blanche. Aucun de ses hommes ne sait où est passée Tatiana.

Ce fut un choc terrible, car dans ce cas Tatiana était forcément aux mains des gardes rouges. Dimitri devait gagner au plus vite Verkhotourye.

Tatiana vivrait très mal la mort de son père et Dimitri rêva un instant de la serrer contre lui pour la consoler. Lui qui avait à peine eu le temps de pleurer son propre père se promit d'aider la jeune femme à surmonter ce terrible deuil. S'il la retrouvait.

Après avoir chevauché jour et nuit, Dimitri arriva à Verkhotourye le 18 juillet à midi. C'était une petite ville au bord de la Tura, avec une jolie cathédrale et des bâtiments anciens. Une centaine d'habitations à peine bordaient la rue principale et quelques voies adjacentes. Il pensait y trouver la famille sans difficulté. Pourtant, il eut beau arpenter de long en large la bourgade, il ne vit aucune maison surveillée par des gardes. Il devait forcément y avoir des gardiens ! Il frappa à la porte d'un couvent et demanda à une vieille religieuse si des gens étaient venus au cours de la journée.

— Vous êtes le seul, monsieur.

L'esprit en émoi, Dimitri passa l'après-midi à battre la campagne des environs, en quête d'une bâtisse isolée. Nicolas avait-il vraiment été exécuté sans procès, sans possibilité de se défendre ? Qui donc étaient ces nouveaux gouvernants ?

Le soir venu, il prit une chambre dans l'unique hôtel de la région et demanda à utiliser le téléphone. Sir Thomas savait simplement que la famille avait peut-être été transportée à bord de camions et non de voitures, un manque de respect supplémentaire. Son informatrice était une femme ayant vu partir les véhicules entre trois et quatre heures du matin. S'ils avaient roulé lentement, le convoi n'était peut-être pas encore arrivé. Dimitri n'avait pas vu de camions sur la route, mais il pouvait les avoir dépassés alors qu'ils s'étaient arrêtés pour la nuit.

— Je continuerai mes recherches demain, déclara-t-il.

Il ne pouvait penser à autre chose et devait s'occuper ; sinon, il perdrait la raison.

Une semaine plus tard, inconsolable, Dimitri regagna Iekaterinbourg. Il avait fouillé la région de fond en comble sans trouver la moindre trace des Romanov. En ville, il s'était passé bien des choses depuis son départ : l'armée blanche était arrivée, chassant les bolcheviques, et l'atmosphère était à la fête. Les bâtiments étaient ornés de drapeaux, les rues jonchées des fleurs qu'avaient jetées les habitants sur les soldats venus les libérer.

— On a l'impression d'émerger d'une grotte en plein soleil, déclara le consul. Nous n'avons plus à nous prosterner devant ces infâmes gardes rouges.

— Avez-vous des nouvelles de la famille impériale ?

— Pas encore. La pression internationale s'intensifie. On demande aux bolcheviques de les livrer. Les rois Alphonse d'Espagne et Christian du Danemark constituent des représentations diplomatiques. J'imagine que nous apprendrons bientôt où ils se trouvent.

Dimitri se détourna. Chaque minute à s'interroger sur le sort de Tatiana était une véritable torture. Pourvu qu'elle n'ait pas été châtiée pour sa tentative d'évasion ! Qui pourrait faire pareille chose ? Elle était si jeune, si lumineuse…

— La villa Ipatiev est abandonnée, déclara sir Thomas. Personne ne surveille la grille et les curieux s'y sont introduits.

Dimitri regarda par la fenêtre.

— Il y aura peut-être un indice quant à leur destination. Je vais aller y jeter un coup d'œil.

Il traversa vivement la rue et franchit la grille avec un groupe de personnes. Il connaissait la distribution des pièces grâce au plan d'Elena. Il monta donc à l'étage et se dirigea vers la chambre qu'avaient partagée les quatre sœurs. Le soleil filtrait à travers les vitres peintes mais il flottait dans la pièce une odeur de renfermé et de moisi. Les lits de fortune étaient encore là, les couvertures en désordre, et le sol était jonché d'objets : une brosse à dents, un livre de prières, une aiguille et du fil. Il ramassa le livre, sur lequel était inscrit le prénom de Maria. Sans doute l'avait-elle oublié ou n'avait-elle pas eu le temps de le prendre. Une paysanne entre deux âges arracha du mur un portrait de la Vierge en guise de trophée. Dimitri observa les autres effets. Hélas, aucun indice sur l'endroit où les Romanov avaient été emmenés. Une chose était certaine, toutefois : ils étaient partis précipitamment.

Être ainsi dans la chambre des filles lui sembla à la fois étrange et déplacé.

La pièce voisine était celle du tsar et de la tsarine. Alexis devait dormir au pied de leur lit. Dimitri y découvrit le même genre d'objets personnels : bibles, images pieuses, dominos de porcelaine. Un exemplaire des *Contes de Shakespeare* gisait à terre. Tatiana lui avait écrit qu'elle en lisait des extraits à son frère. Dimitri traversa les pièces occupées par le médecin d'Alexis et la femme de chambre d'Alexandra, la salle à manger, où la famille avait dû prendre ses repas autour d'une table ronde en chêne sculpté, la salle de bains et les toilettes qu'ils partageaient. Le logement était si étriqué et inconfortable qu'il n'osait y imaginer Tatiana. Les postes de garde étaient reliés par des câbles et des cloches que les captifs devaient actionner lorsqu'ils souhaitaient se rendre aux toilettes. Il était inconcevable que les besoins d'une famille impériale puissent avoir été soumis à pareille surveillance.

L'atmosphère lugubre donnait la chair de poule. Dimitri descendit inspecter le rez-de-chaussée, où les gardes passaient le plus clair de leur temps. Pas un document, pas un télégramme ne donnait une idée du destin de la famille. Les tiroirs étaient vides et les feuilles de service avaient été arrachées des murs. Il sortit dans la cour afin de descendre dans la cave, mais la porte était verrouillée.

Oppressé, il respira à pleins poumons l'air frais. Où diable était Tatiana ? Cette maison ne lui avait rien appris.

Quelques jours plus tard, Malevitch arriva chez Dimitri.

— Tu as une mine effroyable, mon ami. Tu n'as pas dormi ? Et tu ne t'es pas lavé non plus, on dirait…

Il ne se trompait pas.

— Je ne sais que faire ! J'ai cherché partout. Comment ont-ils pu s'évaporer sans laisser de trace ?

— On les retrouvera. J'ai entendu dire qu'ils étaient de l'autre côté de l'Oural, à Perm peut-être. Un train clos aurait quitté Iekaterinbourg à la première heure le 17. Je suis prêt à parier qu'ils étaient à bord. L'armée blanche part dans cette direction. Tu pourrais te joindre à nous.

— Et si Tatiana venait me chercher ici ? Je ne peux prendre le risque de la manquer.

— Nous confierons un message à sir Thomas sur nos déplacements. Il te préviendra si Tatiana revient. (Malevitch lui posa une main sur l'épaule.) Tu es un grand soldat, un homme courageux. Le mieux que tu puisses faire pour les Romanov est de libérer leur pays de la vermine bolchevique afin que la Russie redevienne la patrie que nous connaissons et aimons. Je sais que c'est ce que Tatiana te demanderait.

— Et si on retrouvait la famille alors que je suis en train de combattre ailleurs ?

— Quand on les retrouvera, tu prendras le premier cheval qui te tombera sous la main et tu partiras les rejoindre au galop.

Dimitri hocha la tête, la gorge nouée. Il accompagnerait Malevitch. Ce serait mieux que rester oisif. Peut-être parviendrait-il ainsi à repousser le terrible pressentiment qui l'étouffait et menaçait sa raison.

34

Lac Akanabee, État de New York, fin septembre 2016

Malgré la chaleur torride, Kitty, allongée au bord de l'eau près de son chalet, frémissait. Plongée dans le récit de l'assassinat des Romanov, dans la nuit du 16 au 17 juillet 1918, elle découvrait les agissements de Iourovski, l'exécuteur en chef.

Vers une heure et demie du matin, le Dr Eugène Botkine, le médecin de la famille, fut réveillé par Iourovski, qui lui déclara que la situation était instable car l'armée tchèque approchait. Iourovski lui ordonna de réveiller les Romanov et de les faire descendre au sous-sol pour leur sécurité jusqu'à ce que l'on puisse les transférer ailleurs.

La famille mit quarante minutes à s'habiller, Nicolas et Alexis en tunique militaire, Alexandra et les filles en jupe et en blouse blanche. Tous portaient de petits sacs et semblaient calmes. Nicolas se tourna vers les domestiques et déclara : « Eh bien, il semblerait que nous allions enfin sortir d'ici. » Lorsque

Alexandra s'inquiéta pour leurs biens, Iourovski lui assura que tout serait emballé et acheminé par la suite.

Kitty savait que, quelques jours plus tôt, lorsqu'ils avaient cru à leur déplacement prochain, il s'était agi d'une fausse alerte. Peut-être avaient-ils donc des doutes cette fois.

À deux heures quinze du matin, Iourovski mena le groupe de dix personnes dans l'escalier descendant au rez-de-chaussée, puis le fit sortir dans la cour. Nicolas portait Alexis dans ses bras. Derrière une autre porte, vingt-trois marches descendaient vers le sous-sol. Ils furent introduits dans une pièce vide éclairée par une ampoule nue suspendue au plafond.

Alexandra demanda immédiatement des chaises. Elle ne pouvait rester debout très longtemps à cause de sa sciatique et Alexis était trop faible pour tenir sur ses pieds. On leur apporta deux chaises, puis Iourovski demanda aux filles et aux domestiques de se placer derrière le couple impérial comme s'ils devaient poser pour un portrait de famille. Il leur annonça qu'un camion viendrait les chercher pour les conduire en lieu sûr et les laissa seuls cependant qu'il vérifiait que tout était prêt.

Tirés de leur sommeil en pleine nuit, ils ne devaient pas être tout à fait réveillés puisqu'ils ne semblaient pas inquiets outre mesure. Avaient-ils échangé des murmures ? Spéculé sur leur prochaine destination ?

Juste à côté, les gardes buvaient de la vodka en inspectant nerveusement leurs armes. Le camion demandé par Iourovski entra dans la cour et, après l'avoir inspecté, à trois heures moins le quart du matin il mena ses huit complices dans la pièce où attendaient les Romanov, qui s'alarmèrent de découvrir autant de visages inconnus. Entendant le bruit du camion, ils durent imaginer que leur départ était imminent. « Qu'allez-vous faire, maintenant ? » s'enquit Nicolas.

Iourovski prit une feuille de papier et lut : « Puisque vos parents européens poursuivent leur assaut sur la Russie soviétique, le présidium du soviet régional, en vertu de la volonté de la Révolution, a décrété que l'ex-tsar Nicolas Romanov, coupable de nombreux crimes de sang contre le peuple, devait être fusillé. »

Kitty imagina la terreur et la confusion qui avaient dû régner dans la cave. Même après des mois de captivité, personne ne devait s'attendre à cela. Quelle nation exécutait son monarque sans jugement ?

Nicolas se tourna vers sa famille. D'après un témoignage, il s'écria : « Quoi ? Quoi ? » Puis Iourovski sortit un pistolet pour l'abattre à bout portant d'une balle en pleine poitrine. Le tsar s'écroula, mort sur le coup. Les femmes se signèrent tandis que les gardes ouvraient le feu, chacun sur la cible qui lui avait été désignée. Alexandra eut le crâne partiellement emporté. Alexis demeura pétrifié sur sa chaise, trempé du sang de son père et incapable de s'enfuir. Ses sœurs s'affaissèrent sur le sol, gémissant de douleur :

les bijoux qu'elles avaient cousus dans leurs vêtements avaient détourné les balles, de sorte qu'elles étaient grièvement blessées. Certaines rampèrent, mais dans la pièce vide il n'y avait aucun recoin protecteur.

La fumée brouillait la visibilité et les gardes cédèrent à la panique et se mirent à achever leurs victimes à coups de baïonnette, en un véritable bain de sang. Certaines des filles priaient, d'autres hurlaient. Le jeune Alexis, lui, fut criblé de balles. Tatiana en reçut une dans la nuque alors qu'elle était recroquevillée avec Olga, dont le visage fut éclaboussé de cervelle. Anastasia survécut plus longtemps que les autres. Elle implora qu'on l'épargne, mais elle fut à son tour achevée à coups de baïonnette.

Quelle mort atroce ! Kitty songea aux dernières pages du journal de Tatiana. Quoique pessimiste, jamais elle n'aurait pu envisager une telle barbarie, cette terreur absolue et cette souffrance indicible.

Kitty posa le livre, tremblant toujours alors qu'elle avait trop chaud. Il lui semblait sentir autour d'elle ce brouillard de sang et de poudre. Elle se leva et sauta à l'eau, plongeant vers le fond. L'eau la rafraîchit et apaisa le mal de tête qui lui vrillait les tempes. Lorsqu'elle revint à la surface, elle fit la planche sous le soleil de plomb.

Dimitri avait-il assisté à ces assassinats ? N'avait-il rien pu faire pour les empêcher ? En quête d'indices, Kitty songea aux romans de son arrière-grand-père. C'était manifestement un homme éloquent, romantique avec une tendance à la mélancolie. Elle prit conscience de la récurrence d'une thématique :

un événement tragique, dans le passé, hantait toujours la vie de ses personnages. Dimitri était-il tourmenté par une faute qu'il aurait commise ? Elle aurait désespérément voulu que son arrière-grand-père ait été un héros. S'était-il au contraire rendu complice de ces meurtres ? Kitty ne pourrait supporter d'apprendre que son ancêtre ait pu être impliqué dans l'assassinat de ces innocents.

Sortant du lac, Kitty essora ses cheveux puis s'assit pour reprendre sa lecture quant aux difficultés rencontrées par Iourovski pour se débarrasser des cadavres.

En rase campagne, lorsqu'ils ôtèrent les vêtements des dépouilles, les gardes découvrirent une myriade de bijoux cousus dans les doublures. La tsarine avait des colliers de perles dans une ceinture. Les corps enchevêtrés, ensanglantés, gisaient dans la boue. Iourovski ordonna à ses hommes de les jeter dans un ancien puits de mine où ils disparaîtraient, du moins l'espérait-il. Il apparut pourtant assez vite que la fosse n'était pas assez profonde pour les engloutir tous. Les hommes arrosèrent donc les cadavres d'acide sulfurique. Une odeur de chair brûlée s'éleva et Iourovski avait omis un détail : l'acide ne dissolvait ni les dents ni les os. En désespoir de cause, il lança dans le puits plusieurs grenades, espérant que le conduit s'écroulerait. Mais, l'espace étant étroit, elles n'y explosèrent pas avec assez de force. Il finit par comprendre qu'il devrait ressortir les corps et les enterrer avant que les habitants soupçonneux ne découvrent cette scène d'horreur.

Quand les cadavres furent enfin retrouvés, en 1979, il n'y avait plus qu'un amas d'ossements et de dents que les chercheurs mirent longtemps à identifier. Il y avait eu plus de soixante ans de controverses et on ignorait si tous les Romanov avaient péri, d'autant plus que les scientifiques avaient contaminé les preuves qu'ils avaient manipulées au fil des années. Anastasia et Alexis se trouvaient par ailleurs dans des fosses séparées, à distance des autres. C'est en 2008 seulement que l'ADN confirma que les cinq enfants Romanov, leurs parents et trois employés de maison avaient été massacrés ensemble. Pour établir des comparaisons, les scientifiques avaient prélevé l'ADN du prince Philip, époux de la reine Élisabeth II et parent proche de la famille Romanov.

Kitty referma le livre et se leva. Il fallait qu'elle parte avant la fermeture des magasins parce qu'elle n'avait plus de vin. Sa consommation avait augmenté au fil de son séjour ; elle vidait chaque soir une bouteille de chardonnay californien qu'elle laissait rafraîchir dans l'eau du lac, sous le ponton, pour qu'il coule ensuite dans sa gorge comme de la citronnade après une longue journée au soleil. Jamais elle n'avait la gueule de bois : son corps avait donc dû s'accoutumer à cette quantité. Les limites recommandées par le gouvernement étaient ridiculement prudentes…

Au supermarché, elle décida d'acheter une caisse de douze bouteilles pour ne pas avoir à revenir trop souvent.

— Vous organisez une soirée ? s'enquit la caissière.

— En quelque sorte, répondit Kitty avec un sourire.

Au petit matin, elle se réveilla en plein cauchemar, avec le seul souvenir d'une présence sombre et mauvaise dans une maison où elle était emprisonnée, quoiqu'elle n'ait pas vu de geôliers.

Le cœur battant, elle attendit que ses yeux s'accoutument à la pénombre et perçut soudain un léger mouvement dans un coin. Terrorisée, elle se redressa et chercha à tâtons une boîte d'allumettes. Si elle n'entendit aucun bruit, elle sentait une présence dans la pièce. Le fantôme de Dimitri ? Allons donc ! Les fantômes maintenant… Elle gratta une allumette, mais sa main tremblait tant qu'elle ne parvint pas à enflammer la mèche de sa lampe à pétrole et dut recommencer.

Une lueur vacillante envahit la pièce. Dans le coin où elle avait cru percevoir un mouvement, il n'y avait rien que du bois brut. Elle se leva, dos au mur, scrutant son environnement en alerte. Tremblante et en sueur, elle faisait vaciller la flamme quand elle vit du coin de l'œil une chose approcher. Elle poussa un cri et faillit lâcher sa lampe avant de se rendre compte qu'il s'agissait d'une grosse mite attirée par la lumière. L'insecte battit des ailes et heurta la vitre de la lampe. C'est ce même bruit que Kitty avait entendu plus tôt, dans le noir. La mite avait dû percuter une vitre.

— Imbécile ! murmura la jeune femme, secouée.

Elle alla ouvrir la porte du chalet et posa la lampe sous le porche afin d'attirer la mite. L'air nocturne était frais. Pieds nus, Kitty gagna le bord de l'eau, sentant la sueur s'évaporer. Il n'y avait qu'un petit croissant de lune parmi les nuées d'étoiles du ciel d'encre.

Eaux et arbres étaient immobiles et une chouette hulula, brisant le silence.

La jeune femme entendit tout à coup dans les feuillages un bruissement distinct près du chalet. La terreur revint à la charge et Kitty courut au bout du ponton, prête à plonger dans le lac si quelque bête sauvage surgissait. Quel genre d'animaux pouvait-il y avoir dans le coin ? *Probablement un cerf*, se dit-elle. Il ne pouvait s'agir ni d'un ours ni d'un loup, si ?

Accroupie au bout du ponton, en alerte, elle scruta la forêt, qui semblait très loin du chalet. Si elle s'y réfugiait, elle risquait d'y rencontrer des bêtes. Son cœur battait à un rythme effréné. Allait-elle se faire déchiqueter par un animal sauvage au milieu de nulle part ? On ne retrouverait pas son corps avant longtemps et elle mourrait seule, dans la douleur et la peur. Pourvu qu'au contraire de celle des Romanov son agonie à elle soit rapide, au moins.

Tapie sous le vaste ciel étoilé elle se sentit d'humeur morbide. Qu'est-ce que sa mort changerait au monde ? Elle manquerait à Tom, à quelques amis, mais n'aurait laissé aucune trace. Les Romanov, eux, avaient marqué l'histoire. Dimitri avait laissé ses romans et ses descendants tandis qu'elle n'avait même pas eu d'enfants. Elle n'avait rien réussi de notable. Jamais elle ne s'était sentie si insignifiante.

Pourquoi n'avait-elle pas encore écrit un livre ? Cet été au bord du lac en aurait été l'occasion idéale, mais elle n'avait pas écrit un seul mot. Écrire était un dur labeur et elle parvenait à s'y forcer lorsque de l'argent et une date de remise étaient en jeu. Comment les écrivains pouvaient-ils s'échiner des centaines d'heures durant sans être payés, dans le seul espoir d'être publiés un jour ? Peut-être n'était-elle pas assez douée. Les gens talentueux, eux, n'avaient pas d'autre choix qu'écrire.

Si elle n'était pas un auteur, qu'était-elle ? Quels talents possédait-elle ? Elle pensa à sa mère, qui avait voulu que Kitty fasse des études de droit, et frémit. Ça n'aurait pas marché. Kitty avait choisi le journalisme parce qu'elle était bonne en lettres au lycée, et non par un désir brûlant de transmettre la vérité ou pour toute autre bonne raison qu'invoquent les vrais journalistes. Peut-être était-elle simplement paresseuse, comme sa mère ne cessait de le lui répéter. Bonne à rien. Inutile.

Ce doit être ce qu'on appelle la nuit noire de l'âme, songea-t-elle lorsque les battements de son cœur se furent enfin calmés. Il n'y avait plus de bruissements dans les feuilles. La créature avait dû partir. Kitty courut vers le chalet, rassurée par la sensation du bois lisse et régulier sous ses pieds, puis referma la porte et se recoucha.

35

Oural, Russie, septembre-décembre 1918

Chaque nuit, allongé sur sa couverture à même le sol, Dimitri se torturait l'esprit en pensant à la terreur de Tatiana lorsque la porte de la maison avait été défoncée. Les cris, la brutalité… Il ne se remettait pas de sa disparition.

Malevitch était persuadé que la famille était détenue en territoire bolchevique, à l'ouest des montagnes, et Dimitri priait pour qu'il dise vrai, pour que Tatiana soit bien avec ses parents et frère et sœurs. Les autres scénarios possibles lui retournaient l'estomac.

Dans la journée, la discipline de la vie militaire l'occupait. Debout aux aurores, les hommes soignaient les chevaux, prenaient leur petit déjeuner, puis levaient le camp pour traverser les montagnes de l'Oural à la poursuite de l'armée rouge. Le terrain était escarpé et le fond de l'air frais. Si les troupes ne parvenaient pas de l'autre côté avant les premières neiges, elles seraient immobilisées des mois durant sans provisions ni abri. Les soldats chevauchaient donc de l'aube au crépuscule, mais Dimitri accomplissait son devoir comme en plein brouillard : s'il effectuait les reconnaissances, étudiait les cartes et donnait consciencieusement les ordres à ses hommes, la disparition de Tatiana hantait en permanence sa conscience.

Un soir, un nouveau venu se présenta sur le campement et Dimitri reconnut avec la plus grande surprise un visage familier de Tobolsk.

— Vassili Iakovlev ! Qu'est-ce que tu fais ici ? Iakovlev descendit de sa monture et vint le saluer.

— Je ne supportais plus de voir ce que les bolcheviques font à notre peuple. L'armée rouge est un nid de vipères et si j'y étais resté j'aurais été exécuté. Je suis donc passé du côté d'une cause en laquelle je crois : je me bats avec les blancs.

Dimitri le dévisagea d'un air soupçonneux. Il avait appris à se méfier des espions et des informations qu'ils transmettaient. Mais cet homme avait été en quelque sorte un ami. Peut-être avait-il des nouvelles des Romanov ? Dimitri lui servit un café et l'invita à s'asseoir avant de lui présenter Malevitch.

— Lors de notre dernière rencontre, tu essayais de sauver la famille impériale en les envoyant à Omsk. Qu'est-ce qui a échoué ? lui demanda-t-il.

Iakovlev secoua tristement la tête.

— J'ai fait de mon mieux mais les cheminots recevaient leurs ordres en direct de Moscou et je n'ai pas pu maîtriser la situation. Je regrette amèrement d'avoir échoué, surtout depuis qu'une rumeur affirme qu'ils ont tous été tués.

Dimitri pâlit.

— Qu'est-ce que tu dis ?

— Il paraît que Nicolas n'est pas le seul à avoir été abattu dans la villa Ipatiev…

Iakovlev sembla étonné de la réaction de Dimitri.

— Je répète simplement ce que j'ai entendu. Je n'étais pas sur place.

— J'ai entendu la même chose, mais je n'arrive pas à le croire, intervint Malevitch. Ce gouvernement perdrait la sympathie de ses partisans et serait condamné dans le monde entier. Nicolas est peut-être mort, quoique j'en doute puisque aucun cadavre n'a été retrouvé, mais je suis certain que l'on découvrira le reste de la famille en marchant sur Moscou.

Dimitri se leva et s'excusa avant de se précipiter vers les bois, à la lisière du campement. Dès qu'il fut hors de vue, une violente nausée lui brûla la gorge. Les Romanov ne pouvaient être morts ! C'était impossible ! Ou alors lui-même avait échoué lamentablement et était en outre responsable du sort tragique d'Elena. Si les gardes s'étaient affolés en comprenant que Tatiana s'était échappée de la maison, tout était sa faute !

Malevitch apparut et le prit par les épaules.

— Ne l'écoute pas. Reste fort.

Désespéré, Dimitri leva les yeux vers lui.

— Si j'apprends que Tatiana est morte, je ne pourrai continuer à vivre.

— D'abord, répondit Malevitch la mine grave, je ne crois pas que les bolcheviques soient assez stupides pour avoir exécuté la famille impériale. Et, même si les occupants de la villa Ipatiev ont été massacrés, rien ne prouve que Tatiana était parmi eux. Je suis persuadé qu'elle est dehors, quelque part, où elle attend que tu la retrouves. Il faut que tu poursuives tes recherches.

Dimitri se détourna et se frappa la tête contre un tronc d'arbre.

— Elle me manque terriblement ! Je ne supporte plus cette souffrance.

Lorsqu'il voulut frapper de nouveau, son ami le retint.

— Imagine qu'elle t'observe et fais ce qu'elle voudrait que tu fasses.

Ces paroles donnèrent à Dimitri la force de se ressaisir : un jour, si Tatiana devait lui demander ce qu'il faisait en cette période, il espérait pouvoir lui répondre qu'il avait été courageux. Il se jura donc de ne jamais abandonner sa quête, où que soit la jeune femme.

Dans un premier temps, la bataille pencha du côté de l'armée blanche. Grâce aux armes fournies par le gouvernement britannique et à une bande disparate de recrues provenant de factions diverses et déçues par le bolchevisme, les hommes de l'amiral Koltchak marchèrent vers Moscou, libérant des villages du contrôle bolchevique, relâchant les prisonniers et annulant les réformes socialistes qui leur étaient imposées. En novembre, le moral des troupes blanches pâtit de la perte du soutien des Britanniques après la signature de l'armistice avec l'Allemagne, mais l'avancée se poursuivit. Bientôt, les troupes de Koltchak atteignirent la Volga, à cent cinquante kilomètres seulement de Moscou.

La neige était profonde et les températures chutaient de jour en jour. Les hommes cessèrent de se laver afin de ne pas exposer leur peau nue aux engelures et réquisitionnèrent de la nourriture dans les fermes. Si Dimitri s'en voulait de priver ces gens de leurs réserves pour l'hiver, il n'y avait aucune alternative pour libérer le pays des fous qui s'étaient emparés du pouvoir.

En décembre, la division de Dimitri fut déployée vers le sud, près de la ville stratégique de Tsaritsyne, que l'armée rouge refusait d'abandonner. Les affrontements furent féroces car la dixième armée soviétique comptait deux fois plus de soldats que la leur, sans compter leurs mitrailleuses par dizaines et leur artillerie. Pourtant, l'armée blanche avançait dans les faubourgs, prenant la ville rue après rue. Chaque jour, Dimitri emmenait quelques hommes en reconnaissance pour vérifier l'emplacement des armes avant l'assaut. En terrain hostile, ils devaient rester concentrés et sa formation d'élite prit le dessus. Il se savait plus efficace que les bolcheviques, qui maniaient la rhétorique socialiste mais ignoraient tout de la stratégie militaire. L'armée blanche ne mettrait guère de temps à les repousser.

Le 1er janvier 1919, l'armée blanche lança un assaut majeur sur Tsaritsyne. En deux semaines, les troupes avaient réussi à former un arc de cercle autour de la ville et semblaient bien parties pour une victoire. Mais, un après-midi, alors que les hommes de Dimitri occupaient un immeuble de bureaux non loin du centre-ville, les obus se mirent à pleuvoir. Dimitri monta vivement sur le toit et, grâce à ses jumelles, se rendit compte qu'ils étaient encerclés et largement surpassés par les troupes de l'armée rouge, qui semblaient avoir surgi de nulle part. Aucun groupe de l'armée blanche n'était en vue. Il ordonna à ses hommes de quitter le bâtiment pour aller chercher du renfort. Ils furent abattus comme des lapins, en pleine rue.

Tandis que les officiers se demandaient comment réagir, un obus jaillit dans un coin de la pièce, propulsant sur eux de lourds débris. Lorsque la poussière retomba enfin, Dimitri vit Malevitch enfoui sous les gravats, inconscient, le visage couvert de plâtre. Il s'accroupit pour chercher un signe de vie mais n'en trouva pas.

Il se mit à déblayer frénétiquement les décombres.

— Malevitch, réveille-toi ! Ouvre les yeux ! Respire !

Il releva un pan de mur et se trouva face à un horrible spectacle : Malevitch avait été coupé en deux par la violence de l'impact. Son froc était séparé du haut du corps et ses entrailles se déversaient sur le sol, loin de ses jambes tordues par le choc. Dimitri se mit à hurler sans fin, le corps secoué de spasmes. Incapable de regarder les boyaux luisants et l'expression éteinte de son ami le plus cher, il se détourna.

— Non ! Mon Dieu, comment pouvez-vous faire ça ? Pourquoi ?

Il aurait aimé le dégager pour l'enterrer dignement, mais il n'y avait personne pour l'aider. Si le bruit des obus s'était éloigné, l'odeur du sang et de la fumée était tenace. Encore sous le coup, Dimitri marcha de long en large avant de conclure que la seule chose envisageable consistait à couvrir la dépouille de Malevitch tout en murmurant une prière pour le salut de son âme puisque son corps avait été déchiqueté de façon immonde.

Parti à la recherche de ses hommes, Dimitri se rendit compte que le combat s'était déplacé plusieurs rues plus loin. Se mettant régulièrement à l'abri dans les entrées d'immeubles, il se dirigea vers le point de rassemblement d'où ils étaient partis le matin : il n'y avait plus personne. Il repartit donc vers le campement où ils avaient passé la nuit : il semblait intact. Les chevaux étaient toujours là et les couvertures gisaient sur le sol. En revanche, pas un homme en vue. Dimitri ramassa son paquetage, qui contenait ses biens les plus précieux : le journal intime de Tatiana et le gilet qu'elle avait tricoté pour lui.

Il retrouva son cheval et remplit une gourde d'eau, puis se mit en route, cherchant ses troupes. Partout où il passait, il ne croisait que des cadavres. C'était un massacre. Au bout de quelques heures, il n'avait toujours pas vu le moindre officier. Les groupes de survivants ne comptaient pas plus de trois personnes et son unité semblait s'être évaporée.

Il atteignit les abords de la ville et ses conifères enneigés ouvrant sur la rase campagne. Il devait revenir sur ses pas afin de ne pas déserter. Il continua pourtant, galopant jusqu'à la nuit tombée et se contentant de quelques gorgées d'eau de sa gourde. Lorsque la fatigue lui tomba dessus, il prit une chambre dans une modeste auberge où il fut harcelé par les cafards et traumatisé par les images du corps sectionné de son ami si cher.

Le lendemain matin, au petit déjeuner, la patronne lisait le journal et il la pria de bien vouloir le lui prêter. La une parlait des Romanov et l'article expliquait que l'amiral Koltchak avait chargé un dénommé Sokolov, juge d'instruction à Iekaterinbourg, d'enquêter sur le sort de la famille impériale. Ce dernier semblait avoir mis au jour des restes carbonisés près d'un puits de mine aux environs de la ville : fragments de vêtements, paire de lunettes, bijoux ayant appartenu aux Romanov. Parmi les découvertes les plus macabres, un doigt et le cadavre d'un petit chien. Dimitri en eut la nausée. La famille n'aurait jamais abandonné l'un de ses chiens. Ortipo ? Et à qui appartenait ce doigt ?

L'article évoquait ensuite l'insistance du gouvernement bolchevique sur le fait que, en dépit de l'exécution de Nicolas II, sa femme et ses enfants étaient saufs et résidaient dans la ville de Perm. Le cœur de Dimitri s'emballa. Il n'avait aucune confiance en ce gouvernement, mais pourquoi préciser le nom de la ville si c'était un mensonge ? La tante Ella vivait là-bas. Peut-être hébergeait-elle Tatiana ?

La ville se trouvait au moins à mille cinq cents kilomètres au nord, de sorte qu'il ne pouvait s'y rendre à cheval. Il enfila des vêtements de paysan pour aller prendre le train sans éveiller les soupçons et partit se renseigner à la gare.

36

Perm, Russie, printemps 1919

Dans le pays déchiré par la guerre civile, les déplacements étaient hasardeux, surtout pour un déserteur. Dimitri demeura discret et se garda d'intervenir dans les conversations animées des autres passagers, qu'ils soient pour ou contre le bolchevisme.

Perm étant sous le contrôle de l'armée blanche, il était peu probable qu'on l'y démasque. Néanmoins, mieux valait faire profil bas. Il loua un logement sous un nom d'emprunt, acheta un cheval et se mit à sillonner la ville comme il l'avait fait à Verkhotourye. Il y découvrit des usines de munitions très bien gardées, mais aucune demeure sous surveillance. Il mena une enquête discrète, demandant aux gens s'ils avaient vu arriver les Romanov. Hélas, il obtenait chaque fois la même réponse : « Ils sont tous morts, mon pauvre monsieur. » Et nul ne semblait s'en formaliser. Le patron d'un café lui apprit que la tante Ella et l'oncle Mikhaïl avaient été exécutés par les bolcheviques, de même que d'autres membres de la famille.

Il refusait toutefois de croire que le tsarévitch et ses sœurs aient subi le même sort. Ce n'étaient que des enfants ! Durant la journée il s'occupait et, le soir, il buvait pour noyer son chagrin et chasser les images cauchemardesques de Tatiana entraînée par des hommes armés de haches et de Malevitch coupé en deux.

Au printemps de 1919, le vent avait tourné pour l'armée blanche dans la guerre civile. En mai, l'amiral Koltchak se rendit aux bolcheviques et fut immédiatement exécuté. Les territoires pour lesquels il avait combattu avec acharnement furent repris, l'aide internationale s'amenuisa et l'armée rouge progressait de nouveau vers l'Oural.

Ses recherches à Perm devenues vaines, Dimitri prit un train vers le sud juste avant que l'armée rouge n'entre dans la ville. Un jeune homme voyageant seul avait toutes les chances d'éveiller les soupçons, et comme il n'avait aucune envie d'être incarcéré dans un soviet pour subir un interrogatoire sur sa provenance, il décida de rendre enfin visite à sa mère et ses sœurs, à Lozovatka, encore aux mains des Ukrainiens. Au cours du trajet, un passager déclara que la grand-mère de Tatiana, Maria Féodorovna, ainsi que d'autres parents, résidaient dans le palais de Livadia, en Crimée. Il décida de s'y rendre. Si Tatiana avait réussi à échapper à ses geôliers, c'est là-bas qu'elle était allée. Elle avait toujours adoré Livadia.

Au cœur de l'été, il faisait une chaleur torride quand il atteignit le luxueux palais impérial en granite blanc.

À sa grande surprise, il n'y restait plus que quelques domestiques.

— Où se trouve la mère du tsar ? demanda-t-il à l'employé qui lui ouvrit la porte.

— Ils ont été secourus il y a quelques semaines et ont pris un bateau envoyé par le roi George V d'Angleterre. Ils étaient très soulagés.

— Y avait-il des enfants du tsar, parmi eux ? insista-t-il, retenant son souffle.

— Non. Nous n'avons pas reçu de nouvelles d'eux. Des rumeurs affirment qu'ils ont été exécutés, mais Maria Féodorovna refusait d'y croire, affirmant que personne ne peut manquer de cœur à ce point. Vous êtes pâle, monsieur. Voulez-vous vous asseoir un moment ?

La déception fut amère. Sa femme, celle qu'il aimait le plus au monde, se trouvait peut-être quelque part dans ce vaste pays mais il ne savait plus où chercher. Était-elle en vie ? Peut-être l'attendait-elle, au désespoir. Il se sentit inutile et impuissant.

Dimitri annonça par télégramme à sa mère sa visite avant la fin du mois, puis il erra une semaine durant sur le domaine de Livadia, espérant contre toute logique voir apparaître Tatiana par miracle. Lorsqu'il révéla avoir fait partie de l'escorte impériale, le personnel l'adopta et lui offrit des repas et rafraîchissements comme s'il avait été un invité de marque. Il imagina Tatiana déambulant entre les fontaines dans le jardin oriental, jouant au croquet sur la pelouse impeccable avec vue sur la mer, nageant dans les eaux bleues, dînant sur la terrasse, se prélassant dans la baignoire de marbre blanc. Il se sentait connecté à elle. Elle aimait cet endroit et il comprenait pourquoi. Quel contraste avec la vie austère dont il avait été le témoin toute l'année ! À Livadia, le luxe allait de soi : tableaux exposés dans des cadres dorés, couverts en argent, meubles précieux. L'ensemble était coûteux, opulent. Le paysan moyen se nourrissait de racines et de pain rassis et ne possédait que les vêtements qu'il portait. Cette inégalité devait être atténuée, mais il détestait les méthodes des bolcheviques.

Vers la fin de la semaine, au moment où il allait partir, il reçut un télégramme d'un voisin de sa mère :

Au regret de vous annoncer mort de votre mère en avril, stop. Elle vous croyait tombé à Tsaritsyne, stop. Vos sœurs ont embarqué pour Constantinople, stop.

Suivait une adresse en Turquie.

— Non ! hurla-t-il tel un loup.

Il se mit à courir vers la mer sans cesser de crier. Sa voix résonna dans la baie, tandis que deux mouettes s'envolaient de la falaise. Il tomba à genoux, le visage à terre, s'arrachant les cheveux.

Si seulement il avait contacté sa mère dès qu'il avait quitté Tsaritsyne ! Il aurait dû lui rendre visite après la mort de son père… Il l'avait abandonnée, comme il avait abandonné Tatiana, et Dieu cherchait à le punir. Tout ce qu'il touchait se réduisait en poussière. Il était un mauvais mari, un mauvais fils, et ne méritait plus de vivre.

Les vaguelettes venant lécher la rive à un rythme régulier lui donnèrent une idée : il allait nager vers le large, sans s'arrêter, jusqu'à épuiser ses forces et sombrer. Ce serait la fin de ses tourments.

Dimitri ôta sa chemise, ses bottes et son pantalon, puis entra dans l'eau. Son cadavre ne serait jamais retrouvé dans l'immensité de la mer Noire. Ses sœurs continueraient de croire qu'il avait péri à Tsaritsyne… et c'est ce que Tatiana apprendrait si elle cherchait à la retrouver.

Cette pensée le retint. Et si son corps s'échouait sur la côte ? Il ne voulait pas que Tatiana le prenne pour un lâche.

Assis sur les galets, il pleura à chaudes larmes. Son châtiment consisterait à vivre avec la honte que lui inspiraient ses actes. La culpabilité le rongerait pour le restant de ses jours, mais au moins pourrait-il tenter de se racheter auprès de ses sœurs… et de Tatiana, un jour, peut-être.

Dimitri resta en Crimée pour participer sous le commandement du général Wrangel aux ultimes batailles bien futiles de l'armée blanche contre les bolcheviques. Au début de 1920, il embarqua à bord de l'un des derniers bateaux emmenant des réfugiés vers Constantinople et se rendit enfin chez ses sœurs, qui furent abasourdies de le voir. Pendant de longues journées, ils se racontèrent tout ce qui s'était passé durant ces années de séparation. Il leur parla de Tatiana en pleurant et ses sanglots redoublèrent lorsque Valerina évoqua la mort de leur père en captivité. Ils étaient certains qu'il avait été exécuté mais n'avaient aucun moyen de le prouver.

— Maman ne s'en est jamais remise, lui expliqua Valerina. Son cœur s'est affaibli et elle ne pouvait faire le moindre effort sans risque. Quand nous avons appris que tu étais tombé au combat, elle a perdu l'envie de vivre.

— Je m'en veux…

— Ne dis pas cela ! le coupa Valerina en lui prenant la main. D'après ce que tu viens de me raconter, tu as agi uniquement par amour. Dieu ne te le reprochera pas.

Il secoua la tête.

— Comment vivre après tout le mal que j'ai fait ?

— Chaque matin, tu devras te lever et avancer, jour après jour, heure après heure, jusqu'à ce que cela devienne plus facile. Le mari de Vera te donnera du travail dans son entreprise de tapis et tu pourras vivre avec nous. Tu devrais écrire à tous les parents de Tatiana, où qu'ils se trouvent. Si elle a échappé aux bolcheviques, elle saura ainsi où te trouver. En attendant, serre les dents et tiens bon. Ne te laisse pas aller : tes sœurs t'aiment et sont heureuses de t'avoir retrouvé.

Il porta sa main à ses lèvres et l'embrassa tendrement.

— Je vais essayer, lui promit-il la gorge nouée.

37

Lac Akanabee, État de New York, fin septembre 2016

Quelques jours après son effrayante expérience nocturne, Kitty plantait des fleurs sur une parcelle située tout près du chalet quand elle entendit une voiture remonter l'allée. Elle reconnut Jeff, du coffee-shop. Il était accompagné d'un homme plus âgé.

— Bonjour, Kitty ! lança Jeff. Ça va ?

— Il fait chaud ! répondit-elle, gênée de se montrer dans un T-shirt trempé de sueur.

Les deux hommes descendirent de voiture. Jeff portait un colis de la taille d'un oreiller.

— C'est mon grand-père, expliqua-t-il en lui présentant le vieil homme, qui souleva son chapeau de paille. Comme je le raccompagnais chez lui, je me suis dit que je pouvais passer vous livrer ce paquet.

Étonnée, Kitty s'en saisit.

— Qu'est-ce que ça peut être ?

Il venait de Marion, sa femme de ménage à Londres. La pochette était ouverte et elle y aperçut son long cardigan vert olive, si utile par temps froid.

— Merci de me l'avoir apporté.

— Mon grand-père avait envie de voir ce que vous aviez fait du chalet. J'espère que ça ne vous dérange pas.

— Bien sûr que non ! Venez visiter.

Le vieil homme observa l'extérieur.

— Qu'est-ce que vous plantez ? s'enquit-il.

— Des échinacées pourpres, des hortensias et des rudbeckies hérissées.

Elle s'était renseignée à la jardinerie d'Indian Lake sur les plantes susceptibles de survivre à l'hiver. Il approuva d'un hochement de tête.

— La dernière fois que je suis venu ici, c'est le jour où on a retrouvé le corps de votre arrière-grand-père.

— Il est mort ici ? s'étonna Kitty.

— Oui. Je suis venu prendre de ses nouvelles quand l'épicière m'a dit qu'elle ne l'avait pas vu depuis quelques semaines. Je l'ai trouvé allongé sur le sol, raide mort. Son chien montait la garde à côté de lui, affamé. Une bête adorable. Je l'ai adoptée. (Il sourit.) Les gosses l'adoraient.

— Donc vous connaissiez Dimitri ? Comment était-il ?

— Eh bien, on se disait bonjour bonsoir, on parlait de la pluie et du beau temps. Après sa mort, on a fait de notre mieux pour trouver des membres de sa famille, en vain. Ma femme et moi sommes allés à ses funérailles pour lui rendre hommage.

— Il avait une fille, Marta, ma grand-mère, et un fils, Nicolas. Pourquoi n'avez-vous pas pu les trouver ? Ils étaient brouillés ?

Plus Kitty en apprenait sur Dimitri, plus le mystère s'épaississait.

— J'imagine qu'ils se sont perdus de vue. C'était avant l'époque d'Internet. De nos jours, on peut retrouver à peu près n'importe qui.

Après le départ de Jeff et son grand-père, Kitty rentra pour ouvrir son colis. Outre son cardigan, il contenait son peignoir en polaire, celui qu'elle portait pour regarder la télévision les soirs d'hiver, du courrier, le nouveau roman d'un de ses auteurs préférés et une tablette de chocolat géante. Était-ce Marion qui avait emballé ces choses pour elle ?

Elle grignota un carré de chocolat tout en parcourant son courrier : une carte postale d'une amie au Costa Rica, un relevé de comptes, quelques factures, des invitations pour des pièces de théâtre et une lettre sur laquelle Marion avait griffonné un message :

Bonjour, Kitty,

Je n'ai pas pu mentir quand Tom m'a demandé si je savais où se trouvait votre chalet. J'ai refusé de lui en donner l'adresse, lui promettant de vous envoyer ce colis et de vous faire savoir que vous lui manquiez terriblement. L'autre jour, nous avons longuement discuté et il me fait de la peine. C'est un homme bien.

Kitty était agacée. Tout le monde pensait que Tom était un homme bien. Autrement dit, elle était tenue pour responsable de toutes les failles dans l'harmonie du couple.

Bref, je suis désolée de me mêler de ce qui ne me regarde pas, mais je ne voyais aucune raison de ne pas vous envoyer ces affaires ainsi que cette lettre de Tom. J'espère que vous allez bien.

Marion

L'enveloppe n'était pas fermée, et Kitty y reconnut l'écriture de Tom. Appréhendant d'en lire le contenu, elle décida d'attendre un peu. Il lui faudrait un verre de vin pour rassembler son courage.

Elle retourna à ses plantations, se demandant où le cadavre de Dimitri avait été retrouvé. Savoir qu'il était mort là lui parut un peu morbide.

Dans la soirée, une bouteille de vin à portée de main, elle s'installa sur le ponton avec la lettre de Tom. Le coucher de soleil était superbe, tout de saumon et de mauve. Elle le contempla un moment ; la lumière baissant, elle eut l'impression de regarder le paysage à travers un filtre sépia de plus en plus sombre. Elle alla chercher sa lampe, se servit un autre verre, puis commença sa lecture :

Salut, Kitty,

Ici, c'est l'automne. Les jours sont pluvieux et les soirées fraîches. J'avais peur que tu prennes froid dans les Adirondacks. Difficile de juger étant donné l'ampleur de ton dressing, mais j'ai l'impression que tu n'as emporté que des vêtements d'été. Si tu veux que je t'envoie autre chose, dis-moi.

Si tu as lu mes e-mails (comme je l'espère), tu sais que j'ai commencé une thérapie depuis six semaines.

Kitty n'en revenait pas. Tom n'était pas du genre à suivre une thérapie. Elle but une rasade de vin avant de poursuivre :

Jamais je n'aurais imaginé faire une chose pareille. C'est un processus fascinant qui m'aide à comprendre pourquoi j'ai commis l'acte stupide et destructeur de coucher avec Karren Bayliss.

Ce n'est arrivé que quatre fois et c'était terminé bien avant que tu trouves les messages. Naturellement, c'était quatre fois de trop et je n'ai aucune excuse. J'étais démoralisé de ne pas avoir obtenu cette promotion au bureau et j'avais l'impression, justifiée ou non, de t'avoir déçue.

Kitty fronça les sourcils, ne se rappelant pas à quelle promotion Tom faisait allusion.

Je sais que tu ne t'intéresses pas à mon boulot et je pense que je me suis vendu au système, mais changer de service m'aurait permis de jouer un rôle plus créatif. J'aimerais m'engager dans des activités liées à la musique, même si je ne serai jamais Bruce Springsteen. Je me suis inscrit dans une agence pour trouver un autre travail et j'ai quelques entretiens en perspective.

Mon ego est en grande partie responsable de mon infidélité. Je corresponds en tout point au profil de l'homme en proie au démon de midi, c'en est gênant : l'approche de la quarantaine, quelques kilos de trop, des frustrations professionnelles et un sentiment de solitude parce que toi et moi ne communiquons plus. J'aimerais que nous redevenions aussi proches qu'avant et je ne veux pas t'ennuyer avec le jargon psychologique, mais en gros je me dégoûte moi-même et je m'en veux de t'avoir fait souffrir, toi, la personne qui compte le plus au monde.

Kitty frémit malgré la douceur de la soirée, et remplit son verre. Tom prenait de toute évidence sa thérapie très au sérieux, comme s'il s'agissait de ses examens de comptabilité.

Ma psy pense que, inconsciemment, j'ai laissé traîner mon téléphone là où tu finirais par le trouver. Elle aimerait nous voir ensemble, mais je lui ai expliqué que tu étais de l'autre côté de l'Atlantique et que tu ne répondais pas aux e-mails. Franchement, j'aurais préféré que tu me gifles, que tu passes mon ordinateur par la fenêtre et que tu me hurles dessus au lieu de disparaître pendant des semaines sans le moindre mot. Je souffre autant de subir ce traitement que de ne pas savoir quand je te reverrai.

Il y a longtemps qu'on n'a pas vraiment parlé. Si je me demande depuis quand, je me dis que ça a commencé après la mort de tes parents. On n'était mariés que depuis un an et je pensais que tu pleurerais chaque soir, que tu craquerais dans la journée, que tu boirais, que tu compenserais par la nourriture. Au lieu de ça, qu'est-ce que tu as fait ? Tu as acheté cette vieille maison à Tottenham et tu as passé le plus clair de ton temps à la retaper, la redécorer, la carreler, à y installer une nouvelle cuisine, le tout pratiquement seule. Ton énergie débordante avait quelque chose d'effrayant et tu ne parlais ni de ta mère ni de ton père. Quand j'y faisais allusion, tu quittais la pièce. Depuis, j'ai l'impression de ne plus pouvoir aborder les sujets délicats, et au bout d'un moment j'ai arrêté d'essayer. Et voilà qu'on se retrouve comme deux inconnus.

Kitty se rappelait cette période. La maison qu'elle réaménageait était infestée de moisissure, avec une installation électrique vétuste, sans parler de la plomberie. Ces travaux lui avaient changé les idées. Elle admettait volontiers qu'elle avait géré la mort de ses parents en s'occupant. Elle repensa à l'agent de police qui avait sonné à la porte pour lui annoncer un carambolage sur une autoroute espagnole. Dans l'avion qui l'emmenait à Malaga, Kitty était prostrée puis Tom avait dû identifier les dépouilles parce qu'elle en était incapable. Pendant les premières semaines, elle avait été comme anesthésiée, indifférente à tout. Ensuite, la souffrance était devenue si insupportable qu'elle l'avait crue capable de la détruire. Elle avait donc acheté cette bicoque à Tottenham. Elle était dans un tel état de délabrement que raser l'ensemble et tout reconstruire aurait été plus raisonnable.

Mais quel mal y avait-il à détourner ses pensées de son chagrin ? Elle s'en était sortie, c'était l'essentiel, non ?

Elle heurta soudain du coude la bouteille, qui bascula et sombra dans le lac. Kitty vida son verre et se leva pour aller en chercher une autre avant de revenir lire la suite de la lettre :

Ne crois pas que je cherche à te rendre responsable de mon infidélité. Je suis un salaud un peu paumé et je m'en veux de mes actes, mais j'entreprendrais n'importe quoi pour me racheter et retrouver une relation de couple superbe, aimante et drôle. Dis-moi ce que tu veux et je le ferai. Je ne peux pas être heureux sans toi, Kitty.

J'espère que tu passes un bon été. Contacte-moi dès que tu seras prête à me parler. Je peux venir te rejoindre, ou on peut se retrouver dans un lieu de ton choix pour faire le point. N'oublie pas que je t'aime et que je regrette infiniment.

Ton Tom

Il faisait nuit noire et des chauves-souris voletaient au-dessus de la tête de Kitty tandis que les grenouilles coassaient leur symphonie nocturne. Elle but encore un verre de vin et fondit soudain en larmes. *Pourquoi je pleure ?* Elle l'ignorait mais ne pouvait s'en empêcher. Serrant la lettre contre son cœur, elle sanglota comme une enfant. Elle portait en elle une douleur profonde et espéra que ses pleurs parviendraient à la soulager. Mais, quand elle regagna la cabine d'un pas hésitant pour s'écrouler tout habillée sur son lit de camp, la souffrance était encore là.

38

Istanbul, 1922

Pendant deux ans, Dimitri se traîna comme une âme en peine, plein de tristesse et d'amertume. Afin de chasser les images et pensées qui le hantaient, il avait tendance à chercher la consolation dans une bouteille d'arak. Le temps passé avec Tatiana n'était plus qu'un rêve lointain, le conte de fées d'une autre vie où il se rappelait vaguement avoir été heureux. Vivre auprès de sa sœur Vera, ses deux adorables enfants et son mari si attentif lui était difficile puisqu'ils incarnaient tout ce qu'il aurait pu avoir lui aussi. Il passait ses soirées avec l'intelligente et créative Valerina, qui n'avait jamais trouvé de mari mais peignait de charmants tableaux des paysages turcs.

Un matin de mars 1922, Valerina entra en trombe dans le bureau de Dimitri, brandissant un court article en deuxième page du journal.

— Dans un asile de Berlin, une femme prétend être la grande-duchesse Anastasia ! lui annonça-t-elle.

Ivre de joie, Dimitri s'empara du quotidien. Il n'y avait ni photographie ni détails sur l'endroit où avait vécu cette femme depuis 1918.

— Si c'est bien elle, s'exclama-t-il, elle saura peut-être où sont les autres et où est Tatiana. Et si Tatiana est en vie et a lu cet article, elle ira sans doute retrouver sa sœur à Berlin !

Le journaliste indiquait que la jeune femme avait perdu la mémoire, mais Dimitri était certain de pouvoir la lui faire retrouver. Il avait parlé plusieurs fois à Anastasia à Saint-Pétersbourg ; elle le reconnaîtrait sûrement. Pour la première fois depuis des années, il avait des nouvelles encourageantes et s'autorisait un peu d'enthousiasme, certes teinté d'angoisse puisque Anastasia risquait d'être porteuse de mauvaises nouvelles.

Il s'excusa auprès de son beau-frère et démissionna de son entreprise de tapis, puis il rangea quelques affaires dans une petite valise en cuir marron et acheta un billet pour l'Orient-Express à destination de Munich, puis un billet de train vers Berlin. Une fois à bord, il aurait aimé avancer plus vite tant il s'impatientait de voir Anastasia et d'entendre ce qu'elle lui dirait.

Arriver dans un pays contre lequel il avait lutté six ans plus tôt lui donna une étrange sensation. Ne parlant que quelques mots d'allemand, il eut du mal à se faire comprendre lorsqu'il se renseigna sur la direction de l'asile de Dalldorf cité dans l'article de journal.

C'était une large bâtisse de trois étages située au cœur d'un grand parc, et dont la façade en grès était tapissée de lierre. Il remonta l'allée et frappa à la porte.

— Puis-je voir la grande-duchesse Anastasia ? demanda-t-il en anglais à la robuste femme qui lui ouvrit.

Elle lui répondit en allemand et il ne comprit que le prénom d'Anastasia, mais à en juger par sa gestuelle elle voulait qu'il s'en aille. Il essaya le français et obtint la même réaction.

— Il faut absolument que je la voie ! insista-t-il en regardant l'escalier de pierre derrière la femme.

Il aurait pu entrer de force mais n'aurait su où aller ensuite. Heureusement, un médecin se présenta et il parlait un peu français.

— Notre ancienne patiente connue sous le nom d'Anna Tchaïkovski, expliqua-t-il à Dimitri, a quitté l'asile et vit chez un émigré russe, le baron Arthur von Kleist. Je vous conseille de vous renseigner, ajouta-t-il, signifiant ainsi qu'il n'en révélerait pas l'adresse par souci de déontologie.

— Où ?

Le médecin eut l'air pensif.

— Dans les cafés de Charlottenburg, où il y a plus de Russes que d'Allemands. Bonne chance, mon ami.

Dans ce pays, tout était compliqué. Aucun des tramways qui passaient sous leurs câbles électriques ne portait la mention Charlottenburg. Et, quand Dimitri tentait de se renseigner auprès des passants, ces derniers ne comprenaient pas ce qu'il voulait. Une femme finit toutefois par lui indiquer un tramway jaune vif et lui conseilla de demander Prager Platz.

La nuit tombait lorsque le conducteur annonça l'arrêt. Dimitri descendit sur une place animée dont le centre était occupé par une pelouse. Les enseignes lumineuses aux couleurs vives des cafés et des restaurants commençaient à s'allumer et les gens semblaient pressés.

Il choisit le café le plus fréquenté, le Prager Diele, et y entendit aussitôt un groupe d'hommes parler bruyamment russe.

— Excusez-moi… les coupa-t-il. L'un d'entre vous sait-il où habite le baron von Kleist ?

— Encore un qui cherche Anastasia ! le railla un homme portant une cravate violette en levant les yeux au ciel. Ils ne vous laisseront pas la voir. Le baron est très protecteur. Mais j'ai un ami qui lui a parlé pendant qu'elle était à l'asile et il jure que ce n'est pas elle. Elle ne parlait même pas russe !

— Ah non ? fit Dimitri, déçu.

Quel imbécile il avait été de s'emballer de la sorte, persuadé de revoir enfin sa femme !

— Allez, on vous offre un verre ! Je m'appelle Boris, dit un homme en versant du vin rouge dans un verre qu'il tendit à Dimitri. Vous venez d'arriver à Berlin, je suppose.

Anéanti, Dimitri acquiesça et accepta le vin. Les hommes décalèrent leurs chaises pour lui faire de la place.

— J'aimerais quand même la voir, insista-t-il. J'ai connu Anastasia à Saint-Pétersbourg et…

Boris le fit taire d'un geste.

— Ici, la première règle, c'est de ne pas être repéré en tant que monarchiste. Restez discret. La ville grouille d'espions bolcheviques et on ne sait pas à qui on parle, surtout après quelques verres de bon bourgogne.

— Merci pour ces conseils.

Dimitri se présenta et fit connaissance avec les autres hommes, tous des Russes. D'après leur accent, deux d'entre eux étaient originaires de la région de Saint-Pétersbourg, un de Moscou, deux de Sibérie. Il ne leur posa aucune question. Ils remplirent son verre et, dès que la bouteille fut vide, Dimitri en commanda une autre.

Vers minuit, il était quelque peu éméché et Boris l'emmena dans un immeuble voisin pour le présenter à la logeuse qui, par chance, avait un petit appartement à louer. Avant de partir, Boris glissa un bout de papier dans la main de Dimitri.

— L'adresse que tu voulais, lui murmura-t-il. Mais ne te fais pas trop d'illusions.

Le lendemain matin, Dimitri se passa la tête sous l'eau froide pour soulager sa gueule de bois, puis prit dans un café un copieux petit déjeuner à base de saucisse et de choucroute. Enfin, il se mit en quête de l'appartement du baron von Kleist, au quatrième étage du 9, Nettelbeckstrasse. La logeuse lui avait prêté un plan de la ville.

Un majordome en costume noir lui ouvrit la porte.

— Pourrais-je voir Anna Tchaïkovski ? Je suis le cornette Malama.

Il sentit l'angoisse monter. Allait-il découvrir la vérité sur le sort de Tatiana ?

— Je regrette, monsieur, elle est souffrante et ne veut voir personne.

— Puis-je vous confier un message ?

Le majordome accepta d'un haussement d'épaules.

Dimitri écrivit un petit mot pour dire qu'il était enchanté de savoir Anastasia en vie, lui demander si elle avait des nouvelles des autres et se déclarer prêt à lui rendre n'importe quel service. Puis il signa « Malama ».

— J'attendrai dans le parc en face, au cas où elle changerait d'avis et accepterait de me voir, ajouta-t-il.

Il fit les cent pas, consultant sans cesse sa montre, les yeux rivés sur les fenêtres de l'appartement. Allait-elle regarder au-dehors pour vérifier si c'était bien lui ?

Une heure plus tard, n'ayant pas de nouvelles, il sonna de nouveau à la porte.

— A-t-elle lu mon message ?

— Je vous l'ai dit, elle ne veut voir personne, hélas, répéta le majordome, impassible.

Dimitri se sentit abattu. Avait-il parcouru tout ce chemin et investi autant d'espoir pour se retrouver dans une impasse ? Impuissant, il entra dans un café plus loin dans la rue en vue de noyer sa déception dans la vodka.

39

Berlin, 1922

Dimitri revint souvent passer de longues heures dans le café non loin de chez le baron von Kleist, pour surveiller l'entrée de l'immeuble au cas où la femme qui affirmait être Anastasia sortirait. Hélas, elle n'en fit rien.

Un matin, il trouva sur une table un exemplaire du journal russe *Rul*, le « gouvernail ». Il le feuilleta. Imprimé à Berlin, le quotidien s'adressait à la communauté russe de la ville. Dimitri comprit qu'il s'y trouvait de nombreuses factions : monarchistes, bolcheviques, et partisans de la monarchie constitutionnelle considérant que la Russie devait entrer dans l'ère moderne et organiser des élections libres. Les blancs accusaient les bolcheviques d'être des Juifs désireux de dominer le monde, et discutaient du meilleur moyen d'arracher la Russie à leur contrôle, tandis que des espions de la Tchéka, la police secrète, les infiltraient. Les assassinats politiques n'étaient pas rares, et Dimitri comprit mieux les recommandations de Boris.

Il avait fait des économies à Constantinople, mais il lui faudrait tout de même gagner sa vie. Le journal lui donna une idée : il acheta un carnet et rédigea un article sur le dernier combat du général Wrangel en Crimée et l'évacuation des vestiges de l'armée blanche de Sébastopol, le 14 novembre 1920. Les bolcheviques avaient exécuté leurs prisonniers en les jetant pieds et poings liés dans la mer Noire. Lors de sa traversée vers Constantinople, Dimitri avait vu de nombreux cadavres ligotés, les yeux exorbités. Il se rendit ensuite dans les locaux du *Rul* et proposa son article au rédacteur en chef, un dénommé Burtsev.

— Vous écrivez bien, lui déclara ce dernier. Et votre récit de l'évacuation est poignant. Je vous en propose cinq mille marks.

C'était encourageant.

— Puis-je vous écrire d'autres papiers ?

— Bien sûr. S'ils me plaisent, je vous les paierai. Mais procurez-vous d'abord une machine à écrire.

Dimitri en acheta une d'occasion et apprit à taper avec deux doigts. Il décortiqua les numéros du *Rul*, ainsi que du journal rival, *Golos Rossii*, la « voix de la Russie », dirigé par l'ancien ministre de l'Agriculture du gouvernement de mars à octobre 1917. Appréciant son travail, Burtsev lui commanda des articles, que Dimitri demanda à signer sous le nom de Iakovlévitch afin de ne pas être identifié. Chez lui, il était Malama.

Il fut chargé d'interviewer des musiciens, des chorégraphes, des écrivains, des peintres, des hommes qui avaient du succès en Russie mais peinaient à trouver du travail dans cette ville moderne. Beaucoup vivaient dans la pauvreté après avoir dépensé l'argent qu'ils avaient réussi à emporter avec eux. Certains effectuaient des tâches subalternes pour nourrir leur famille. Des comtes étaient serveurs, des princesses secrétaires… Dimitri décrivait Berlin à travers le regard d'un émigré, les hommes qui s'habillaient en femme dans les cabarets, les prostituées maigrichonnes au visage émacié et au regard hanté, les vendeurs des rues avec leurs marchandises trop attirantes pour être honnêtes et qui se brisaient à la première utilisation.

Peu à peu, il accorda sa confiance à Burtsev, lui expliqua qu'il avait connu Anastasia à Saint-Pétersbourg et lui demanda s'il pouvait rédiger un papier sur Anna Tchaïkovski. Le rédacteur en chef pouvait-il lui obtenir un rendez-vous ?

Ce dernier l'observa d'un air pensif.

— Toutes mes demandes d'entretien avec Mlle Tchaïkovski ont été refusées, mais il paraît que la princesse Irène de Hesse, la sœur de la tsarine Alexandra, arrive à Berlin pour lui rendre visite. L'avez-vous croisée ?

Dimitri dut admettre que non.

— Puis-je dire que vous êtes un ami de la famille ?

— Absolument !

— Je vais demander si vous pouvez lui parler après sa rencontre avec cette jeune femme. Il y a sûrement matière à article.

À la surprise de Dimitri, la princesse Irène de Hesse accepta qu'il l'interroge et demanda qu'il la rejoigne dans sa suite, à l'hôtel Adlon, le plus luxueux de la ville. Il s'habilla avec soin, cira ses chaussures et se rendit chez le barbier pour un rasage et une coupe de cheveux.

En arrivant, Dimitri dut patienter plus d'une heure dans le hall du palace, entre des colonnes de marbre carrées et une fontaine en forme d'éléphant dont la trompe crachait de l'eau.

Enfin, il fut conduit dans la suite de la princesse, qui, assise près d'une fenêtre, buvait du thé. C'était une femme robuste d'une cinquantaine d'années, dont les cheveux châtains étaient striés de gris. Ses traits germaniques rappelaient si indéniablement ceux de la tsarine Alexandra que, l'espace d'un instant, Dimitri en fut décontenancé. Il avait devant lui la tante de Tatiana ! Deux ans plus tôt, il lui avait écrit pour lui demander si elle avait des nouvelles de la famille et si le cas échéant elle pouvait les lui transmettre. Elle ne lui avait pas répondu.

— Asseyez-vous, je vous en prie, fit-elle en désignant un fauteuil. Je suppose que vous voulez que je vous parle de mon entretien avec Mlle Tchaïkovski. Je dois vous dire, hélas, que ce n'est pas Anastasia. Elle ne ressemble en rien à ma nièce. L'écartement des yeux, les pommettes, rien ne correspond.

— Quand avez-vous vu les grandes-duchesses pour la dernière fois ? s'enquit Dimitri en griffonnant dans son calepin pour masquer sa déception.

— Il y a neuf ans, je dois l'admettre. Mais Alexandra m'envoyait des photographies jusqu'à ce qu'ils se retrouvent en *captivité* – elle prononça ce mot avec mépris –, et je suis catégorique. Cette fille est grossière, écervelée, contrairement à mes nièces. De plus, elle ne parle pas un mot de russe.

— Comment l'a-t-elle justifié ?

— Le baron von Kleist m'a dit qu'elle avait subi un traumatisme qui lui avait fait perdre la mémoire… et sa langue maternelle.

— Quel genre de traumatisme ? demanda Dimitri en rougissant, le cœur battant à se rompre.

— Je suppose qu'il parle du meurtre du reste de la famille, répondit la princesse en buvant une gorgée de thé.

— Vous croyez qu'ils sont morts ?

— Je sais de source sûre qu'ils ont péri dans la villa Ipatiev, tués par les gardes rouges.

Dimitri ouvrit la bouche pour parler, mais ce fut un sanglot qui s'échappa de sa gorge. La princesse le dévisagea d'un air curieux tandis qu'il tentait de se ressaisir.

— Vous les connaissiez personnellement ? s'enquit-elle.

Il opina, incapable de prononcer un mot, puis il parvint à énoncer :

— J'étais un très bon ami de la grande-duchesse Tatiana.

Irène de Hesse le scruta avec attention.

— Seriez-vous Malama ?

Il hocha la tête.

— Alexandra vous tenait en haute estime.

Dimitri se prit le visage dans les mains.

— Allons, allons, ressaisissez-vous, jeune homme !

Elle sonna pour demander un cognac, qui lui fut apporté prestement par un domestique en livrée. Dimitri en but une rasade et sentit la brûlure de l'alcool dans sa gorge.

— Avez-vous abandonné tout espoir ? demanda-t-il d'une voix étranglée.

— Je le crains. Si ma sœur était en vie, elle aurait trouvé un moyen de me le faire savoir, en quatre ans. Elle aurait chargé quelqu'un de m'adresser un message. Dans la famille, personne n'a eu de nouvelles : ni la mère et la sœur de Nicolas, au Danemark, ni George et son fils Bertie du côté de la famille anglaise. Aucun d'eux n'en sait plus que moi. Naturellement, nous sommes furieux contre George, qui aurait pu les faire venir à Londres dès 1917. Hélas, il n'en a pas eu le courage. Quelle lâcheté ! Il s'inquiétait de savoir qui les entretiendrait, comment fonctionnerait le protocole, Dieu sait ce qui s'est passé dans son esprit d'égoïste. Résultat, ma sœur est morte.

— Vous pensez au pire parce qu'ils n'ont pas donné de nouvelles, mais vous ne tenez pas cette information de témoins d'Iekaterinbourg, n'est-ce pas ? demanda Dimitri, s'accrochant à l'espoir le plus infime.

— J'ai reçu une lettre du consul britannique, sir Thomas Preston. Il a parlé avec de nombreux habitants de la ville, dont le juge Sokolov, qui a fui à l'étranger et prépare encore le rapport que lui a commandé le chef de l'armée blanche. Je pense qu'il sera publié d'ici un an ou deux.

La princesse lui proposa un autre cognac, qu'il refusa d'un signe de tête.

— Au cas où vous auriez d'autres nouvelles de Tatiana, pourriez-vous me tenir informé ? l'implora-t-il.

— Bien sûr, répondit-elle d'un air plein de compassion. Il ne faut pas vivre dans le passé. La vie continue. C'est une terrible tragédie, mais vous êtes encore jeune. Vous vous en remettrez. Pour ma part, je les pleurerai jusqu'à ma mort.

Dimitri quitta le palace les doigts crispés sur son calepin et se rendit dans le bar le plus proche pour commander une vodka. En dépit des propos de la princesse Irène, il se jura que, sauf si on lui présentait la preuve absolue de la mort de Tatiana, il ne perdrait jamais espoir. Jamais.

40

Dimitri rédigea son article sur l'entrevue entre la princesse Irène et Anna Tchaïkovski, qui fut publié dans le *Rul*. Une semaine plus tard, ils reçurent une lettre d'Olga, la sœur du tsar Nicolas, au Danemark, affirmant qu'elle était en désaccord avec Irène et pensait qu'Anna était vraiment sa nièce Anastasia. La controverse ne fit que renforcer la détermination de Dimitri à rencontrer la jeune fille. Hélas, il avait beau essayer, il ne trouvait aucun moyen de franchir la lourde porte en chêne du baron von Kleist.

Il passait donc ses journées à écrire des articles et ses soirées dans les cafés de Charlottenburg, à boire en compagnie des émigrés russes. Ils se lamentaient sur Berlin, la traitant de ville matérialiste où tout était à vendre, avec ses affiches publicitaires criardes et ses prostituées qui racolaient les passants à tous les coins de rue. En général, au bout de quelques bouteilles, l'un des compagnons de beuverie fondait toujours en larmes, nostalgique de sa mère patrie la Russie.

Un soir, Dimitri était avec un groupe d'agités qui se mirent à briser des verres sur le sol. Les portiers les jetèrent dehors sans ménagement et, tandis que ses camarades se rendaient dans le bar suivant, Dimitri s'assit dans l'herbe au centre de Prager Platz, afin que l'air frais lui éclaircisse les idées. Une jeune fille qui travaillait au café courut vers lui.

— Vous avez oublié votre calepin ! déclara-t-elle en russe.

Il contenait toutes ses notes sur un entretien réalisé dans la journée.

— Merci, lui dit-il, soulagé. Vous me sauvez la vie, ajouta-t-il d'un ton théâtral.

— Je vous ai déjà vu, non ? Je m'appelle Rosa, déclara-t-elle en lui tendant la main.

Lorsqu'il lui serra la main, il remarqua qu'elle avait une poitrine généreuse pour une corpulence si menue. Elle avait de jolis yeux et des cheveux bruns coupés court.

— Vous avez une coiffure de garçon, lui fit-il remarquer.

Il n'avait pas fait attention à elle lorsqu'elle les avait servis à table, mais de près elle était vraiment séduisante.

Elle se mit à rire.

— Je vais chez un barbier. C'est moins cher qu'un coiffeur pour dames. Vous êtes écrivain ?

Elle parlait couramment le russe, avec un accent allemand insolite.

— J'écris des articles pour le *Rul*, répondit-il. Je travaille aussi sur un roman.

Pourquoi lui disait-il cela ? Tous les Russes blancs de Berlin semblaient écrire un roman et être romantiques.

— De quoi parle votre livre ? s'enquit la serveuse en s'asseyant près de lui dans l'herbe.

— D'amour, naturellement. Une grande histoire d'amour qui couvre plusieurs décennies et continents, et qui finit mal.

Il était d'humeur morose et pensait à Tatiana.

— Pourquoi pas une fin heureuse ?

— Parce que généralement les histoires d'amour finissent mal. Comme les guerres.

Il ne devait pas être assez saoul, car la dépression lui fondit dessus.

— Pourriez-vous aller chercher une bouteille de vin au bar ? J'ai de l'argent.

— Non. Mais comme j'ai terminé mon service je vais aller chercher mon manteau et vous ramener chez vous. Où habitez-vous ?

Dimitri réfléchit. L'idée d'un réconfort dans les bras d'une femme lui sembla soudain attrayante. Enfouir la tête entre ces seins généreux, sentir le parfum de cette femme… Il n'avait pas fait l'amour depuis sa rencontre avec Tatiana, en 1914, et se sentait coupable d'y penser. Pourtant, il était tenté.

Il accepta donc que Rosa l'aide à se relever et le raccompagne chez lui, bras dessus, bras dessous. Comme il ne parvenait pas à insérer la clé dans la serrure, elle vint à sa rescousse puis le soutint dans l'escalier. Serait-il capable de faire l'amour ? À peine s'était-il posé la question qu'il sombra.

Le lendemain matin, à son réveil, il tourna la tête pour voir si Rosa était là. Elle était partie, mais les draps étaient bien bordés et il était allongé sous les couvertures en sous-vêtements. Or en général il ne faisait pas son lit le matin et il n'avait en outre aucun souvenir de s'être déshabillé. Rosa lui avait-elle ôté ses habits ? Il balaya la pièce du regard et les vit pliés avec soin sur le dossier d'une chaise.

Sur la table de chevet, il y avait un verre d'eau et un flacon d'aspirine. Irrité, il prit le médicament avec une gorgée d'eau, la bouche sèche et l'haleine fétide.

Il se leva péniblement, enfila un peignoir et gagna la kitchenette. L'évier, qui débordait d'assiettes et de tasses sales, était vide. La vaisselle était propre et rangée, les surfaces astiquées. Son irritation monta d'un cran. Le salon était net et en ordre, mais il n'y avait aucun signe de la jeune femme. Comment avait-elle osé faire le ménage chez lui sans lui demander l'autorisation ?

Il mit du café en route et alla se raser. Elle n'avait pas touché à la salle de bains. Il y avait toujours une trace de tartre dans la baignoire et des poils de barbe dans le lavabo mais il était toujours agacé. Pendant ses ablutions, il songea à débarquer au café pour réprimander Rosa d'avoir astiqué son logement. Puis, en réfléchissant à ce qu'il lui dirait, il comprit que ce serait vraiment ridicule et se mit à rire.

Son calepin était posé sur la table près de sa machine à écrire. Heureusement qu'il ne l'avait pas perdu ! Il s'assit, une tasse de café à la main, pour parcourir ses notes de la veille et se rappela avoir affirmé à Rosa qu'il écrivait un roman. Pourquoi pas ? Depuis peu, il s'était remis à lire des livres empruntés à la librairie Rodina, qui vendait des ouvrages en russe. Beaucoup d'œuvres d'émigrés n'étaient que des lamentations complaisantes, sans intrigue et aux personnages fades. Il pouvait certainement faire mieux.

Il sortit acheter des viennoiseries chaudes puis revint les manger avec une autre tasse de café en griffonnant quelques notes pour un roman. Un garçon et une fille se rencontraient à l'adolescence et tombaient amoureux l'un de l'autre, mais ils étaient séparés par la guerre civile quand leurs familles étaient envoyées dans deux régions opposées de la Russie. Ensuite, il décrirait la longue quête du garçon pour la retrouver. Dimitri avait Tatiana en tête à tout moment. Il décida d'essayer de définir les effets de l'amour sur le corps et l'âme. Il voyait la première scène très clairement : le garçon, qu'il appellerait Mikhaïl, regardait la fille, Valerina en l'honneur de sa sœur bien aimée, tomber de vélo. Elle se retenait de pleurer mais avait les mains et les genoux écorchés. Dès cet instant, Mikhaïl ressentait les prémices de la compassion, la capacité à se mettre à la place d'une personne et à connaître ses émotions, le premier pas vers l'amour. Il se mit à écrire et les mots jaillirent, lui procurant une forme de sérénité.

Le surlendemain, il retourna au café où travaillait Rosa et l'invita à dîner le soir de sa journée de repos.

— Bien sûr, répondit-elle en levant les yeux au ciel comme si elle ne comprenait pas pourquoi il avait attendu si longtemps.

41

Dimitri avait vu Rosa dans son uniforme noir et blanc de serveuse, aussi fut-il un peu surpris lorsqu'elle se présenta à leur rendez-vous dans une tenue pour le moins excentrique : une robe trop grande pour elle, à motifs jaune et pourpre, qu'elle semblait avoir empruntée à la garde-robe de sa grand-mère. Elle avait noué autour de sa taille une ceinture et arborait des colliers de perles multicolores et de nombreux bracelets qui tintaient chaque fois qu'elle agitait la main. Elle était coiffée d'un chapeau cloche orné d'une fleur violette en tricot dans laquelle, en regardant de plus près, Dimitri vit également une abeille. C'était une pâle imitation du style en vogue dans les clubs huppés de Charlottenburg. Tandis qu'ils bavardaient, la robe de Rosa glissa, révélant une épaule laiteuse. Elle n'y prêta pas attention immédiatement, puis elle remonta le tissu en adressant un clin d'œil à Dimitri.

Ils dînèrent dans un restaurant de qualité moyenne. Il commanda un steak pour eux deux, suivi d'une tarte aux pommes plutôt bonne. Rosa l'interrogea sur sa vie en Russie. N'ayant pas envie d'en parler, Dimitri l'interrogea sur elle et son passé. Née à la campagne, elle lui confia avoir toujours rêvé de troquer le mugissement des vaches sous la fenêtre de sa chambre contre le bruit de la circulation et l'animation de la ville. À dix-huit ans, elle s'était installée à Berlin, où elle partageait un petit appartement avec trois filles, dont sa cousine, qui était danseuse. Elle avait à présent vingt et un ans et adorait la danse et la bonne chère, ainsi que rencontrer des gens. Surtout les gens.

— Cela te plaît d'être serveuse ?

Elle fit la moue.

— Provisoirement. Les pourboires sont généreux, même si certains clients sont grossiers et me méprisent sans pourtant rien savoir de moi. Je pourrais être ballerine ou scientifique, peintre ou chasseuse de perles. Ils ne voient pas au-delà de l'uniforme, alors que j'ai un cerveau remarquable et une personnalité pétillante, ajouta-t-elle en levant les bras en un geste théâtral.

Dimitri se mit à rire.

— Qu'est-ce que tu es alors ?

Rosa pencha la tête et réfléchit avant de lui répondre :

— Je n'en suis pas encore sûre, mais j'aime m'occuper des gens. Je voudrais avoir des dizaines d'enfants. Des centaines !

— J'espère sincèrement que tu réaliseras ton rêve.

— En attendant, je peux passer du bon temps à essayer…

La liberté de cette fille stupéfiait Dimitri. Rosa ne ressemblait en rien aux femmes russes : elle agissait comme bon lui semblait et disait ce qu'elle pensait sans crainte d'être réprimandée. C'était on ne peut plus rafraîchissant.

Après le dîner, ils flânèrent dans le quartier, que les Allemands surnommaient désormais Charlottengrad à cause du nombre d'émigrés russes qui y vivaient.

— Comment se fait-il que tu parles si bien le russe ? Tu as parfois recours à quelques mots d'anglais mais…

— Je l'ai appris au fil de temps. Je suis très bavarde, tu sais, les mauvaises langues diraient qu'il est difficile de me faire taire.

— Tu veux revenir chez moi ? lui demanda-t-il sans transition.

— Quelle idée merrr… veilleuse, répondit-elle en roulant le *r* avec un large sourire.

À peine avaient-ils gravi les marches qu'ils se déshabillèrent l'un l'autre pour se ruer sur le lit de Dimitri. Rosa était une partenaire enthousiaste et experte. Elle le fit rouler sur le dos pour s'asseoir sur lui ; elle n'était manifestement pas vierge. Par la suite, un peu goujat, il l'interrogea sur ses amants.

— Avant toi il n'y en a eu qu'un. Un Russe également. Je l'aimais bien, mais un jour il a disparu. Quelques semaines plus tard, j'ai reçu une carte postale de Paris, il disait que, se sentant traqué par des espions bolcheviques, il avait dû s'enfuir. J'ignore si c'était vrai.

— Tu n'as pas voulu le rejoindre ?

— Il ne me l'a pas proposé.

— Je te demande pardon au nom de mon compatriote, déclara Dimitri avec compassion. Il faut être fou pour renoncer à toi.

Elle l'embrassa, et la fougue de son baiser le toucha au plus profond.

Le lendemain, tandis qu'il travaillait sur son roman, Rosa partit pour le marché, où elle acheta de la viande et des légumes, puis revint leur préparer un succulent ragoût qu'ils mangèrent avec du pain. Avant d'aller travailler au café, elle fit le ménage dans la salle de bains, s'affairant en chantonnant, de sorte que Dimitri, quand l'idée lui en vint, ne crut pas bon de l'en empêcher.

— Je te vois plus tard ? demanda-t-elle en enfilant son manteau.

Un signal d'alarme résonna en Dimitri : il ne voulait se sentir aucune obligation envers elle. Pourtant, elle était enjouée et il appréciait sa compagnie. Comment dire non après tout ce qu'elle venait de faire pour lui ?

— Je passerai te prendre après ton service, dit-il en l'embrassant.

Dès qu'elle eut refermé la porte, il se remit à son roman.

Dimitri et Rosa ne tardèrent pas à s'installer dans une certaine routine. Ils dormaient ensemble trois ou quatre fois par semaine et, en soirée après son jour de repos, elle aimait le traîner à l'Eldorado, une boîte de nuit qui avait ouvert à Charlottenburg un peu plus tôt dans l'année. Sa cousine y travaillait, de sorte qu'ils pouvaient avoir une table bien placée et assister au spectacle des transformistes, des stripteaseuses et des numéros de comédie burlesque. Rosa se levait souvent pour danser sur la minuscule piste. Dimitri s'amusait de ses robes trop larges évoquant une fillette déguisée en grande dame. Imitant les stars du cinéma en soulevant le bas de sa robe d'un air coquin, elle faisait ensuite mine d'être choquée par sa propre audace.

Berlin était l'exact opposé de la haute société de Saint-Pétersbourg si stricte et guindée. Et, si Dimitri n'avait jamais rencontré d'homosexuels en Russie, et d'ailleurs peut-être n'y en avait-il pas, peut-être n'était-ce pas dans le tempérament russe, là, il y en avait partout. Se sentant parfois gêné en leur présence et ne sachant comment leur signifier qu'il n'en était pas, il prenait Rosa par la taille pour s'assurer qu'ils avaient reçu le message.

Parfois, après avoir fait l'amour avec Rosa, Dimitri se sentait coupable : il était marié et n'avait pas le droit de coucher avec une autre femme ; il ne pouvait être heureux puisque son épouse avait disparu… Si Tatiana réapparaissait un jour, il expliquerait calmement la situation à Rosa et l'implorerait de lui pardonner de ne lui avoir rien dit. Entre les deux femmes, il n'aurait pas une seconde d'hésitation.

Dimitri demandait souvent à Burtsev, son rédacteur en chef, s'il avait des nouvelles d'Anna Tchaïkovski. Apparemment, elle avait quitté l'appartement du baron von Kleist à l'automne et était retournée à l'hôpital pour une série de maux nécessitant un traitement. Elle n'était pas internée à l'asile de Dalldorf, mais à l'hôpital de Westend, à Charlottenburg, non loin de chez lui.

Un soir, il demanda à Rosa si les clients du café parlaient parfois d'elle.

— Non, répondit-elle aussitôt. En revanche, mon amie Klara est infirmière à Westend. Elle me dit qu'Anna Tchaïkovski est très timide et qu'elle ne parle pratiquement à personne. Elle souffre d'une grave infection au bras.

Dimitri la dévisagea, le regard pétillant.

— Tu crois que ton amie pourrait me faire entrer à l'hôpital pour la voir ? Tu le lui demanderais ?

Rosa parut étonnée par sa véhémence.

— Bien sûr, je passerai la voir demain si c'est si important pour toi.

— Merci !

Il serra sa main un peu trop et cela la fit tiquer.

42

Berlin, janvier 1923

Klara, l'amie de Rosa, rechigna à introduire Dimitri à l'hôpital.

— Elle pourrait perdre sa place, lui expliqua Rosa.

— Je veillerai à ce que cela n'arrive pas. Je t'en prie ! Tu dois la convaincre ! Tu veux bien réessayer ?

Klara refusa une nouvelle fois ; Dimitri se mit en colère et jeta son calepin par terre.

— Tu parles d'une amie ! Pourquoi refuse-t-elle de faire ce que tu lui demandes ?

Rosa l'observa avec attention.

— Il ne s'agit pas seulement d'un article pour le *Rul*, n'est-ce pas ? Tu connaissais la grande-duchesse Anastasia, non ?

Dimitri ne pouvait lui parler de cette partie de sa vie.

— Un peu… Très peu, dit-il en se détournant.

Par la suite, Rosa parvint à infléchir Klara, et Dimitri ne lui demanda pas comment elle avait procédé mais ils la retrouveraient un jour, à l'heure du déjeuner, devant une porte latérale du vaste hôpital surmonté de tourelles et d'une toiture en tuiles rouges. Klara lui remettrait une blouse de garçon de salle, ainsi qu'une pelle et un balai, et l'emmènerait auprès de la patiente. Il n'aurait qu'à balayer la chambre particulière d'Anna. Si jamais elle s'affolait et se mettait à crier, ce qu'elle faisait parfois en présence d'inconnus, il devrait prétendre être entré par ses propres moyens, sans citer le nom de Klara.

Au cours du trajet, Rosa ne cessa de parler, et pour la première fois ses bavardages agacèrent Dimitri, parce qu'ils interrompaient le cours de ses pensées. Il y aurait bientôt cinq ans qu'il n'avait pas vu Anastasia, mais il était certain de la reconnaître, même si elle avait perdu ses rondeurs d'enfant et avait les cheveux plus courts. Chaque personne avait une essence, quelque chose dans le regard qui la rendait reconnaissable.

Et si c'était elle ? Il ne pourrait s'empêcher de lui demander ce qu'il était advenu du reste de la famille impériale, de Tatiana.

— Il semble qu'elle ne parle pas russe et très peu anglais, le prévint Rosa comme si elle avait deviné ses préoccupations. Tu penses pouvoir échanger avec elle en allemand ? Tu as fait de gros progrès.

— Je croyais que Klara ne voulait pas que je lui parle.

— Si c'est elle, tu lui parleras forcément.

Il n'eut pas le temps de se demander pourquoi Rosa semblait triste car ils atteignaient l'hôpital. Ils suivirent les instructions de Klara et longèrent une allée vers l'entrée de service.

La jeune femme apparut à l'heure prévue, tenant une blouse et un balai. Dimitri la remercia.

— Je t'attends ici, lui promit Rosa avant de ressortir rapidement.

Une fois dans les locaux, il se sentit étrangement calme, pourtant il était sur le point de rencontrer la femme pour laquelle il avait quitté Constantinople et était venu à Berlin. Klara désigna un couloir et lui conseilla d'emprunter le premier escalier à gauche pour monter au deuxième étage.

— C'est la quatrième chambre sur la droite.

Il la remercia et s'éloigna, son balai et sa pelle à la main.

Devant la porte de la chambre particulière, il hésita, rassembla son courage et ouvrit. Une jeune femme était adossée à des oreillers, les yeux fermés. D'abord, il ne la regarda pas directement, puis quand il le fit, son cœur s'emballa : ce pouvait être elle.

Il commença par balayer la partie de la chambre située près de la fenêtre donnant sur les toits de la ville. Lorsqu'il se retourna pour balayer les alentours du lit, Anna Tchaïkovski se réveilla. Elle avait les cheveux courts et châtains, les yeux bleus, une grande bouche et un long nez. Il y avait une ressemblance manifeste et le cœur de Dimitri se mit à battre plus fort.

— Puis-je balayer sous votre lit, madame ? demanda-t-il en allemand.

Elle hocha la tête.

— Je vous connais ? s'enquit-elle en l'observant.

— Peut-être. Vous pensez me connaître ?

Elle soupira.

— Oh, je ne sais pas… Je vois tant de personnes du passé sans avoir aucun souvenir d'elles. Vous êtes russe, n'est-ce pas ? Vous avez l'air d'un Russe.

— En effet. Nous sommes nombreux à Berlin.

— Connaissiez-vous ma famille, les Romanov ?

Elle avait la voix plus grave qu'Anastasia. La maturité, peut-être.

— Oui. Quelle horreur, ces rumeurs affirmant qu'ils ont été tués ! Si vous vous êtes échappée, d'autres ont peut-être fui également ?

C'était le moment qu'il attendait. Enfin il allait savoir. Il retint son souffle.

— Je ne crois pas, déclara-t-elle. Tous ont été massacrés. Cruellement massacrés. À part moi.

— Vous vous rappelez quelque chose ? J'ai entendu dire que vous aviez oublié…

— J'ai des bribes de souvenirs des visages, mais rien qui fasse sens. Les images se mélangent dans mon esprit.

Elle passa une main sur son front. Son autre bras portait un épais bandage.

— Et Tatiana ? Elle a été tuée ?

— Oui, je l'ai vue mourir.

Dimitri se figea, incapable de respirer.

— Quand est-elle revenue à la villa Ipatiev ? La veille du jour où elle a été tuée ?

Il y eut un moment de flottement avant qu'Anna ne lui réponde, troublée :

— Mais elle n'en est jamais partie. Aucun d'entre nous n'avait le droit de sortir depuis notre arrivée, au printemps. Nous ne pouvions même pas aller à l'église.

Dimitri eut soudain le tournis. Ce n'était pas Anastasia.

— Qu'est-il arrivé à Elena, la femme de ménage ? demanda-t-il pour en avoir le cœur net.

— Je ne vois pas de qui vous voulez parler. Et qui êtes-vous, d'ailleurs ? Que faites-vous ici ?

Elle semblait de plus en plus inquiète.

— Je suis garçon de salle. Ne vous inquiétez pas, j'ai terminé, je vous laisse…

Il sortit dans le couloir et s'adossa au mur pour respirer profondément. Si elle avait été la véritable Anastasia, elle se serait souvenue que l'une des femmes de ménage avait pris la place de sa sœur pour l'avant-dernière nuit qu'ils avaient passée dans la villa Ipatiev. Il en voulut à Anna Tchaïkovski pour son imposture, mais sa colère fut de courte durée car il s'agissait d'une malheureuse jeune femme, nerveuse et hésitante, une malade mentale.

Il ressentait toutefois un immense vide. S'il s'était agi d'Anastasia, il aurait peut-être appris ce qui avait eu lieu au cours des ultimes vingt-quatre heures, et même ce qu'était devenue Tatiana. Il était revenu au point de départ, sans la moindre piste : il était à Berlin pour rien… Enfin, ce n'était pas tout à fait juste. Ce voyage lui avait permis de se mettre à l'écriture d'un roman, ce qui lui procurait une sensation de paix qu'il n'avait jamais ressentie à Constantinople.

Dès qu'il se fut ressaisi, il redescendit l'escalier pour retourner vers la porte latérale, laissant sa blouse et son balai dans un coin. Dehors, la loyale Rosa l'attendait, avec son manteau rouge et son chapeau d'homme. Il en eut les larmes aux yeux. Si seulement il pouvait l'aimer comme elle méritait de l'être !

— C'était elle ? demanda-t-elle en tapant des pieds et en se frottant les mains tant il faisait froid.

Il secoua la tête et sécha ses yeux du dos de la main.

— Bien. À présent, raconte-moi de quoi il s'agit. Tu me dois bien ça, non ?

Dimitri et Rosa se rendirent dans le café le plus proche et s'attablèrent dans un coin. Ils commandèrent du chocolat chaud et une part pour deux de forêt-noire surmontée de crème. Dehors, il commençait à neiger et des flocons voletaient derrière la vitre. Les passants relevaient leur col et enfonçaient leur chapeau sur leur tête. Rosa était étrangement silencieuse et soufflait sur son chocolat en attendant que Dimitri parle.

— J'étais dans la garde impériale russe, puis je suis tombé amoureux de Tatiana, la deuxième fille du tsar. Elle était amoureuse de moi et, en 1916, nous nous sommes mariés en secret.

Rosa ouvrit de grands yeux, le souffle coupé.

— Tu comprends pourquoi je ne t'ai rien dit plus tôt… J'aurais pu devenir la cible des espions bolcheviques. En théorie, ce mariage me place dans l'ordre de succession au trône, de sorte que je serais sans doute éliminé si la nouvelle se répandait.

— Tu le veux, ce trône ? lui demanda-t-elle, abasourdie.

— Bien sûr que non. Ce que je voudrais désespérément, c'est savoir ce que Tatiana est devenue. Voilà pourquoi je tenais à rencontrer Anna Tchaïkovski.

— Ta femme doit être morte. Comment aurait-elle pu survivre ? Où serait-elle ? Je comprends qu'il te soit difficile de renoncer à tout espoir, mais il n'y en a plus aucun, non ?

Dimitri se fâcha.

— En fait, j'ai une raison d'espérer : elle ne se trouvait pas dans la villa Ipatiev la veille de la disparition de la famille.

Il lui expliqua ce qui s'était passé.

— Si elle était en vie, lui fit remarquer Rosa, elle aurait contacté sa famille, la princesse Irène, la grande-duchesse Olga… elle t'aurait recherché.

— Il a pu arriver un nombre considérable de choses, répondit Dimitri avec irritation. Tu n'imagines pas à quel point les bolcheviques sont dangereux, même à l'étranger. Il y a quinze jours, un cousin éloigné des Romanov a été abattu dans son appartement parisien.

Rosa soupira. Entre eux, la part de gâteau était intacte.

— Tu es en train de me dire que tu comptes attendre de savoir ce qu'il est advenu de Tatiana pour te remarier ? J'étais en droit de savoir, non ? Nous sommes amants depuis quatre mois, presque cinq.

— Déjà ?

Face à l'expression peinée de la jeune femme, Dimitri comprit qu'il avait commis un impair.

— Je voulais dire que j'ai une sensation de nouveauté, de fraîcheur. J'aime être avec toi, Rosa. On s'amuse bien.

— Tu es marié. Merci de m'en faire enfin part !

Sur le chemin du retour, elle tenta de chasser sa mauvaise humeur en lui racontant une anecdote sur le frère d'une serveuse du café, mais il ne l'écoutait pas, amèrement déçu qu'Anna ne soit pas Anastasia. Encore une fausse piste…

Cette nuit-là, après l'amour, Rosa lui murmura :

— Je t'aime.

Dimitri se figea, incapable d'en dire autant, même de façon légère. Il attira son visage vers le sien et l'embrassa tendrement, espérant que cela suffirait.

Ensuite, il resta éveillé, pensant à Tatiana : sa voix, son sourire, sa façon de bouger. Elle emplissait tellement son cœur qu'il n'y avait de place pour personne d'autre. S'il ne voulait pas perdre Rosa, qui lui apportait la joie, les rires et le réconfort d'une femme, lui dire qu'il l'aimait aurait été mentir.

43

Lac Akanabee, fin septembre 2016

La lecture de la lettre de Tom avait plongé Kitty dans la déprime. Elle la sentait venir et ne cherchait pas à lutter contre elle car elle savait que ce sentiment couvait depuis longtemps. Il reflétait par ailleurs le climat. Si les journées étaient encore douces, la fin de l'été était proche et, le soir, une brise assez vive faisait voleter les feuilles mortes. Elle prit conscience que ses jours au chalet étaient comptés : il ne restait plus que deux semaines avant son vol de retour.

Le contenu de la lettre de Tom tournoyait dans sa tête tandis qu'elle s'affairait dans le jardin qu'elle avait créé de toutes pièces. Aurait-elle dû lui permettre de la réconforter après la mort de ses parents ? Elle avait choisi la seule option qu'elle jugeait gérable : rester occupée. L'énormité de ce deuil était simplement impossible à porter, et ses parents revinrent envahir ses pensées tandis qu'elle creusait le sol.

Son père avait été un homme calme et réservé, fiable et sincère de nature. Kitty aimait qu'il l'ait traitée comme il aurait traité un fils, lui faisant gravir l'échelle pour déboucher la gouttière, lui enseignant l'art de la menuiserie et mettant un point d'honneur à ce qu'elle sache changer une prise dès son plus jeune âge. Lorsqu'il était fier d'elle, il esquissait un sourire spécifique et avait le regard lointain. Tous deux exprimaient rarement leurs émotions, mais Kitty avait toujours senti en lui un allié. Le souvenir lui revint d'un soir, avant un examen scolaire, où elle avait eu une crise de panique qui la faisait trembler et lui donnait des haut-le-cœur. Son père l'avait prise par la main pour l'emmener dans le jardin, où il avait installé deux chaises longues. Assis à côté d'elle dans la pénombre, il lui avait désigné les constellations : la Grande Ourse, la Petite Ourse, Andromède et Pégase, jusqu'à ce que, apaisée, elle puisse retourner se coucher.

Ses relations avec sa mère avaient été beaucoup plus complexes, et les années de l'adolescence particulièrement difficiles à cause de la pression que sa mère lui avait imposée pour qu'elle réussisse. C'étaient sans cesse des histoires à propos de la santé de Kitty, de ses dépenses, ses choix vestimentaires, et bien sûr ses résultats d'examen. Lorsque la jeune femme eut quitté la maison, il lui arriva de laisser son répondeur se déclencher afin d'éviter le déluge de critiques de sa mère. Avec le recul, la pression qu'elle subissait alors mettait encore Kitty en colère, même si elle reconnaissait que le moteur en avait été l'amour.

— Tu avais besoin d'être poussée, lui répétait sa mère. Toi, et ton père aussi. Si je vous avais laissés faire, vous auriez passé vos journées à bricoler.

Si sa mère avait été critique envers les petits amis d'adolescence de Kitty, elle avait tout de suite adopté Tom, qui pourtant n'était alors qu'un musicien en devenir, ce qui n'avait rien d'un honorable métier. C'était la seule personne à qui elle permettait de la taquiner quant à son exigence. « Allons, Elizabeth, vous êtes certaine que ce bouquet de fleurs est parfaitement symétrique ? » « La salière ne devrait-elle pas être positionnée quelques millimètres plus à gauche ? » Tom était le seul à la faire rire d'elle-même. Kitty se rappela son rire mélodieux.

Qu'est-ce que tu me conseillerais, maman ? La jeune femme sut immédiatement que sa mère lui aurait dit de retourner auprès de Tom et de se réconcilier avec lui. « Je ne veux pas de divorce dans ma famille, aurait-elle déclaré. Quelle honte ce serait ! »

Ils étaient morts à moins de soixante ans, après qu'un car eut franchi la voie centrale d'une autoroute espagnole. Une semaine plus tard, Kitty avait reçu une carte postale pleine de joie de vivre. Son père se sentait coupable d'avoir sélectionné un homard dans l'aquarium d'un restaurant, tandis que sa mère comparait la bête, une fois cuite, aux coups de soleil de son mari. Tom avait aidé Kitty à organiser les funérailles et s'était chargé des formalités pour la succession, le patrimoine, la vente de la maison dans laquelle Kitty avait grandi, tandis qu'elle… que faisait-elle, au juste ? Elle ne se le rappelait pas. Pourtant, dès qu'elle avait encaissé l'argent, elle avait acheté la bicoque de Tottenham et s'était jetée à corps perdu dans les travaux pendant une année entière.

Depuis qu'elle rénovait le chalet, elle discutait mentalement avec ses parents, parfois même à voix haute : *Pourquoi personne ne m'a jamais parlé de Dimitri, maman ? As-tu rencontré ton grand-père ? Marta t'a-t-elle parlé de lui ? Comment était-il ?* Il n'y avait personne pour lui répondre. La mort était définitive et Kitty avait laissé filer sa chance.

À court de plantes, elle se rendit à la jardinerie pour en racheter. En route, elle fit une halte au coffee-shop. Tom savait qu'elle avait reçu son colis et il attendait sans doute une réponse, mais elle ignorait quoi lui dire. Les mots lui viendraient peut-être peu à peu.

Elle rechargea son ordinateur et, au lieu d'ouvrir directement sa boîte mail, elle chercha le profil de Karren Bayliss sur Facebook. Si elle ne l'avait pas encore fait, c'était parce qu'elle ne connaissait pas son nom de famille. Elle n'en revint pas. La photo qu'elle avait vue sur le téléphone de Tom n'était pas très claire, mais là, Karren avait tout d'une poupée gonflable. Sa photo de profil montrait ses énormes seins exposés sous un petit haut au décolleté plongeant telles des pièces de viande sur l'étal d'un boucher. Ses cheveux châtains étaient striés de mèches blondes, elle avait des cils noirs interminables, les lèvres gonflées et un faux bronzage couleur caramel. Elle n'aurait pas pu être plus différente de Kitty. Quelle mouche avait piqué Tom ?

Kitty eut presque envie de lui envoyer un e-mail sarcastique sur son manque de goût, mais ce n'aurait pas été le meilleur moyen d'avancer. Elle consulta sa boîte de réception et répondit à plusieurs amis. Il y avait aussi un message de Random House, qui s'excusait du temps mis à répondre à sa requête à cause des congés d'été. Kitty se rappela que l'éditeur berlinois de Dimitri se nommait Slowo, puisque le nom figurait dans les mentions légales de ses romans. En entrant cette donnée dans le moteur de recherche, elle découvrit que la maison était née à Berlin, fondée par Joseph Gessen, et qu'elle avait aussi publié Pouchkine, Tolstoï et Nabokov, ainsi que le *Rul*, journal en langue russe destiné aux émigrés. Dernièrement, il y avait eu à Berlin une exposition sur les éditeurs immigrés. Elle repéra dans la liste des auteurs et contributeurs le nom de Dimitri, ainsi qu'une courte biographie indiquant qu'il avait été journaliste pour le *Rul*. Étrange coïncidence qu'elle et son arrière-grand-père aient exercé le même métier. Les gènes, sans doute…

Après des recherches plus poussées, Kitty dénicha un article de Dimitri dans les archives du *Rul*, mais il était en russe. Grâce à la fonction traduction, elle comprit que Dimitri avait interviewé la princesse Irène de Hesse peu après qu'elle eut rendu visite à une jeune fille nommée Anna Tchaïkovski et qui prétendait être la grande-duchesse Anastasia. Kitty en fut troublée. L'article datait de 1923 et les Romanov avaient été assassinés en 1918. Comment un imposteur pouvait-il espérer duper la famille éloignée cinq ans plus tard ? Elle fit des recherches sur Anna Tchaïkovski. Plusieurs articles lui étaient consacrés. Apparemment, la famille des Romanov s'était scindée en deux camps : ceux qui croyaient Anna et ceux qui affirmaient qu'elle n'était pas Anastasia. D'après les photos, il y avait une ressemblance plausible.

Naturellement, en 1923, le monde ignorait encore le sort des Romanov. L'année suivante, Nicolas Sokolov, l'enquêteur de l'armée blanche, avait publié son rapport, concluant que la famille avait été tuée dans la villa Ipatiev. Il avait trouvé des témoins qui lui avaient décrit le sous-sol ensanglanté, criblé d'impacts de balles et de traces de couteau. Il avait photographié les effets personnels retrouvés dans un puits de mine incendié et, pourtant, les rumeurs persistaient à affirmer qu'un ou plusieurs enfants avaient pu s'échapper. Anna Tchaïkovski maintenait sa version, donnant lieu à des poursuites judiciaires qui ne furent réglées qu'après sa mort, lorsque l'ADN finit par démontrer qu'elle était en réalité Franziska Schanzkowska, une ouvrière polonaise. Pourquoi tant de personnes l'avaient-elles crue ? Sans doute parce que la vérité, le massacre de tous les enfants impériaux, était trop atroce.

Dans un article, Dimitri semblait persuadé qu'Anna Tchaïkovski n'était pas Anastasia et évoquait les raisons pour lesquelles la malheureuse jeune femme alitée dans un hôpital de Berlin pouvait affirmer une telle chose. Peut-être avait-elle subi un grand choc dans sa vie et en effaçait-elle le souvenir en endossant une nouvelle identité ? L'esprit était parfois si obscur. « Les gens peuvent se persuader de n'importe quoi, écrivait-il, comme nous l'ont appris les écrits de messieurs Freud et Jung. »

Les pensées de Kitty revinrent à Tom. Aurait-elle été plus bouleversée s'il avait choisi une maîtresse qui lui ressemblait ? Cela n'aurait-il pas signifié qu'il cherchait à la remplacer ? Pourquoi avoir choisi une femme qui offrait son corps sur un plateau ?

Le mot « évident » lui vint aussitôt : la psy avait dit à Tom qu'en laissant son téléphone sur la console de l'entrée, il avait tout mis en œuvre pour se faire prendre. Il avait choisi une femme qui avait tout de l'objet sexuel parce qu'il cherchait à attirer l'attention de Kitty, à la faire réagir. *Et il a réussi*, songea-t-elle. Si elle lui envoyait un e-mail là, maintenant, elle risquait de se montrer trop sarcastique.

Comment réagissaient les autres couples dans une telle situation ? Se battaient-ils histoire de crever l'abcès ? Les disputes, les confrontations n'avaient jamais été son genre. Parce qu'elle était fille unique, peut-être. Et puis elle détestait perdre le contrôle. En même temps, garder ses émotions pour soi ne faisait qu'empirer les choses, et Tom parlait justement dans sa lettre de la façon de Kitty d'éviter ce qui touchait aux sentiments. Si elle parvenait à lui dire ce qu'elle ressentait à propos de Karren Bayliss, peut-être pourraient-ils avoir une conversation franche ? Hélas, Kitty ne savait par où commencer.

« Cher Tom, comment as-tu pu me faire ça ? » n'était pas son style. Elle préféra attendre une journée de plus, le temps de choisir ses mots.

Ce soir-là, elle parcourut les romans de Dimitri. Si le premier, publié en 1924, ne portait pas de dédicace, *Exil* était « Pour Nicolas » et *Sous la botte* « Pour Marta », la grand-mère de Kitty. Les deux derniers ouvrages, publiés aux États-Unis dans les années 1940, étaient, eux, « Pour Rosa ». Dimitri remerciait ensuite

Alfred A. Knopf d'avoir cru en lui, sa famille pour son soutien et Irena Markova, sa traductrice en anglais, pour son talent. Kitty revint au premier roman, regrettant qu'Irena Markova ne l'ait pas traduit, car sa lecture n'était pas fluide. En dépit de cette traduction médiocre, la description d'un premier amour était saisissante. Dimitri évoquait la sensation de plénitude que procure l'effet miroir avec l'autre, la joie secrète de regarder un être dans la foule et de savoir exactement ce qu'il pense en cet instant précis. Le miracle d'un partenaire qui vous connaît mieux que vous-même.

Une expression lui revint à l'esprit : dans un roman, Mikhaïl évoquait son amour des « imperfections intimes » de Valerina, un grain de beauté derrière l'oreille, sa façon de se ronger les ongles lorsqu'elle était énervée, et Kitty revit Tom tentant de dissimuler sa bedaine en tirant sur le bas de sa chemise avant d'examiner le résultat dans la glace, ignorant qu'elle l'observait. L'image la fit sourire et elle l'entendit chanter faux des chansons des années 1980. Là, le visage de la jeune femme s'illumina. Il n'y avait pas de doute : elle l'aimait encore.

Pouvaient-ils sauver leur couple ? Elle l'espérait de tout cœur.

44

Berlin, 1924

Quand Dimitri était arrivé à Berlin, la vie n'était pas chère. En 1923, les prix se mirent à grimper en flèche à cause de l'inflation provoquée par la décision du gouvernement de faire tourner les planches à billets. Une miche de pain qui coûtait cent soixante-trois marks en 1922 se vendait deux cents millions de marks en novembre 1923. Les salaires ne suivaient pas. Dimitri fut contraint de demander à sa famille vivant à Constantinople de lui envoyer de l'argent, ce qu'il trouvait humiliant. Il aurait pu quitter l'Allemagne, mais une maison d'édition berlinoise avait proposé de publier son roman.

Burtsev, le rédacteur en chef du *Rul*, avait transmis son manuscrit aux éditions Slowo, au sein de l'entreprise. Étrangement, il fut accepté et, au printemps 1924, *Interminable amour* parut avec un succès modéré. Dimitri fut invité à une lecture à la librairie Rodina, les journaux russes publièrent des critiques favorables, un ami du propriétaire de la librairie voulut le traduire en allemand et une femme lui écrivit pour demander à le traduire en anglais. Dimitri rechigna car, pour lui, c'était un roman si russe dans sa quintessence qu'il était impossible à traduire. Ayant besoin d'argent, il accepta toutefois, mais il éprouvait des sentiments partagés envers la publication de son livre. Le fait que les sentiments intimes de ses personnages, en réalité les siens, soient exposés au public le gênait. Il aurait préféré demeurer anonyme. Rosa, elle, se réjouissait de ces petits succès, conseillait le roman aux clients du café et s'attachait à le mettre en bonne place dans les librairies.

Quand parut l'édition en allemand d'*Interminable amour*, Dimitri lui en offrit un exemplaire. Il ne sut jamais si elle l'avait lu et il se mettait à sa place : difficile pour elle de lire l'amour de son homme pour une autre femme. Elle avait sans doute deviné qu'il parlait de Tatiana. Peut-être même avait-elle décidé de ne pas le lire, pourtant elle participa à sa promotion. La plupart des gens qui les connaissaient croyaient qu'il était question de Rosa.

Ils furent vite conviés dans les salons littéraires. Si Rosa était intellectuellement dépassée par les conversations sur l'art et la littérature, tout le monde appréciait néanmoins son caractère ouvert, amical, et admirait son style vestimentaire décalé. Elle achetait ses habits au marché aux puces et choisissait délibérément des couleurs mal assorties, comme le vert vif et le violet, le rose bonbon et l'orange pour créer ses tenues. Dimitri parlait d'une « explosion dans une usine textile ». Chez elle, il n'y avait aucun artifice, ce qui était rafraîchissant dans une ville où bien des gens dissimulaient leur véritable nature, surtout au sein de la communauté russe.

Rosa se fit vite plus d'amis que Dimitri dans le milieu littéraire berlinois. Elle invitait les gens chez eux à boire du schnaps et écouter des poèmes. Parfois, il la regardait et s'émerveillait de sa capacité à mémoriser le prénom des enfants de ses amis et les menus détails de leur existence. Elle complimentait les gens sur leurs écrits et riait de leurs traits d'esprit, sachant flatter leur ego. Peut-être était-ce la clé de son succès en société.

Un soir d'été, en 1924, dans un salon, Burtsev dit à Dimitri que Nicolas Sokolov, le magistrat d'Iekaterinbourg, avait enfin publié son rapport sur le sort des Romanov.

— Il semble que Sokolov ait échappé à l'armée rouge en fuyant par la Sibérie avec une caisse contenant les objets retrouvés dans le puits de mine à Iekaterinbourg, expliqua Burtsev. Au fil des années, il a interrogé des émigrés et des membres de la famille des Romanov, pris de nombreuses notes, jusqu'à ce qu'il se sente prêt à faire part au monde de ses découvertes.

Les mains de Dimitri se mirent à trembler. Il posa son verre sur le piano.

— Et il conclut qu'ils sont tous morts, je suppose.

— Telle est son opinion.

— Pourtant, je ne crois pas qu'il ait retrouvé les cadavres…

— Il émet la théorie macabre qu'ils ont été découpés en morceaux, rongés par de l'acide sulfurique, puis jetés au feu.

Burtsev fit une moue de dégoût. Dimitri sentit ses entrailles se nouer d'angoisse. Il dut prendre appui sur le piano pour ne pas chanceler.

— Tu as un exemplaire de ce rapport ? demanda-t-il.

— Je te l'apporterai chez vous demain.

Le document contenait des clichés des objets que Sokolov avait sortis de Russie dans sa boîte infâme. Dimitri en connaissait quelques-uns grâce aux articles de presse de 1919. Il scruta les images en quête d'un indice susceptible de lui indiquer si les restes de Tatiana se trouvaient bien eux aussi dans le puits de mine. Il y avait la boucle de ceinturon du tsar, une boucle d'oreille en perle d'un style prisé par la tsarine Alexandra, des boucles de chaussures appartenant aux grandes-duchesses, différentes de celles que portait Tatiana la dernière fois qu'il l'avait vue, Dimitri en était certain. Les lunettes et le dentier du médecin de famille, mort avec eux, des icônes, une broche et cet horrible doigt humain. Le cadavre d'un chien gisait au fond du puits. Dimitri frémit en songeant que ce pouvait être Ortipo.

Rosa rentra pour préparer le repas. Dimitri voyait qu'elle s'efforçait d'entendre ce qu'ils se disaient, mais il ne l'intégra pas à sa conversation avec Burtsev, qui ne la regardait en rien.

Le rédacteur en chef proposa à Dimitri de rédiger un article sur le rapport Sokolov, ce qu'il accepta. Il savait déjà ce qu'il écrirait : faute de dépouilles, il n'y avait aucune preuve indiscutable que les Romanov étaient morts. Il demeurait possible que les adultes aient été exécutés et les enfants emprisonnés. On commençait à parler hors des frontières russes des camps de détention établis par les bolcheviques, des lieux terribles où les détenus étaient battus, affamés et torturés. Pourvu que Tatiana et ses frère et sœurs n'aient pas atterri dans un tel lieu ! Il préférait les imaginer assignés à résidence dans un logement correct. Quand le gouvernement serait renversé, les émigrés rentreraient chez eux et les enfants Romanov seraient retrouvés et libérés.

Son article parut quelques mois plus tard. Rosa le lut sans faire le moindre commentaire.

Un soir de novembre 1924, Dimitri et Rosa se rendirent à l'Eldorado avec des amis russes. Pendant que Rosa dansait dans son style inimitable, Dimitri parla avec ses camarades, des écrivains russes qui, attirés par une certaine ouverture du gouvernement communiste, regagnaient l'Union des républiques socialistes soviétiques, nouveau nom de la Russie. Alexis Tolstoï avait annoncé son départ pour Moscou. Andréi Biély venait de rentrer au pays et Boris Pasternak, partisan du régime, n'en était jamais parti.

— Je ne leur fais pas confiance, déclara Dimitri. J'aime autant ma patrie que n'importe quel Russe, mais je n'y retournerai pas tant que les bolcheviques n'auront pas été renversés. Les simulacres de procès et les camps d'internement inhumains prouvent la vraie nature de leur pouvoir et il n'est pas souhaitable que les écrivains les cautionnent implicitement.

Son ami acquiesça.

— Tu as entendu parler du camp des îles Solovki ? L'une de leurs tortures préférées est d'attacher un homme nu à un poteau au milieu d'une nuée de moustiques. Une pratique barbare.

Ils furent interrompus par une agitation sur la piste de danse. En levant les yeux, Dimitri vit Rosa allongée par terre et se précipita vers elle.

— Que s'est-il passé ? s'enquit-il en s'agenouillant auprès d'elle.

Elle avait les yeux fermés mais il l'entendait murmurer.

— Elle s'est écroulée sans crier gare !

Le directeur se présenta avec deux portiers.

— Installons-la dans une arrière-salle où elle pourra se reposer, suggéra-t-il.

L'un d'eux la porta derrière un rideau, dans une pièce meublée d'un divan de velours rouge, et elle rouvrit les yeux.

— Dimitri ? Où suis-je ?

— À l'Eldorado. Tu t'es évanouie, lui répondit-il en lui prenant la main. Comment te sens-tu ?

— Je vais bien. Un petit vertige, rien de plus.

— Veuillez appeler un médecin, dit-il au directeur. J'ai de quoi payer.

En attendant l'arrivée du médecin, Rosa garda les yeux fermés tandis que Dimitri balayait la pièce du regard. C'était sans doute là que les entraîneuses amenaient les clients pour des « prestations spéciales » moyennant un pourboire généreux. Sur un mur était accroché un miroir jauni et sur l'autre la reproduction d'un tableau figurant des bergères dénudées.

Le médecin prit le pouls de la jeune femme, écouta son cœur au stéthoscope, lui posa en allemand une série de questions, mais si vite que Dimitri ne parvint pas à suivre. Il lui palpa délicatement le ventre et hocha la tête.

— Qu'est-ce qu'elle a, selon vous ? s'enquit Dimitri.

Le docteur termina son examen avant de déclarer :

— Votre femme est enceinte, monsieur. Félicitations.

Rosa retint son souffle et porta une main à sa bouche.

— Vous êtes sûr ? insista Dimitri en dévisageant Rosa.

— Oui. Je sens le sommet de l'utérus. Selon moi, elle est enceinte de plus de douze semaines.

Dimitri lut dans le regard de la jeune femme qu'elle était ravie. Il était sous le choc mais lui adressa un sourire rassurant. Sa première réaction fut la panique : il ne pouvait avoir un enfant avec Rosa, cela le lierait beaucoup trop à elle ! Tatiana serait dévastée si elle revenait et découvrait qu'il avait un enfant avec une autre femme. Elle demanderait le divorce. Que faire ? Il n'avait pas le choix.

Il raccompagna le médecin pour lui régler la consultation.

— Votre femme doit se reposer et bien manger. Plus de sorties au cabaret.

— Ce n'est pas ma femme. Je suis déjà marié et la situation est délicate…

Le médecin le foudroya du regard.

— Vous vous êtes mis dans un sacré pétrin, monsieur. J'espère que vous vous comporterez de façon honorable.

Honteux, Dimitri appela un taxi pour ramener Rosa.

— C'est bizarre, non ? s'exclama-t-elle sur le siège arrière de la voiture, tandis que Dimitri l'enlaçait. Je n'en savais rien. Je voyais que j'avais pris un peu de poids, c'est tout. Tu crois que ce sera une fille ou un garçon ?

— Aucune idée, fit Dimitri avec un haussement d'épaules.

— Je préférerais un garçon pour qu'il soit comme toi…

Elle semblait inquiète, et dans ces moments-là elle parlait trop.

— Si le docteur a raison et que je suis enceinte de douze semaines, il naîtra en mai. Ce serait merveilleux ! Juste avant l'été. Tu n'es pas fâché, j'espère, chéri ?

— Je suis encore un peu sous le choc, admit-il.

— Oui, moi aussi. Je croyais que nous n'avions pris aucun risque.

Dimitri avait coutume de se retirer durant les périodes de fertilité de la jeune femme.

— Je n'ai pas remarqué l'absence de règles. Maintenant que c'est arrivé… il faudra nous y habituer mais… tu crois que tu seras content, après ?

— Laisse-moi me faire à cette idée, lui répondit-il en la serrant contre lui pour la rassurer.

— Il nous faudra un appartement plus grand, reprit-elle. Pas tout de suite, mais un jour notre fils devra avoir sa chambre à lui.

Dimitri se mit à rire.

— Tu es persuadée que ce sera un garçon alors que tu ignorais même son existence il y a encore deux heures !

— C'est étrange, je sais.

De retour chez lui, il l'aida à se coucher et s'allongea auprès d'elle avant d'éteindre la lumière.

Dans le noir, Rosa murmura timidement :

— Dimitri, pourrions-nous nous marier avant la naissance du bébé ? C'est très important… et ma famille va me demander…

— Je ne peux pas. Je suis déjà marié.

— Oui, avec un fantôme, fit-elle tristement. Jamais je ne pourrai rivaliser…

45

Berlin, 1925

Ce fut un beau garçon en pleine santé, aux cheveux blonds et aux yeux bleus. Avec ses pommettes russes, il ressemblait étonnamment au père de Dimitri.

— Comment veux-tu l'appeler ? demanda Rosa tandis qu'elle l'allaitait, incapable de le quitter des yeux.

Elle était radieuse, avait le teint frais et les cheveux soyeux. Dimitri s'était inquiété qu'ils ne sachent pas s'occuper d'un bébé, mais Rosa semblait avoir l'instinct maternel. Elle était si sereine que l'enfant se calmait dès qu'elle le prenait dans ses bras.

— J'aime bien le prénom Nicolas, répondit-il. Qu'en penses-tu ?

— Nicolas, c'est très joli ! En l'honneur de ton tsar ?

— Non. Notre tsar était un imbécile. J'aime simplement la sonorité des trois syllabes.

Rosa avait trouvé un berceau et disposé les affaires du bébé dans un coin de leur chambre. Elle lui chantait des chansons en permanence : pour l'endormir, lorsqu'elle lui changeait sa couche, lorsqu'elle jouait avec lui sur le tapis. Son bonheur sautait aux yeux et elle avait cessé de demander à Dimitri de l'épouser. En revanche, elle avait insisté pour qu'il lui achète une bague afin que les gens les croient mariés.

Après la naissance, il comptait emporter sa machine à écrire dans un café pour travailler sans être interrompu, mais il découvrit rapidement qu'il préférait écrire chez lui, avec leurs voix en fond sonore dans la pièce voisine et le fumet du ragoût qui mijotait sur le fourneau. Rosa prenait soin de ne pas le déranger. Outre ses articles pour le *Rul*, il avait commencé l'écriture d'un nouveau roman.

Comme le précédent, *Exil* comportait des éléments autobiographiques. Le personnage principal était hanté par un acte terrible qu'il avait commis dans le passé, avant d'être banni de son pays d'origine. Incapable d'oublier, il ne vivait pas pleinement. Dimitri analysait l'expérience d'un exilé immergé dans une culture très différente de la sienne et en concluait que, à bien des égards, elle était libératoire. À Berlin, il pouvait se réinventer en dehors des règles strictes de la société russe. Si son père avait été en vie, il n'aurait jamais pu devenir écrivain. On aurait attendu de lui qu'il mène une carrière militaire jusqu'au sommet en accumulant les médailles. Et, pourtant, il avait une sensation de déplacement, l'impression de mener la vie d'un autre. Ne pas parler allemand couramment l'agaçait ; pourtant, il lui semblait impossible de s'approprier les rythmes saccadés de cette langue. Sa relation avec Rosa lui paraissait provisoire, elle lui tenait compagnie en attendant le retour de Tatiana. Même le bébé ne parvenait pas à chasser ce sentiment, ce qu'il trouvait injuste envers Rosa.

Il n'avait rien à lui reprocher. À bien des égards, c'était une épouse idéale : enjouée, affectueuse, compréhensive. Elle ne lui demandait pas grand-chose si ce n'est un toit au-dessus de la tête et de quoi acheter à manger. Quand la mère et la sœur de la jeune femme leur rendaient visite, il se montrait poli et accueillant alors que leur réprobation était viscérale.

— Pourquoi m'aimes-tu ? demanda-t-il un jour à Rosa.

Il ne comprenait vraiment pas pourquoi.

— Parce que tu as besoin de moi, lui répondit-elle. Parce que je veux essayer de te rendre heureux.

— Tu n'y arriveras pas. La mélancolie est inhérente à l'âme slave.

Pourtant, Rosa parvenait à le faire rire presque malgré lui. Quand elle revenait de ses courses quotidiennes, il avait généralement droit à une anecdote, un incident mineur qui le distrayait : une femme qui avait frotté avec vigueur les marches d'un perron où un pigeon avait déféqué dès qu'elle avait tourné le dos, un chauffeur de tramway irascible dans le dos duquel on avait collé une pancarte disant : JE N'AI PAS PRIS DE BAIN DEPUIS 1917.

Ils ne sortaient plus le soir, car ils n'avaient pas les moyens de payer une *Kinderhüter*, sans parler du prix de l'alcool dans les cafés et les cabarets. Dimitri buvait une vodka à la maison. Parfois, ils invitaient des amis à dîner, mais en général ils lisaient ou écoutaient la radio. Il n'était pas malheureux et, la nuit, ils faisaient souvent l'amour. Rosa était très passionnée et savait stimuler le désir de Dimitri lorsqu'il était fatigué. Ses doigts frais, ses lèvres, ses seins généreux plaqués contre lui accomplissaient des miracles. Elle lui assura qu'elle ne pourrait pas retomber enceinte tant qu'elle allaiterait Nicolas mais, quand le bébé eut sept mois, ils découvrirent avec stupeur qu'elle s'était trompée : le médecin leur confirma qu'ils seraient de nouveau parents l'année suivante.

— Ce serait merveilleux d'avoir un appartement plus grand, où les enfants auraient leur chambre, soupira Rosa.

Elle ne le harcelait pas, ce n'était pas son genre. D'ailleurs, il savait que sa requête était fondée. Il demanda une avance à son éditeur et parvint à régler une caution pour un trois-pièces situé non loin de chez eux, où ils s'installèrent juste avant la naissance de leur fille, à l'été 1926.

— Je peux l'appeler Marta ? demanda Rosa. J'ai toujours voulu une fille qui s'appellerait Marta.

— Bien sûr, répondit-il d'une voix rauque. Marta est un joli prénom.

L'intensité de ses sentiments quand il contemplait sa fille le sidérait. Son envie de la protéger se mêlait à l'émerveillement face à sa féminité innée. Elle avait déjà les mains délicates, une attitude de ballerine, et le regardait avec une innocente adoration. Comment avaient-ils pu engendrer un être d'une telle beauté ? Parfois, il trouvait presque qu'elle ressemblait à Tatiana. Naturellement, c'était impossible.

— Bonjour, petite fille, murmurait-il.

Elle serrait son doigt dans son petit poing avec une force étonnante. Nicolas marchait à quatre pattes et agaçait Dimitri par ses bêtises. Il lui prenait ses feuilles de papier, renversait sa tasse, tombait et pleurait alors qu'il ne pouvait s'être fait mal. Secrètement, son père devait admettre qu'il avait une préférence pour sa fille. Si Nicolas était maladroit, en quête d'attention, tel Dimitri au même âge, Marta était gracieuse, et sûre d'elle au contraire. Lorsqu'il en parla à Rosa, elle se mit à rire et le taquina :

— Ce sont des bébés ! Tu ne peux pas présager de leur caractère !

Exil parut à l'été 1927 et se révéla plus controversé qu'*Interminable amour*. La vision que Dimitri avait de la vie en exil suscita bien des débats, qui furent repris par la presse germanophone dès la sortie de la traduction allemande, ce qui fit grimper les ventes. Le livre fut réimprimé et, pour une fois, le couple eut un peu d'argent de côté. Dimitri remit à Rosa de quoi acheter de nouveaux vêtements pour elle et les enfants. Un jour, ils firent même une excursion à la campagne avec un pique-nique que Rosa avait préparé dans un panier en osier.

En regardant les enfants jouer dans l'herbe et Rosa chantonner en coupant le pain pour accompagner la bière et les saucisses, Dimitri se dit qu'il n'avait jamais été aussi proche du bonheur. Méfiant, il analysa toutefois cette sensation. La méritait-il ? Et Tatiana ? Et la façon dont il l'avait abandonnée ?

Rosa lui tendit son assiette, puis se leva pour prendre un enfant sous chaque bras et les faire tournoyer. Nicolas et Marta poussèrent des cris de joie et rirent à gorge déployée, et soudain Dimitri s'esclaffa à son tour. C'était nouveau pour lui, mais il avait de moins en moins de mal à se laisser aller.

Dans le train du retour, les enfants endormis sur leurs genoux, Rosa lui posa une question qui devait la travailler depuis longtemps.

— Retournerais-tu en Russie si les communistes étaient renversés ?

Il fronça les sourcils.

— Cela n'arrivera pas de mon vivant. Ils sont trop fermement implantés.

À sa mine déconfite, il comprit que ce n'était pas la réponse qu'elle attendait de lui.

— Et si cela se produisait ? Qu'est-ce qu'on deviendrait, les enfants et moi ?

— Rosa, je veillerai toujours sur vous, c'est promis. Tu n'as rien à craindre.

Elle tripotait l'alliance qu'elle portait à l'annulaire. Elle faillit reprendre la parole, mais se tourna vers la fenêtre avec un imperceptible soupir. Dimitri considéra soudain la situation du point de vue de sa femme et se rendit compte qu'il ne la traitait pas comme elle le méritait. Elle l'aimait, lui avait donné deux enfants, et il refusait de s'engager. C'était injuste.

— Partout où j'irai, vous viendrez avec moi, tous les trois. Vous êtes ma famille, dit-il sincèrement.

Rosa sourit et se pencha avec précaution pour l'embrasser sans réveiller les enfants, mais Dimitri ressentait au plus profond de lui un malaise : et si Tatiana revenait ? Pourtant une petite voix lui disait aussi : « Et si elle ne revenait pas ? » Il avait fait sa vie, plus par défaut que par choix, et il devait l'assumer.

46

Lac Akanabee, État de New York, 1er octobre 2016

Le 30 septembre, il faisait encore beau et chaud, mais dans la nuit le froid s'installa et, le 1er octobre, Kitty se réveilla sous un ciel couvert. Bien qu'elle ait travaillé avec application, de mystérieux courants d'air parvenaient à s'insinuer, et elle eut du mal à se réchauffer après sa douche froide. Comment Dimitri était-il parvenu à vivre ici en plein hiver ? Il devait être très robuste. Rosa était-elle avec lui ? Les enfants lui rendaient-ils visite ? Kitty avait découvert des bribes de sa vie à Berlin, mais rien sur ce qu'ils avaient fait aux États-Unis hormis leur date d'arrivée, en juin 1934.

Comme Kitty devait se rendre à Indian Lake pour acheter des provisions, en chemin elle fit une halte au coffee-shop.

— Dans quinze jours, on ferme pour l'hiver, lui annonça Jeff. Vous êtes ma première cliente aujourd'hui et je ne pense pas voir grand monde.

— Je suis là jusqu'au 14, et ensuite je reviendrai l'an prochain. Quand rouvrez-vous ?

— À Pâques. Parfois, il neige encore, mais il y a toujours des courageux.

Kitty brancha son ordinateur en sirotant son café. Ses recherches sur Dimitri étant dans l'impasse, elle décida de se renseigner sur Rosa Liebermann grâce au site consacré à la généalogie. Elle découvrit rapidement que cette femme avait vécu dans la région d'Albany après son arrivée dans le pays. Elle avait fait partie de l'association des parents d'élèves du lycée et était bénévole à l'hôpital. Sa mère et sa sœur étaient venues d'Allemagne en 1936 et vivaient non loin de chez elle. Rosa et Dimitri avaient dû découvrir le lac Akanabee quand ils habitaient à Albany. Aimaient-ils la vie en plein air ?

Bob lui avait dit qu'il n'avait jamais vu personne en compagnie de Dimitri. Ni femme ni enfants. Il était par ailleurs étrange que personne n'ait réussi à contacter sa descendance après sa mort. Avaient-ils divorcé et les enfants s'étaient-ils rangés du côté de leur mère ? Les recherches de Kitty ne révélèrent aucune séparation.

Il lui fut en revanche plus facile d'obtenir des informations sur son grand-oncle Nicolas, qui s'était installé en Californie à l'âge de trente ans et travaillait dans un établissement vinicole de Sonoma Valley. Il avait épousé une Californienne mais n'avait pas eu d'enfants et Kitty fut étonnée de lire qu'il était mort en 1970, avant sa naissance, à quarante-cinq ans seulement. Elle se rappelait que sa grand-mère Marta lui avait dit combien ils étaient proches quand ils étaient petits, et à quel point il lui avait manqué après son départ. Elles aimaient bavarder quand Marta venait garder Kitty le soir pour permettre à ses parents de sortir. Le matin, Kitty se glissait dans le lit de sa grand-mère, humant le parfum poudré de la vieille dame et les yeux rivés sur son dentier dans un verre, sur la table de chevet.

Marta avait emménagé en Grande-Bretagne à la fin des années 1950, sans doute par amour car elle avait épousé un homme d'affaires de Sheffield. Sa fille unique, Elizabeth, était née en 1960 et avait eu Kitty en 1981. La famille était très éparpillée sur le plan géographique. Pourquoi diable la police n'avait-elle pas réussi à localiser au moins l'un d'entre eux après la mort de Dimitri, en 1986 ?

Kitty commanda un autre café à Jeff et ouvrit ses e-mails. Les noms habituels surgirent : Tom, Tom, des amis, Tom, Amber, Tom… Random House, New York : Kitty ouvrit celui-ci.

Chère Madame Fisher,

Je crains qu'il ne reste aucun éditeur ayant connu votre arrière-grand-père Dimitri Iakovlévitch. Cependant, les archives m'indiquent que c'était un auteur reconnu. Il a remporté un vif succès chez Knopf des années 1930 aux années 1970. Mon stagiaire a découvert certains de ses anciens manuscrits et, si vous le souhaitez, nous serons ravis de vous les envoyer.

Je n'ai lu aucun de ses romans, mais j'ai l'intention de me pencher dès que j'aurai un moment sur *Aux premières lueurs de l'aube* et *Vers le soleil couchant*. Je dois vous informer qu'il n'y a pas beaucoup de demandes pour les réimpressions de romans des années 1940, à moins qu'il n'y ait des circonstances particulières. Je les lirai toutefois en me montrant attentive à toute chose qui serait susceptible d'appuyer votre demande.

Merci encore de nous avoir contactés.

Très cordialement,

Rebecca Wicks

Il fut agréable à Kitty d'apprendre que le travail de Dimitri était apprécié, même si ses contemporains avaient poursuivi leur chemin. Elle avait envie de voir ces manuscrits, mais où se les faire envoyer ? À son adresse londonienne ? Et si elle ne retournait pas y vivre ? Un vent de panique s'éleva en elle lorsqu'elle s'imagina contrainte de louer un appartement, de trouver un emploi et de recommencer sa vie. Ce n'était pas ce qu'elle voulait.

Elle se mit soudain à écrire un e-mail destiné à Tom. Les mots vinrent tout seuls, et ses doigts volaient sur le clavier.

Cher Tom,

J'ai lu ta lettre et j'y ai réfléchi. Sache que la dernière chose dont j'ai envie est de me retrouver dans le cabinet miteux d'une psy obséquieuse pour l'écouter nous dire ce qui cloche dans notre couple. Quand tu m'as épousée, tu savais que j'avais une tendance à fuir la confrontation. Je suis ainsi et ça ne changera pas.

D'ailleurs, comment en êtes-vous venus à parler de mes défauts ? C'est toi qui as commis le faux pas d'aller tremper ton poireau ailleurs. Aussi j'aimerais te renvoyer la balle et te demander dans un premier temps si tu souhaites un couple ouvert. Si ce n'est pas le cas, tu auras du mal à me convaincre que tu ne recommenceras pas, que ce soit avec Karren Bayliss ou avec une autre. Et si une autre promotion te passe sous le nez ? Et si tu te fais virer de ton boulot ? Tu as peut-être concocté un plan pour y remédier lors de tes séances de thérapie ? (Je t'en prie, épargne-moi le discours psy dans ta réponse.)

Je rentre à Londres d'ici deux semaines et je suppose qu'on devra discuter même si je ne me sens pas prête à te voir. Pourtant…

Elle s'interrompit. Elle avait tout faux. Elle n'était plus en colère contre Tom. Son premier contact devait comporter une part de reproche, certes, mais pas sur ce ton. Quand elle pensait à le revoir, elle savait qu'elle aurait envie de se jeter dans ses bras. Elle mourait d'envie de discuter vraiment avec lui, comme autrefois. Elle avait tant de choses à lui dire ! Mais par où débuter ? Elle enregistra le brouillon de cet e-mail et décida d'y revenir plus tard, en rentrant de ses courses peut-être.

Au supermarché, elle prit une nouvelle caisse de vin et la caissière ne fit aucun commentaire, se contentant de scanner le code-barres les lèvres pincées. Sur le trajet du retour, le vin blanc semblait appeler Kitty : elle avait besoin d'une bonne dose d'anesthésiant. Elle regagna directement le chalet, rentra ses courses et déboucha une bouteille. Lorsqu'elle entendit le glouglou du vin doré dans son verre préféré, elle se sentit déjà mieux. Le coucher de soleil était plus flamboyant que jamais et lui évoquait une sorte d'hyperréalité. Elle s'assit sur le ponton pour admirer le spectacle en écoutant oiseaux et grenouilles se taire peu à peu, tels des jouets mécaniques. Elle se sentait totalement dans l'instant et avait l'impression d'être en visite dans la vie de quelqu'un d'autre, celle de Dimitri peut-être, et non la protagoniste de la sienne.

47

Berlin, 1930

Un jour, Rosa rapporta un magazine féminin intitulé *Das Blatt der Hausfrau*, dans lequel figurait un article sur toutes les personnes affirmant à travers l'Europe être des Romanov disparus. S'il y en avait des dizaines, le journal se concentrait sur les principaux, avec des photographies de plusieurs d'entre eux. Dimitri avait entendu parler de ces personnes, mais aucune de leurs histoires n'était parvenue à le convaincre d'approfondir la question. Affichant un air narquois, Rosa posa sa revue devant lui et il prit le temps de parcourir le texte en allemand :

— « Michelle Anches, qui affirmait être Tatiana, se serait évadée de Russie par la Sibérie en 1925 avant d'arriver à Paris, où elle avait pris un petit appartement. Après avoir écrit à la mère de Nicolas II, au Danemark, pour lui annoncer sa visite, elle fut abattue chez elle. Ses amis incriminèrent la police secrète des bolcheviques. »

Dimitri ne doutait pas une seconde que la Tchéka l'ait tuée. Toutefois, un regard sur le portrait lui suffit pour savoir que ce n'était pas Tatiana. Le visage était plus large, le menton plus pointu et le regard moins intelligent.

— « Marga Boodts prétendait que l'empereur Guillaume II lui-même l'avait reconnue comme étant Olga lors de son arrivée en Allemagne après un long voyage à travers la Russie orientale et la Chine. »

Elle avait donné de nombreuses interviews à des journalistes sur la bravoure des gardes rouges qui l'avaient sauvée dans la villa Ipatiev. L'hypothèse était ridicule car elle ne ressemblait en rien à Olga.

— « Nadejda Vassilieva fut arrêtée en 1920 alors qu'elle tentait de passer de Sibérie en Chine. Elle est enfermée dans un asile d'aliénés en URSS, d'où elle écrit régulièrement aux monarques de toute l'Europe, leur assurant être Anastasia. »

Comme elle avait un visage anguleux et semblait bien plus âgée qu'Anastasia, Dimitri passa à la personne suivante.

— « Eugène Nikolaïevitch Ivanov vit chez un prêtre, en Pologne, et dit être Alexis. Il explique qu'un vieux cosaque l'a aidé à quitter la Russie. »

Dimitri s'attarda sur son récit car le portrait évoquait effectivement le tsarévitch. Contrairement aux autres imposteurs, il semblait souffrir d'hémophilie. Était-ce possible ? Devait-il se rendre en Pologne pour le rencontrer ? Ce serait sûrement un déplacement pour rien, car son histoire ne collait pas.

Cet article incita toutefois Dimitri à se demander ce que Tatiana aurait pu faire pour s'identifier si elle avait réussi à sortir de Russie. Logiquement, elle serait allée chez des membres de sa famille. Mais s'ils ne l'avaient pas reconnue ? S'ils avaient eu des doutes ? Elle aurait ignoré où le trouver lui, mais lui était certain, même treize ans plus tard, qu'il l'aurait reconnue au premier regard. À présent, elle aurait trente-trois ans. Peut-être aurait-elle des rides au coin des yeux, les cheveux striés de gris. Sa silhouette se serait-elle épaissie ? Peu lui importait. Il l'aurait reconnue entre mille.

Une vague de tristesse le submergea tandis qu'il pensait à elle, et il se tourna pour regarder par la fenêtre. Rosa lui apporta une tasse de café et s'assit près de lui, une main sur son bras.

— Pourquoi certaines personnes veulent-elles se faire passer pour des Romanov ? s'enquit-elle. Cela leur donne-t-il un sentiment d'importance ? Espèrent-elles monter un jour sur le trône de Russie ?

Dimitri haussa les épaules.

— On raconte que le tsar possédait d'énormes sommes d'argent dans des banques à l'étranger. Un héritier toucherait peut-être le pactole. On peut expliquer le phénomène de nombreuses manières, mais je crois surtout que ce sont de pauvres gens qui n'ont pas toute leur tête.

— Ce doit être dur pour toi… J'ai acheté cette revue parce que je me disais que tu aimerais la lire… J'ai bien fait ?

— Bien sûr, dit-il en secouant la tête comme pour chasser ce souvenir.

Assis par terre, Nicolas et Marta jouaient à la marchande. Nicolas posa une pomme de terre dans le panier de sa sœur en déclarant :

— Ce sera vingt marks et je ne vous en donnerai pas davantage parce que de toute façon vous n'aimez pas les pommes de terre.

Marta la lui rendit.

— C'est trop cher, décréta-t-elle. Je crois que je vais aller voir ailleurs.

Dimitri et Rosa s'esclaffèrent, pourtant il s'agissait d'un point sensible : l'économie allemande connaissait de nouvelles difficultés. La Grande Dépression qui avait frappé les États-Unis un an plus tôt avait provoqué un chômage massif et des faillites dans le monde entier. À Berlin, des femmes en haillons mendiaient pour nourrir leurs enfants à chaque coin de rue. Les hommes se levaient aux aurores pour faire la queue dans l'espoir de décrocher un emploi pénible et mal rémunéré. Avec ses articles et les droits de ses romans, Dimitri gagnait à peine de quoi payer leur nourriture et le loyer. Il savait que Rosa marchandait le moindre produit, et entendre sa fille de quatre ans en faire autant lui déchira le cœur.

Dimitri avait par deux fois échoué à anticiper un grand bouleversement politique. S'il était informé du mécontentement en Russie à l'égard de la monarchie et sentait que la révolution couvait, le coup d'État bolchevique de novembre mené par Lénine et Trotski semblait être arrivé sans crier gare. De même, en tant que journaliste, il savait qu'à Berlin les « chemises brunes », les hommes de la *Sturmabteilung*, la section d'assaut, attisaient des émeutes dans les rues et s'en prenaient à quiconque ne soutenait pas les national-socialistes, un parti minoritaire. Quand ce parti insignifiant récolta dix-huit pour cent des suffrages lors des élections de 1930, il n'en revint pas.

Burtsev le chargea de rédiger un papier sur les affirmations des national-socialistes. Selon eux, le communisme faisait partie d'un complot juif international. Dimitri n'eut aucun mal à battre en brèche cette notion. En Russie, le mouvement bolchevique d'origine avait pris de l'ampleur parmi les pauvres de toutes religions. Trotski était peut-être juif, mais Lénine et le nouveau dirigeant, Staline, ne l'étaient pas. Cette théorie était absurde, et il se livra à une critique cinglante pour la démonter.

Lorsqu'elle lut l'article, Rose s'inquiéta.

— Il vaudrait peut-être mieux ne pas attirer l'attention sur nous, dit-elle. Tu risques d'être accusé de ne pas être objectif parce que je suis juive.

Dimitri n'avait jamais réfléchi à la confession de Rosa parce qu'elle n'était pas pratiquante. Leurs enfants n'étaient pas élevés dans la religion, il avait décidé depuis longtemps qu'une foi organisée était une absurdité et Rosa était d'accord avec lui.

— Je ne peux briser mes opinions de journaliste à cause de nos particularités. Il faut bien que quelqu'un se dresse contre les dangers de ce nouveau mouvement.

Rosa n'en fut pas rassurée pour autant.

— Adolf Hitler a de plus en plus de partisans parce qu'il restaure la fierté allemande. Il a besoin d'un bouc émissaire pour justifier la situation économique : juifs et communistes sont des cibles faciles.

— C'est ridicule ! Lui-même a l'air juif ! Il existe peut-être quelques usuriers juifs sans scrupule mais il ne peut condamner tout un peuple !

Dimitri se rendit compte qu'il manquait de discernement face aux mutations rapides du paysage politique. Les émeutes avaient transformé certains quartiers de Berlin en zones de combat et soudain les chemises brunes et les jeunesses hitlériennes – des garçons en culotte de peau qui diffusaient le message du parti quant à la pureté de la race – étaient partout. Les fils des voisins, qui semblaient si sympathiques, étaient devenus des brutes haineuses.

Dimitri comprit que Rosa était devenue la cible de ces attaques au vitriol seulement quand leur fils Nicolas lui demanda un soir, au cours du dîner, ce qu'était une « putain ».

Rosa rougit et émit un claquement de langue réprobateur.

— Où as-tu entendu prononcer ce mot ? s'enquit Dimitri.

— Maman l'a dit à Mme Brandt.

Rosa secoua la tête et lui fit signe qu'elle lui en parlerait plus tard, avant d'ajouter :

— Maman a eu tort de prononcer ce gros mot. Oublie-le et ne le répète jamais !

Elle raconta ensuite à Dimitri que Mme Brandt lui avait craché au visage en la traitant de « sale juive » alors qu'elle rentrait de la boucherie avec les enfants.

— J'ai perdu mon sang-froid, avoua-t-elle. Et je lui ai crié que, au moins, ma mère n'était pas une putain. Ensuite je me suis rendu compte que les enfants étaient là et pourraient tout répéter…

— Comment sait-elle que tu es juive ?

Rosa utilisait le nom de Dimitri, Iakovlévitch, et son teint mat évoquait plus le sud de l'Europe.

— Je l'ignore. Les gens bavardent. Ma sœur a perdu son emploi et elle est sûre que c'est parce qu'elle est juive, même si son employeur ne le lui a pas dit franchement.

— Si cela se reproduit, viens m'en parler. Je ne tolérerai pas ces paroles.

La perspective de telles attaques contre Rosa était intolérable. C'était une femme honorable qui n'avait jamais fait de tort à personne. Au contraire, elle était toujours disposée à rendre service. Elle faisait les courses pour une voisine âgée et invalide, s'occupait des enfants d'une amie pour lui permettre de travailler, et s'occupait des siens chez elle afin de ne pas déranger Dimitri.

Un dimanche après-midi, Dimitri était au zoo avec sa famille lorsqu'il perçut des murmures et vit que l'on pointait le doigt dans leur direction. Rosa les ignora, et les enfants n'avaient d'yeux que pour le repas de Sammy, l'éléphant de mer. Au fil de la journée, Dimitri se sentit de plus en plus irrité. Un homme s'approcha.

— Vous autres ne devriez pas avoir le droit d'être ici, dit-il à Rosa.

Dimitri lui assena un violent coup de poing en pleine face. Ils entendirent un craquement et le sang gicla. Les enfants se mirent à pleurer. Il savait qu'il n'aurait pas dû réagir de la sorte, mais il était heureux de passer à l'acte et fier, à presque quarante ans, de pouvoir décocher une bonne droite.

Rosa les entraîna au loin avant qu'il n'y ait de répercussions.

— Cela ne nous aidera pas, lui souffla-t-elle. J'ai appris qu'il valait mieux les ignorer.

Mais Dimitri ne pouvait sous-estimer ce nouveau mouvement qui faisait de sa compagne une pestiférée. Cela le rendait malade, aussi décida-t-il de prendre sa revanche en écrivant un roman sur le sujet. En apparence, il traiterait de la montée du bolchevisme dans un village spécifique de Russie et de la façon dont il affectait les villageois ordinaires qui, jusque-là, vivaient en harmonie. En réalité, il raconterait ce qui se passait en Allemagne. Les idées lui vinrent, et en écrivant il sentit que ce serait l'ouvrage le plus important de sa carrière. Il voulait lui donner une dimension mythique et faire en sorte qu'il enseigne au lecteur les folies d'un système favorisant un groupe racial au détriment d'un autre.

Son roman parut en février 1933, deux semaines après l'accession d'Hitler au poste de chancelier. Son titre, *Sous la botte*, était une allusion évidente aux bottes des chemises brunes de la *Sturmabteilung*. Plusieurs journaux interviewèrent Dimitri qui, en public, maintint qu'il évoquait la montée du bolchevisme en Russie et non celle du nazisme en Allemagne. Il ajouta toutefois que si les gens voulaient établir un parallèle, c'était leur droit.

Du jour au lendemain ou presque, le harcèlement que subissait Rosa dans la rue s'intensifia au point qu'elle commença à avoir peur de sortir. Elle envoyait Dimitri faire les courses et n'emmenait plus les enfants jouer au parc sans qu'il ne les accompagne. Il n'était pas particulièrement grand, mais il avait appris à se défendre au cours de sa formation dans la garde impériale. En réaction aux insultes, il se redressait fièrement et regardait l'agresseur droit dans les yeux, ne laissant aucun doute sur le fait qu'il était prêt à en venir aux mains. Systématiquement, la personne reculait.

— Nous ne pouvons pas vivre ainsi. Peut-être devrions-nous nous installer près de chez ma mère, à la campagne ? suggéra Rosa.

— Ce sera la même chose à la campagne, rétorqua Dimitri tristement. Le Führer encourage l'antisémitisme et les gens veulent se faire bien voir.

Un soir, après une journée de sortie, ils trouvèrent la porte de leur appartement défoncée. À l'intérieur, c'était le chaos : le sol était jonché comme de feuilles mortes de pages arrachées des livres de Dimitri, des vêtements avaient été répandus un peu partout et un sac de farine avait été vidé par-dessus. Les peluches de Nicolas et les poupées de Marta étaient déchiquetées, la machine à écrire était brisée en mille morceaux et le calepin de Dimitri avait disparu. Il y avait de la vaisselle cassée, des meubles retournés. En se précipitant dans la chambre, Dimitri fut soulagé de constater que la valise en cuir marron contenant le journal de Tatiana n'avait pas été ouverte. Il n'aurait pas supporté un tel acte de vandalisme.

De retour au salon, il trouva les enfants en larmes. À genoux, Rosa tentait de les réconforter.

— Qui a fait ça ? demanda Marta entre deux sanglots.

— De méchantes personnes, répondit Rosa en la prenant dans ses bras tandis que Nicolas retenait ses larmes.

En les voyant blottis les uns contre les autres au milieu de la pièce dévastée, Dimitri fut secoué par une immense émotion. Il ne supportait pas de voir sa famille bouleversée, blessée. Et, même s'il s'accrochait encore au souvenir de l'amour sublime qu'il avait partagé avec Tatiana, cette émotion était une forme d'amour tout aussi sincère ; il aurait donné sa vie pour protéger ces trois êtres.

Cette atmosphère berlinoise de murmures et de brutalités, de méfiance et de trahison lui rappelait fortement Saint-Pétersbourg en 1917. À l'époque, il avait été trop lent à réagir. S'il avait organisé l'exfiltration des Romanov quand ils étaient encore en résidence surveillée à Saint-Pétersbourg, à quelques centaines de kilomètres du Danemark et de la sécurité, ils auraient été encore vivants. Au lieu de cela, il avait tergiversé et les conséquences avaient été tragiques. Cette fois, il était déterminé à ne pas perdre de temps.

— Nous devons quitter l'Allemagne jusqu'à ce que cette folie soit terminée, dit-il à Rosa lorsque les enfants furent endormis.

— Pour aller où ? demanda-t-elle tristement. Nous sommes chez nous, ici.

— Nous parlons anglais. Un pays anglophone constituerait un choix logique. Je ne veux pas aller en Grande-Bretagne parce que je ne leur pardonne pas d'avoir abandonné les Romanov. Que dirais-tu de l'Amérique ?

— C'est tellement loin ! s'étonna Rosa. Quand verrais-je ma famille ? Ma mère et ma sœur ?

Franchement, Dimitri se moquait de ne jamais revoir les deux femmes.

— Elles pourraient venir aussi, si tu veux.

— Et tu crois que les États-Unis nous accepteraient ? Comment doit-on postuler ?

— Je me renseignerai au consulat dès demain. Je refuse que ma famille subisse ces discriminations. Il y a quelque chose que je ne t'ai jamais dit, Rosa. Je veux que tu saches que je t'aime. Toi et les enfants, vous êtes tout pour moi.

Elle en eut le souffle coupé, et, lisant la joie dans le regard de sa femme, Dimitri s'en voulut de ne pas le lui avoir dit plus tôt. Ils étaient amants depuis onze ans, avaient eu deux enfants, et il l'avait fait patienter tout ce temps avant de lui dire ces mots qu'elle brûlait d'entendre. Il ne méritait pas cette femme si patiente, si bonne et était déterminé à se rendre digne de son amour.

48

Lac Akanabee, État de New York, 4 octobre 2016

Dix jours plus tard, Kitty quitterait les États-Unis. Elle se rendit à Gloversville pour récupérer le carnet de Tatiana chez Vera et lui rendre les livres qu'elle lui avait empruntés. Tout en buvant un café, elles partagèrent les informations qu'elles avaient glanées sur la vie de Dimitri après son départ de Russie.

— Je suppose qu'il est allé à Berlin, expliqua Kitty. Berlin était un point de ralliement pour les Russes blancs après la guerre civile. Il y a rencontré sa femme Rosa et ils ont eu deux enfants. Peut-être sont-ils partis en 1934 pour fuir le nazisme, car Rosa était juive. Dimitri devait avoir quarante-huit ans au début de la Seconde Guerre mondiale, il ne pouvait plus être mobilisé et je n'ai aucune idée de ce qu'il faisait pour gagner sa vie ni de la raison pour laquelle il n'a écrit que deux autres romans après son arrivée en Amérique.

Elle mordit dans un cookie maison au beurre de cacahuètes que son hôtesse avait placé sur une assiette à côté d'elle. Vera n'avait pas de réponses à lui fournir.

— De nos jours, on pense que l'on peut tout trouver sur Internet. Or ce n'est pas le cas.

— Vous travaillez sur un projet intéressant en ce moment ? demanda Kitty, la bouche pleine.

— Je traduis un roman russe très sombre, mais d'une grande qualité littéraire. Cela dit, les personnages ne cessent d'analyser leurs motivations et l'on a envie de leur crier de se bouger les fesses !

Kitty sourit.

— Oui, on peut en dire autant des romans de Dimitri : ses personnages sont toujours entravés par la culpabilité, sauf dans son ouvrage antifasciste, *Sous la botte*, où ils sont exaltés par la fureur. J'aime plutôt cette introspection. Si seulement les hommes étaient plus souvent dans l'introspection…

Naturellement, c'était ce que Tom faisait avec sa psy : il s'efforçait de comprendre son propre fonctionnement et Kitty admirait son effort, car ce ne devait pas être facile.

Sur le chemin du retour, elle s'arrêta à la quincaillerie d'Indian Lake pour demander au commerçant des conseils sur l'imperméabilisation de son chalet. Elle avait trop travaillé et fourni trop d'efforts pour arriver au printemps prochain et trouver la bâtisse effondrée.

— Vous avez appliqué un vernis, et il n'y a pas de fuite, n'est-ce pas ?

— Non.

— Vous pourriez installer des volets ou des planches sur les fenêtres, lui suggéra-t-il. Cela réduirait les courants d'air. Sinon, les avant-toits sont-ils assez larges pour que l'eau s'écoule sans toucher les murs ?

— Il y a bien quinze centimètres, confirma Kitty.

— Et pour le drainage autour du chalet ? Il ne faut pas que l'eau stagne près des fondations.

Elle fronça les sourcils.

— Il y a une zone, sur le côté, où une flaque se forme quand il pleut fort. Que dois-je faire ?

— Creusez une tranchée, elle permettra l'évacuation.

C'était logique. Kitty le remercia et retourna au chalet pour commencer à creuser. Du tranchant de sa pelle, elle traça un canal menant du milieu d'une flaque vers le bord du lac, à moins de cinq mètres. Le sol était spongieux, de sorte que la pelle pénétrait sans difficulté dans la terre, excepté lorsqu'elle rencontrait quelques racines et plantes souterraines.

Le lac Akanabee lui manquerait. *J'amènerai peut-être Tom au printemps prochain… si tout va bien*, s'empressa-t-elle d'ajouter mentalement. Kitty avait envie de lui montrer ce lieu magique. Ils pourraient louer un bateau pour explorer les criques. Cela signifiait-il qu'elle lui avait pardonné ? Comme elle ne pensait plus à Karren Bayliss, c'était sans doute le cas.

Soudain, sa pelle heurta quelque chose de dur. Pensant à une pierre, elle creusa tout autour, mais l'obstacle n'en finissait pas, à moins d'un mètre de profondeur. En déblayant la terre, elle découvrit une caisse en bois de soixante centimètres de large. Était-ce Dimitri qui l'avait enterrée là ? C'était peut-être une malle au trésor recelant des souvenirs de famille ? Allait-elle enfin résoudre le mystère de la fin de la vie de son arrière-grand-père ? C'était exaltant.

Elle creusa et creusa encore, mais la caisse était plus longue qu'elle ne le croyait et elle penchait, de sorte que Kitty dut ôter plus de terre d'un côté que de l'autre. Au bout de deux mètres environ, un craquement lui indiqua que sa pelle avait percé le bois moisi. Elle s'en servit de levier pour soulever un coin de la caisse et se pencha pour jeter un coup d'œil à l'intérieur. Elle y décela quelque chose de rond, d'un blanc jauni et poussa un cri en réalisant qu'il s'agissait d'un crâne humain. Elle avait déterré un cercueil !

Terrifiée, elle se précipita dans le chalet comme si le squelette risquait de la poursuivre, appela le poste de police local et, d'une voix tremblante, fit part à un policier de sa macabre découverte.

— Quelqu'un viendra d'ici une heure, lui répondit-il. En attendant, ne touchez à rien.

Mais Kitty ne se sentait pas capable de rester seule en compagnie d'un cadavre pendant une heure. Elle appela Bob, lui fit part de la situation et lui demanda s'il voulait bien venir lui tenir compagnie.

— J'arrive. Servez-vous un petit remontant.

Suivant son conseil, elle se versa un verre de vin et demeura à l'intérieur, le cœur battant. Dix minutes plus tard, elle entendit le hors-bord de Bob approcher du ponton.

— Il est là-bas ! dit-elle depuis le porche au voisin dès qu'il eut amarré son embarcation.

Bob alla voir.

— C'est pas vrai ! lança-t-il. Bien sûr, ce truc est peut-être là depuis des dizaines d'années, avant même l'arrivée de Dimitri.

— Je l'espère, parce que je n'aimerais pas apprendre que mon arrière-grand-père était un meurtrier.

Kitty s'efforçait de parler d'un ton léger, mais elle était folle d'angoisse. Une personne qui en voulait à Dimitri l'avait-elle rattrapé ? Une bagarre avait-elle dégénéré ? Avait-il dû cacher les preuves ?

Lorsqu'elle arriva, la police délimita la zone à l'aide d'un cordon de sécurité et les policiers installèrent une tente au-dessus du cercueil. Bob et Kitty restèrent sur le ponton, à boire du vin en regardant les techniciens de la police scientifique enfiler leur combinaison par-dessus leurs vêtements.

— Vous ne pourrez sans doute pas rester ici le temps de l'enquête, déclara Bob. Vous pouvez loger dans notre chambre d'amis, ajouta-t-il en désignant sa maison de l'autre côté du lac.

— Merci, mais j'irai plutôt au parc de bungalows. Ils me feront un prix en cette fin de saison.

Même lorsque le cercueil aurait été emporté, elle aurait trop peur de dormir au chalet. Ce crâne allait hanter ses nuits.

Un agent vint prendre sa déposition et noter son numéro de portable.

— Vous pourrez revenir dans quelques jours, lui dit-il. On dirait que le cadavre était là depuis longtemps. Ne vous en faites pas. On ne vous arrête pas !

Il se mit à rire.

Kitty et Bob échangèrent un regard ; il leur semblait irrespectueux de plaisanter. Kitty glissa ensuite des vêtements, des provisions et son ordinateur dans un sac, puis elle partit pour le camp de vacances où on lui remit rapidement les clés d'un bungalow équipé de chauffage et d'eau chaude. Encore sous le choc, elle prit un long bain, le premier depuis des mois. Qui était enterré près du chalet ? Toutes les hypothèses suggéraient un meurtre.

Dimitri avait-il des ennemis ? Était-ce la raison pour laquelle il vivait dans ce lieu isolé ? Avait-il tué quelqu'un en état de légitime défense ? Ses enfants étaient-ils au courant ? Peut-être était-ce la raison de leur brouille ? Elle eut envie d'appeler Tom pour en parler avec lui. Quoi qu'il puisse lui dire, son opinion valait la peine d'être écoutée. Il lui manquait terriblement.

Une chose était certaine : quiconque avait enterré ce cadavre voulait éviter qu'il soit découvert, et cette attitude n'avait rien d'innocent.

49

Brooklyn, juin 1934

Lorsque Dimitri écrivit à ses sœurs qu'il émigrait aux États-Unis, Alex, le mari de Vera, lui proposa de représenter leur entreprise à New York. Ils exportaient depuis peu des tapis d'Orient vers l'Amérique et leur agent les escroquait. Alex encouragea donc vivement Dimitri à prendre le relais, et d'autant plus qu'il avait une totale confiance en lui, car Dimitri avait été un employé irréprochable deux ans durant à Constantinople.

Si ce dernier ne s'intéressait en rien à ce métier, il avait besoin d'argent pour établir sa famille et cette proposition constituait une solution temporaire utile. Il ne pouvait espérer gagner sa vie sur le nouveau continent en rédigeant des articles, car si son anglais parlé était honnête, sa langue écrite était plus rudimentaire. Il pourrait rédiger des lettres commerciales, mais seule la langue russe lui permettait d'exprimer pleinement son imagination et sa créativité.

Rosa et lui trouvèrent un appartement à Brooklyn et les enfants, âgés de neuf et huit ans, furent inscrits à l'école. Dimitri ouvrit un bureau pour sa société d'importation de tapis. Si son éditeur chez Slowo lui avait écrit une lettre de recommandation pour Alfred A. Knopf, un éditeur new-yorkais, Dimitri n'osait pas le contacter et ne cessait de repousser l'échéance.

— Dimitri, je ne suis pas tombée amoureuse d'un vendeur de tapis, mais d'un brillant écrivain. Tu dois être fidèle à toi-même, déclara Rosa. D'ailleurs, je suis sûre que ce M. Knopf a déjà entendu parler de toi et qu'il sera ravi de te rencontrer.

Dimitri n'en était guère convaincu.

— Que pensera-t-il quand je lui dirai que je n'écris pas en anglais ?

Elle haussa les épaules.

— J'ignore comment fonctionne l'édition, mais si j'étais à sa place, je te présenterais un bon traducteur.

Dimitri peina sur sa lettre à Alfred Knopf, puis surveilla sa boîte aux lettres des jours durant, jusqu'à ce qu'une enveloppe à en-tête des éditions lui parvienne.

— Regarde ! dit-il à Rosa, incapable de contenir son enthousiasme. Ils ont un lévrier sur leur logo ! Un barzoï. C'est un signe, il ne peut pas en être autrement.

— Ouvre la lettre, nigaud ! fit-elle en riant.

— Monsieur Knopf serait heureux de vous rencontrer à quinze heures, le 4 octobre, dans son bureau du Hecksher Building, au coin de la Cinquante-Septième Rue et de la Cinquième Avenue, lut Dimitri à voix haute.

Fou de joie, il prit Rosa dans ses bras et la fit tournoyer.

Orné d'une flèche, le Hecksher Building était un gratte-ciel moderne ressemblant à une cathédrale.

Dans le vaste hall de style Art déco, Dimitri indiqua son nom à une réceptionniste puis s'assit, se sentant ridicule et angoissé. On allait peut-être lui servir un refus circonstancié ?

Cinq minutes plus tard, il fut accompagné vers un ascenseur et introduit dans le bureau de M. Knopf, un petit homme brun portant une grosse moustache et un costume d'une grande élégance, qui traversa la pièce et l'étreignit.

— Alfred, enchanté, dit-il avec un large sourire. C'est un honneur pour moi de faire votre connaissance. *Sous la botte* est l'une des œuvres les plus courageuses que j'aie lues. Asseyez-vous. Puis-je vous offrir un verre ? J'ai de la vodka russe.

Deux heures plus tard, ils parlaient encore littérature, histoire, politique, sans oublier d'évoquer les caprices de la nature humaine. Dimitri voyait le monde d'un œil embrumé par l'alcool, mais il savait qu'il avait trouvé là un frère d'esprit. Ils appréciaient tous les deux Tolstoï et Gorki, Kouprine et Bounine, redoutaient les extrêmes en politique et adoraient les chiens.

— Quoi que vous décidiez d'écrire à présent, je tiens à en être l'éditeur, déclara Alfred avant le départ de l'auteur. Prévenez-moi quand vous serez prêt à livrer votre manuscrit. Je vous trouverai le meilleur traducteur de New York. Et si vous souhaitez une avance, n'hésitez pas à demander.

Lorsqu'il sortit sous le soleil de cette fin de journée, Dimitri eut une sensation qu'il n'avait pas éprouvée depuis longtemps : quoiqu'il réside une fois encore en pays étranger, il avait l'impression de rentrer chez lui.

Dimitri était impressionné par la capacité de Rosa à s'intégrer dans un groupe. En rentrant du bureau, il trouvait la cuisine de leur appartement de Brooklyn pleine de femmes en train de bavarder pendant que leurs enfants jouaient dans la cour de l'immeuble. Rosa rencontrait des gens un peu partout. À l'épicerie, devant l'école, et invitait facilement les gens à dîner, à la fortune du pot. Repas de Thanksgiving, des fêtes nationales, des soirées d'été eurent lieu chez les uns et les autres, toujours avec les enfants. Ce n'étaient pas des gens que Dimitri aurait normalement choisis pour amis, mais il se sentait assez de points communs avec eux pour passer une soirée agréable. Il observait Rosa et s'émerveillait de sa façon d'évoluer dans cette nouvelle société tout en demeurant elle-même. En mûrissant, elle n'avait rien perdu de son extravagance. Au contraire, ses tenues étaient devenues encore plus colorées, et elle avait gardé ses cheveux courts. Pour son anniversaire, Dimitri lui offrit une machine à coudre et elle se mit à confectionner des robes pour elle et ses amies.

Sa famille lui manquait. Elle avait consenti un sacrifice énorme en traversant l'océan sans se plaindre une seule fois. Nicolas et Marta apprenaient vite, ils avaient déjà l'accent américain et aimaient les comics, *Superman*, *Flash Gordon*, et chacun soutenait son équipe de base-ball préférée. Si tout allait pour le mieux, Dimitri ne parvenait pas à commencer un roman. Les sentiments puissants qui avaient inspiré ses œuvres précédentes étaient absents. Peut-être parce qu'il était satisfait. Fallait-il être malheureux pour écrire ?

En 1936, ils déménagèrent à Albany, à deux cents kilomètres de New York, où Dimitri put se permettre une maison de quatre pièces avec un grand jardin. En quelques mois, Rosa se constitua un nouveau cercle d'amis et sa mère et sa sœur arrivèrent plus tard dans l'année, Dimitri s'étant porté caution de leur immigration. Elles s'installèrent dans la même rue qu'eux, ce qui ravit Nicolas et Marta, qui rendaient souvent visite à leur grand-mère, pour des raisons que Dimitri ignorait puisqu'il la trouvait aussi froide qu'antipathique. Les enfants, eux, l'adoraient.

Parfois, lorsqu'il observait son fils et sa fille, Dimitri se demandait qui ils étaient. Quand ils étaient petits, il était aisé de savoir ce qui les motivait, car leurs émotions affleuraient à la moindre contrariété ou au moindre souhait. Adolescents, ils étaient devenus des êtres indépendants et avaient appris à mentir, à garder leurs secrets et à s'opposer à son autorité. Un jour qu'il venait de donner une tape à Nicolas pour avoir juré, Dimitri affirma :

— Et estime-toi heureux. Moi, mon père m'aurait corrigé à coups de cravache pour un juron.

— Eh bien, ton père devait être un sacré enfoiré ! s'était écrié Nicolas à travers ses larmes.

Dimitri n'avait pu qu'admirer le courage de son fils de répondre de la sorte.

Si Rosa ne frappait pas les enfants, Dimitri, lui, tenait à les protéger de leur propre impulsivité afin qu'ils n'aient pas de problèmes plus tard. Jamais il ne les aurait fouettés, comme son père le faisait, mais Nicolas et Marta devaient être punis dans leur propre intérêt, afin de rester dans le droit chemin.

L'invasion des pays voisins de l'Allemagne par Hitler et le déclenchement d'une nouvelle guerre vingt et un ans seulement après la précédente plongèrent Dimitri dans la dépression. Il ne parvenait pas à croire que le bain de sang des tranchées n'ait pas servi de leçon. Pourquoi personne ne franchissait-il les cordons de sécurité protégeant Hitler en vue de mettre fin aux malheurs du monde ? Par ailleurs, si les blocus maritimes lui interdisaient d'importer des tapis, il ne pourrait plus nourrir sa famille. Il ne trouva subitement plus aucun bonheur dans l'existence, qui peu de temps auparavant lui semblait pourtant si merveilleuse. Un voile venait de tomber, obscurcissant l'horizon et entravant tout espoir. Où qu'ils soient, les hommes étaient intrinsèquement mauvais, des gardes rouges qui avaient massacré les Romanov aux chemises brunes qui envoyaient juifs et communistes vivre dans des ghettos.

Rosa fit de son mieux pour le soutenir. Elle gardait son entrain et ne demandait rien que sa présence, mais il s'en voulait d'avoir été un si piètre compagnon pour elle. Pendant les dix premières années de leur relation, il avait pensé à une autre femme, et voilà qu'il n'était plus qu'un poids mort peinant à se lever le matin. Ses enfants en pleine adolescence l'irritaient et l'épuisaient, et Marta s'intéressait beaucoup trop aux garçons pour son âge. Quand il la confinait dans sa chambre, elle sortait par la fenêtre, tandis que Nicolas ne manquait pas une occasion de se chamailler avec son père. Pour ses enfants, Dimitri ne disait ou ne faisait rien de bon.

Quand les États-Unis entrèrent en guerre en Europe et dans le Pacifique, il sombra un peu plus dans la dépression et cessa d'aller au bureau. À quoi bon, puisqu'il n'avait plus à gérer que des expéditions occasionnelles ? Alex continua toutefois à lui envoyer de l'argent, ce qui lui procura le sentiment d'être inutile : un homme incapable d'entretenir sa famille. Hélas, il ne pouvait se permettre de refuser. Il passait donc ses journées à décortiquer les journaux ou à écouter les comptes rendus sur la guerre à la radio, la plupart du temps en pyjama. Il était trop vieux pour se battre et ne servait plus à rien en ce monde.

De temps en temps, il sortait le journal de Tatiana de la vieille valise en cuir marron qu'il avait emportée d'Istanbul en 1922. Le récit des derniers jours passés à la villa Ipatiev lui rappelait qu'il avait échoué à la sauver et il se sentait encore plus impuissant. Le soir, il buvait jusqu'à perdre connaissance ou se rendre malade et avait la gueule de bois le lendemain matin. Autrefois, à Berlin, après une nuit à s'enivrer, il avait seulement un mal de tête. Désormais, il ne tenait plus le coup. L'âge, sans doute.

Jusqu'alors, Dimitri prenait le train pour New York une ou deux fois par an pour aller déjeuner avec Alfred Knopf dans l'un des grands restaurants de la ville – le Waldorf, Barbetta, l'élégant 21 Club. Le repas bien arrosé se prolongeait jusqu'à quatre ou cinq heures de l'après-midi et Dimitri devait ensuite gagner la gare de Grand Central en titubant pour rentrer chez lui. La secrétaire d'Alfred lui téléphonait trois semaines à l'avance pour organiser ces déjeuners. En mars 1942, Dimitri lui répondit qu'il ne pourrait pas venir.

— M. Knopf sera déçu. Quelle raison dois-je lui indiquer ?

— Dites-lui que je ne peux cautionner une telle dépense alors que le monde est devenu fou. Je suis certain qu'il comprendra.

Une heure plus tard, Alfred téléphona en personne, mais Dimitri refusa de prendre l'appel. Rosa avait fermé la porte de la cuisine et il l'entendit expliquer que son mari était déprimé par la guerre, qui faisait remonter trop de souvenirs du passé. Elle promit de le convaincre d'appeler pour fixer une date de déjeuner quand il se sentirait en état de venir.

La semaine suivante, une camionnette s'arrêta devant chez eux.

— J'ai un cadeau de la part de M. Alfred Knopf, déclara le livreur à Rosa.

Regardant par la fenêtre, Dimitri vit un barzoï, un superbe lévrier russe semblable à celui du logo de la maison d'édition. Il avait le pelage noir, le poitrail blanc et l'énergie bondissante d'un chiot. Dimitri eut envie de pleurer tant il fut ému que l'éditeur américain lui offre ce cadeau si bien pensé.

Rosa l'appela. Il sortit sous le porche et s'accroupit devant le superbe animal au regard intelligent, aux hanches arrondies si caractéristiques et au poil particulièrement soyeux. C'était un mâle. Le chiot lui lécha le visage. Aussitôt, Dimitri sentit son cœur se réchauffer légèrement.

— Malevitch, dit-il. Je vais l'appeler Malevitch.

Dimitri n'était pas homme à avoir de nombreux amis. Durant la dernière guerre, Malevitch avait été le plus proche, comme Alfred était son ami le plus cher à présent. Il lui écrivit pour lui exprimer son infinie gratitude et lui promit de se sentir bientôt assez bien pour déjeuner avec lui.

Ce fut un virage à bien des égards. Désormais, Dimitri devait sortir deux fois par jour pour promener Malevitch. Il se mit à analyser sa dépression pour tenter de la comprendre. Cette maladie entravait-elle ses fonctions cognitives ? Pourquoi les éléments négatifs prenaient-ils le dessus au point que les activités qu'il avait aimées naguère n'aient plus le moindre attrait à ses yeux ? Quel était ce fardeau qui le faisait traîner les pieds et rendait épuisant un simple brossage de dents ? C'était l'absence d'espoir : tout espoir en l'avenir s'était éteint. Or la joie simple de Malevitch lui en apportait une lueur…

Dimitri entreprit l'écriture d'un roman sur un homme qui traversait une période de déprime avant de sombrer dans une dépression profonde et de tenter de se suicider. Le personnage était sauvé non pas par un chiot, mais par sa secrétaire, une jeune femme excentrique en apparence et au caractère enjoué, dont les idées contribuaient à remettre de l'ordre dans les rouages désordonnés de son cerveau. Il reprit espoir. Cette secrétaire, qu'il avait baptisée Gloria, était en réalité un hommage qu'il rendait à Rosa.

50

Lac Akanabee, État de New York, 7 octobre 2016

Trois jours après la découverte du squelette, un inspecteur de police rendit visite à Kitty dans son bungalow. C'était un homme élancé au regard chaleureux. Elle l'invita à s'asseoir sur la banquette fleurie et prit place en face de lui.

— Je dois vous poser quelques questions sur votre arrière-grand-père, commença-t-il en sortant un calepin de sa mallette.

— Vous avez identifié le corps ?

Avant de répondre, il tapota l'accoudoir de son stylo.

— C'était une femme septuagénaire. Le médecin légiste n'a trouvé ni fracture ni impact de balle. On pense qu'elle a été enterrée là il y a une quarantaine d'années, même si ce n'est pas une science exacte.

Il marqua une pause, puis reprit :

— Votre arrière-grand-père a acheté ce chalet en 1956. Il en était déjà le propriétaire à l'époque où le cadavre a été enterré.

— Mon Dieu !

Dimitri était donc responsable, comme elle le redoutait…

— Nous avons vérifié s'il ne s'agissait pas de sa compagne, Rosa, votre arrière-grand-mère, mais celle-ci est apparemment décédée en 1955 et repose au cimetière d'Albany.

— Il a donc acheté le chalet un an plus tard. Peut-être voulait-il être seul ?

Elle l'imaginait accablé de chagrin, en pleine introspection, menant une vie tranquille. Les paroles de l'inspecteur brisèrent rapidement ce tableau.

— Avez-vous déjà entendu parler d'une dénommée Irena Markova ?

Kitty acquiesça.

— C'est la traductrice de ses dernières œuvres. Il la cite dans ses remerciements.

— Nous avons vérifié les mouvements bancaires de Dimitri : il a effectué des virements mensuels en faveur d'Irena Markova de 1948 à 1975, des sommes substantielles. Avez-vous déjà entendu parler d'elle ? Par votre mère ou votre grand-mère, par exemple ?

Abasourdie, Kitty secoua négativement la tête.

— Elle a peut-être réalisé d'autres traductions pour lui. Ou alors elle lui servait de secrétaire ?

— Nous y avons pensé. Les archives de la société d'importation de tapis où travaillait Dimitri Iakovlévitch à son arrivée dans le pays n'ont jamais eu d'employée de ce nom.

— Il travaillait dans l'importation de tapis ? fit Kitty, abasourdie. Je l'ignorais.

— Il a cessé en 1951, le jour de ses soixante ans. Il avait les moyens, à l'époque, parce que l'adaptation cinématographique de son roman *Les Premières Lueurs de l'aube* était sortie et il touchait un pourcentage sur les entrées. Les relevés pour ce titre et le suivant, *Vers le soleil couchant*, lui ont permis de vivre confortablement pour le restant de ses jours.

Et Kitty qui se disait journaliste ! Tout l'été elle avait cherché des renseignements sur lui, et elle ignorait que deux de ses romans avaient fait l'objet d'un film ! Le plus étonnant, c'est que personne ne lui en avait parlé quand elle était petite. Le samedi soir, elle regardait souvent de vieux films avec sa mère, son père et sa grand-mère Marta. Pourquoi aucun d'entre eux n'avait-il jamais évoqué le lien de sa famille avec le cinéma ?

— Je vois que vous êtes étonnée, fit le policier. Vous ne pourrez sans doute pas me renseigner davantage sur la vie d'Irena Markova. Nous savons qu'elle est arrivée aux États-Unis en 1948, en provenance de Tchécoslovaquie, et qu'elle s'est installée à Albany. Mais nous n'avons aucune trace de son décès. Nous avons contacté sa belle-fille, Hana Markova, dans une ville nommée Brno. Nous l'avons retrouvée grâce à l'adresse figurant sur le dossier d'immigration d'Irena. Elle dit qu'elle n'a plus eu de nouvelles d'elle après 1948.

— Vous croyez que c'est Irena Markova qui était enterrée près de mon chalet ?

Il était affreux de penser que cette personne avait un nom, et une parente qui serait bouleversée par sa mort.

— Ce n'est qu'une hypothèse, répondit l'inspecteur. Nous obtiendrons peut-être une identification formelle grâce aux empreintes dentaires ou à un parent susceptible de nous fournir une correspondance ADN. Il peut aussi s'agir de quelqu'un d'autre, une inconnue dont votre arrière-grand-père ne savait rien. Elle ne sera peut-être jamais identifiée.

— Je suis désolée de ne pouvoir vous être plus utile. Vous semblez en savoir plus que moi sur ma famille. À sa mort, Dimitri avait perdu tout contact avec sa fille Marta et j'ignore pourquoi.

— Je ne peux rien faire pour vous sur ce point, dit le policier en consultant ses notes. Nicolas, le fils de Dimitri, est mort à l'âge de quarante-cinq ans d'une cirrhose. Marta s'est installée en Angleterre en 1958 et nous ignorons ce qu'elle est devenue ensuite.

— Une cirrhose ? Il était alcoolique ?

— Pas forcément, même si c'est la raison la plus courante.

Donc j'ai une hérédité d'alcoolique, songea Kitty. Elle savait qu'elle avait trop bu au cours de cet été et qu'elle devait lever le pied.

— Vous pouvez d'ores et déjà réintégrer votre chalet, reprit le policier en se levant. Si vous pensez à un détail, n'hésitez pas à m'appeler.

Il lui tendit une carte.

— Avant que vous ne partiez… pourriez-vous me mettre en contact avec Hana Markova ? J'aimerais beaucoup lui parler.

— Au vu des circonstances, je ne crois pas que ce serait une bonne chose, vous ne trouvez pas ?

Kitty prit alors conscience que la police enquêtait sérieusement sur son arrière-grand-père dans une affaire de meurtre. Se serait-elle méprise sur son compte depuis le départ ? Et, s'il était impliqué dans le massacre des Romanov, peut-être Irena Markova le faisait-elle chanter. Il l'aurait tuée pour la réduire au silence ?

Quelle horreur ! Kitty avait-elle également une tendance héréditaire à l'homicide ? D'une façon ou d'une autre, elle était déterminée à tirer au clair cette affaire.

51

Albany, État de New York, 1947

Dimitri était stupéfié par le succès de son quatrième roman, *Aux premières lueurs de l'aube*, et encore davantage par son adaptation au cinéma. Ce n'était pas son préféré, avec sa sombre mélancolie contrastant avec la drôlerie de l'excentrique Gloria. Pourtant, les lecteurs semblaient s'identifier et il reçut des centaines de lettres de personnes évoquant leur propre dépression. Les enfants étaient partis à l'université, de sorte que Rosa avait le temps de leur répondre et jouait les secrétaires. Dimitri fut invité à visiter les studios de cinéma à Hollywood, ce qu'il refusa. Il ne se sentait pas attaché à l'adaptation de son œuvre au cinéma et les producteurs pouvaient en faire ce qu'ils voulaient. À la sortie du film, il ne reconnut pas grand-chose de son travail, mais le gros chèque fut le bienvenu.

Aux premières lueurs de l'aube fut également traduit en plusieurs langues, et les éditeurs étrangers ne tardèrent pas à acheter les droits pour la suite, *Vers le soleil couchant*. À l'automne 1947, son agent lui proposa d'effectuer une tournée de promotion de trois semaines en Europe, en six étapes : Londres, Paris, Genève, Milan, Vienne et Prague, où il ferait un discours et dédicacerait ses livres.

Dimitri ne s'en montra guère enthousiaste.

— Qui a de l'argent pour acheter des livres après la guerre ?

— Vous seriez étonné de savoir combien de gens sont prêts à en acheter, lui répondit l'agent. Surtout pour vos romans, étant donné votre position antinazie dès le début des années 1930.

Dimitri détestait les manières. Il trouvait arrogant de se présenter sur une estrade pour parler littérature comme s'il était un spécialiste en la matière.

— Mais vous êtes un expert ! s'exclama l'agent. Les lecteurs veulent savoir où vous trouvez vos idées, ils veulent découvrir votre processus d'écriture.

Ses hésitations amusaient Alfred Knopf.

— Tu n'es pas obligé de le faire, bien sûr, mais pourquoi pas ? Il te suffit de passer une heure dans chaque ville, adulé par la foule de tes admirateurs.

Dimitri céda lorsqu'il prit conscience qu'il pourrait aisément faire un détour par Istanbul pour rendre visite à ses sœurs. Durant sa période berlinoise, il était allé les voir plusieurs fois, mais pas depuis qu'il vivait aux États-Unis.

— Accompagne-moi, proposa-t-il à Rosa. On a bien mérité des vacances.

Elle secoua la tête et réprima un frisson. Il comprit ce que cela signifiait. De nombreux parents et amis avaient péri dans les camps de concentration nazis. Même si la tournée ne passait pas par l'Allemagne, l'idée de mettre les pieds en Europe lui répugnait. Pour elle, ce continent était souillé par l'antisémitisme.

— Je préfère rester au cas où les enfants auraient besoin de moi, dit-elle d'un air contrit. Ils ne sont pas aussi indépendants qu'ils le pensent.

Elle acheta à Dimitri quelques costumes et chemises de qualité, des chaussures noires, un imperméable gris et un Fédora, puis elle l'aida à faire ses bagages. Quand le taxi vint le chercher pour l'emmener à la gare, il sentit son cœur se serrer. Rosa allait lui manquer. La vie était belle quand elle était là.

52

Lac Akanabee, État de New York, octobre 2016

Après le départ de l'inspecteur de police, Kitty prit son ordinateur et se rendit au coffee-shop pour bénéficier du wifi. Une fois encore, elle était la seule cliente, et Jeff ne servait plus à manger car il avait écoulé ses réserves en prévision de l'hiver.

Elle entra *Aux premières lueurs de l'aube* dans le moteur de recherche et obtint une liste de sites évoquant le film, sorti en 1948, avec William Holden et Ann Blyth en vedette. Une photo montrait l'acteur assis sur un rocher, au bord de la mer, l'air grave, ténébreux, tandis que l'actrice posait sous un grand chapeau de soleil dans une chemise ample à motif exotique et un soutien-gorge en noix de coco.

Le film tiré de *Vers le soleil couchant* était sorti, lui, en 1950, avec les mêmes vedettes, cette fois en tenue de camping sur l'affiche. Ann Blyth aurait néanmoins eu du mal à entrer commodément dans une tente avec sa jupe moulante à carreaux et son pull aux couleurs criardes, mélange de rose, de vert pomme et de violet.

Kitty décida de trouver une copie de ces films afin de les visionner, même s'ils auraient certainement mal vieilli.

Elle ouvrit sa boîte mail et grimaça face à l'avalanche de messages envoyés par Tom. Il fallait vraiment qu'elle lui écrive pour lui proposer une entrevue dès son retour. Elle l'avait assez puni.

Mais elle écrivit d'abord à l'éditrice de Random House pour lui demander si elle avait une trace d'Irena Markova, la traductrice de son arrière-grand-père, et si la maison était informée de ces versements mensuels. Elle posta ensuite sur un forum de généalogie une question : comment retrouver une personne vivant à Brno, en République tchèque, en précisant les détails dont elle disposait. Les généalogistes étaient toujours disposés à s'entraider.

Tout en buvant son café, elle chercha ce qu'elle pourrait faire de plus pour glaner des renseignements sur Irena Markova. L'e-mail adressé à Random House était toujours dans sa boîte d'envoi et la connexion ne fonctionnait pas. Elle cliqua donc sur « Envoyer/Recevoir » et il se produisit une chose étrange : l'e-mail destiné à la maison d'édition partit, et le brouillon plein de colère destiné à Tom fut également expédié.

— Non !

Trop tard. Le message apparaissait déjà dans le dossier « Messages envoyés ». *Oh non, qu'est-ce que j'ai fait ?* Maintenant, elle allait devoir s'excuser d'avoir été sarcastique !

Son vol partait le 14 octobre, le mercredi suivant, et arrivait à Londres à l'aube du 15. Elle serait en plein jetlag, mais elle pourrait voir Tom le soir même.

À moins qu'elle ne se fasse héberger chez une amie et n'attende le week-end. Tandis qu'elle tergiversait, elle reçut un nouveau message, intitulé « Si tu ne m'aimes plus, dis-le franchement, je t'en prie ». Il ne contenait aucun texte. Les yeux de Kitty s'embuèrent. Elle se sentit injuste de le punir ainsi et lui écrivit une brève réponse : « Je rentre jeudi. Retrouve-moi à six heures au kiosque à musique. »

C'était le lieu où ils se donnaient rendez-vous avant de vivre ensemble. Elle s'y rendait en hâte, des papillons dans le ventre et impatiente de le revoir, alors qu'ils ne s'étaient quittés que le matin même. Et, en songeant à ces retrouvailles, elle ressentit le même trouble.

53

À travers l'Europe, automne 1947

Lorsqu'il arriva à Londres, Dimitri fut surpris de constater combien les Américains avaient été protégés de l'impact de la guerre ; New York n'avait subi aucun dommage, quand dans la capitale anglaise les bombardements avaient laissé des trous entre les immeubles et les rues ressemblaient à des gencives édentées. L'hôtel dans lequel il logeait, dans le centre de la ville, était délabré, et dans les couloirs flottait une odeur de chou. L'électricité y était capricieuse, l'eau chaude précieuse et la nourriture déplorable : des ragoûts gras à la viande inidentifiable servis avec des pommes de terre bouillies. Dimitri se réjouit d'avoir apporté son propre café, même s'il n'avait pas le même goût avec le lait en poudre qu'on lui servait.

Les Parisiens, eux, étaient affamés. Les femmes vendaient leurs charmes au coin des rues, des enfants malingres accrochés à leurs basques. Dimitri aurait pu faire appel à une prostituée pour moins d'un dollar s'il l'avait souhaité ; il préférait leur donner un peu d'argent, qu'elles acceptaient en marmonnant des remerciements sans jamais le regarder dans les yeux. Qui était-il pour écrire un roman sur la dépression ? Ces gens-là en savaient bien plus que lui !

Dans chaque ville, il prononçait un bref discours devant une cinquantaine de personnes, puis répondait à leurs questions. Que pensait-il du film *Aux premières lueurs de l'aube* ? Pas de commentaire, ce qui provoquait l'hilarité. *Sous la botte* était-il vraiment un roman antifasciste, comme on l'avait cru à l'époque ?

— Telle était mon intention. On peut néanmoins y voir une diatribe contre toute forme de régime totalitaire et oppresseur.

Comment vivait-il la comparaison avec Vladimir Nabokov, son compatriote ?

— Si l'on pouvait vraiment me comparer à lui, j'en serais très flatté.

Il vendait quelques exemplaires de ses livres, puis quelque éditeur local et sa femme l'emmenaient dîner. En dépit des leçons qu'il avait apprises de Rosa au fil des années, Dimitri n'avait jamais été à l'aise en compagnie d'inconnus. Il avait du mal à communiquer avec ces éditeurs étrangers s'exprimant dans une langue qui n'était pas la leur et sur des livres qu'ils n'avaient pas lus. Il regrettait l'absence de sa femme, qui aurait facilité la conversation, mais appréciait en revanche tout particulièrement les longs trajets en train. Regarder défiler le paysage par la fenêtre, les paysans rentrant leurs récoltes, les villages, les églises aux clochers détruits par la guerre, les vastes forêts et les montagnes dont les sommets étaient déjà enneigés en ce début d'octobre le plongeait dans une contemplation exquise.

Il n'avait plus aucune envie de vivre en Europe depuis que l'Amérique l'avait accueilli à bras ouverts, et il espérait que la Constitution et le brassage ethnique empêcheraient un parti extrémiste d'y prendre le pouvoir, comme ç'avait été le cas en Russie et en Allemagne. Il avait discerné dans la presse américaine un sentiment antisoviétique, lu des commentaires sur les territoires conquis après la guerre et perçu la peur que le communisme traverse l'Atlantique. Dimitri ne s'en formalisait guère car il partageait tout à fait ce point de vue ; sa haine du communisme était totale.

Sa dernière étape, à Prague, l'inquiétait d'ailleurs un peu : l'année précédente, le parti communiste avait obtenu dans le pays trente-huit pour cent des suffrages. À quoi pensaient donc les Tchèques ? N'avaient-ils donc pas entendu parler des simulacres de procès soviétiques et des exécutions de masse ? Des camps de travaux forcés en Sibérie ? De la police secrète qui arrêtait les gens pour un regard de travers ? Pourquoi l'avait-on invité, lui, critique notoire du régime soviétique, à s'exprimer ? Était-ce un piège ?

Son éditeur tchèque vint l'accueillir à la gare et, dans le taxi qui les emmenait à l'hôtel, il semblait nerveux.

— Des espions du ministère de l'Intérieur seront présents lors de votre discours de ce soir. Je vous suggère d'éviter les sujets politiques. Nous ne voulons pas qu'un célèbre auteur américain soit arrêté en notre compagnie…

L'homme émit un petit rire nerveux, comme s'il cherchait à minimiser la situation, mais Dimitri perçut dans son regard la peur, celle qu'il avait vue en Russie en 1917, lorsque les gens ignoraient de quel bord était leur interlocuteur.

— Je n'ai pas l'intention de parler politique, mais au cours de la tournée que je viens de faire, sachez que mon public n'a cessé de me questionner sur mes opinions.

— Vous verrez, ici ce ne sera pas le cas, lui assura l'éditeur.

La rencontre eut lieu au café Slavia, un établissement Art déco situé sur les bords de la Vltava, avec une vue sur le château. C'était un endroit prisé des intellectuels pragois tels Franz Kafka et Karel Čapek. L'auditoire lui sembla composé d'étudiants fauchés et de vieilles dames, dont l'une avait un petit chien sur les genoux. Dimitri se prit à espérer que l'animal ne l'interrompe pas par ses jappements. D'un côté de la salle se tenaient deux hommes en pardessus sombre. À leur regard hostile, il devina qu'ils faisaient partie de la police secrète. Des souvenirs indésirables revinrent à la charge et il se hâta de monter sur l'estrade pour commencer sa présentation ; il avait réservé un billet de train pour Istanbul le lendemain matin et se sentait soudain impatient de monter à bord.

Il parla de la littérature russe, de son inspiration, des expériences de sa vie personnelle qui avaient influencé son écriture, sans oublier de mentionner les États-Unis, leur cinéma, leur mode de vie, l'omniprésence de la publicité : cette société de consommation avait engendré une génération qui ne se satisfaisait plus de la vie qu'avaient menée leurs parents.

Ensuite, les questions fusèrent. Combien de brouillons écrivait-il pour chaque roman ?

— Une vingtaine.

Avait-il commencé un nouveau livre après *Vers le soleil couchant* ?

— Pas encore.

Il expliqua qu'il ne pouvait écrire sur demande et devait attendre que l'inspiration lui vienne. Les deux hommes en pardessus sombre demeurèrent impassibles.

Lorsqu'il eut répondu à la dernière question, Dimitri annonça qu'il dédicacerait ses livres sur une table, dans un coin de la salle. Un serveur lui apporta un verre de vin doux et une part de gâteau à la crème. Il signa vingt et un ouvrages, plus qu'il n'en avait vendu lors de ses autres conférences européennes. Les Tchèques aimaient la lecture.

Dimitri dégustait son vin en attendant de dire au revoir à l'éditeur quand une ombre apparut.

— Bonjour, Malama, fit une voix douce.

54

Prague, octobre 1947

Dimitri en eut la chair de poule. Elle était là. Tatiana. Telle qu'en elle-même, après plusieurs décennies. Il était incapable de prononcer un mot et les larmes lui montèrent aux yeux. Il tenta de les chasser.

— Nous ferions mieux de sortir d'ici, lui dit-elle en russe. Viens avec moi.

Dimitri se leva. Ses jambes faillirent se dérober. Tatiana lui prit le bras et l'entraîna dans une rue latérale de la vieille ville. Ils ne prononcèrent pas un mot. Dimitri inspirait profondément l'air nocturne dans l'espoir de se ressaisir, tout en se séchant discrètement les yeux. Tatiana descendit une volée de marches et ouvrit la porte en bois d'un bar. À l'intérieur il faisait sombre et seuls trois autres clients étaient assis. Ils choisirent une table dans un coin et commandèrent deux verres de vin rouge.

— C'est vraiment toi ? souffla Dimitri en dévisageant Tatiana.

Excepté quelques rides au coin des yeux et de la bouche, telles des cicatrices symétriques, elle n'avait pas changé. Ses cheveux longs étaient noués en un chignon classique.

— Je t'ai apporté quelque chose afin que tu n'aies aucun doute.

Elle sortit de sa poche la médaille ornée de pierres qu'elle avait commandée chez Fabergé pour Ortipo.

— Comment as-tu pu croire que j'en dou… ? fit-il le cœur serré.

— … J'ai appris que de nombreuses personnes se faisaient passer pour mes sœurs et mon frère, l'interrompit Tatiana. Je n'aurais pas supporté que tu ne me croies pas.

Elle avait gardé sa voix basse et mélodieuse.

— Je t'aurais reconnue n'importe où. Tu n'as pas changé…

— Oh si, répondit-elle. Et toi aussi.

Elle observa le visage ridé et le front dégarni de Dimitri et afficha un sourire plein de tendresse.

— Je te trouve plus beau que jamais.

Les yeux de Malama s'embuèrent à nouveau de larmes. Ils levèrent leur verre et trinquèrent en silence. Il apprécia la chaleur de l'alcool dans sa gorge.

— J'ai lu tous tes livres, reprit-elle. Ils sont formidables. J'aurais deviné que tu en étais l'auteur même s'il n'y avait eu aucun indice sur la couverture.

Il écrivait sous le nom de Dimitri Iakovlévitch.

— Pourquoi ne m'as-tu pas contacté plus tôt ? Tu aurais pu écrire à mes éditeurs, ils m'auraient transmis ton courrier.

— J'ai découvert que tu étais écrivain juste avant la guerre, en lisant un article de journal. Quand j'ai vu ta photo, je n'en ai pas cru mes yeux : on m'avait dit que tu avais péri à Tsaritsyne en 1919. J'ai donc été aussi abasourdie que toi tout à l'heure. Je me suis hâtée d'acheter tes romans et quand j'ai lu *Interminable amour*…

Elle poussa un long soupir.

— … j'ai eu l'impression que ton âme me parlait à travers les pages.

— C'était une lettre d'amour que je t'adressais, répondit-il. Je priais pour que tu la lises un jour.

Le visage de Tatiana s'illumina.

— Vraiment ?

— Bien sûr ! Si seulement tu m'avais contacté à l'époque !

Elle se rembrunit.

— Les années d'occupation ont été difficiles. Les Allemands auraient trouvé suspect que je veuille écrire à l'auteur de *Sous la botte* à New York. Ils ont exécuté des gens pour moins que ça.

Elle fit une moue peinée et Dimitri en eut soudain assez de ce bavardage. Il lui prit la main et plongea dans son regard.

— Tu vas bien, Tatiana ?

Elle rit nerveusement.

— Non, pas vraiment…

Comme autrefois, elle contenait difficilement son émotion.

— Mais en te voyant je me sens beaucoup mieux.

Dimitri sentit monter en lui une déferlante d'amour pour elle. Il eut soudain très chaud et en perdit le souffle. Son amour était aussi intense que la nuit de leur mariage, à Saint-Pétersbourg, et que le soir où elle avait disparu de sa maison d'Iekaterinbourg. Comment était-ce possible, après plus de trente ans ? Il fut pris d'un tel malaise qu'il se demanda s'il n'allait pas faire une attaque. Il but une gorgée de vin, puis une autre, dans l'espoir que l'alcool maîtriserait l'invasion de ses émotions.

Tatiana prit sa main.

— Tu veux poser ton front sur le mien pour que chacun sache ce que pense l'autre ?

Dimitri l'enlaça et se pencha vers elle jusqu'à ce que leurs têtes entrent en contact. Tatiana avait changé de parfum. Elle ne sentait plus le jasmin mais dégageait une odeur plus musquée de femme. Un désir fou s'empara de lui et vint se manifester dans son bas-ventre. Être assis dans ce bar obscur, tête contre tête, lui parut soudain extraordinairement érotique.

Tatiana dut ressentir la même chose, car elle lui demanda doucement :

— Et si tu m'invitais dans ta chambre d'hôtel ?

Dimitri hocha la tête et ils se levèrent sans finir leur vin.

Lorsqu'il fit l'amour à Tatiana pour la première fois, Dimitri se sentait plein d'appréhension et craignait de la décevoir. Il tendit vers elle une main hésitante, tout en scrutant son visage pour vérifier qu'il s'y prenait bien. Sa femme était encore svelte, avec de longues jambes et un teint de porcelaine, même si ses mains rougies aux ongles courts étaient devenues sèches. Il explora son corps, embrassant sur ses bras de minuscules cicatrices. Elle avait les seins souples, plus généreux qu'autrefois lui sembla-t-il, et l'aspect de son ventre semblait indiquer qu'elle avait eu un enfant. Il en ressentit un soupçon de jalousie. Qui était le père ? Entre ses cuisses, sa toison brune était parsemée de gris. Il posa la tête sur sa poitrine et entreprit de la caresser de ses doigts tandis qu'elle explorait son dos, le souffle court.

Quand il lui ouvrit enfin les cuisses pour la pénétrer, il fut si subjugué qu'il ne put se retenir très longtemps et se répandit en elle avec un cri rauque, avant de s'effondrer dans ses bras. Honteux, il tenta quelques excuses, mais elle l'embrassa longuement et avec tendresse.

— Ma femme, murmura-t-il.

— Tu en as une autre, répondit Tatiana. Je l'ai lu dans un article.

— Non. Rosa et moi ne sommes pas mariés. J'en aurais été incapable tant qu'il restait une chance que tu sois en vie.

— Pauvre Rosa…

— Et toi ?

— Moi, je me suis mariée. Il le fallait. Et je te croyais mort.

— Où est ton mari ?

Tatiana posa un doigt sur ses lèvres.

— S'il te plaît, pas de questions. Pas maintenant. Peut-être jamais. Certaines choses sont trop douloureuses. Faisons comme si nous nous étions rencontrés ce soir pour la première fois au café Slavia.

Dimitri brûlait de savoir où Tatiana avait passé toutes ces années, et ce qui était arrivé le soir de sa disparition, mais elle avait peut-être raison : mieux valait attendre le bon moment.

Lorsqu'elle alla se rafraîchir dans un coin de la pièce, il remarqua qu'elle était plus que mince. Ses côtes et ses hanches saillaient : elle avait eu faim. D'instinct, il rentra sa bedaine d'homme entre deux âges.

— Tu as dîné ? s'enquit-il. On pourrait aller souper.

— Le petit déjeuner me suffira.

— Je devais prendre le train vers Istanbul demain matin pour aller voir mes sœurs, qui vivent là-bas. Je les appellerai pour leur dire que j'ai été retardé.

— Oui, j'aimerais passer du temps avec toi, Dimitri. Cela fait si longtemps…

Elle ôta les épingles de ses cheveux. Ils lui arrivaient presque à la taille et cela lui allait bien. Elle revint se blottir dans ses bras, la tête sur son épaule, et Dimitri songea qu'ils étaient faits l'un pour l'autre.

Il ne put s'empêcher de lui poser la question qui lui brûlait les lèvres :

— Sais-tu si d'autres membres de ta famille ont survécu ?

— Je ne le crois pas. Je ne vois pas comment ils auraient pu. Je n'ai échappé au pire que grâce à toi. Et pendant longtemps je l'ai regretté.

Dimitri sentit peser sur lui une culpabilité familière.

— Je t'ai cherchée dans toute la Russie, Tatiana. Quand Anna Tchaïkovski est apparue à Berlin, prétendant être ta sœur, je suis allé la voir aussitôt.

— Et alors ? demanda-t-elle sans espoir.

— Ce n'était pas elle.

— Et tu n'es allé voir aucune des femmes qui tentaient de se faire passer pour moi ? s'enquit-elle avec un soupçon d'ironie dans la voix.

— J'ai vu les photos. Il n'y avait guère de ressemblance.

Tatiana se tourna vers Dimitri pour l'embrasser langoureusement.

— Parle-moi de tes enfants, lui dit-elle en posant la tête sur son épaule. Tu en as deux, n'est-ce pas ? Comment sont-ils ?

— Ils ont une vingtaine d'années et sont étudiants. Ils vivent sur le campus de leur université et Marta a beaucoup de succès. Elle a tout un tas de petits amis qui téléphonent ou se présentent à la porte lorsqu'elle revient à la maison. Nicolas est plus solitaire, comme moi. Je m'inquiète davantage pour lui…

Dimitri ne trouva rien d'autre à dire. Ses enfants ne se confiaient qu'à Rosa. Il les surprenait dans la cuisine à se raconter leurs cours, leurs sorties, mais ils changeaient de sujet dès que leur père apparaissait. Il n'avait pas la capacité de Rosa à susciter les confidences.

— J'ai aussi un barzoï. Un chien superbe qui s'appelle Malevitch.

— En l'honneur de ton camarade de l'armée.

Il frémit en repensant au sort qu'avait subi son ami.

— C'est une bête très sensible, intelligente et affectueuse qui me rappelle un peu Ortipo. Ce n'est plus un chiot, mais il pourchasse les oiseaux alors qu'il sait pertinemment qu'ils s'envoleront. C'est un jeu pour lui. Il a un caractère enjoué.

— J'aimais tant Ortipo ! Je pense souvent à elle, tu sais, même maintenant.

— Comment se fait-il que tu aies sa médaille ? demanda Dimitri en lui caressant les cheveux.

Elle se lova contre lui et enfouit son visage dans le creux de son épaule.

— Les dernières semaines, nous avions cousu des bijoux dans nos vêtements. La médaille était dans l'un de mes sous-vêtements. Lorsque je me suis échappée, j'avais sur moi quelques pierres précieuses que j'ai vendues au fil des années, pour vivre.

— Pourquoi n'as-tu pas…

Tatiana le fit taire d'un long baiser passionné qui le toucha au plus profond de lui-même. Ils refirent l'amour, mais bien plus longtemps cette fois.

55

Lac Akanabee, État de New York, 10 octobre 2016

Quelques jours plus tard, Rebecca Wicks, éditrice chez Random House, adressa un e-mail à Kitty en réponse à sa question sur la traductrice de Dimitri :

Notre service comptable a trouvé deux lettres de votre arrière-grand-père relatives à Irena Markova. Dans la première, datée de juillet 1958, il souhaite que, au cas où il viendrait à mourir, une rente mensuelle de trois cents dollars soit versée à cette femme depuis son compte d'auteur et indique une adresse à Albany. Dans la seconde, datée de mai 1975, il nous informe du décès d'Irena et demande que ses droits d'auteur soient placés sur un compte rémunéré jusqu'à ce que l'un de ses descendants les réclame.

C'est moi, ça ! songea la jeune femme, étonnée.

Elle eut l'impression que Dimitri s'attendait à ce que Kitty se renseigne sur lui un jour, comme si depuis le passé il lui avait tendu la main.

Lorsqu'elle fit le calcul et se rendit compte qu'Irena Markova était morte depuis quarante et un ans, Kitty reçut un second choc à l'idée que cette femme pouvait très bien être le cadavre enterré près du chalet : les dates concordaient. Mais pourquoi Dimitri l'aurait-il ensevelie à cet endroit ? L'avait-il tuée ? Elle ignorait tant de choses de lui… Et pourquoi tenait-il à ce qu'Irena continue d'être rémunérée s'il mourait avant elle ? La théorie du chantage devenait caduque. Était-il tombé amoureux d'elle après le décès de Rosa ? Si tel avait été le cas, cela pouvait expliquer sa brouille avec Nicolas et Marta, qui lui en voulaient peut-être.

Il semblait toutefois peu plausible que la grand-mère de Kitty, si généreuse et enjouée, ait pu couper les ponts avec son père. Il devait y avoir une autre raison, plus grave. Kitty se rappela que sa mère avait dit un jour que Marta et Stanley n'avaient plus d'argent après un revers de fortune dans les affaires de Stanley, et qu'ils devraient en demander à Dimitri. Kitty songea alors que c'était peut-être Dimitri lui-même qui avait cessé tout contact. Mais quel rapport avec le cadavre du chalet ? Souhaitait-il éviter qu'ils sachent ? Kitty avait le sentiment de tourner en rond.

Sur le forum de généalogie, plusieurs messages lui étaient adressés pour tenter de répondre à la question qu'elle avait posée quelques jours plus tôt au sujet de l'ayant-droit de la traductrice de Dimitri, à Brno. Des liens renvoyaient vers des sites tchèques, mais Kitty ne parlait pas cette langue ; il lui aurait fallu un traducteur. Un autre lien l'amena vers les documents d'immigration d'Irena Markova, qui mentionnaient, comme le lui avait dit l'éditrice de Random House, une ancienne adresse à Brno. Enfin, tout au bas de la page, un message en anglais d'une dénommée

Hana Markova : « Je crois être la personne que vous cherchez. Je suis la belle-fille d'Irena Markova. Cette semaine, j'ai reçu un appel de la police de New York. Je suis interprète dans un centre de conférences, à Brno (elle précisait son numéro de téléphone). Vous aurez plus de chances de me joindre entre douze heures trente et quatorze heures. »

Kitty n'en revenait pas. Ses recherches sur Internet avaient porté leurs fruits ! Il y avait six heures de décalage horaire entre New York et la République tchèque. Elle devrait téléphoner entre six heures et demie et huit heures du matin. Tout en préparant son sac pour passer ses dernières nuits au bord du lac, Kitty prit soin de recharger son téléphone. L'appel risquait de prendre du temps.

56

Prague, octobre 1947

Le lendemain matin, au réveil, Dimitri vit Tatiana endormie à côté de lui, les cheveux dispersés sur l'oreiller, et ce fut le plus beau moment de sa vie. Il se redressa pour contempler ses longs cils, la courbe de son oreille et son cou gracile. L'intensité de son amour pour elle le subjugua.

Comme si elle avait senti son regard, elle ouvrit les yeux et lui sourit. Cet instant fut un temps de présent pur : il n'y avait plus de passé, plus d'avenir, rien qu'eux deux. Sans prononcer un mot, ils s'embrassèrent puis firent l'amour. C'était l'accomplissement d'un désir en réserve depuis 1914 lorsque, âgé de vingt-trois ans, Dimitri avait rencontré cette femme sur un lit d'hôpital.

Ils prirent ensuite un bain puis s'habillèrent lentement, multipliant caresses et baisers. Quand ils descendirent enfin, l'hôtel ne servait plus le petit déjeuner, aussi se rendirent-ils dans un café de la place Venceslas où ils commandèrent du pain noir, de la charcuterie et du fromage, après s'être assis l'un tout contre l'autre.

— Où habites-tu ? s'enquit Dimitri tout en écartant une mèche de cheveux du front de Tatiana. Enfin, si je peux me permettre de te poser la question…

Il n'en revenait toujours pas de l'avoir retrouvée et ne cessait de la toucher, de la regarder pour en avoir le cœur net.

— Je n'ai plus de chez-moi. Il faut que j'en parle avec toi. J'ai une proposition à te faire.

— Tout ce que tu voudras. Explique-moi.

— J'ai besoin d'argent pour louer un appartement, mais je ne veux rien accepter de toi, même si je sais que tu n'hésiterais pas.

Dimitri se figea alors qu'il était en train de sortir son chéquier.

— Je ne sais pas si tu t'en rends compte, reprit Tatiana, mais la traduction anglaise de tes trois premiers romans est lamentable, maladroite, pompeuse, et ne reflète en rien la délicatesse et la précision de ta prose en russe. Alors je me demandais si tu m'engagerais pour les retraduire. Je sais que je peux faire beaucoup mieux.

— Bien sûr ! Ce serait formidable !

Cette perspective enchanta Dimitri.

— Quand j'aurai fait mes preuves en tant que traductrice, j'espère trouver suffisamment de travail pour en vivre. Jusqu'à présent, j'ai œuvré dans le milieu agricole, dit-elle en lui montrant ses mains abîmées. Mais mes problèmes de dos ne me permettent plus de m'échiner des heures durant.

Dimitri était outré à l'idée qu'elle travaille dans les champs, elle, une grande-duchesse, une Romanov !

— Tatiana, j'ai beaucoup d'argent. Tu n'auras plus jamais besoin de travailler. Laisse-moi te verser une rente régulière. Tu es ma femme après tout !

Elle se pencha pour l'embrasser, puis l'enlaça et le serra si fort qu'il sentit son pouls battre dans son cou.

Ils parcoururent la majestueuse place Venceslas puis passèrent la journée à déambuler dans la ville, du célèbre pont Charles bordé de statues de saints à l'église Saint-Nicolas en passant par le pittoresque château, sans oublier le cimetière juif avec ses milliers de pierres tombales renversées ou bancales. Tatiana parlait couramment le tchèque, et Dimitri en conclut qu'elle devait vivre dans ce pays depuis un certain temps. Peut-être avait-elle été secourue par l'armée blanche ? Il sut gré à ses hommes de l'avoir fait.

En fin de journée, ils récupérèrent à la consigne de la gare les affaires de Tatiana, un vieux fourre-tout contenant quelques vêtements et ses exemplaires des romans de Dimitri.

— Tu comptes rester à Prague ? lui demanda-t-il lors du dîner. Je m'inquiète de la montée du communisme ici. J'ai l'impression d'être à Saint-Pétersbourg en 1917. Les murs ont des oreilles et les gens se méfient.

— Je sais. Cela m'inquiète moi aussi, mais je n'ai nulle part où aller.

— Tu as des enfants ? demanda-t-il, hésitant.

— Non, répondit-elle en évitant son regard.

Persuadé qu'elle mentait, Dimitri eut un temps d'hésitation, mais elle n'ajouta rien.

— Tu n'as pas envie de contacter ta famille ? J'ai rencontré ta tante Irène à Berlin, et je sais qu'il reste des Romanov au Danemark.

— Je ne supporterais pas de faire l'objet d'articles de journaux ni d'assister à un défilé de personnes désireuses de voir si elles me reconnaissent. Le seul que j'aie vraiment eu envie de retrouver, c'était toi.

— Dans ce cas, viens en Amérique, suggéra-t-il sans réfléchir. Je t'aiderai.

Le visage de Tatiana s'illumina, puis elle se rembrunit.

— Je ne veux pas t'arracher à la mère de tes enfants, Malama.

L'image de Rosa apparut à Dimitri, et il se figea. En vingt-quatre heures, il n'avait pas pensé une seule fois à elle. Son sourire radieux, son corps voluptueux, sa nature optimiste lui revinrent : il ne pouvait la faire souffrir, il l'aimait trop. Comment avait-il pu la trahir sans le moindre scrupule ?

— Laisse-moi te dire ce qui va se passer, reprit Tatiana en le voyant désemparé. Je vais aller aux États-Unis avec toi et je traduirai tes romans dans un bon anglais, mais je vivrai seule. Je suis devenue solitaire au fil du temps, et je crois que cela me conviendrait tout aussi bien.

Dimitri fronça les sourcils.

— Tu es ma femme. Je veux que nous soyons amants.

Elle le prit par le menton et le regarda droit dans les yeux.

— Oui, je crois que c'est inéluctable… dit-elle.

57

Lac Akanabee, État de New York, 11 octobre 2016

Pendant les quelques journées que Kitty avait passées loin du chalet, la température semblait avoir chuté au bord du lac. Kitty dormait emmitouflée dans son peignoir en polaire, son épais cardigan posé sur son sac de couchage, mais se réveilla plusieurs fois en grelottant. L'alarme de son téléphone était réglée pour six heures et demie. Pour la première fois, elle vit le soleil se lever sur l'eau. Les stries rose vif et orangé annonçant une journée radieuse étaient encore plus spectaculaires que celles du coucher. Un oiseau noir aux ailes rouges criait « Coralie ! Coralie ! » comme s'il cherchait un amour perdu. Kitty se prépara un café instantané et emporta son téléphone au bout du ponton, où elle captait le mieux.

La sonnerie retentit dans son oreille, semblant parcourir des milliers de kilomètres, et une voix lui répondit en tchèque.

— Je voudrais parler à Hana Markova, s'il vous plaît, énonça lentement Kitty.

— Ne quittez pas.

Un instant, elle s'interrogea sur le prix de cette communication. Mais après tout c'était sans doute ce que Dimitri aurait aimé qu'elle fasse de l'argent qu'il lui avait légué : laver son honneur.

— *Ahoj ?*

— Allô, c'est Kitty Fisher. Vous êtes Hana Markova ?

— Oui, bonjour Kitty ! Je parle vraiment à l'arrière-petite-fille de Dimitri ?

— Pourquoi ? Vous le connaissiez ?

— Pas personnellement. Mais d'après mon père, Irena parlait souvent de lui. Et quand elle est partie, en 1948, il n'a fait aucun doute qu'elle était allée le rejoindre.

— Comment l'avait-elle connu ?

Kitty eut l'impression d'avoir plusieurs longueurs de retard sur Hana.

Il y eut un silence. Était-ce la ligne ou Hana hésitait-elle ?

— Ils se sont rencontrés en Russie pendant la guerre. La guerre de 1914.

— Et ensuite elle a épousé votre père ?

— Oui, c'est ça.

— Donc elle était votre belle-mère ?

— Non. Je suis née après son départ. Ma mère est la deuxième femme de mon père.

Kitty se dit qu'elle n'allait pas tergiverser.

— La police vous a informée que le cadavre que j'ai retrouvé enterré près du chalet de Dimitri pouvait être le sien ?

— Oui. Elle voulait savoir si je connaissais quelqu'un qui puisse fournir un échantillon d'ADN ou un dossier dentaire. Malheureusement, je n'ai pas pu l'aider.

Kitty choisit ses mots avec soin.

— Ils semblent croire que Dimitri a peut-être un rapport avec sa mort. D'après ce que je sais de lui, je n'arrive pas à le croire, c'est pourquoi je voulais vous parler. Pouvez-vous m'en dire davantage sur eux ?

Il y eut un son étouffé qui aurait pu être un rire ou un grommellement indigné.

— C'est ridicule ! Il ne lui aurait jamais fait le moindre mal.

— Ils étaient amants ?

Hana soupira.

— C'est une longue histoire, et mieux vaut ne pas en parler au téléphone. Mais en tant qu'arrière-petite-fille de Dimitri vous avez le droit de savoir…

— Et si je venais vous voir ? proposa Kitty sur un coup de tête. Je peux prendre l'avion la semaine prochaine.

— Pourquoi parcourir tout ce chemin depuis les États-Unis pour venir à Brno ? s'étonna Hana.

— Je dois être à Londres jeudi, mais je peux venir vous voir vendredi.

— Avez-vous une idée de ce dont il s'agit ?

— Peut-être. J'ai un journal en russe de 1918. Je l'apporterai.

58

Istanbul, septembre 1948

Deux jours après leurs retrouvailles, Dimitri et Tatiana prirent le train pour Istanbul, puis un caïque leur fit traverser le Bosphore vers la maison de Valerina. La cour fermée était cernée de toutes parts de forêt et dominait des eaux scintillantes. Dimitri n'avait pas prévenu sa sœur qu'il lui amenait une invitée, mais lorsqu'il entra en compagnie de Tatiana, Valerina la reconnut immédiatement. Elle écarquilla les yeux et retint son souffle, puis esquissa une révérence.

— Non, je vous en prie, l'implora Tatiana. Je ne suis plus grande-duchesse. J'ai été la femme d'un paysan pendant des années.

— Entrez ! Asseyez-vous.

Valerina lui désigna un fauteuil confortable près de la fenêtre. Vous devez être fatiguée après ce long trajet. Je vais vous faire préparer une chambre.

Dimitri regarda Tatiana, puis s'adressa à sa sœur :

— Valerina, nous aimerions partager une chambre si tu n'y vois pas d'inconvénient.

— Eh bien… d'accord, bredouilla-t-elle avant de se ressaisir. Naturellement… Je vais prendre des dispositions. Vous allez bien, Votre…

Elle s'interrompit, ne sachant comment s'adresser à elle.

— S'il vous plaît, appelez-moi Tatiana. Depuis des décennies je vis sous le nom d'Irena Markova. Mon nom de baptême me manque.

— Ce sont les hommes de la légion tchécoslovaque qui vous ont exfiltrée de Russie ?

— Un homme, oui.

Dimitri sentit la jalousie le ronger. Qui était cet homme ? Son mari ?

— Je n'imagine même pas ce que vous avez pu endurer, fit doucement Valerina. Vous êtes tous deux les bienvenus dans ma maison pour aussi longtemps qu'il vous plaira.

Dimitri étreignit sa sœur.

— Merci. Je savais que tu réagirais ainsi. Je vais déposer une demande de passeport et de visa pour que Tatiana puisse venir avec moi aux États-Unis. J'ignore combien de temps cela prendra, donc si nous pouvions loger ici en attendant…

— Bien entendu !

Les deux femmes sympathisèrent rapidement, ce qui étonna Dimitri. Tatiana avait beau affirmer qu'elle ne voulait pas parler de ce qui lui était arrivé pendant toutes ces années, Valerina eut tôt fait de lui tirer les vers du nez après leur avoir servi du porto ambré.

— L'homme qui m'a fait passer en Tchécoslovaquie s'appelait Vaclav Markov. C'était un homme bon, un soldat tchèque, vous l'aurez deviné. Il m'a exfiltrée de Russie pour m'emmener dans son village natal aux environs de Brno. J'avais appris le sort subi par ma famille et j'étais au désespoir, même si j'espérais qu'il ne s'agissait que de rumeurs, mais je sentais au fond de moi que les choses étaient conformes à ce qu'on racontait. Les dernières semaines de l'été 1914, nous savions que la fin était proche. Je crois que lorsque nous sommes arrivés dans cette horrible villa, à Iekaterinbourg, nous avons compris que nous n'en sortirions pas vivants. Même le petit Alexis.

Elle secoua la tête comme pour chasser ce souvenir.

— J'ai écrit à ta mère, Dimitri, et elle m'a répondu que tu avais péri lors de la bataille de Tsaritsyne. C'est alors que j'ai abandonné tout espoir…

Dimitri s'en voulut terriblement. Si seulement il avait écrit à sa mère pour lui faire savoir qu'il était en vie… Les choses auraient été différentes.

— Malevitch est mort à Tsaritsyne, expliqua-t-il à Tatiana. Ensuite, je n'ai pas pu rester dans l'armée. Je suis parti te chercher.

Tatiana posa sur lui un regard plein de compassion.

— Cela remonte à si longtemps… Nous avons vécu en assumant nos choix et j'ai épousé Vaclav parce que c'était le seul moyen pour moi de rester dans ce village sans éveiller les soupçons. Nous redoutions en permanence que les bolcheviques me retrouvent, alors nous vivions reclus dans une ferme. C'est là que j'ai passé toutes ces années.

— Vous avez eu des enfants ? s'enquit Valerina.

Dimitri n'avait pas osé insister après la réponse négative de Tatiana, mais de la part de sa sœur la question semblait légitime.

Les yeux de Tatiana s'embuèrent. Elle perdit contenance et ne parvint pas à s'exprimer. Valerina se leva et s'agenouilla auprès d'elle pour lui prendre les mains.

— Je suis navrée, lui dit-elle.

Les larmes se mirent à rouler sur les joues de Tatiana.

— Mon fils unique, Jaroslav, a été exécuté par les nazis il y a cinq ans. C'est comme si c'était hier.

Dimitri la prit par les épaules. Elle enfouit son visage contre son torse et sanglota. Une fois de plus il se sentit inutile, impuissant, incapable de la consoler.

— C'était affreux, hoqueta-t-elle. Après tout le reste…

Valerina et Dimitri échangèrent un regard mais les mots étaient superflus ; ils demeurèrent silencieux jusqu'à ce que les pleurs cessent. Tatiana avait perdu sa patrie, sa famille et son fils. C'était inconcevable.

— Tu es là, maintenant, dit-elle en levant les yeux vers Dimitri.

Il sut alors que, quoi qu'il arrive, il devait la garder auprès de lui jusqu'à la fin de ses jours.

Le passeport et le visa furent accordés à Irena Markova, de son nom tchèque. Au début du mois de décembre 1948, Dimitri et elle firent leurs adieux à Valerina et prirent l'avion pour New York. Le vol fut interminable et entrecoupé de six escales, mais bien plus rapide que le bateau. Dimitri s'était absenté trois mois au lieu d'un seul et Rosa l'attendait depuis des semaines. S'il l'avait appelée plusieurs fois de chez Valerina, il savait qu'elle était inquiète.

Ils prirent ensuite le train à Grand Central, et Tatiana regarda défiler le paysage de ce qui allait devenir sa nouvelle patrie : quelques flocons de neige tombaient et le sol scintillait de givre, les arbres nus se balançaient contre un ciel blanc un peu comme en Russie. Juste avant d'arriver à Albany, Dimitri se leva pour gagner un autre compartiment et sortir par une autre porte, car Rosa l'attendrait sur le quai. Il remit à Tatiana une enveloppe pleine d'argent, des instructions pour trouver un taxi et l'adresse d'un bon hôtel. Ainsi débuta sa double vie.

Lorsqu'il vit Rosa vêtue d'un manteau framboise à gros boutons noirs et d'un petit chapeau orné de deux plumes, il ressentit pour elle un élan de tendresse. Elle courut le long du quai et se jeta dans ses bras. Dimitri ne put s'empêcher de regarder par-dessus son épaule pour voir si Tatiana les observait. Ne la voyant pas, il serra Rosa contre lui et l'embrassa sur la joue. Cela s'annonçait difficile… Déjà il était tiraillé. D'une part, il s'inquiétait à l'idée que Tatiana ne trouve pas de chambre et se sente seule dans ce pays étranger, et d'autre part il redoutait que Rosa ne perçoive son infidélité, à ses vêtements ou à son comportement. Elle avait toujours su décrypter ses humeurs et il n'était pas habitué à mentir.

Chez lui, il fut accueilli par Malevitch. Le chien avait des poils gris autour du museau et des douleurs articulaires, mais il n'avait rien perdu de son entrain. Il lécha la main de son maître et le suivit partout. C'était le milieu de la semaine et les enfants étaient à l'université. Rosa lui avait préparé un festin, avec ses spécialités russes préférées : du bortsch, des pirojki fourrés à la viande et au fromage et un koulibiac, feuilleté au poisson, riz, épinards et œufs durs. Au cours du repas, Rosa fit part à Dimitri des dernières nouvelles :

les résultats des enfants, l'hospitalisation d'une voisine, son inquiétude pour sa mère, de plus en plus fragile. Il l'écouta d'une oreille distraite tout en ponctuant son discours de grommellements approbateurs, s'efforçant de l'apaiser par sa présence tranquille car elle semblait agitée.

— Donc ces problèmes avec l'entreprise, ils sont réglés ? lui demanda-t-elle.

C'était le prétexte invoqué par Dimitri pour son retour tardif. Il hocha vaguement la tête.

— J'aimerais que tu arrêtes ce travail à présent que tu n'as plus besoin de cet argent, poursuivit-elle.

— C'est ma famille. Je ne peux pas la laisser en difficulté. J'ai prévenu Alex que j'allais bientôt démissionner mais je dois trouver quelqu'un pour me remplacer.

Rosa sembla ravie.

— Tu as une idée pour ton prochain roman ? L'Europe t'a inspiré ?

— Peut-être. Je n'ai pas encore décidé. Comme tu le sais, je ne peux écrire que dans le calme et la paix de ma maison.

Après le repas, ils allèrent dans leur chambre, où il ouvrit sa valise et lui donna les cadeaux qu'il lui avait rapportés : un flacon de parfum Chanel n° 5 acheté dans la boutique de Coco Chanel, rue Cambon à Paris, un recueil de recettes de Vienne rédigé en allemand et une pièce de soie de Milan d'un turquoise aussi irisé que les ailes d'un martin-pêcheur. Il avait également des présents pour les enfants, sa belle-mère et sa belle-sœur. Rosa les admira et le félicita pour son bon goût. Puis vint le moment qu'il redoutait : Rosa se lova contre lui pour l'embrasser et glissa une main vers son entrejambe.

— Ça fait longtemps… murmura-t-elle.

Il se figea, s'apprêtant à répondre qu'il était fatigué et avait besoin d'un bain, mais son sexe le trahit en réagissant aux caresses. Rosa connaissait son corps par cœur. Il avait en mémoire les plaisirs de plusieurs décennies, de sorte qu'il se trouva incapable de résister à cette femme. Il aimait sa façon familière de s'accrocher à lui, les endroits où elle le touchait, et le petit cri qu'elle poussait au moment de l'extase. C'est ainsi que Dimitri fit l'amour à Rosa vingt-quatre heures après l'avoir fait à Tatiana.

Ensuite, tandis qu'elle était allongée dans ses bras, il fut de nouveau assailli par la culpabilité. De tout le mal qu'il avait infligé au cours de sa vie, c'était ce qu'il y avait de plus méprisable : il n'avait pas rendu visite à ses parents avant leur décès parce qu'il était trop occupé à tenter en vain de sauver les Romanov ; il avait sans doute envoyé Elena, la jeune fermière, à la mort par pur égoïsme ; il avait tout tenté pour secourir Tatiana, scellant par là même le destin de sa famille ; il avait laissé Rosa tomber amoureuse de lui alors qu'il en aimait une autre. Et, à présent, cette infidélité inexcusable.

Au cours de son séjour chez sa sœur, Valerina lui avait dit que jamais il ne serait capable de gérer une liaison, qu'il serait tiraillé. L'idée de faire souffrir l'une de ces femmes lui était insupportable. Il les aimait toutes les deux, différemment. Il voulait qu'elles soient heureuses toutes les deux et qu'elles fassent partie de sa vie.

Rosa semblait n'avoir aucune idée de ses tourments. Elle se blottit contre lui avec un soupir d'aise et s'endormit dans ses bras.

Le lendemain, Dimitri partit à l'heure habituelle, faisant mine d'aller au bureau, malgré les recommandations de Rosa, qui l'avait imploré de se reposer du décalage horaire. Il se rendit à l'hôtel du centre-ville, où Tatiana s'était installée, et monta vivement dans sa chambre. Il la trouva en train de lire près de la fenêtre. Elle ne semblait pas fâchée de l'attendre.

— Rosa va bien ? demanda-t-elle avec un sourire comme si c'était la chose la plus naturelle du monde.

— Oui, répondit-il, gêné de parler d'elle. Et toi ? L'hôtel te convient ?

— C'est le grand luxe. Hier soir, j'ai mangé un somptueux dîner, puis passé une heure dans la baignoire. Je me sens dorlotée.

Elle sourit encore et s'étira avec grâce.

Dimitri s'assit sur le lit.

— Tatiana, je crois que je ne vais pas y arriver. Cette malhonnêteté… ce n'est pas bien. Je ferais mieux d'avouer à Rosa que je t'ai retrouvée et que je veux rester avec toi. Elle en sera anéantie mais au moins je ne lui mentirai pas.

Tatiana secoua vigoureusement la tête.

— Autrement dit, mieux vaut faire souffrir Rosa pour avoir la conscience tranquille ?

Elle le regarda droit dans les yeux.

— Si tu ne m'avais pas retrouvée, ajouta-t-elle, songerais-tu à quitter Rosa aujourd'hui ?

— Bien sûr que non.

— Notre relation ne doit rien changer entre vous. À sa place, je préférerais garder l'homme que j'aime et avec qui j'ai élevé deux enfants que me retrouver seule.

Dimitri poussa un soupir.

— Tu t'y feras. Tout se passera bien, lui assura-t-elle en enroulant les bras autour de son cou pour attirer sa tête entre ses seins. D'abord, nous devons trouver un logement pour moi.

Dimitri se résigna à cette situation dans l'immédiat.

— On pourrait aller dans une agence immobilière, proposa-t-il.

— Il vaut mieux qu'on ne nous voie pas ensemble. Tu n'as qu'à choisir, dans un quartier où Rosa ne va jamais, mais pas trop loin de chez toi pour que tu puisses venir facilement. Je me contenterai de ce que tu trouveras du moment qu'il y a un extérieur pour faire pousser quelques plantes. J'attendrai ici que tu reviennes.

Tatiana semblait avoir bien réfléchi. Peut-être les femmes maîtrisaient-elles mieux ces questions, mais cette comédie dégoûtait Dimitri. Se comporter ainsi ne lui était pas naturel. Il suivit toutefois les recommandations de Tatiana et lui trouva un trois-pièces à Buckingham Lake, non loin de sa société mais à l'autre bout de la ville par rapport au quartier où il vivait avec Rosa. Il lui ouvrit un compte bancaire et l'alimenta généreusement afin qu'elle meuble et équipe la petite maison.

De retour à l'hôtel, il déjeuna avec elle en parlant de la traduction d'*Interminable amour*, qu'elle brûlait de commencer. Ils avaient l'air de deux amis. Après le repas, toutefois, ils montèrent dans la chambre et firent l'amour comme s'ils se redécouvraient, stupéfaits par l'intensité de leurs sentiments après plus de trente ans de séparation. Dans ses bras, Dimitri ne pensa pas une seule fois à Rosa.

À dix-huit heures, il se gara dans son allée. Malevitch vint l'accueillir en claudiquant.

— Tu vas bien ? lui demanda Rosa lorsqu'il l'embrassa. J'ai appelé le bureau et ils m'ont répondu que tu n'étais pas venu.

Dimitri prit son courrier sur la table de la cuisine, incapable de la regarder dans les yeux pour lui mentir.

— J'ai eu un long entretien avec un grossiste qui m'a invité à déjeuner.

Il ouvrit l'enveloppe et fixa la lettre sans la voir, guettant la réaction de Rosa.

— J'ai préparé du poulet pour ce soir, dit-elle. Nicolas a appelé pour dire qu'il rentrerait à la maison vendredi soir et qu'il resterait jusqu'à lundi. J'espère que Marta viendra aussi. Tu connais son emploi du temps ! On aura de la chance si elle daigne nous accorder un repas.

Elle rit, fière du succès de sa fille.

— Tant mieux. Ce sera bien.

Il s'en était tiré à bon compte pour cette fois, car il n'était pas doué pour la dissimulation. C'était le point faible de son plan : il n'avait jamais su mentir. Rosa accepterait-elle ses explications la prochaine fois ? Tatiana perdrait-elle patience si elle ne le voyait pas assez ? Il se rendit compte que Rosa lui parlait ;

il ne l'écoutait pas et ne supportait pas d'aimer deux femmes sans vouloir en faire souffrir aucune.

Sur le plan pratique, il lui était assez facile de voir Tatiana au cours de la semaine. Il quittait le bureau pour se rendre à un prétendu rendez-vous ou profitait des activités de Rosa pour s'échapper. Elle était bénévole à l'hôpital, prenait des cours de composition florale toutes les semaines et buvait souvent le café avec ses amies. Le week-end, il pouvait prétexter de promener le chien, mais souvent Nicolas ou Rosa décidaient de l'accompagner.

S'il se rendait chez Tatiana dans sa Lincoln Continental, il pouvait arriver chez elle en dix minutes, mais passer d'une femme à une autre lui était plus difficile car il n'était pas le même homme avec chacune. Avec Tatiana, il parlait littérature, politique et histoire. Avec Rosa, il parlait des enfants, de leurs amis communs et ils riaient beaucoup. Il était fou de Tatiana, comme autrefois. Elle était la créature de ses fantasmes, son grand amour, et pourtant avec elle il lui arrivait de penser à l'indéfectible bonne humeur de Rosa. À la maison, il lui arrivait de penser à Tatiana et de rougir de l'intensité de ses sentiments. Si Rosa était une mère et une compagne merveilleuse, elle ne serait jamais son âme sœur, ne le comprendrait jamais parfaitement parce qu'elle ne partageait pas ses origines.

Tatiana, elle, n'était plus l'adolescente qu'elle avait été. Elle était forte et indépendante à présent, et se satisfaisait de sa propre compagnie. Elle ne lui demandait jamais de venir la voir plus souvent mais était toujours heureuse de l'accueillir. Elle ne semblait pas avoir d'amies dans le quartier et, en l'absence de Dimitri, elle menait une existence solitaire, à travailler sur la traduction de son roman ou cultiver son jardin. La décoration de la maison était sobre et fonctionnelle. Elle consacrait son énergie créative à ses légumes, ses plantes aromatiques et ses fleurs sur ses quarante mètres carrés de jardin. À la grande surprise de Dimitri, elle savait cuisiner.

— Tu te souviens quand tu apprenais à faire du pain ? J'étais choqué qu'une grande-duchesse en soit réduite à cela.

— C'était à Tobolsk…

Sa voix s'éteignit et son regard se voila. Elle pensait à sa famille.

— J'ai ton journal, reprit Dimitri. Celui que tu avais laissé chez moi. Tu veux le voir ?

— Jamais ! dit-elle en frémissant. Non.

— Et j'ai gardé le gilet que tu m'avais tricoté à Noël. Il est un peu trop serré à la taille désormais.

— J'ai beaucoup tricoté depuis. Je filais même ma propre laine. Nous avions des moutons.

De temps à autre, elle révélait un petit détail qu'il rangeait précieusement dans sa mémoire. Il y avait encore beaucoup de sujets tabous : la nuit de sa disparition, son retour en Tchécoslovaquie, la mort de Jaroslav, son fils. Il ne voulait pas la brusquer. Et, en toute franchise, il n'était pas certain de vouloir tout savoir, du moins pas dans l'immédiat. Il cherchait encore son équilibre dans cette étrange existence qu'il s'était créée.

59

Londres, 15 octobre 2016

À Heathrow, le ciel était couvert. Kitty serra autour d'elle les pans de son cardigan vert. Il n'y avait pas un rayon de soleil, rien que des nuages gris et le crachin. Les couleurs du lac Akanabee lui manquaient. Même par mauvais temps, il y avait une palette de roses, de violets, de rouges et de dorés, et toutes les teintes de bleu imaginables.

Elle prit le train pour gagner le centre de Londres, puis un taxi vers Crouch End. Lorsqu'elle chercha son trousseau de clés au fond de son sac, elle connut un moment de panique. Et si Tom avait fait changer la serrure ? Et s'il n'était pas encore parti travailler ? Était-il là, assis dans la cuisine ? ou encore au lit ?

Elle ouvrit la porte et la première chose qu'elle vit, sur la console de l'entrée, fut une pile de courrier qui lui était adressé. Elle eut l'impression d'entrer par effraction. La maison était propre et rangée et il y flottait un parfum de cire, comme si elle était inhabitée depuis son départ.

Dans la cuisine, elle se prépara une tasse de thé et examina le contenu du réfrigérateur en sortant le lait : il n'y avait pas grand-chose de frais. Le congélateur, en revanche, était plein de plats surgelés et cela attendrit Kitty. Pauvre Tom…

Elle dormit quelques heures sur le canapé, puis entreprit de défaire ses bagages tout en préparant les vêtements qu'elle emporterait à Brno. À mesure qu'approchait l'heure du rendez-vous, le trac montait à la pensée de retrouver Tom. Elle sourit. Allaient-ils faire l'amour ?

Elle arriva au parc en avance et s'abrita sous un chêne pour voir Tom se diriger vers le kiosque à musique. De loin, elle remarqua qu'il avait perdu du poids. Sa veste pendait de ses épaules et, faute d'imperméable ou de parapluie, il était trempé par le crachin. Pourtant, il tenait vaillamment deux cafés à emporter et sa mallette. Elle éprouva pour lui une bouffée d'amour.

Quand elle s'approcha pour lui dire bonjour, elle vit qu'il avait des cernes. Ils restèrent interdits un instant, puis elle se pencha pour l'embrasser sur la joue en prenant un gobelet qu'il lui tendait.

— Tu as l'air crevé, lui dit-elle. Tu vas bien ?

Certes, c'était elle qui l'avait mis dans cet état. C'était sa faute s'il était maigre et pâle. Mais bon, il ne fallait pas oublier ce qu'il lui avait infligé en couchant avec Karren. D'ailleurs, cela lui sembla soudain de l'histoire ancienne, comme un événement survenu dans une autre vie.

— C'est sympa de te voir en forme et bronzée, Kittykat. Cet été au lac t'a manifestement fait du bien.

— Le chalet est génial. Il faudra que tu…

Elle s'interrompit. Ils n'en étaient pas là.

Ils s'assirent sur un banc de fer forgé sous le kiosque jonché de détritus et elle but une gorgée de son *latte* au lait de soja. Il connaissait ses goûts.

— Tu avais raison, se reprit-elle. Il y avait beaucoup de travaux. Il était couvert de plantes grimpantes et un arbre avait poussé entre les marches quand je suis arrivée. J'ai tout réparé.

Elle lui montra des photos prises avec son téléphone.

— J'ai dû reconstruire le porche et le ponton. Et cette balancelle, aussi.

— Quel paysage superbe ! s'émerveilla Tom en regardant les images. Voilà donc à quoi tu as consacré ton été ? Tu as rénové le chalet ?

— Je me suis aussi renseignée sur l'arrière-grand-père qui me l'a légué. Il y a de nombreux trous dans son histoire, mais je prends l'avion demain pour la République tchèque afin de rencontrer quelqu'un qui m'en révélera davantage.

Face à l'air inquiet de Tom, elle s'empressa d'ajouter :

— Rien que pour le week-end !

— Tu rentres à la maison ce soir ?

Jamais il n'avait autant douté de lui-même.

— J'y ai posé mes bagages ce matin. Ça ne te dérange pas ?

— Bien sûr que non !

Ils étaient tels deux inconnus et Kitty décida d'en finir avec cette formalité.

— Écoute, je regrette de ne pas avoir donné de nouvelles… J'avais besoin d'espace pour réfléchir. Pas seulement à propos de nous deux. J'avais besoin de savoir ce que je suis en train de faire de ma vie. Je crois que j'ai besoin de sens, d'un but. D'autres ont des enfants et cela leur donne un objectif, mais nous, on a décidé de ne pas en avoir. Je veux trouver un sens à mon existence. C'est clair ce que je raconte ?

Tom l'écoutait avec attention.

— Tu veux qu'on reparle des enfants ?

— Non, pas vraiment.

Elle le regarda dans les yeux pour déchiffrer son expression.

— À moins que tu ne le veuilles, ajouta-t-elle.

— J'y ai pensé cet été. Mais surtout parce que si on avait eu des enfants tu n'aurais pas pu disparaître trois mois sans donner de nouvelles. Ç'a été horrible, tu sais. J'avais l'impression d'envoyer des e-mails dans le vide, et pourtant je ne pouvais pas m'en empêcher parce que t'écrire représentait ma seule chance de t'atteindre. Tu lisais mes e-mails ?

Elle secoua la tête d'un air coupable.

— J'ai lu ta lettre. Et elle m'a beaucoup touchée.

Elle mourait soudain d'envie de l'embrasser. Mais il était trop tôt.

— Tu cherches toujours un nouveau job ?

— J'ai eu un entretien la semaine dernière dans une société qui collecte des fonds en faveur de jeunes artistes. J'ai su avant-hier que j'avais décroché le poste !

L'enthousiasme de Tom avait quelque chose de juvénile.

— C'est à Shoreditch, dans une ancienne usine. J'adore l'atmosphère et l'esprit des gens qui y travaillent.

— C'est génial ! Félicitations ! Et en quoi consistera ton travail ?

Tom lui décrivit son poste et Kitty pensa que travailler pour des artistes et les aider à réaliser leurs rêves lui convenait à merveille.

— Tu as écrit, là-bas ? s'enquit-il.

Elle soupira.

— Pas un mot. Je crois que je ne suis pas taillée pour le métier d'écrivain. Je sais formuler une phrase, d'accord, mais il n'y a rien que j'aie une irrépressible envie de raconter. C'est pour ça que je laisse toujours tomber tout ce que j'entreprends. En revanche, mon arrière-grand-père était un romancier connu en son temps et ses ouvrages explorent de fond en comble les émotions humaines.

Tom regardait Kitty avec affection.

— Tu ne m'avais jamais dit qu'il y avait un écrivain dans ta famille.

— Je n'étais pas au courant. Je me demande pourquoi maman me l'a caché.

— C'est bizarre, mais je me souviens qu'elle disait ne jamais avoir rencontré aucun de ses grands-parents. Ils étaient morts tous les quatre avant sa naissance…

— Ah oui ? fit Kitty en fouillant dans sa mémoire. Ce n'est pas vrai. Dimitri n'est mort qu'en 1986. Apparemment ils étaient fâchés, c'est pourquoi l'héritage de Dimitri a fini par me revenir. Quand il est mort, ils n'ont trouvé aucun membre de sa famille.

— Et c'est pour ça que tu vas en République tchèque ? Pour résoudre le mystère ? demanda-t-il avec un sourire.

— Je t'en dirai davantage pendant le dîner. On peut aller manger ? Je meurs de faim.

Ils allèrent dîner dans leur restaurant préféré, un petit bistrot à deux rues de chez eux. Kitty raconta à Tom ce qu'elle avait appris sur Dimitri Iakovlévitch, puis ils commandèrent leur menu habituel – soupe à l'oignon, steak au poivre et une bouteille de bourgogne – et se parlèrent tout au long du repas. Ils avaient tant de choses à se dire…

— Si tu ne veux plus être écrivain, qu'est-ce que tu vas faire ?

— Je ne sais pas. Je ne suis pas allée aussi loin.

— Tu veux rénover un autre logement ? On pourrait hypothéquer la maison, ça nous permettrait d'obtenir un prêt facilement.

— Je ne sais pas, fit Kitty avec une moue. C'est stressant d'emprunter et je ne suis pas sûre que le marché soit favorable en ce moment.

— Montre-moi les photos de ton chalet, fit Tom.

Elle lui tendit son téléphone et il fit défiler les images prises depuis le bout du ponton, les gros plans de l'escalier et de la rambarde du porche.

— Je sais ce que tu pourrais faire, dit-il en lui rendant l'appareil. De la menuiserie.

Elle ouvrit la bouche pour protester, mais se ravisa. Elle adorait travailler le bois.

— Comment veux-tu que je gagne ma vie avec ça ?

— À toi de voir ! Tu pourrais créer un site Web et distribuer des flyers proposant des bibliothèques ou des placards sur mesure, ou créer une ligne de meubles. Pourquoi pas ?

— Il faudrait que je développe mes moyens techniques. J'ai déjà de bons contacts avec la scierie de Kentish Town. Je pourrais construire une cabane au fond du jardin en guise d'atelier.

Tom la laissa réfléchir à voix haute tout en l'encourageant d'un signe de tête. Il était étrange de voir ces pièces se mettre en place comme si le destin s'agençait. Dans une relation complice se produisait parfois cette chose étrange : il arrivait qu'on connaisse mieux l'autre que soi-même.

— En tout cas ma mère n'aurait pas approuvé, déclara Kitty. Elle me voyait avocate.

— Elle voulait surtout que tu sois heureuse.

Quelque part, Kitty en était consciente et le fait que Tom s'en rende compte lui plut. Depuis qu'il était son seul parent, il était devenu sa continuité. Elle avait bu deux verres de vin et faillit s'en servir un troisième mais se ravisa en pensant à la cirrhose de son grand-oncle Nicolas. Tom n'en voulait plus lui non plus, aussi décidèrent-ils de rentrer.

Dans l'entrée, elle le saisit par le col de sa veste et l'attira vers elle pour lui donner ce baiser dont elle avait envie depuis des heures.

— Je regrette, murmura-t-elle sincèrement.

Elle regrettait de l'avoir abandonné tout l'été. Il ne répondit pas, trop occupé à lui enlever son pull. Elle défit le pantalon de Tom, souleva sa jupe, baissa sa culotte et se hissa sur la pointe des pieds avant d'enrouler une jambe autour de sa taille pour le prendre en elle. Cette fois, elle était enfin rentrée à la maison.

60

Albany, État de New York, 1955

Dimitri mena une double vie sept ans durant sans qu'aucune des deux femmes lui fasse le moindre reproche. Tatiana ne semblait pas contrariée qu'il passe la plupart de ses week-ends et vacances en famille. Parfois, il ne la voyait pas pendant plusieurs jours tandis que, de son côté, Rosa ne l'interrogeait jamais sur son emploi du temps et acceptait tous les prétextes qu'il lui fournissait pour justifier ses heures d'absence. Lorsqu'il rentrait de chez Tatiana, il s'arrêtait boire une bière dans un café afin de remettre de l'ordre dans ses idées. La culpabilité était devenue une compagne familière et, cependant, il était toujours convaincu de ne pas avoir le choix. Il ne pouvait quitter Rosa, qui lui avait apporté tant de bonheur, et ne résistait pas au magnétisme de son lien si ancien avec Tatiana.

Au cours de ces sept ans, ses deux enfants se marièrent. Nicolas n'ayant jamais amené une petite amie à la maison, à l'approche de ses trente ans ses parents commençaient à s'inquiéter. Mais, un week-end, il se décida à leur présenter Pattie, une Californienne aux longues jambes bronzées, leur annonçant qu'ils étaient fiancés. Toute la famille se rendit à Santa Barbara pour la cérémonie à l'église puis la fête organisée au beach club très glamour des parents de la mariée. Au début, Dimitri et Rosa furent impressionnés par le champagne, les palmiers, la piscine à l'eau turquoise et tous ces gens élégants couverts de bijoux éclatants. Rosa ne tarda pas à sympathiser avec les beaux-parents de son fils. Elle portait une robe décolletée en dentelle rose rehaussée d'une ceinture de satin mauve et d'un minuscule chapeau orné de fleurs fraîches roses et mauves. Selon Dimitri, elle était de loin la mieux habillée de l'assemblée.

Marta, elle, était venue avec l'un de ses nombreux admirateurs, Stanley, un Anglais guindé à la calvitie précoce qui possédait une entreprise de couverts en argent. Il avait un si fort accent du nord de l'Angleterre que Dimitri avait du mal à le comprendre et se lassa vite de lui faire répéter ses propos. Il se contenta donc de hocher la tête et de sourire quand il devait entretenir la conversation. Marta ne semblait pas avoir ce problème puisque, quelques semaines après le mariage de Santa Barbara, Stanley vint demander à Dimitri la main de sa fille.

— Naturellement, c'est à elle de décider, répondit-il, prudent. Mais j'espère que vous n'envisagez pas de l'emmener en Angleterre car elle nous manquerait beaucoup, à ma femme et moi.

— Non. Je compte rester ici un bon moment. L'Amérique est le marché qui a la plus forte croissance dans mon secteur. Nous nous installerons sans doute dans la région d'Albany.

— Et vous pensez pouvoir assurer une vie confortable à ma fille et à vos éventuels enfants grâce à cette entreprise ?

Stanley se lança dans un discours sur les profits, les marges, la croissance cependant que Dimitri laissait vagabonder son esprit, ne comprenant pas ce que Marta trouvait à cet homme au physique quelconque. Son côté exotique, peut-être. Lorsqu'il fit part de ses réserves à Rosa par la suite, elle lui expliqua que cet Anglais la traitait comme une princesse, mais Dimitri ne voyait pas en quoi. Le mariage eut toutefois lieu, dans une église d'Albany, puis dans un restaurant chic, avec quatre-vingts invités. Après le repas, un groupe de swing se mit à jouer et les gens envahirent la minuscule piste de danse. Dimitri et Rosa se joignirent à eux pour se trémousser sur ces rythmes peu familiers.

— Nous avons accompli notre devoir de parents, dit-elle avec un sourire. Maintenant, je suis impatiente d'être grand-mère.

Cette idée n'était même pas venue à l'esprit de Dimitri. Il songea alors à la tristesse de ne pas avoir eu d'enfants avec Tatiana : sa propre lignée serait perpétuée, mais pas celle de Nicolas et Alexandra.

Juste après le mariage de Marta, Malevitch tomba malade. L'abdomen enflé, le chien souffrait et gémissait. Le vétérinaire ayant conclu à une insuffisance hépatique incurable, Dimitri prit la tête de Malevitch entre ses mains et plongea dans son regard confiant tandis que le vétérinaire l'euthanasiait. Lorsque l'animal cessa de respirer, Dimitri l'enlaça et fondit en larmes, revoyant en pensée tous les amis qu'il avait perdus, ses parents, la famille de Tatiana, et songeant aux camps de travail de Sibérie et aux camps de concentration où tant de ses amis allemands avaient péri. Pourquoi la vie était-elle si brutale ? Pourquoi le mal triomphait-il si souvent ?

Pendant un moment, il sembla que la mort de Malevitch, ce chien qui l'avait sorti de la dépression au début de la guerre, allait plonger Dimitri dans une nouvelle phase descendante. Les symptômes étaient de retour : il se sentait inutile, ne voyant plus de raison de se lever le matin, de s'habiller, de se raser. Le sénateur Joe McCarthy avait alors commencé sa répression visant à éliminer le communisme, une répression similaire à celle de l'idéologie qu'il combattait, et Dimitri redoutait de devoir quitter les États-Unis, où il se sentait tout à fait chez lui. S'il rendait visite à Tatiana deux ou trois fois par semaine, il se montrait taciturne, irascible, et, quand elle tentait de le faire parler, il lui grommelait de le laisser tranquille et elle se tenait à distance, peu habituée à le voir ainsi.

Rosa, elle, savait s'y prendre : un mois après la mort de Malevitch, un nouveau petit barzoï blanc taché de marron dérapait sur le carrelage de la cuisine, faisant la fête à Dimitri et léchant la main qu'il lui tendait.

— C'est une fille, annonça Rosa. Comme elle n'est pas encore propre, nous avons du pain sur la planche !

Dimitri s'accroupit et se laissa lécher le visage tout en caressant la fourrure soyeuse.

— Appelons-la Trina. Elle a une tête à s'appeler Trina.

Il pensait à la femme de chambre qui lui transmettait les messages de Tatiana lorsque celle-ci était assignée à résidence.

Tatiana tomba sous le charme du chiot dès la première rencontre et aima également son nom.

— Je me demande ce qu'est devenue Trina… J'espère qu'elle a trouvé un bon mari.

Dimitri n'eut pas le cœur de lui répondre que c'était peu probable. La plupart des employés des Romanov avaient été incarcérés, voire exécutés par le régime bolchevique.

Par une belle journée ensoleillée de septembre, Rosa annonça à Dimitri qu'elle sortait jusqu'à l'heure du dîner. Dimitri et Tatiana roulèrent donc jusqu'au lac Akanabee pour promener Trina, qui se jeta à l'eau dès que la portière fut ouverte. Elle adorait nager et rapporter les bâtons qu'ils lui lançaient, elle revenait en s'ébrouant et les éclaboussait. Ils rirent de bon cœur, ce qui leur rappela leurs efforts pour dresser Ortipo à Saint-Pétersbourg, même si Trina paraissait plus intelligente, ou plus obéissante.

Le soleil était déjà couché lorsqu'il déposa Tatiana devant chez elle puis rentra, le front rougi. Il était en retard pour le dîner et espérait que Rosa ne s'en formaliserait pas.

— Désolé, chérie ! lança-t-il en entrant dans la cuisine. Je promenais Trina et j'ai perdu toute notion du temps.

Rosa était attablée, la tête dans les mains. Elle avait pleuré.

— Qu'est-ce que tu as ? s'alarma-t-il.

Rosa ne pleurait jamais.

— Il y a quelques semaines, j'ai senti une boule dans mon sein. Je ne voulais pas t'inquiéter et je pensais que ce n'était rien. Mais j'ai vu le médecin aujourd'hui et il dit que j'ai un cancer. Je dois démarrer un traitement sans tarder.

Dimitri s'assit lourdement, le souffle coupé.

— Tu aurais dû m'en parler.

— Tu étais déprimé. Je ne voulais pas t'accabler. Il va falloir que tu sois fort, dorénavant, Dimitri. D'accord ?

Il se leva et la prit dans ses bras, attentif à ne pas lui toucher les seins et n'osant pas lui demander lequel était malade.

— Comment peux-tu en douter ?

Elle posa la tête sur son bras, les yeux fermés, sans un mot.

Le surlendemain, il l'accompagna à son rendez-vous chez le médecin, le Dr Eisenberg, un homme chauve au crâne parsemé de taches de rousseur. Il portait de grosses lunettes à monture noire et un costume-cravate sombre.

— Je recommande une mastectomie du sein gauche. C'est la procédure habituelle. Nous retirerons le tissu mammaire, les ganglions et une partie des muscles, ce qui supprimera les cellules cancéreuses. Par précaution, nous commencerons également une radiothérapie dès la cicatrisation.

Le médecin semblait réciter une leçon par cœur.

— Des questions ? demanda-t-il en levant les yeux.

— Oui, répondit Dimitri. Quand aura lieu l'opération ? Combien de temps Rosa restera-t-elle hospitalisée ?

— Je l'ai inscrite pour lundi prochain. Elle devrait rester avec nous une semaine au moins.

— Et les rayons ? Il y en a pour combien de temps ?

— Deux semaines en général.

— Donc elle devrait être guérie pour Noël ?

Le médecin poussa un soupir imperceptible.

— Ici, nous ne parlons pas de guérison, monsieur… monsieur Iakovlévitch, dit-il après avoir consulté son dossier. Nous parlons de rémission. Je crains que Noël ne soit un peu optimiste.

Dimitri l'écouta, se raccrochant au moindre mot positif afin de pouvoir rassurer Rosa plus tard, et se rassurer lui-même : technologie de pointe, thérapie de haut niveau, « je conseillerais le même protocole à ma propre mère ».

Ce soir-là, ils téléphonèrent à Nicolas et Marta pour leur faire part de la nouvelle. Tous deux proposèrent de venir s'occuper de leur mère. Rosa commença par protester, puis accepta avec un sourire, heureuse d'avoir ses enfants auprès d'elle en la circonstance. Et Dimitri s'en voulut de songer qu'il lui serait difficile de voir Tatiana si Nicolas et Marta étaient présents. Ce n'était pas l'essentiel.

L'intervention dura six heures, et la mauvaise mine de Rosa à la sortie du bloc choqua Dimitri. Bardée de bandages, on aurait dit une momie branchée à des tuyaux. Comme elle n'avait pas la force de parler et avait besoin de repos, il emmena les enfants au bout d'une demi-heure. Longeant les couloirs où flottait une odeur d'antiseptique, il observa les conduits, les lumières vives, la peinture écaillée et comprit qu'il devrait les revoir souvent au cours des mois à venir.

Dans la soirée, tous trois furent invités à dîner chez la mère et la sœur de Rosa mais Dimitri déclina, prétextant une migraine pour se rendre chez Tatiana, qui le prit dans ses bras et lui caressa la tête.

— J'ai emprunté un ouvrage sur le cancer à la bibliothèque, lui dit-elle. Il faut qu'elle mange bien pour garder des forces. Les rayons sont efficaces mais ils sont épuisants.

Il lui semblait naturel que Tatiana le réconforte lors de la maladie de Rosa, et cela lui permettait de faire bonne figure chez lui. Tatiana n'avait jamais exprimé la moindre jalousie à l'égard de Rosa, elle était au contraire curieuse, demandait à la voir en photo, interrogeait Dimitri sur ses goûts, ses loisirs, ses œuvres caritatives. Un jour, elle lui confia même que, en d'autres circonstances, elle aurait aimé être son amie. Si étrange que cela puisse paraître, Dimitri était persuadé qu'elles se seraient bien entendues. Et puis Rosa s'entendait bien avec tout le monde.

Au fil des semaines et des mois de traitement, Dimitri garda un état d'esprit positif en présence de Rosa et des enfants, justement parce qu'il pouvait exprimer avec Tatiana ses angoisses, fondant parfois en larmes lorsqu'il décrivait les brûlures atroces provoquées par les rayons. Il pouvait évoquer les effets secondaires inquiétants, la fatigue, la perte du goût, la respiration difficile de Rosa quand elle parvenait enfin à s'endormir. Il expliquait qu'il se sentait impuissant de voir sa femme si maigre que ses vêtements flottaient. Il lui en avait d'ailleurs acheté d'autres, plus doux, afin qu'elle ne se blesse pas en les enfilant. Il ne supportait pas de la regarder faire sa toilette ou s'habiller ni de voir l'affreuse balafre qui remplaçait son sein gauche. Elle avait eu de si beaux seins, si pleins, si fermement dressés.

— Ça va passer, lui assurait Tatiana. La vie continue.

Au début de l'année 1955, Rosa passait plus de temps à l'hôpital qu'à la maison car elle était si fatiguée qu'elle pouvait à peine quitter son lit et ses résultats sanguins étaient insuffisants ; elle eut également un caillot au poumon. Un jour qu'il lui rendait visite, elle agrippa la main de Dimitri.

— J'ai quelque chose à te dire. Écoute-moi bien, lui souffla-t-elle en plongeant dans son regard, incapable de lever la tête de son oreiller. Quand je serai partie, ne te sens coupable de rien. Je sais que tu te tortures injustement pour toutes sortes de choses, mais ne te sens pas coupable à propos de nous. J'ai aimé notre vie ensemble, crois-moi. Tu as été un bon mari, même si nous n'avons jamais été mariés.

Elle esquissa un sourire et les larmes montèrent aux yeux de Dimitri.

— Rosa, je t'en prie, ne parle pas comme ça. Je veux que tu te battes, que tu t'en sortes. Ne laisse pas tomber. Nous avons besoin de toi.

— Je ne gagnerai pas le combat. Je suis trop fatiguée pour lutter. Mais je ne supporte pas l'idée que tu seras malheureux quand je serai partie.

Elle émit un souffle rauque, puis reprit :

— Dimitri, je sais que tu l'as retrouvée. Je sais que tu as retrouvé Tatiana. Quand je serai partie, je veux que vous soyez heureux ensemble. Tu me le promets ?

Un sanglot s'échappa de la gorge de Dimitri, qui fondit en larmes. Il aurait aimé lui demander pardon mais sa bouche n'émit pas le moindre son. Elle enfonça ses ongles dans sa paume, et il hocha la tête.

61

Albany, État de New York, 1955

Un soir de février, vers vingt-deux heures, une infirmière appela Dimitri pour l'informer que Rosa était au plus mal et ne passerait sans doute pas la nuit. Il prit la voiture avec Nicolas et Marta et passa chercher la mère et la sœur de Rosa pour les emmener à l'hôpital. Rosa n'était plus consciente. La bouche ouverte, elle semblait suffoquer tel un poisson hors de l'eau. Ils lui parlèrent tour à tour, lui dirent qu'ils l'aimaient. Hélas, engagée trop loin dans son dernier voyage elle n'eut aucune réaction. On leur apporta des chaises, du café, et ils la regardèrent s'éteindre peu à peu.

Assis à la hauteur de sa tête, Dimitri murmurait à son oreille et humectait ses lèvres à l'aide d'une éponge comme il avait appris à le faire lors des nausées de sa femme. La perspective d'une vie sans elle le paniquait, pourtant il ne supportait plus de la voir souffrir et devait se montrer fort pour les enfants. Marta, elle, sanglotait et Nicolas était livide.

— Vous devriez lui enlever son alliance, suggéra une infirmière. Ce sera plus difficile quand elle sera partie.

Lorsque Dimitri ôta l'anneau d'or pour le glisser dans sa poche, la mère et la sœur de Rosa le foudroyèrent du regard. Contrairement aux enfants, elles savaient qu'il n'y avait pas eu de mariage.

Ils ne se rendirent pas compte immédiatement qu'elle avait rendu son dernier souffle. Ils l'observèrent, guettant un mouvement imperceptible de sa gorge, puis, au bout de plusieurs minutes d'immobilité, sa mère fondit en larmes.

— Elle est partie.

Une infirmière nota l'heure du décès : trois heures vingt du matin.

Dimitri avait envie de rester seul avec Rosa, de lui adresser un ultime message d'amour, mais elle appartenait à toute sa famille et pas seulement à lui. Épuisé, sous le choc, il ne put étouffer un bâillement et, une fois encore, sa belle-mère ne masqua pas sa réprobation.

Lorsque l'infirmière leur annonça qu'ils allaient emporter la dépouille, ils prirent congé. Dimitri déposa la mère et la sœur devant chez elles et ramena Nicolas et Marta à la maison. Tous deux montèrent dans leurs chambres, et Dimitri resta dans la cuisine, la tête dans les mains, totalement perdu, incapable d'affronter le vide laissé par Rosa, n'osant pas même pleurer de peur de tomber en morceaux.

Sans réfléchir, il sortit par la porte du fond et se rendit chez Tatiana. À cinq heures du matin, elle lui ouvrit en peignoir de satin, à moitié endormie.

— Elle est partie, annonça-t-il la gorge nouée. Il fallait que je te voie.

Tatiana le fit entrer et l'étreignit pendant plusieurs minutes.

— Je vais chercher de la vodka. Assieds-toi.

Il ôta sa veste et ses chaussures, puis desserra sa cravate.

— À Rosa, dit Tatiana en lui tendant un verre.

Mais quelqu'un se mit soudain à marteler la porte.

— Qui cela peut-il être ? J'espère que je n'ai pas réveillé tes voisins.

Tatiana haussa les épaules et alla ouvrir.

— Où est-il ? s'écria une voix dans le couloir.

Marta surgit dans la pièce, le visage écarlate.

— Espèce de salaud ! Comment tu peux faire ça ? Le cadavre de maman n'a pas encore refroidi !

Elle prit un verre de vodka sur la table et le jeta sur son père.

Que lui répondre ? Il s'essuya la joue à l'aide d'un mouchoir, et Tatiana fut la première à recouvrer ses esprits.

— Vous devez être Marta. Je suis une vieille amie de votre père, rencontrée en Russie. Asseyez-vous donc.

— Pas question ! Je refuse l'invitation d'une putain !

— Marta ! intervint Dimitri.

Il était trop épuisé pour gérer la situation. Marta était hystérique.

— Nicolas et moi, on t'a suivi dans ma voiture. Je me doutais que tu viendrais chez elle. Oui, on est au courant depuis longtemps, figure-toi ! Toutes ces promenades avec le chien, ces sorties mystérieuses, ces faux rendez-vous ! J'ai prévenu maman que tu la trompais, mais elle n'a jamais voulu m'écouter. Et pendant qu'elle luttait contre la maladie tu venais ici… Je pensais que tu aurais au moins la décence de ne pas venir ce soir ! Tu n'as donc aucun respect ?

— Buvez un verre, dit Tatiana. Vous êtes bouleversée. Vous ne connaissez pas les faits. Nous allons vous expliquer mais asseyez-vous. Je vais demander à votre frère d'entrer…

— Vous plaisantez ? hurla Marta. S'asseoir et discuter ? Chez vous ? Franchement, je ne veux plus vous revoir ni l'un ni l'autre !

Sur ces mots, elle tourna les talons.

— Marta, attends ! lança Dimitri en se levant, totalement impuissant.

Tatiana posa une main sur son bras.

— Laisse-la. Tu lui expliqueras demain. Elle aura dormi et sera plus calme. Parle-leur. Je me moque de ce que tu leur diras. À toi de décider.

Quelques heures plus tard, Dimitri rentra chez lui. Il s'attendait à trouver ses enfants prenant le petit déjeuner dans la cuisine. Ils n'étaient pas là. Trina geignit en lui donnant des coups de tête. Elle avait faim et envie de sortir. Sur la table, il trouva un bref message : Marta et Nicolas étaient partis chez leur grand-mère. Il soupira, imaginant le procès en règle dont il ne manquerait pas d'être l'objet. Leur histoire allait sortir au grand jour. Comment parler à ses enfants en présence d'une belle-famille réprobatrice ?

Il passa les coups de fil nécessaires pour annoncer le décès de Rosa et contacta les pompes funèbres, puis il téléphona chez sa belle-mère afin de proposer une date de rendez-vous à ses enfants. Mais ni Nicolas ni Marta n'acceptèrent de lui parler. Que faire ? Aller chez sa belle-mère et entrer de force ? Tatiana lui conseilla de leur écrire, ce qu'il fit :

Nous devons être solidaires pour traverser cette épreuve terrible. Quand nous aurons enterré votre mère, je vous raconterai ma longue amitié avec Tatiana. Soyez assurés que ce n'est pas ce que vous imaginez.

Cette brouille entravait son deuil. Il s'occupa des fleurs, du choix du cercueil et des chants pour l'office, se contentant de les appeler brièvement pour avoir leur avis. Le jour de l'enterrement, ils se rendirent séparément à l'église : les enfants, leurs conjoints et la famille de Rosa occupaient le premier rang, l'obligeant à s'asseoir derrière eux. Après la cérémonie, ils restèrent groupés au cimetière, ne lui accordant aucune place. Lorsque le pasteur qualifia Rosa d'« épouse et mère bien-aimée », ils le foudroyèrent de leurs yeux rougis par les larmes. À en juger par leur expression, Nicolas et Marta savaient désormais qu'il n'avait jamais épousé leur mère. Encore une faute à justifier.

Que faire ? demanda-t-il en pensée à Rosa. Elle aurait su arranger les choses, comme lors de chaque dispute familiale. Hélas, elle était six pieds sous terre.

Dans la soirée, il les appela encore. Nicolas décrocha.

— Tu ne veux pas me voir, fils ? l'implora Dimitri. Il faut qu'on parle. Je t'en prie, laisse-moi t'expliquer…

— Je m'en fous de ta vie privée, papa, fit-il d'un ton las. Rien ne me ramènera maman. Je ne peux pas venir ce soir, parce que Pattie et moi retournons en Californie demain matin, et je veux passer la soirée avec ma grand-mère.

— Et ta sœur ? Elle est là ?

— Marta et Stanley sont rentrés chez eux. À ta place, je la laisserais tranquille pendant un moment. Elle l'a très mal pris.

Dimitri refusait toutefois de baisser les bras. Le lendemain des funérailles, il se rendit chez Marta avec le coffret à bijoux de Rosa. Stanley lui ouvrit mais refusa de le laisser entrer.

— Je vous en prie ! C'est ma fille.

Stanley demeura inflexible.

— Elle m'a raconté des histoires horribles sur son enfance, sur la façon dont vous les frappiez. Pour être honnête, je m'étonne qu'elle ne vous ait pas renié plus tôt. Elle gardait sa souffrance pour elle afin de ne pas faire de peine à sa mère. À présent, elle veut juste que vous la laissiez tranquille.

Cette accusation étonna Dimitri. Les parents corrigeaient leurs enfants, non ?

— Je suis le premier à admettre que je n'ai pas été un père parfait. En revanche, je mérite de m'expliquer, non ? Dites à Marta que sa mère était au courant de ma relation avec Tatiana. Elle l'a toujours su.

— Je ne pense pas que ce soit un argument en votre faveur, rétorqua Stanley en croisant les bras. Et cela ne rend pas plus supportable le fait que vous soyez allé la voir avant même que le cadavre de Rosa ait refroidi et alors que vos enfants avaient besoin de vous.

— Je croyais qu'ils dormaient !

Il était inutile de discuter avec cette tête de mule qui se dressait en protecteur de Marta. Dimitri eut beau le supplier de le laisser voir sa fille, rien n'y fit.

Finalement, il lui tendit le coffret à bijoux.

— Donnez-lui ceci, au moins. Qu'elle prenne ce qu'elle veut et qu'elle envoie le reste à la femme de Nicolas.

Stanley le glissa sous son bras.

— Il y a d'autres choses qu'elle aimerait avoir chez vous. Peut-être pourriez-vous vous faire discret quand elle viendra les chercher ? Demain après-midi, disons ?

— Qu'elle prenne ce qu'elle veut, répondit Dimitri.

Il tint parole et passa la journée avec Tatiana. À son retour, il parcourut les pièces pour voir ce qui manquait : quelques bibelots, une peinture, des ustensiles de cuisine. C'est seulement bien plus tard qu'il remarqua l'absence de sa vieille valise en cuir marron contenant le journal de Tatiana. Rosa avait commencé à y ranger les photos de famille sans se rendre compte de la valeur du carnet, ignorant que cette valise datait d'une époque où il ne la connaissait pas encore et où il recherchait Tatiana. En la réclamant à sa fille, Dimitri ne ferait que jeter de l'huile sur le feu. Il se résigna donc.

Un soir, espérant que Nicolas puisse intervenir auprès de sa sœur, il lui téléphona en Californie. Pattie prit l'appel et l'informa que son fils était trop saoul pour lui répondre. Elle s'inquiétait de sa consommation d'alcool, supposant que c'était sa façon de gérer son deuil. Pattie promit de parler à Marta, mais ne sembla guère optimiste.

Dimitri et Tatiana évoquaient souvent cette brouille, n'y trouvant pas de solution. Pour l'anniversaire de ses enfants, il envoya à chacun un chèque de mille dollars qu'ils encaissèrent, ce qui lui fit plaisir. Il leur écrivit qu'il avait l'intention de vendre la maison, devenue trop grande. Voulaient-ils récupérer des meubles ? Ils ne lui répondirent pas. En vérité, il ne supportait plus de vivre là sans la chaleur de Rosa. Autrefois, ils se réunissaient autour d'elle, qu'elle cuisine, repasse ou couse près de la fenêtre. Elle était le cœur du foyer.

Il s'installa donc chez Tatiana, mais le jardin était trop petit pour Trina, qui avait besoin de se dépenser. Un jour, se promenant au bord du lac Akanabee, ils virent un chalet à vendre. Pour Dimitri, ce fut le coup de cœur. Le cadre était enchanteur, sauvage, sans aucune construction aux alentours. Dans l'après-midi, il se rendit à l'agence immobilière et acheta le bien en payant comptant. Il n'y avait que quatre murs et un toit. Il engagea un menuisier qui construisit un porche et un ponton. Il fit raccorder le chalet à un puits situé un peu plus haut, installer une fosse septique, et aménager une salle de bains. Tatiana choisit un lit, une table, un canapé et un fauteuil, un épais tapis et des rideaux, des cadres à accrocher aux murs. Le poêle diffusait suffisamment de chaleur pour cuisiner, faire chauffer de l'eau et maintenir une température agréable. Dimitri acheta une canne à pêche pour s'installer au bout du ponton.

— Tu as l'intention de t'autoflageller encore longtemps ? le railla Tatiana tandis qu'elle se baignait dans une eau tiède un matin d'automne. J'espère que tu ne cherches pas à faire pénitence en venant ici.

— Non. Je veux mener une vie plus simple. J'ai soixante-quatre ans et je suis las des êtres humains. Toi exceptée, bien sûr.

— Je ne suis pas certaine de pouvoir vivre ici à l'année, lui répondit-elle en riant. C'est magnifique, mais je vais garder ma maison pour les mois où l'air est chargé d'insectes et aussi pour l'hiver, quand il fera trop froid.

Dimitri avait transmis sa nouvelle adresse à ses enfants. À Noël, Pattie lui envoya une carte de vœux. Il lui téléphona de chez Tatiana pour la remercier et lui demander des nouvelles.

— Marta est enceinte. Elle doit accoucher en avril.

— La naissance du petit sera peut-être l'occasion de renouer des liens, répondit-il, touché.

Pattie hésita.

— J'ai vraiment essayé de l'infléchir. Elle refuse de parler de vous. Elle est catégorique : sa mère était une sainte et vous êtes un pécheur. Pour être honnête, je ne crois pas que Stanley arrange les choses.

Dimitri soupira.

— Et vous deux ? Vous êtes heureux ?

— Nicolas souffre encore de la mort de sa mère. Je ne sais pas comment l'aider à remonter la pente mais j'essaie, lui confia Pattie.

— Dites-lui qu'il a toujours un père et que je serai là pour lui.

Dimitri ne put lui donner le moindre conseil car il connaissait à peine Nicolas. Son fils adulte n'avait plus grand-chose de l'enfant qu'il avait élevé et il ne lui vint pas à l'idée de transmettre à Pattie le conseil qui l'aidait à surmonter son propre chagrin : la solitude, les longues promenades et la beauté de la nature.

En février 1956, pour le premier anniversaire de la mort de Rosa, Dimitri écrivit une lettre pleine d'émotion à chacun de ses enfants. Il décrivait son éducation stricte, en Russie, et leur demandait pardon d'avoir été un père froid et distant. Il avait été élevé de façon si sévère que cette dureté était enracinée en lui. Il avait parfois reproduit le comportement de son père, et en était sincèrement désolé. Il leur raconta les épreuves qu'il avait subies pendant la guerre civile, y compris la disparition de sa femme, Tatiana, et les épisodes dépressifs qui avaient jalonné son existence depuis. Il tenta d'évoquer le chagrin d'avoir quitté son pays natal, où il ne pourrait jamais retourner puisque le régime communiste ne tomberait pas de sitôt. Les États-Unis et la Russie risquaient même de s'affronter à coups de bombes atomiques et de s'anéantir mutuellement.

Il insista sur le fait que Rosa et lui s'étaient aimés tendrement et avaient été de bons compagnons l'un pour l'autre pendant plus de trente ans. Il leur expliqua qu'elle savait dès le premier jour qu'il était marié à Tatiana et qu'elle avait accepté la situation. Elle lui avait même souhaité d'être heureux avec cette autre femme après sa mort. Enfin, il écrivit à Marta :

> Je sais que je n'ai pas été un bon père à tes yeux, mais j'ai fait de mon mieux. Je souhaite de tout cœur pouvoir rencontrer le petit-fils ou la petite-fille que tu portes. Sache que je t'aime et que je serai toujours là pour toi.

Il ne reçut aucune réponse de Nicolas, et la lettre destinée à Marta lui revint, déchirée en mille morceaux dans l'enveloppe d'origine avec la mention « Retour à l'envoyeur » inscrite de la main de Stanley.

62

Brno, République tchèque, 16 octobre 2016

À l'aéroport de Stansted, au nord de Londres, en attendant d'embarquer à destination de Brno, Kitty écoutait ses messages vocaux. La plupart étaient des suppliques de Tom remontant au début de l'été. Il y avait aussi un long message touchant de son amie Amber :

Kitty, je suis tellement désolée que tu aies appris l'histoire de Tom de cette façon. J'aurais dû t'en parler. Je les ai vus totalement par hasard dans un bar de la gare de King's Cross en allant chercher ma mère à la descente du train. Il était évident qu'ils étaient plus que des amis, alors je me suis précipitée vers Tom et je l'ai engueulé. Il était mort de honte. Il a admis qu'il avait commis une grossière erreur et m'a suppliée de ne rien dire. Il m'a promis que c'était terminé entre eux. Il a dit à la fille, en ma présence, qu'il ne voulait plus la voir. Elle a haussé les épaules. Apparemment elle s'en moquait, donc ce n'était pas une grande histoire d'amour. J'ai prévenu Tom que je l'aurais à l'œil désormais, et qu'il devait se ressaisir, qu'au moindre impair je t'appellerais avant même qu'il ait eu le temps de remonter sa braguette. Avec le recul, j'aurais dû te le dire sans attendre. Il faut se soutenir entre filles. Je regrette. Je voulais seulement t'éviter de souffrir. S'il te plaît, appelle-moi, Kitty !

L'embarquement commençait. Kitty eut juste le temps de lui adresser un texto :

Je suis une imbécile et je ne mérite pas une amie comme toi. Je pars à Brno pour quelques jours. Regarde sur Google pour savoir comment ça se prononce. Je t'appelle en rentrant pour te raconter tout ça.

Dans l'avion, au moment où elle allait éteindre son téléphone, un nouveau message lui parvint :

Je t'aime depuis toujours et je t'aimerai toujours. Envoie-moi l'heure de ton arrivée et je viendrai te chercher.

En fin d'après-midi, Kitty atterrit à Brno et prit un bus vers le centre-ville, puis un taxi vers l'adresse de Hana Markova. La voiture s'arrêta devant un immeuble ancien en briques. Une femme robuste portant un tablier lui ouvrit. Elle avait une cinquantaine d'années, peut-être soixante, le teint rougeaud, des yeux bleus pétillants. Ses cheveux courts et châtains étaient striés de gris.

— Entrez ! s'exclama-t-elle en s'effaçant pour la laisser passer.

Elle l'invita dans une cuisine en chêne dont la fenêtre donnait sur une aire de jeux. Kitty prit place à une table marquée par les traces de brûlures de plusieurs générations.

— J'ai l'impression que nous sommes un peu parentes, déclara Hana, mais je n'arrive pas à déterminer quel lien nous unit. Soyez la bienvenue chez moi !

Elle mit de l'eau à chauffer et sortit un gâteau aux pommes. Le fumet d'un plat flottait dans la pièce. Le dîner, sans doute.

— C'est gentil à vous de me recevoir, répondit Kitty. Les mystères de la vie de Dimitri me captivent tellement ! Je brûle de découvrir la vérité. Tout a commencé quand j'ai trouvé ceci au chalet.

Elle lui montra le pendentif ovale qu'elle portait autour du cou.

— Un bijoutier m'a affirmé que c'était du Fabergé.

— Laissez-moi regarder de plus près.

Kitty tendit la chaîne à Hana, qui s'approcha de la fenêtre pour mieux voir.

— Vous savez ce que dit l'inscription ?

— Il paraît que c'est le poinçon du fabricant.

— Non, je veux dire au-dessus, insista Hana. Il y a marqué « Ortipo ».

— Qu'est-ce que cela signifie ?

— Ortipo était le bouledogue français que votre arrière-grand-père avait offert à la grande-duchesse Tatiana, en 1914, peu après leur rencontre. Elle était infirmière dans un hôpital militaire, à Saint-Pétersbourg, où il était soigné. Votre pendentif est une médaille pour chien ridiculement chère. Superbe, non ? dit elle en le lui rendant.

— Ouah ! Dimitri était son amant ? fit Kitty, abasourdie.

— Ils étaient amoureux, oui, répondit Hana avec un sourire. Ils n'étaient pas amants dans le sens physique du terme tel qu'on le conçoit aujourd'hui.

— Voilà pourquoi il possédait le journal intime de Tatiana…

Kitty sortit de son sac à main une enveloppe matelassée dont elle tira le carnet.

— Je l'ai fait traduire en anglais, si vous voulez voir la traduction…

— Non, pas de problème, je parle russe.

Hana parcourut les pages, puis vérifia la date de la dernière, le 14 juillet 1918.

— Je possède le journal suivant. L'écriture, le style et l'emplacement de la date de chaque entrée correspondent.

— Mais elle est morte deux jours plus tard, objecta Kitty, perplexe. A-t-elle rédigé un autre journal sur ses derniers jours ?

Hana lui proposa une part de gâteau que Kitty refusa, captivée par cette histoire.

— Voici la vérité que vous êtes venue chercher : Tatiana n'a pas péri dans la villa Ipatiev. Dimitri l'a aidée à s'en échapper.

Kitty se demanda d'abord si Hana n'était pas folle. Il existait tant de théories sur les Romanov ! Des dizaines d'imposteurs s'étaient fait connaître au fil des décennies, or les scientifiques avaient prouvé formellement qu'ils étaient tous morts.

— Ce n'est pas possible ! J'ai lu que le nombre de personnes enterrées dans la mine correspondait, ainsi que leur âge et leur taille. Ils ont comparé les ossements avec l'ADN de parents des Romanov, dont le prince Philip. Comment ces preuves scientifiques peuvent-elles être remises en question ?

Hana hocha la tête.

— Si vous avez lu ce qui concerne l'enquête, vous savez que les échantillons étaient contaminés. Ce que les scientifiques n'ont jamais admis, c'est qu'un des ADN ne correspondait pas. Afin d'expédier ce détail gênant, ils ont conclu que c'était celui d'un employé du labo ayant manipulé les ossements. Mais il y avait une autre jeune fille dans la villa. De la même taille que Tatiana. C'était une paysanne dont la disparition n'a pas fait l'objet de recherches de la part de la police en ces temps troublés. Elle avait pris la place de Tatiana le 15 juillet et c'est elle qui a péri lors du massacre du 16. Tatiana a survécu.

— Si Dimitri l'a sauvée… où est-elle allée ?

— Laissez-moi vous lire l'histoire telle qu'elle figure dans le journal de Tatiana. Mon père l'a trouvé au fond d'un tiroir après son départ. C'est un peu délicat, mais vous êtes la descendante directe de Dimitri et vous méritez de savoir.

Elle se dirigea vers un placard et sortit d'un tiroir un vieux carnet. Il était fin, au contraire du volume relié de cuir que Kitty avait trouvé dans la valise. L'écriture était identique. Hana s'exprima sans hésitation, alors qu'elle traduisait le russe simultanément. De toute évidence, elle connaissait le texte sur le bout des doigts.

63

Une tente près d'Iekaterinbourg, juillet 1918

J'ai demandé à Vaclav de me trouver un crayon et un carnet car mon journal intime m'a toujours aidée à mettre de l'ordre dans mes pensées. Je dois bien passer le temps en attendant de quitter ce monde. Peut-être devrais-je témoigner, afin que les historiens du futur sachent ce qu'est devenue la dernière et la plus malheureuse des grandes-duchesses Romanov.

Il me semble incroyable que, il y a cinq jours seulement, maman, papa, OTMA, Alexis et moi ayons assisté ensemble à cet office si émouvant où le père Storojev a récité la prière pour les morts. Si seulement nous avions absorbé du poison ce soir-là, nous serions morts dans les bras les uns des autres. Je crois que nous avions perdu espoir. Les gardes étaient devenus trop irrespectueux. Ils avaient un comportement trop brutal pour que nous puissions encore espérer un exil digne et paisible. Puis j'ai reçu ce message de Malama, le dimanche après-midi. L'espace d'un instant, l'espoir est revenu.

Lundi 15 juillet

Papa s'inquiétait de me voir quitter la maison cependant que la femme de ménage prendrait ma place, mais comme nous tous il avait confiance en Malama. C'était une gentille jeune fille du nom d'Elena. Lorsqu'elle a ôté sa blouse, sa jupe et son fichu pour les troquer contre ma robe, elle semblait très nerveuse. Olga et Maria faisaient le guet à la porte. Je l'ai remerciée pour sa loyauté en lui promettant de la revoir le lendemain matin. Lorsque je suis sortie en compagnie de l'amie d'Elena, j'ai vu que le plus cruel de nos gardes, Anton, nous observait. M'attendant à sentir sa main sur mon épaule, j'ai baissé la tête. Quand nous nous sommes retrouvées dans la rue, tout était si lumineux, si spacieux ! J'étais éblouie. Je ne savais où aller. La jeune fille m'a entraînée vers le coin d'une rue. Mon Malama bien-aimé était là. Il me souriait. Ô, la joie de cet instant ! Mes craintes se sont momentanément envolées. Nous sommes allés chez lui. Nous nous sommes enlacés, nous avons parlé, c'était merveilleux. Je l'aimais plus que jamais. Que de sacrifices il avait consentis par amour pour moi !

Le soir venu, je ne voulais pas qu'il s'en aille. Peut-être avais-je un pressentiment. Hélas, il était sûr du plan qu'il avait échafaudé pour nous sauver. J'ai verrouillé la porte et, en attendant son retour, j'ai examiné ses affaires. Il n'avait que quelques vêtements, un peu de pain et de fromage dans la cuisine, de la poudre dentifrice et une brosse à dents. J'ai chéri ces objets car ils lui appartenaient. Je donnerais tout pour revivre ces instants, ces derniers moments d'innocence.

Mais soudain j'ai entendu des chevaux approcher, et quelqu'un frapper brutalement à la porte. J'ai couru me cacher dans le placard. Terrorisée, j'ai compris qu'on défonçait la porte à coups de hache. Des voix d'hommes ont retenti dans la maison. La porte du placard s'est ouverte et j'ai vu l'affreux visage grêlé de boutons d'Anton. J'étais condamnée. Il m'a attrapée par les cheveux et m'a sortie du placard en me crachant dessus. Entre autres injures terribles, il m'a traitée de prostitutka *et je lui ai ordonné de me lâcher. Il m'a giflée, puis jetée à terre. Je me moquais qu'il me fasse du mal mais je me souciais de ce que dirait mon père.*

— On vous a suivis jusqu'ici, toi et ton petit ami, dit-il. Tu espérais te tirer ? Vous autres, vous vous croyez au-dessus des lois !

Il m'a bâillonnée à l'aide d'un chiffon crasseux afin que je ne puisse pas appeler à l'aide et m'a attaché les poignets dans le dos. Ensuite, il m'a hissée sur la selle de son cheval. J'ai cru qu'il me ramenait à la villa Ipatiev et je redoutais le sort qui serait réservé à Malama s'il le capturait. Ses deux complices ne me regardaient pas. Ils étaient visiblement sous ses ordres. Sans doute avaient-ils peur de cette brute.

Les chevaux se sont arrêtés non pas devant la villa Ipatiev, mais devant un immonde taudis. Anton m'a descendue du cheval et poussée à l'intérieur. Il n'y avait personne dans la rue, nulle part où m'enfuir. Dans la pénombre, j'ai distingué deux chambres meublées d'une paillasse à même le sol. Anton m'a enfermée dans l'une. Sous le choc, je tremblais de tout mon corps. Malama n'allait pas tarder à rentrer chez lui. Que ferait-il en constatant ma disparition ? Comment saurait-il où me trouver ? Si seulement j'avais eu le temps de lui laisser un message, un indice ! C'était arrivé si vite…

Dans la pièce voisine, j'entendais les hommes se saouler, de plus en plus braillards. Quand le commandant Iourovski arriverait-il ? Anton a ouvert la porte en éclatant d'un rire gras et chargé de mépris. Mon arrogance et mes réprimandes avaient semé en lui une haine profonde et il avait soif de vengeance. Il m'a frappée violemment au visage. J'ai basculé sur la paillasse. Il s'est alors jeté sur moi, m'a arraché mes vêtements et m'a violée. Une douleur indescriptible. Il sentait mauvais et le pire pour moi a été de penser à Malama, mon mari. Que ressentirait-il s'il apprenait un jour que sa précieuse épouse n'était plus pure ? Je ne supporte pas l'idée qu'il puisse le savoir.

Mardi 16 juillet

Pendant qu'Anton dormait, je me suis levée et j'ai essayé d'ouvrir la porte. Hélas, elle était fermée à clé et il n'y avait pas de fenêtre. J'avais un peu de sang entre les cuisses, où il m'avait pénétrée de force, et j'avais mal au ventre comme s'il m'avait déchirée. Par une fente sous la porte, je voyais que l'aube était venue. Je m'inquiétais pour la pauvre Elena, la femme de ménage. Si je ne regagnais pas la maison dans la matinée, elle resterait coincée à l'intérieur et ma famille tremblerait pour ma sécurité. Pourquoi Anton ne m'avait-il pas emmenée là-bas ? Iourovski était-il informé de mon évasion ? En dépit de son absence de compassion, il n'aurait certainement pas cautionné une telle barbarie. Anton avait manigancé l'affaire en persuadant ses deux complices de l'aider.

J'ai donc décidé que, à son réveil, je serais gentille et ferais semblant de l'apprécier. J'essaierais de le convaincre que, s'il me ramenait à la villa, je ne dirais rien à personne. Si j'avais réussi à ôter mon bâillon, j'avais toujours les mains attachées dans le dos. Dès son réveil, je l'ai flatté, cajolé. Hélas, il n'a pas été dupe une seconde. Il m'a violée de nouveau, puis m'a laissée là pieds et poings liés. Le silence est revenu. En roulant sur moi-même, j'ai gagné la porte sans réussir à l'ouvrir. Malama devait être à ma recherche. Je n'osais imaginer sa détresse.

Au cours de ces interminables heures, j'ai tout tenté pour me libérer. J'ai tiré sur mes liens jusqu'à m'entailler les poignets et les chevilles. Je mourais de soif. En m'assoupissant, je rêvais d'un lac de montagne aux eaux limpides. À mon réveil, ma soif était encore plus intense et il faisait à nouveau nuit. Au retour d'Anton et de ses amis, j'ai compris qu'il devait s'agir de leur logement.

Il a surgi, ivre mort, m'éblouissant de sa lanterne. Il a alors prononcé les paroles les plus terribles qui soient : « Ta famille a péri par ta faute. En essayant de t'évader, tu as signé leur arrêt de mort. Les exécutions ont eu lieu cette nuit. Alors, qu'est-ce que ça te fait ? »

Il m'a arraché mon bâillon, désireux d'entendre ma réaction. J'ai hurlé aussi fort que je l'ai pu, du plus profond de moi-même. Je ne me suis tue que lorsqu'il m'a frappé la tête de sa lanterne, et j'ai perdu connaissance.

Mercredi 17 juillet

Le lendemain matin, à mon réveil, Anton m'a apporté un verre d'eau mais je l'ai renversé. Je ne voulais rien accepter de lui.

— On va faire un tour aujourd'hui. Je me disais que tu voudrais voir où ta famille est morte avant que ton heure sonne.

Si étrange que cela puisse paraître, ces mots m'ont réconfortée. Je l'avais cru quand il m'avait annoncé leur mort, et je ne voulais plus qu'une chose : rejoindre au plus vite les miens dans l'au-delà.

— Tu devras m'obéir une fois dans la maison. Sinon, je te ramène ici et tu deviendras mon esclave.

Il m'a enveloppée dans une longue cape et couvert la tête d'une capuche. J'avais bien trop chaud lorsque nous chevauchions à travers la ville en direction de la villa Ipatiev. Mon cœur battait à tout rompre. Malama se trouvait-il à proximité, en train de me chercher ? Anton m'avait-il menti ? Et si ma famille était encore en vie ?

Les gardes n'étaient pas à leurs postes habituels, mais deux d'entre eux balayaient la cour. Anton m'a fait entrer par une porte latérale, puis descendre au sous-sol. J'ai compté vingt-trois marches.

— C'est ici que c'est arrivé, a-t-il soufflé à mon oreille.

L'odeur métallique et salée du sang m'a retourné l'estomac. Me tenant par le bras, Anton m'a entraînée vers une remise où j'ai cru m'évanouir. Quelqu'un avait essayé de nettoyer les lieux. Il y avait eu tant de sang qu'il restait des traînées sanguinolentes sur le sol et les murs. Par endroits, il avait coagulé en flaques sombres.

— C'est ici qu'ils sont morts. Ta mère était assise sur une chaise, au milieu, ici même, le petit Alexis à côté d'elle.

Sentant mes jambes se dérober, j'ai dû m'appuyer contre le mur tandis qu'Anton m'indiquait la position de chacun. Je ressentais leur présence, leur terreur, leurs cris. Il m'a ensuite expliqué que les filles avaient mis longtemps à mourir et qu'il avait fallu les achever à coups de baïonnette. Il m'a montré les traces sur le sol et les impacts de balles sur les murs. J'ai senti un bourdonnement dans mes oreilles et me suis sans doute évanouie car je me suis réveillée dans une mare de sang. Le sang de mes parents, de mes sœurs, de mon petit frère.

Anton a pris une arme.

— Prépare-toi, a-t-il dit en posant le canon sur ma nuque. Tu vas bientôt les rejoindre.

J'ai prié pour qu'il se dépêche, pour que Malama soit heureux sans moi, pour l'âme des miens. Hélas, le coup de feu ne venait pas. Quand j'ai ouvert les yeux, Anton me regardait avec une jubilation sadique.

— Je ne vais peut-être pas te tuer maintenant. Personne ne sait que tu es en vie, alors personne ne

va te chercher. Je vais te garder quelques nuits de plus, jusqu'à ce que je me lasse de toi.

À ces mots, je me suis figée d'effroi. La perspective de retourner dans ce taudis me rendait malade.

— Je vous en prie, ayez pitié ! Tuez-moi !

Cela l'a fait rire.

— J'aime bien t'entendre me supplier. Ce soir, tu vas me supplier encore, tu vas voir…

Il m'a fait lever en me tirant par les cheveux et m'a entraînée au-dehors. J'ai songé à crier pour appeler à l'aide les deux gardes qui nettoyaient la cour. Hélas, Anton me bâillonnait de sa main crasseuse. J'étais sonnée, impuissante. Il m'a remise en selle et je me suis retrouvée dans cet immonde taudis, en plein désespoir. Personne ne savait que j'étais là à part Anton et ses deux acolytes. Iourovski me croyait-il libre ? Était-ce la raison pour laquelle il avait massacré ma famille ? Me recherchait-il, au moins ?

Cette nuit-là, Anton m'a violée de plusieurs façons, s'introduisant de force dans ma bouche, me mordant les seins, les cuisses, me faisant mal autant qu'il le pouvait. J'entendais ses complices dans la pièce voisine. Ils percevaient sans doute mes cris, mais aucun n'est intervenu. J'étais seule au monde.

Quand Anton s'est enfin endormi et mis à ronfler, je suis restée allongée, le corps meurtri, perclus de douleurs. Je ne parvenais pas à chasser l'odeur du sang de mes narines. J'en avais dans les cheveux, sur la peau. Le sang de mes proches. Je prie pour que personne n'ait jamais à vivre cette expérience.

La porte de la chambre s'est ouverte lentement et l'un des acolytes est apparu. Il m'a fait signe de venir.

D'abord, j'ai cru qu'il voulait me violer à son tour, mais il a mis un doigt sur ses lèvres et m'a ouvert la porte de la maison. Après avoir pris les vêtements qui me tombaient sous la main, je suis sortie dans la rue. J'avais du mal à rester debout.

— Vous ne méritez pas ça. Prenez un cheval et fuyez.

— Comment vous appelez-vous ?

Il a refusé de me le dire. J'ai donc détaché un cheval et j'ai filé en direction de l'est, vers l'aurore.

64

Brno, République tchèque, 16 octobre 2016

Kitty était restée immobile, pleine d'effroi. Ces paroles vieilles de presque cent ans lui donnaient la chair de poule.

Hana s'interrompit dans sa lecture pour aller chercher deux bières dans le réfrigérateur et les verser dans deux verres.

— Mon père a trouvé Tatiana le jour de son évasion. En plein délire, elle tentait de se pendre à un arbre, mais la corde ne cessait de glisser. Lorsqu'elle lui a dit être une grande-duchesse Romanov, il l'a crue démente. Mais, lorsqu'elle lui a montré les bijoux dissimulés dans les coutures de ses sous-vêtements, il a commencé à la croire, l'a ramenée sous sa tente et lui a donné du bouillon. Puis il l'a persuadée de rester quelques heures, le temps qu'il prenne une décision.

Kitty imagina l'état d'esprit de Tatiana. Elle devait être profondément choquée. Et pourtant cet homme avait réussi à gagner sa confiance.

— Votre père devait être un homme bien, fit-elle remarquer à Hana.

— Le meilleur de tous. Les hommes de sa trempe ne courent pas les rues, répondit fièrement celle-ci. Papa était membre de la légion tchécoslovaque qui luttait contre les bolcheviques. Il a pris le temps de soigner Tatiana. Il m'a raconté qu'il ne pouvait la laisser seule une heure, craignant qu'elle trouve un moyen de se suicider. Elle ne supportait plus de vivre.

— Elle ne souhaitait pas retrouver Dimitri ?

Hana hocha la tête d'un air pensif.

— Certains jours, il lui manquait tant qu'elle s'arrachait les cheveux. À d'autres moments, elle affirmait qu'elle mourrait de honte s'il apprenait ce qui lui était arrivé. Elle lui en voulait aussi parfois, parce que s'il ne l'avait pas fait sortir de la maison, sa famille n'aurait pas été exécutée. Puis elle changeait d'avis et le réclamait à cor et à cri. Dès que la légion tchécoslovaque a atteint Iekaterinbourg, papa a effectué des recherches. On lui a répondu que Dimitri avait quitté la ville et que nul ne savait où le joindre.

— Donc votre père a gardé Tatiana avec lui ?

— Bien sûr. Les bolcheviques n'auraient reculé devant rien pour l'éliminer s'ils avaient su qu'elle était encore en vie. Elle voulait mourir et papa devait la forcer à manger. La nuit, elle se réveillait en poussant des cris de terreur. Dans ses cauchemars, elle voyait des hommes l'attaquer à coups de baïonnette.

Hana se leva pour remuer le plat qui mijotait dans le four. Dès qu'elle souleva le couvercle, un délicieux fumet de ragoût s'éleva dans une bouffée d'air chaud.

— Pour être honnête, je me demande comment il a fait, reprit-elle. Il m'a expliqué que les troupes suivaient la ligne de front et qu'il cachait Tatiana parce que, quand ses blessures au visage ont eu cicatrisé, n'importe quel Russe aurait pu la reconnaître.

Hana sortit des assiettes aux couleurs criardes et les garnit de ragoût avant d'ajouter ce qui ressemblait à des tranches de pain blanc.

— Une spécialité locale, dit-elle en posant une assiette devant Kitty.

La jeune femme huma un appétissant parfum de paprika et d'ail, et son estomac se mit à gargouiller.

— Comment ont-ils regagné la République tchèque ? demanda-t-elle en goûtant une bouchée de goulasch.

La sauce était délicieuse et l'accompagnement, moelleux à souhait.

— La République tchèque n'existait pas à l'époque. En octobre 1918, une déclaration a permis aux Tchèques et aux Slovaques de former une république indépendante des anciens royaumes de Bohème et de Moravie. Les légionnaires étaient ravis, car tel était leur objectif depuis longtemps. Comme la guerre civile ne tournait pas en faveur de l'armée blanche, mon père a persuadé Tatiana de revenir ici, avec lui, jusqu'à ce que les bolcheviques soient renversés. Naturellement, tout le monde pensait que leur chute était imminente, que le communisme n'était qu'une phase transitoire dont les gens se lasseraient. Personne n'aurait cru que cela durerait quasiment un siècle.

Kitty se demanda quelle était la vie des gens en Tchécoslovaquie communiste. Cette ère n'avait pris fin qu'en 1989. Hana ne correspondait en rien à l'image qu'elle se faisait d'une Européenne de l'Est de l'époque communiste. Elle était élégante avec sa jupe grise et son chemisier rose pâle, ainsi que sa parure en perles. Sans doute devait-elle s'habiller pour son travail. Kitty ne décela dans la maison aucun signe d'un mari ou d'enfants, et Hana ne portait pas d'alliance. Malgré sa curiosité, Kitty ne voulut pas se montrer indiscrète et lui demanda plutôt à quel moment son père lui avait parlé de Tatiana.

— C'est arrivé peu à peu, au fil des années. J'ai toujours su qu'il avait été marié avant d'épouser ma mère.

— Vous avez pensé à rendre cette histoire publique ?

Hana secoua vigoureusement la tête.

— Pourquoi me jeter dans un tourbillon médiatique ? À quoi bon ?

Kitty réfléchit.

— Cette vérité mérite d'être dévoilée, ne serait-ce que pour des raisons historiques. Votre père est un héros. Vous ne souhaitez pas qu'il soit reconnu comme tel ?

Hana sourit.

— Tous ceux qui le connaissaient n'ont jamais eu le moindre doute sur son héroïsme. Il n'a pas besoin qu'on le complimente davantage qu'il ne l'a déjà été de son vivant. Mais c'est aussi votre histoire. Si vous voulez la rendre publique, c'est votre droit, et dans ce cas je préfère ne pas être identifiée. En dehors de cela, révélez ce que vous voulez. Je vous donnerai des copies de certaines photos si cela peut vous être utile.

Après le repas, Hana alla chercher un album. Le premier cliché montrait un groupe d'hommes en uniforme militaire dans un paysage enneigé.

— Mon père est là, à gauche, dit-elle.

Il était plus grand que les autres, soigné et séduisant. Les autres clichés représentaient une ferme.

— Là, c'est Tatiana, expliqua Hana en désignant une silhouette qui binait un champ.

Kitty l'observa attentivement et ne vit qu'un corps filiforme. Sur un autre cliché, elle découvrit une fête de village avec des drapeaux dans la rue. Sur la page suivante, une femme, telle une Vierge à l'enfant, regardait un bébé avec adoration. Kitty interrogea Hana du regard.

— C'est Tatiana et son fils Jaroslav, mon demi-frère. Il est né en 1922, trois ans après leur arrivée en Tchécoslovaquie. Elle avait épousé mon père et pris le prénom d'Irena pour dissimuler son identité.

Naturellement ! Irena Markova, la traductrice des romans de Dimitri, et la grande-duchesse Tatiana n'étaient qu'une seule et même personne ! Kitty avait compris qu'il existait un lien. Tatiana était donc partie pour Albany afin d'être avec Dimitri !

Même habillée en fermière, un fichu sur la tête, Tatiana ressemblait à la deuxième fille de Nicolas II. La finesse de ses traits, le regard intelligent, l'attitude réservée… c'était bien elle.

— Qu'est devenu Jaroslav ? Il est toujours vivant ?

Car dans ce cas, il était l'héritier direct de la dynastie Romanov.

— Non. Il est mort en 1943. C'est affreux. Je crois que ni Tatiana ni mon père ne s'en sont remis.

Kitty tourna les pages de l'album pour découvrir le nourrisson, l'écolier, puis l'adolescent séduisant pendant que Hana lui racontait son histoire :

— Jaroslav était une vraie tête de mule. Il avait grandi dans la haine de la répression. Lors de l'invasion nazie, en 1939, il a rejoint un groupe de partisans qui sabotait les chaînes de ravitaillement et aidait des juifs à quitter le pays. Pendant quatre ans, il a échappé à l'arrestation, mais ses parents vivaient dans l'angoisse permanente. En 1943, la chance a tourné. Ils l'ont arrêté, torturé et exécuté.

Hana semblait émue d'évoquer la mort de ce demi-frère qu'elle n'avait jamais connu.

— J'ai du mal à imaginer comment Tatiana a survécu à tout cela, reprit-elle. Elle a tant perdu… c'est inconcevable.

Kitty s'arrêta sur la photo d'une tombe banale près de laquelle était posé un vase contenant quelques fleurs. Sur la pierre étaient gravés le nom et les dates de naissance et de mort de Jaroslav.

— Je sais qu'elle est partie aux États-Unis avec Dimitri en 1948. Comment l'a-t-il retrouvée ?

— C'est elle qui l'a retrouvé. Juste avant la guerre, elle est tombée sur un article qui lui était consacré. Elle n'en revenait pas, elle le croyait mort depuis 1919. Quand elle l'a montré à mon père, il a compris qu'elle allait le quitter.

Hana se leva pour débarrasser la table.

— Ils avaient été heureux ensemble et elle lui était reconnaissante de l'avoir protégée, mais elle ne l'avait jamais aimé avec la passion que lui inspirait Dimitri. Ensuite, la guerre a éclaté, puis elle a pleuré la mort de Jaroslav. Un jour, en 1948, après la récolte, elle a annoncé à mon père qu'il était temps pour elle de partir. Elle l'a remercié pour tout ce qu'il avait fait pour elle et lui a souhaité bonne continuation. Le cœur brisé, il n'a pas cherché à la retenir. Il savait qu'elle partait rejoindre Dimitri.

Kitty eut un pincement au cœur pour Vaclav.

— Elle n'est pas restée en contact avec lui ?

— Je crois qu'ils s'écrivaient de temps en temps... Je n'ai aucune de ces lettres. Mon père a rencontré ma mère quelques mois plus tard et je suis née en 1949. Il n'a pas traîné !

— A-t-il divorcé de Tatiana ?

— Je crois qu'il a fait annuler le mariage, parce qu'il a épousé ma mère quand j'avais trois ans. J'étais demoiselle d'honneur. À l'époque, c'était un scandale !

Hana leva les yeux au ciel et s'esclaffa.

— Je suis contente qu'il ait fondé une autre famille. Il méritait d'être heureux.

— Nous l'étions. Nous avons eu une belle vie tous les trois. J'espère que Tatiana a trouvé le bonheur elle aussi.

C'est justement ce que Kitty se demandait, car elle ne savait pas grand-chose de la vie de Dimitri en Amérique, et encore moins de ses années avec Tatiana.

— Je l'espère... Mais, quand même, le cadavre enterré près de son chalet me pose question. Si c'est elle et s'il n'est pas responsable de sa mort, ce qui semble probable compte tenu des sentiments qu'ils avaient l'un pour l'autre, pourquoi ne pas avoir averti les autorités ? Ç'aurait été une attitude normale...

Kitty devina la réponse mais ce fut Hana qui l'énonça à voix haute :

— Vous vous souvenez des controverses suscitées par les imposteurs à propos des ossements des Romanov ?

Les restes d'Anna Tchaïkovski ont été exhumés plusieurs années après sa mort pour effectuer des tests ADN. J'imagine qu'il ne voulait pas de cela pour Tatiana.

Kitty se tut. C'était à elle de décider si elle voulait rendre l'histoire publique. Voulait-elle que ces ossements fassent l'objet de tests ADN ? Ou bien devait-elle demander qu'ils soient enterrés avec son arrière-grand-père, afin qu'ils reposent enfin ensemble ? C'était un choix cornélien.

Le lendemain matin, Erika, une amie d'Hana, vint les chercher en voiture et embrassa Hana sur la bouche. Kitty comprit qu'elles étaient en couple.

Erika les conduisit dans la région du Karst morave, où elles prirent un téléphérique au-dessus des pentes verdoyantes et d'une gorge spectaculaire où coulait une rivière. Elles visitèrent l'abîme de Macocha, puis des grottes peuplées de stalactites et de stalagmites évoquant des doigts menaçants. Il régnait là une atmosphère préhistorique et Kitty fut séduite par cette impression d'être entrée dans un autre monde.

Parcourant les sentiers de la gorge, toutes trois parlèrent de Dimitri et Tatiana, dont Erika connaissait l'histoire.

— J'admire le fait qu'elle ait su s'adapter à la vie d'épouse de paysan après une jeunesse passée dans l'opulence et le luxe, dit-elle. D'après Hana, elle effectuait les tâches les plus pénibles sans se plaindre.

— Elle n'a jamais revendiqué une partie de l'héritage des Romanov ? s'enquit Kitty.

— Oh, non ! répondit Hana. Un jour, alors qu'ils avaient des difficultés financières, papa est allé vendre quelques-uns des derniers bijoux de Tatiana à Prague. On lui a posé tellement de questions qu'il est enfui et a fini par les vendre au marché noir, sans avoir à se justifier sur leur provenance, mais il en a tiré bien moins que leur valeur.

— Elle disait qu'elle n'avait jamais demandé à faire partie d'une famille impériale, ajouta Erika. Elle aimait la vie simple.

— Et votre père, il ne rêvait pas d'être riche ? demanda Kitty.

— Pas du tout ! L'argent n'avait aucune importance à ses yeux, pouffa Hana. C'était un homme avisé.

— Vous pensez que cette histoire rapporterait beaucoup d'argent aujourd'hui, Kitty ? s'enquit Erika.

— Probablement, admit-elle. Mais Hana et moi en avons discuté et j'ai l'impression qu'aucune de nous deux n'a envie de se retrouver sous le feu des projecteurs.

— Vous êtes journaliste, non ? insista Erika.

Kitty appréciait ces deux femmes franches et honnêtes. Pour répondre à leurs questions, elle leur confia son projet de reconversion dans la menuiserie.

— Il y a un tas de journalistes à travers le monde, des écrivains talentueux, pleins d'enthousiasme et d'ambition. Je n'en fais pas partie. Je suis fière du travail que j'ai accompli au chalet de Dimitri cet été. Si vous voulez y passer des vacances, vous y serez d'ailleurs les bienvenues.

— Quelle bonne idée ! s'exclama Hana en enlaçant Erika.

65

Lac Akanabee, État de New York, décembre 1968

En décembre 1968, Dimitri et Tatiana s'esclaffèrent en lisant dans le journal qu'Anna Tchaïkovski, qui affirmait être la grande-duchesse Anastasia, épousait Jack Manahan, un généalogiste américain de vingt ans son cadet. Elle avait fait carrière de ses allégations et avait des admirateurs très influents, même si elle n'avait jamais été acceptée par les survivants de la famille Romanov. Jack Manahan se proclamait « futur grand-duc » depuis leur maison de Virginie, une prétention accueillie avec mépris par les Romanov.

— Tu n'as pas envie de rendre visite à ta « sœur », maintenant qu'elle vit aux États-Unis ? s'écria Dimitri en riant.

— Pour quoi faire ? Elle ne ressemble en rien à Anastasia et me semble plutôt dérangée.

— Personne ne nous croirait si nous annoncions que tu es la grande-duchesse Tatiana. Ce serait difficile à prouver, même si à mes yeux tu es la même que le jour de notre rencontre.

Tatiana avait fêté des soixante-dix ans l'année précédente. Elle était toujours mince. Ses pommettes et ses prunelles grises ourlées de violet, son regard si intelligent n'avaient pas bougé. Elle portait un chapeau pour protéger du soleil sa peau claire et était bien moins ridée que Dimitri. À soixante-dix-sept ans, lui avait les joues flasques et le front strié de sillons.

Tatiana se pencha pour effleurer son visage d'une caresse.

— Je suis à l'origine de la plupart de ces rides, lui dit-elle en souriant. Nous n'avons pas choisi les chemins les plus faciles dans la vie.

— Tu n'as pas songé à laisser une trace de la vérité pour les historiens du futur ? Quand nous serons morts, j'aimerais que mes enfants comprennent pourquoi j'ai trompé leur mère, même s'ils ne me le pardonneront jamais.

— Tu n'as qu'à écrire notre histoire. Je me moque de ce qu'on dira quand je serai morte.

— Et si on l'écrivait ensemble ? suggéra Dimitri. À partir de 1914, quand tu es entrée d'un pas léger dans la salle commune de l'hôpital, tel un ange. J'étais là, avec ma patte folle, et on a parlé de chiens puis de lecture.

— Mais parmi les meilleurs, il y aurait tant de souvenirs atroces à revivre… Cela ne peut être que douloureux.

— C'était il y a longtemps. Je tiendrai le coup si tu y arrives, répondit Dimitri.

Ils se mirent donc à reconstruire leur histoire commune. Dimitri rédigea le premier brouillon en russe, car il ne parvenait toujours pas à s'exprimer avec poésie en anglais. Tatiana le traduisit en y ajoutant sa propre perspective. Il connaissait déjà la majeure partie de son parcours, elle lui avait même confié les horreurs que lui avait infligées Anton. Avec le recul, ils se disaient que le destin avait sérieusement joué avec eux.

Si une seule des tentatives d'exfiltration des Romanov avait réussi, ils n'auraient pas vécu en exil. Ils auraient pu avoir des enfants. Si Alexis n'avait pas été malade, en avril 1918, si Vassili Iakovlev avait réussi à les conduire à Omsk… ou si Armistead était arrivé le 13 juillet 1918 pour les emmener… Si, si, si, mieux valait ne pas y penser. Les regrets étaient inutiles.

Ils s'étaient ratés de peu après le massacre de la famille Romanov. Quand les Tchèques étaient entrés à Iekaterinbourg fin juillet, et que Vaclav avait cherché Dimitri, celui-ci était en quête des Romanov à Verkhotourye. Vaclav aurait dû aller voir sir Thomas Preston, le consul britannique, qui le lui aurait dit.

— J'aurais dû le lui suggérer, soupira Tatiana. Je n'avais pas les idées claires.

Lorsque Tatiana avait reçu la lettre de la mère de Dimitri lui annonçant sa mort à Tsaritsyne, en 1919, elle aurait dû rester en contact avec elle ou demander à être mise en contact avec ses sœurs. Ils se seraient retrouvés l'année suivante, quand Dimitri était arrivé à Constantinople.

— Tout ce temps perdu… soupira Dimitri. Mais nous sommes là, et c'est assez de bonheur pour une vie entière.

— Ne faisons pas comme si tu n'avais pas été heureux avec Rosa, objecta Tatiana avec un sourire. Je regrette de ne l'avoir jamais rencontrée. C'était une femme remarquable.

— Et Vaclav était un héros. Je n'en reviens pas qu'il se soit si bien occupé de toi sans rien te demander en retour.

— Un vrai gentleman. Il n'a pas cherché à venir dans mon lit avant que je ne l'y invite. Nous avons eu la chance d'être sauvés par des gens formidables, mais je ne suis pas sûre qu'ils ont eu autant de chance que nous.

Rosa et Vaclav figuraient dans ce roman à quatre mains. Chapitre après chapitre, Tatiana et Dimitri rédigeaient un premier jet qu'ils traduisaient puis corrigeaient, échangeant leurs commentaires, à tel point que vint un moment où Dimitri ne parvint plus à savoir si une phrase était de lui ou de Tatiana tant leurs paroles étaient entremêlées.

Ils passaient l'été au chalet, et aussi les week-ends d'hiver. Pendant la saison des insectes, en mai et juin, et par temps froid, quand le lac était gelé et que l'humidité pénétrait les vieux os de Dimitri et endolorissait ses jambes meurtries, ils regagnaient la maison de Tatiana, transportant leur machine à écrire et des piles de feuillets dans leur Pontiac neuve. Trina, le barzoï, montait à l'arrière.

— Où devons-nous arrêter notre histoire, selon toi ? demanda un jour Tatiana. Pour moi, c'est le jour où je t'ai retrouvé, au café Slavia, à Prague.

— Cela ne répondrait pas aux questions de mes enfants… Je veux qu'ils comprennent que je n'ai jamais pensé à quitter leur mère et que tu étais d'accord. Je veux qu'ils sachent combien je regrette la façon dont ils ont découvert ton existence, combien je souffre de ne pas faire partie de leur vie.

— Marta n'aimerait peut-être pas que tu rendes public le fait qu'elle ne communique plus avec toi. Cela donnerait une mauvaise image d'elle.

Dimitri réfléchit un instant.

— Et si je leur envoyais à chacun un manuscrit en leur proposant de couper tout passage qui ne leur conviendrait pas ? J'espère qu'ils seraient tentés de le lire, car il est question d'eux.

Ils se mirent d'accord sur ce principe, firent imprimer deux exemplaires et en envoyèrent un à Nicolas, en Californie, puis Dimitri se rendit chez Marta, à Albany, pour livrer l'autre. Une inconnue qui lui ouvrit la porte.

— Ils sont partis vivre en Angleterre il y a des années, lui annonça-t-elle. J'avais une adresse, mais je crois qu'ils ont encore déménagé.

Dimitri téléphona chez Nicolas. Pattie lui répondit que Marta et Stanley vivaient dans une banlieue de Londres, où Stanley vendait des assurances depuis la faillite de son entreprise d'argenterie. Elle lui indiqua leur nouvelle adresse.

— Quel âge a mon petit-enfant à présent ?

— Elizabeth a neuf ans. Marta en est folle.

— Je la croyais plus âgée. Marta n'est-elle pas tombée enceinte peu après la mort de Rosa, en 1955 ?

— Elle a fait une fausse couche, puis plusieurs autres avant la naissance d'Elizabeth. Cela n'a pas été facile pour elle.

— J'en suis désolé, soupira Dimitri.

Il regrettait qu'elle n'ait pas cherché son soutien. Il était vraiment la dernière personne à qui elle avait envie de parler.

— Comment va Nicolas ? A-t-il lu mon livre ?

Un long silence s'installa.

— Hélas, nous sommes séparés. J'ai dû le mettre à la porte quand son alcoolisme a pris le dessus. Il vit dans un appartement proche de la plage. Je lui ai porté votre colis. Je doute qu'il l'ait lu.

— C'est terrible… fit Dimitri. Si seulement j'avais su. Je peux faire quelque chose ? Lui payer un séjour dans une clinique ?

— J'ai essayé… Il refuse d'y aller. Il ne cherche pas à arrêter. Je sais qu'il m'aime, et je l'aime aussi. Je lui ai dit qu'il pouvait rentrer s'il arrêtait de boire. Hélas il en est incapable. Il tient le coup un jour ou deux, puis au moindre problème il replonge. Je crains qu'il n'y ait aucun espoir.

— Je serai là la semaine prochaine.

Pattie soupira.

— À mon avis cela ne changera rien. En tout cas, vous pouvez loger ici si vous voulez tenter votre chance.

En mars 1970, Dimitri partit pour Santa Barbara. Sa belle-fille vint le chercher à l'aéroport et le conduisit chez Nicolas, dans un immeuble délabré devant lequel étaient garées quelques motos rouillées. Nicolas ouvrit la porte et, lorsqu'il reconnut son père, la lui claqua au nez. Dimitri eut le temps de remarquer ses cheveux longs et sa barbe hirsute.

Malgré son arthrite, il s'assit par terre dans le couloir et lui cria :

— Moi aussi j'ai eu une période où je buvais trop, Nicolas ! Beaucoup trop. C'est ta mère qui m'a sauvé, d'abord en m'incitant à écrire des romans, puis en me donnant des enfants et en m'obligeant à regarder vers l'avenir. Pattie est une femme bien. Laisse-la t'aider comme ta mère m'a aidé.

Il attendit, mais pas un son ne vint. Il n'était même pas certain que Nicolas l'ait écouté.

— Ta mère me manque chaque jour. À toi aussi, sans doute. Imagine ce qu'elle dirait si elle te voyait aujourd'hui. Essaie de te ressaisir. Pour elle !

Pas de réponse. Il resta assis là des heures à l'appeler ; il avait parcouru un long chemin et refusait de baisser les bras, même s'il devrait sans doute retourner chez Pattie à la nuit tombée car il était trop vieux pour passer la nuit dehors. Mais soudain Nicolas apparut et le foudroya du regard.

— Tu ne peux pas me laisser tranquille ? lui demanda-t-il, le regard vitreux, l'air épuisé. Je m'en moque de ton livre, de Tatiana et du reste ! Publie ce que tu veux. Tu n'as pas besoin de mon approbation.

Il était pieds nus, sa chemise sortait de son pantalon et il sentait mauvais. Il ne s'était pas lavé depuis des jours. Pire, il avait le nez bulbeux, rouge, strié de veines violacées, un nez d'alcoolique comme Dimitri en avait vu en Russie chez les hommes qui buvaient de la vodka maison et mouraient après s'être évanouis dans la neige ou étouffés par ce qu'ils avaient rendu.

— Tu es malade. Laisse-moi t'emmener chez un médecin.

— C'est trop tard, papa. Tu ne peux pas dégainer tes billets et effacer le passé. Malheureusement, j'ai hérité de ta mélancolie et non de la bonne humeur de maman. Je ne veux pas vivre comme ça. L'alcool est un bon moyen d'en finir.

— Tu n'as que quarante-quatre ans ! Tu as la vie devant toi ! Tu peux faire tout ce que tu veux, tout !

— Tant mieux, parce que ce que je veux, justement, c'est boire jusqu'à la mort.

Quand il tenta de refermer la porte, Dimitri l'en empêcha.

— Viens boire avec moi alors. Je t'offre une bière dans le bar du quartier.

Nicolas accepta d'un haussement d'épaules, enfila de vieilles sandales, mais ne prit pas la peine de rentrer sa chemise dans son pantalon ni de se coiffer. Dimitri avait mal aux articulations d'être resté trop longtemps assis par terre. Il claudiqua vers un bar miteux portant l'enseigne d'une bière, où il commanda deux demis et laissa Nicolas prendre un supplément de bourbon. Ils s'attablèrent dans un coin et discutèrent d'homme à homme pour la première fois de leur vie.

— Je n'ai jamais eu l'impression que tu étais vraiment là, papa. Tu avais la tête ailleurs. Je n'ai jamais senti que tu nous aimais, Marta et moi. Pour toi, on représentait un agacement, un devoir. Quand j'ai su que tu avais une autre femme depuis des lustres, j'ai compris pourquoi tu te comportais ainsi. *Ce n'était pas à cause de moi.* D'une certaine façon, c'était réconfortant. Marta, elle, était furieuse de ce que tu avais fait à maman. Moi, je n'ai pas de colère. Pour moi, tu es un étranger.

Tandis que Nicolas parlait, des larmes roulaient sur les joues de Dimitri. Il les essuya à l'aide de son mouchoir.

— Je sais que j'ai été un mauvais père. J'ai toujours espéré que tu t'en sortirais parce que tu avais une mère formidable. Mais tu avais besoin de moi aussi.

— Je ne connais pas l'origine de cette chose qui me ronge, l'alcoolisme, la dépression, appelle ça comme tu veux. Je ne suis pas sûr que cela aurait été différent si tu avais été le père idéal. Il est inutile de t'en vouloir. J'ai tout gâché moi-même.

— Qu'est-ce qu'on peut faire pour te donner envie de vivre ?

— Rien, rétorqua Nicolas. Certaines choses sont irréparables.

— Tu ne veux pas essayer ? Si je trouve le nom du meilleur spécialiste de Californie et que je paie la consultation, tu accepteras de le voir ? Il existe peut-être un traitement, des cachets, des électrochocs, une opération… Je me suis sorti du même pétrin que toi, je sais que c'est possible. Je t'en prie, essaie !

Nicolas céda enfin. Avec l'aide de Pattie, Dimitri trouva un spécialiste, finança une cure de désintoxication et repartit optimiste. Hélas, quand de retour à Albany il téléphona pour savoir si tout était bien engagé, Nicolas ne s'était même pas présenté au premier rendez-vous.

Quinze jours plus tard, Dimitri reçut d'un avocat anglais une lettre disant que Marta le poursuivrait en justice s'il publiait son manuscrit.

— C'est bon, dit-il à Tatiana. On peut oublier le livre.

— Et si tu en parlais à Alfred ? suggéra-t-elle. Quand dois-tu le voir ?

Dimitri déjeunait encore de temps en temps avec Alfred Knopf. Mais, la maison d'édition ayant fusionné avec Random House, Alfred avait levé le pied, même s'il était toujours impliqué dans les choix éditoriaux. Au printemps, lorsqu'il le rejoignit chez Barbetta, leur restaurant italien habituel, Dimitri se dit qu'Alfred n'avait guère changé depuis leur rencontre. Ses cheveux et sa moustache étaient désormais plus gris que noirs et il avait une légère bedaine, mais il avait gardé son regard vif et sa sympathie naturelle.

Dimitri lui tendit le manuscrit.

— Prépare-toi à être surpris par cette lecture. Je ne souhaite pas d'avance mais j'ai une condition *sine qua non* : le livre ne doit pas paraître du vivant de mes enfants. Marta a peut-être encore cinquante ans devant elle, donc on ne peut pas tabler sur une sortie avant 2020. Tu peux m'arranger ça ?

— C'est inhabituel, mais je ne vois pas pourquoi ce ne serait pas possible. Je peux le déposer aux archives, en donnant la consigne de ne pas le sortir avant 2020.

Une semaine plus tard, après avoir lu le texte, Alfred le rappela.

— Dimitri, nous sommes amis depuis trente-cinq ans et tu ne m'as jamais dit que tu étais marié à une Romanov ? Nom de Dieu ! Je n'ai aucune chance de te convaincre de publier ce texte ? Je suis sûr que nos avocats pourraient contrer les objections de ta fille.

— Non. Je ne veux pas lui faire plus de mal. Merci quand même, Alfred.

Il écrivit à Nicolas et Marta pour leur annoncer sa décision de ne pas publier le livre. Nicolas lui envoya en retour une carte postale, ce dont Dimitri fut ravi. Elle représentait des enfants jouant au volley-ball sur une plage. « Merci d'être venu me voir, papa. »

Six mois plus tard, Nicolas succomba à une cirrhose du foie. Pattie n'ayant pas pu le joindre à Albany et Dimitri n'ayant pas le téléphone au chalet, elle lui écrivit pour lui en faire part. Après une existence torturée, enfin son fils était en paix. Dimitri s'envola immédiatement pour la Californie, afin d'assister aux obsèques, mais aussi dans l'espoir de voir Marta et de lui parler. Peut-être y aurait-il une chance de rapprochement en cette période difficile ? Elle ne vint pas.

— Depuis la mort de Rosa, Marta est incapable de faire face à la moindre émotion, lui expliqua Pattie. Donc elle ferme les volets et fait comme si tout allait bien, et je crains que cela ne change jamais.

— Elle est heureuse ? demanda Dimitri.

Pattie haussa les épaules.

— Sa vie de couple n'est pas parfaite, c'est sûr. Un jour, elle m'a laissé entendre que Stanley avait tendance à aller voir ailleurs. J'imagine qu'il lui est d'autant plus difficile de vous pardonner votre histoire. Heureusement, elle adore sa fille. Elizabeth est la prunelle de ses yeux.

De retour à Albany, Dimitri modifia son testament, laissant à Tatiana de quoi vivre si elle mourait après lui, et le reste au descendant qui viendrait le réclamer. Et puis, sa petite-fille voudrait peut-être le rencontrer un jour ? Il l'espérait.

66

Lac Akanabee, État de New York, février 1975

Dimitri célébra son quatre-vingtième anniversaire au chalet. À cette occasion, Tatiana lui prépara son dessert préféré, une *paskha*, un gâteau de Pâques rappelant le cheese-cake américain, au cœur duquel elle planta une bougie. Le temps que Dimitri parvienne à l'éteindre, la cire dégoulinait déjà sur les côtés. Ils vivaient simplement, se nourrissant des légumes du potager et des poissons qu'il pêchait du ponton. S'ils faisaient toujours des allées et venues entre le chalet et la maison d'Albany, ils passaient le plus clair de leur temps au bord du lac et veillaient à ramasser assez de bois pour alimenter le poêle en hiver.

Ils se parlaient beaucoup et aimaient plaisanter sur l'idée que, s'ils devaient passer encore vingt ans ensemble, ils ne manqueraient jamais de sujets de conversation. Religion, philosophie, politique, tout les intéressait. Ils s'inquiétaient également de savoir si les Américains allaient s'engager dans la guerre du Viêtnam et échangeaient sur les livres, la musique, se rappelant les spectacles vus à Saint-Pétersbourg avant la guerre. Ils évoquaient les gens qu'ils avaient connus et imaginaient les frère et sœurs de Tatiana s'ils avaient vécu. C'était un échange perpétuel où chacun formulait librement ses pensées. Ils s'endormaient en parlant et se réveillaient pour reprendre leur conversation où ils l'avaient laissée.

Il arrivait aussi à Dimitri de comparer les deux femmes qu'il avait aimées. Avec Tatiana, la sexualité n'avait jamais été essentielle. Dans ce domaine, Rosa s'était montrée plus téméraire et ses talents avaient donné bien du plaisir à Dimitri. En revanche, la complicité intellectuelle était plus forte avec Tatiana, ce qui était fondamental pour un octogénaire. Se sentir compris et aimé l'incitait à comprendre et aimer en retour, or il n'y avait de plus beau sentiment. L'amour était la réussite la plus éclatante de l'humanité. Et, si Dimitri avait échoué dans ses autres relations, dans celle-ci il avait réussi, et c'était la plus importante.

Par un jour de printemps, il partit en roulant au pas pour le magasin d'Indian Lake, plissant les yeux pour voir la route rendue floue par des lunettes inadaptées à sa vue qui baissait. Sur le chemin du retour, il se rendit compte qu'il avait oublié d'acheter du thé pour Tatiana et fit demi-tour.

Lorsqu'il remonta le chemin menant au chalet, il vit Tatiana allongée par terre. Peut-être avait-elle fait tomber quelque chose ? Assise auprès d'elle, Trina geignait. Pris d'une soudaine inquiétude, Dimitri descendit de voiture et se précipita vers elle d'un pas chancelant.

— Mon ange ! Tu vas bien ?

Faute de réponse, il s'agenouilla et fit pivoter Tatiana. Elle ne respirait plus. Ravalant un sanglot, il posa la tête sur sa poitrine et n'entendit aucun battement de cœur. Il tenta un massage cardiaque et lui souffla dans la bouche, mais au fond de lui-même il savait qu'elle était partie. Il ne faisait que repousser le moment où il devrait l'accepter. Sur son visage reposait une expression calme. Au moins, elle n'avait pas souffert.

Après plusieurs minutes d'efforts, il parvint à la prendre dans ses bras et poussa un hurlement qui résonna sur le lac.

— Tatiana ! Non ! hurla-t-il. Ne t'en va pas ! Reviens ! Ne me fais pas ça !

Il la berça d'avant en arrière, les joues ruisselantes de larmes, comme s'il cherchait à l'arracher des griffes de la mort. La souffrance fut telle qu'il lui sembla mourir lui aussi. Il leva les yeux vers le ciel et implora le Tout-Puissant de l'emmener.

— Je ne peux pas vivre sans elle, je ne peux pas…

Il se mit à pleuvoir, mais le vieil homme resta là, Tatiana dans les bras, à lui caresser les cheveux, à l'embrasser, la serrer contre lui dans l'espoir de la ranimer.

— Reviens, je t'en supplie ! murmurait-il. Je ne peux pas…

Le visage aux lèvres minces et pâles et aux joues d'albâtre commençait à se figer dans la mort.

Dimitri devait appeler la police, qui l'emmènerait à la morgue. Peut-être y aurait-il une autopsie pour établir les causes du décès… Mais en quoi cela était-il nécessaire ? Tatiana était partie et cette fois il ne la retrouverait pas. *Je vais la garder avec moi encore un peu*, songea-t-il. *Juste un peu.*

Le soleil se couchait quand il décida que personne ne la lui prendrait. Jamais. Il la garderait avec lui et nul n'en saurait rien. Il devait se hâter avant qu'on ne le surprenne. Il fit glisser de ses genoux la tête de Tatiana et se leva péniblement. Trina le suivit dans le chalet, où il prit des outils et des planches destinés à la réparation du porche. En récupérant quelques caisses de rangement, il aurait assez de bois.

Quoique piètre menuisier, il parvint à façonner un cercueil de fortune assez grand pour contenir sa femme. Puis il chercha l'endroit idéal. À l'ouest du chalet, il y avait entre les bouleaux blancs et le lac une surface plane au sol meuble. La lune apparut pendant qu'il creusait. Redoutant de s'écrouler et de ne pouvoir finir ce qu'il avait entrepris, il ne s'arrêta ni pour boire ni pour manger. Il avait mal au dos, mal aux hanches et aux genoux et son souffle sifflait dans le froid de la nuit, mais il continua. L'effort lui faisait du bien. Il l'empêchait de considérer l'ampleur de sa perte.

Allongée sur le dos sous le clair de lune, les yeux clos telle une beauté endormie, Tatiana était plus belle que jamais. Aurait-elle approuvé ce que Dimitri était en train de faire ? Lorsque la fosse fut assez profonde pour accueillir le cercueil, il installa la caisse au fond du trou puis y déposa un oreiller ainsi que le couvre-lit de satin rose afin de protéger la peau de Tatiana du bois brut. Le silence régnait sous les nuages et les étoiles, on n'entendait que le clapotis de l'eau et les reniflements de Trina. Pas un hululement, pas un chant d'engoulevent.

N'ayant pas la force de soulever sa femme, il la prit par-dessous les bras et la traîna vers sa sépulture. Lorsqu'il l'y installa, il remarqua qu'elle portait la médaille ornée de saphirs, de rubis et de topazes d'Ortipo. Sans réfléchir, il s'en saisit et la glissa à son propre cou.

Les fleurs sauvages du mois d'avril étaient écloses. Tatiana adorait les fleurs et méritait des roses, des orchidées, des lys. Dimitri ne trouva que des fleurettes roses, violettes et blanches, qu'il éparpilla autour d'elle.

Lorsqu'il eut terminé, le ciel se teintait des premières lueurs de l'aube sur l'est du lac. Le moment était venu. Il se pencha pour embrasser une dernière fois la bouche de Tatiana, ses joues, son cou, ses mains, et son parfum familier vint se graver dans sa mémoire. Puis, afin de la protéger et de la maintenir au chaud, il rabattit autour d'elle les pans du couvre-lit.

C'est alors que les larmes commencèrent à couler.

Il cloua le couvercle sur le cercueil puis le couvrit de terre, sans cesser de pleurer. Quelque chose venait de se briser en lui.

67

Londres, novembre 2016

De retour à Londres, Kitty trouva un e-mail de Random House, à New York. L'éditrice souhaitait la rencontrer. Kitty lui répondit qu'elle était à Londres et ne reviendrait pas aux États-Unis avant le printemps. L'éditrice lui proposa donc un entretien dans les bureaux de Londres, sur Vauxhall Bridge Road, juste derrière la Tate Britain. Pourvu qu'il soit question de la réimpression des romans de Dimitri !

Le moment venu, elle donna son nom à la réception, et une jeune femme brune à lunettes nommée Annabel vint très vite la conduire à l'étage, dans une pièce où elle lui présenta une certaine Olivia. Celle-ci avait le titre ronflant de directrice éditoriale alors qu'elle semblait à peine sortie de l'université.

— Voici un manuscrit inédit de votre arrière-grand-père. Nous l'avons retrouvé dans nos archives, dit-elle en désignant une pile de feuillets couverts d'une police de caractères ancienne. Il y a une note d'Alfred

A. Knopf, le fondateur de la maison d'édition Knopf, qui fait partie du groupe Random House.

Elle tendit la note à Kitty, qui la lut rapidement.

À l'attention du directeur éditorial de 2020 : ce manuscrit, c'est de la dynamite ! Croyez-moi, vous avez entre les mains un best-seller. Mon cher ami Dimitri Iakovlévitch tient à ce que ce texte ne sorte qu'après la mort de sa fille Marta, qui s'oppose à sa publication pour des raisons que vous comprendrez aisément en lisant le texte.

Il indiquait ensuite l'adresse de Marta et demandait que l'information soit transmise aux éventuels descendants que l'on parviendrait à retrouver.

C'est un document très sensible. Vous ne pourrez empêcher la presse de se déchaîner à son sujet, mais cet homme étant un écrivain de talent je vous demande de faire en sorte que cette œuvre ne soit pas engloutie par le scandale qu'elle ne manquera pas de susciter.

— De quoi s'agit-il ?

— Je l'ai lu ce week-end, répondit Olivia. Il parle de votre arrière-grand-père et de son histoire d'amour avec la grande-duchesse Tatiana Romanova. C'est extraordinaire.

— Qui l'a écrit ?

— Ils l'ont écrit tous les deux.

— Ouah ! fit Kitty avec un large sourire. J'ignorais qu'ils avaient fait ça. J'en suis ravie.

— C'est une question sensible, reprit Olivia. Y a-t-il un moyen de prouver que c'est la vérité ? Il y a eu tellement d'imposteurs, tellement de gens qui ont tenté de se faire passer pour des Romanov depuis 1918…

Kitty lui montra la médaille d'Ortipo.

— Elle remonte au début de leur relation, expliqua-t-elle. Le seul moyen d'avoir une preuve irréfutable est d'analyser l'ADN du squelette que j'ai trouvé il y a quelques semaines près du chalet de Dimitri, dans l'État de New York.

Kitty savait désormais que Tatiana et Dimitri avaient voulu publier leur histoire. Et elle ferait en sorte que cela se produise. Elle appellerait l'inspecteur de police d'Indian Lake pour lui faire part de ce qu'elle savait et lui suggérerait de contacter le laboratoire de l'université de Stanford qui avait mené des tests sur les restes des Romanov. Lorsque ces formalités seraient remplies, elle ferait inhumer Tatiana et Dimitri dans le cimetière de Cedar River, près du lac Akanabee. Tom et elle organiseraient une cérémonie pour l'occasion.

— Puis-je avoir un exemplaire du manuscrit ? J'aimerais le lire.

— Naturellement ! Les droits vous appartiennent. Nous devrons vous établir un contrat. S'il est prouvé qu'une grande-duchesse Romanov en est le coauteur, nous serons en mesure de vous verser une avance substantielle.

Kitty commença sa lecture sur le trajet du retour. Lorsque le roman s'ouvrait, Dimitri émergeait d'un état de stupeur provoqué par le laudanum et voyait un ange en blouse blanche dont il tombait immédiatement amoureux. Le style était sobre et élégant.

Revenue chez elle, elle se prépara un café et se pelotonna sur le canapé pour se plonger dans le récit de leur mariage secret, en 1916, puis des dix-huit mois d'assignation à résidence de la jeune femme, et de la terrible nuit de leur séparation, en 1918. Kitty s'interrompit le temps de dîner avec Tom, puis retourna sur le canapé afin d'y poursuivre sa lecture jusque tard dans la nuit. Elle découvrit les retrouvailles, à Prague en 1948, puis les années difficiles, lorsque Tatiana était la maîtresse de Dimitri à Albany, et enfin la brouille avec les enfants.

Voilà pourquoi Kitty ne l'avait jamais rencontré. Mais comment Marta, sa douce grand-mère, avait-elle pu nourrir une telle rancœur trente ans durant ? Peut-être préférait-elle, elle aussi, fuir les confrontations ? Résultat : la blessure ne s'était jamais refermée. Si seulement sa mère avait pu connaître la vérité ! Peut-être serait-elle parvenue à rétablir le contact entre Marta et Dimitri ? Ainsi, il serait mort en se sachant pardonné. Mais Marta avait dit à Elizabeth que ses grands-parents étaient décédés avant sa naissance, un mensonge sur lequel il aurait été difficile de revenir. Marta l'avait-elle regretté ? Dimitri était encore en vie à la naissance de Kitty. Sa grand-mère avait-elle eu envie de briser le silence ou était-elle trop entêtée ?

Pourquoi Dimitri n'avait-il pas fourni plus d'efforts pour se réconcilier avec ses enfants ? Peut-être ignorait-il comment s'y prendre. Les hommes de cette génération n'avaient pas l'habitude de faire face à ce genre de situation, et peut-être avait-il pensé que respecter le souhait de Marta était la meilleure chose à faire. Quel dommage !

Au cours de cet été, Kitty avait appris que communiquer était le meilleur moyen de sortir d'une impasse. Elle avait également compris que l'infidélité ne sonnait pas forcément la fin d'une relation : il y avait des choses beaucoup plus importantes. Hélas, Marta ne l'avait jamais su…

La vie de Dimitri et Tatiana était jalonnée de drames, mais leur amour était si fort qu'il avait traversé les années et surmonté les obstacles. Ils avaient eu la chance de se trouver. Kitty se demanda quel autre homme que Tom aurait supporté une absence de trois mois. Il la connaissait par cœur et, pourtant, il était toujours là, malgré la tendance de Kitty à fuir les conflits. Elle aussi, elle avait de la chance. En fin de compte, l'infidélité de Tom l'avait fait sortir de sa coquille.

L'image de Tatiana et Dimitri dans leur chalet, en proie aux fragilités du grand âge mais poursuivant leur conversation sans fin lui vint à l'esprit, et elle se dit que c'était exactement ce qu'elle voulait vivre avec Tom quand ils seraient vieux. Elle aimait l'idée de répétition. Comme elle aurait aimé dire à Dimitri à quel point il l'avait aidée !

68

Lac Akanabee, État de New York, 1986

Un soir d'hiver, en 1986, Dimitri fut réveillé par une violente douleur dans la poitrine et comprit qu'il avait une crise cardiaque.

— Tatiana ! cria-t-il.

Il roula sur le côté et tomba du lit. Ortipo vint lui lécher le visage et, malgré sa souffrance, il parvint à gagner la porte du chalet et à se jeter dans l'escalier. Dans sa chute, sa chaîne et la médaille Fabergé furent arrachées. Ortipo gémit et tenta de l'aider à se relever.

Il n'y avait plus personne dans la vie de Dimitri, personne pour qui vivre. Si au moins Marta avait été là, si seulement elle lui avait pardonné… Il n'avait jamais compris sa fille, qui avait pourtant été une adolescente enjouée. Après la mort de Tatiana, il lui avait écrit une lettre pour lui dire combien leur brouille le peinait et à quel point il se sentait seul. Il savait qu'il ne fallait attendre aucune compassion de sa part. Elle se réjouirait peut-être même de la mort de celle qu'elle avait toujours considérée comme la maîtresse de son père. Faute de réponse, il avait vécu en reclus, s'était débarrassé de la maison d'Albany et terré dans son chalet, se rendant en ville une fois par semaine pour acheter quelques denrées, un journal qu'il ne lisait pas, et récupérer son courrier au bureau de poste, trop souvent des faire-part de décès de personnes qu'il avait connues.

Ses sœurs Vera et Valerina étaient décédées à un an d'intervalle, à près de quatre-vingt-dix ans. Le temps qu'il l'apprenne, elles avaient été enterrées. Il avait écrit aux enfants de Vera, avec qui il n'avait eu pratiquement aucun contact, pour leur exprimer ses condoléances.

À la mort de Trina, il avait acheté un autre barzoï, qu'il avait appelé Ortipo, en hommage au premier chien de Tatiana. Une chienne magnifique à la fourrure cuivrée et au poitrail blanc. Sensible et timorée, elle se cachait derrière lui quand ils croisaient d'autres chiens et ne le lâchait pas d'une semelle. La nuit, elle dormait avec lui sur son lit et lui tenait chaud.

Dimitri avait reçu d'un nouvel éditeur de chez Random House un courrier l'informant que ses ouvrages étaient épuisés et que s'il le souhaitait il pouvait acheter les exemplaires restants à un prix avantageux. Il avait cessé de déjeuner avec Alfred Knopf vers 1980, car il n'avait plus envie de prendre le train. Bientôt, il n'avait plus eu aucune vie sociale, excepté avec l'épicière et Bob, un pêcheur vivant de l'autre côté du lac. Lorsque celui-ci avait épousé une dénommée Sue, Dimitri leur avait fait cadeau de ses romans, car il ne savait pas quoi leur offrir. Tatiana aurait su, elle, et Rosa aussi.

Puis il avait commencé à avoir des trous de mémoire. Ses souvenirs des deux femmes s'étaient mêlés et ils s'étaient parfois retrouvés tous les trois à pique-niquer joyeusement dans un champ au soleil, avant qu'il ne se souvienne avec stupeur qu'elles ne s'étaient jamais rencontrées. Certains jours, il se réveillait et appelait Tatiana, comme si elle était en train de jardiner. Puis il se rappelait qu'elle ne lui répondrait plus. Il crut même la voir dans les bois, une sensation plaisante… Il lui parlait à voix haute, lui demandant que faire de sa chemise déchirée ou comment empêcher les œufs brouillés d'attacher dans la poêle, ou encore pour lui annoncer qu'il y avait de l'orage dans l'air.

Dans ses derniers instants, il n'eut de pensée que pour Tatiana. Il était à quelques mètres des arbres, près de la rive, mais n'avait plus de souffle. Il ignorait que ce serait si douloureux. Il parvint à se traîner dans les herbes hautes et finit par s'allonger sur la parcelle où était enterrée sa bien-aimée. À l'agonie, il sourit et écarta les bras pour une ultime étreinte.

Postface historique

J'espère que vous aurez pris autant de plaisir à lire ce roman que j'en ai eu à l'écrire. L'idée m'en est venue au cours d'une conversation avec un ami, le talentueux Richard Hughes, qui m'a offert le plus beau cadeau qu'on puisse faire à un romancier. Je venais de regarder un documentaire sur les grandes-duchesses russes et j'étais intriguée par l'histoire d'amour entre Tatiana et un officier dénommé Dimitri Malama.

— Ce serait une bonne idée de roman, non ? m'a dit Richard.

Je m'en suis aussitôt emparée avec enthousiasme.

J'étais fascinée depuis longtemps par les Romanov et leur destin tragique. Adolescente, j'avais lu *Le Dossier Romanov*, d'Anthony Summers et Tom Mangold, et j'avais eu désespérément envie de croire en la théorie selon laquelle une partie de la famille avait survécu. En lisant d'autres ouvrages sur la question, j'ai appris qu'Olga et Tatiana avaient flirté avec des officiers et soigné à l'hôpital de Tsarskoïe Selo. Je n'avais vu figurer le nom de Dimitri Malama que dans une note de bas de page. En me renseignant sur lui, j'ai découvert un homme séduisant et courageux. Lui et Tatiana semblaient très proches ; la trame de mon roman était en place.

Mes recherches m'ont appris que Dimitri Malama était né le 19 juillet 1891 à Lozovatka. Fils d'un général de cavalerie, il avait deux sœurs, Vera et Valerina. Il fut formé au corps des pages de Sa Majesté Impériale, la prestigieuse académie militaire de Saint-Pétersbourg, où il eut des contacts avec la cour impériale. En août 1912, après l'obtention de son diplôme, il devint cornette dans les uhlans, dont la grande-duchesse Tatiana était colonel honoraire. Deux ans plus tard, au cours de la première semaine de la Grande Guerre, il fut blessé à la jambe tandis que son régiment subissait un assaut. Il refusa de quitter le combat, ce qui lui valut une décoration pour acte de bravoure.

Transporté à l'hôpital de Tsarskoïe Selo en septembre 1914, il rencontra Tatiana, infirmière bénévole. Il avait peut-être fait sa connaissance auparavant, mais ils se rapprochèrent au point qu'il lui offrit un bouledogue français baptisé Ortipo. J'ai un peu détourné la réalité : dans les faits, il lui avait demandé la permission de lui acheter un chiot et elle avait accepté avec enthousiasme. Elle avait ensuite dû écrire une lettre d'excuses à sa mère, car Dimitri avait fait livrer le chiot au palais. En tant que romancière, je n'ai pas résisté à la tentation d'enjoliver l'épisode en mettant en scène une surprise.

Les journaux intimes de Tatiana en 1914 décrivent sans commentaires ses activités et rencontres, mais il est facile de lire entre les lignes :

27 septembre 1914
Malama a pris des photographies. Il est tellement mignon. Il marche déjà tout seul, en boitant, bien sûr.

23 octobre 1914
J'ai discuté avec Malama chéri dans le couloir pendant un moment, puis je suis allée dans sa salle prendre des photographies. Aujourd'hui, mon Malama chéri quitte l'hôpital. J'ai de terribles regrets.

28 octobre 1914
Après le dîner, à neuf heures quinze, Malama est venu et resté jusqu'à dix heures quinze. Très heureuse de le voir. Il était très mignon.

Portrait de famille de 1914. De haut en bas, de gauche à droite : Olga et Tatiana, Maria (assise), Alexandra et Nicolas, Anastasia (assise) et le petit Alexis.

21 novembre 1914
J'ai pris le thé avec maman, nous quatre, et Malama chéri qui était là. Très heureuse de le voir. Nous nous sommes dit au revoir car il retourne bientôt au front.

Si Dimitri et Tatiana correspondirent pendant qu'il était au front, leurs lettres ont disparu. Un an et demi plus tard, alors qu'il était de retour à Tsarskoïe Selo, Alexandra écrivit à Nicolas II à son sujet : « Il a mûri, mais demeure un garçon adorable. Il ferait un excellent gendre. Pourquoi les princes étrangers ne sont-ils pas comme lui ? »

Sans la révolution, Malama et Tatiana se seraient sans doute mariés. La famille du jeune homme faisait partie de la vieille noblesse russe et il y avait eu des précédents : Olga, la sœur de Nicolas II, avait épousé un officier de l'armée en 1916. Si Tatiana eut aussi un admirateur nommé Volodia, Malama restait sans le moindre doute son préféré, si l'on en juge par le nombre de mentions dans son journal et le nombre de photographies prises de lui. Dans mon roman, je me démarque de la vérité historique en les mariant secrètement, ce qui s'était déjà produit dans la famille impériale. La Grande Catherine aurait épousé secrètement son amant Grigori Potemkine en 1774. J'ai emprunté à cet événement certains détails de la chapelle dans laquelle ce mariage aurait été célébré.

En février 1917, les Romanov furent placés en résidence surveillée. Il semble naturel que le jeune amoureux fougueux de Tatiana ait été impliqué dans au moins une tentative d'exfiltration. D'abord, on crut que George V ferait venir la famille en Angleterre, mais il hésita. Qui les entretiendrait ? Qu'en serait-il de l'ordre de préséance ? Les Romanov avaient un lien de parenté avec pratiquement toutes les familles royales d'Europe : Danemark, Grèce, Allemagne et Grande-Bretagne. En temps de guerre, l'attention du monde était concentrée ailleurs, et nul n'intervint pour les sauver.

Durant leur captivité, il y eut plusieurs tentatives de sauvetage, notamment lorsque le commandant de la garde rouge Vassili Iakovlev tenta de les envoyer à Omsk, puis une autre menée par le négociant britannique Henry Armistead. Dans mon roman, j'imagine Dimitri dirigeant une opération qui échoue juste avant les événements tragiques de la nuit du 16 au 17 juillet 1918. En fait, d'après les archives, il rejoignit l'armée blanche après la révolution d'octobre 1917 et parvint au grade de capitaine. Il lutta avec courage contre les bolcheviques, comme contre les Allemands auparavant. Lorsque des rumeurs sur l'assassinat des Romanov se répandirent, il perdit goût à la vie et l'on mentionne qu'il aurait péri à Tsaritsyne en 1919.

Et s'il n'était pas mort ? Et s'ils avaient tous les deux survécu ? Avant les tests ADN, Tatiana aurait-elle réussi à convaincre quiconque de sa véritable identité ? Des dizaines de personnes affirmèrent être des Romanov, et Anna Tchaïkovski/Anderson fut la plus célèbre. Dans la famille éloignée, beaucoup prenaient ces revendications au sérieux, tandis que d'autres les réfutaient à grands cris, ce qui donna lieu à de longs procès. Tatiana aurait peut-être choisi de rester discrète et de mener une vie tranquille.

C'est certainement Lénine qui ordonna l'exécution des Romanov, mais il prit soin de ne laisser aucune trace écrite. Dans un premier temps, les bolcheviques affirmèrent n'avoir tué que le tsar. Après la parution du rapport Sokolov, en 1926, ils durent admettre que toute la famille avait péri. Le principal bourreau, Iourovski, laissa un rapport écrit sur ces meurtres, qu'il aurait regrettés plus tard.

La fosse commune fut mise au jour en 1979. Des crânes furent prélevés et mesurés pour établir des identifications. En 1991, la fosse fut creusée à nouveau et les ossements furent envoyés dans plusieurs laboratoires en Russie, au Royaume-Uni et, plus tard, aux États-Unis. Ce n'est qu'en 2007 que les restes d'Alexis et Anastasia (ou Maria, peut-être) furent découverts, soixante-dix mètres plus loin. Des comparaisons d'ADN furent menées grâce à des parents éloignés, dont le prince Philip de Grande-Bretagne. Il ne fait aucun doute que les restes ont été contaminés au fil des années. La plupart des experts s'accordent désormais pour dire que Nicolas II, sa femme et ses cinq enfants ont été exécutés par Iourovski et ses hommes en juillet 1918.

Et si ce n'était pas le cas ? Si l'un des Romanov avait dû en réchapper, ce ne pouvait être que Tatiana, la plus équilibrée et, selon moi, la plus intelligente. Si Dimitri disparut de ses journaux, puis des livres d'histoire, c'est forcément parce qu'ils avaient eu une histoire d'amour secrète, voir un mariage secret, non ? J'aime à croire que cela aurait pu arriver. Ils auraient pu se retrouver et vivre en toute discrétion, loin de l'opulence de la cour, qu'aucun des deux n'appréciait vraiment. Un récit de leur vie commune, racontant leur vie partagée, aurait pu refaire surface à l'occasion du centenaire de la révolution russe, comme je l'ai imaginé… N'aurait-ce pas été merveilleux ?

Sources

www.alexanderpalace.org/palace est un site Web formidable dirigé par Bob Atchison, spécialiste de la famille Romanov, contenant des descriptions précises de ses palais et parcs, de son histoire, ainsi que des traductions de journaux intimes et de lettres. Une mine d'or, pour les admirateurs comme pour les romanciers.

Le Dossier Romanov, d'Anthony Summers et Tom Mangold, publié en 1976, est à l'origine de mon intérêt pour les Romanov avec sa théorie plausible selon laquelle ils ne seraient pas tous morts à Iekaterinbourg. Une lecture conseillée.

Helen Azar a effectué les traductions en anglais des journaux d'Olga et Tatiana qui m'ont été très utiles pour mes récits de la vie quotidienne de la famille en captivité et pour mieux comprendre les personnalités.

J'admire les écrits de Helen Rappaport et j'ai dévoré *Ekaterinbourg : The Last Days of the Romanovs* et *The Romanov Sisters : The Lost Lives of the Romanov Grand Duchesses*, deux ouvrages de référence en la matière. *The Murder of the Romanovs*, d'Andrew Cook, me fut également très utile, de même que le récit de Robert K. Massie sur l'enquête concernant l'identification des restes dans *The Romanovs : The Final Chapter.*

Pour ce qui concerne le mode de vie fastueux des Romanov avant la révolution, je me suis inspirée de *The Jewels of the Romanovs*, de Stefano Papi, et de *Palaces of St Petersburg*, du Mississippi Arts Pavilion, deux ouvrages aux illustrations magnifiques. Sur le Berlin des années 1920 et 1930, j'ai trouvé la biographie de Vladimir Nabokov, d'Andrew Pitzer, très précieuse, de même que *La Grande-Duchesse Anastasia, l'histoire d'Anna Anderson*, de Peter Kurth.

De nombreux autres ouvrages et séries télévisées marquent le centenaire de l'événement. En 2016, Simon Sebag Montefiore a sorti une histoire très complète de la dynastie : *Les Romanov, 1613-1918*. Citons également l'excellente série télévisée *Empire of the Tsars*, de la BBC. Toute la lumière n'a sans doute pas encore été faite sur cette famille.

Remerciements

Un grand merci à Richard Hughes, qui m'a donné l'idée de ce roman et en a lu une première mouture avant de faire quelques remarques pertinentes, et à Karen Sullivan, fondatrice d'Orenda Books, qui fut une des premières lectrices du texte et m'a remis plusieurs pages de notes. Elle est l'illustration même de l'adage selon lequel si l'on veut que quelque chose soit fait, il faut demander à la personne la plus occupée. Merci à la merveilleuse Vivien Green, mon agent depuis dix-sept ans, pour ses conseils et son soutien sans faille.

J'ai changé d'éditeur au moment de remettre le manuscrit. Durant cette période de transition, j'ai eu la chance de bénéficier d'un retour éditorial précieux, à la fois d'Eli Dryden et de Natasha Harding. Eloise Wood a été formidable et j'ai vraiment senti le soutien de toute l'équipe Avan. J'embrasse notamment Oli Jameson, Helen Huthwaite, Phoebe Morgan, Caroline Kirkpatrick, Kate Ellis, Helena Sheffield, Hannah Welsh, Camilla Davis, Jennifer Rothwell – sans oublier Jo Marino et l'énergique équipe de communication de Way To Blue.

La sortie d'un livre est toujours stressante. Le soutien de mes fidèles blogueuses m'a aidée à franchir le cap. Certaines me suivent depuis *Les Amoureux du Titanic*, en 2012. Je tiens à remercier chaleureusement Amanda, de One More Page, Sharon et son équipe de Shaz's Book Blog, Julie de Boon's Bookshelf, Sarah de Reading the Past, Kate de For Winter Nights, Laura et Helen de Novel Kicks, LindyLou de Lindy Lou Reviews, Holly et Allison de On My Bookshelf, Heidi de Cosmochicklitan, toute l'équipe de Bookbabblers, Laura de Laura's Little Book Blog, Hannah de Echoes in an Empty Room, Anne de Books with Wine and Chocolate, Ananda et Marina de This Chick Reads, Jody de A Spoonful of Happy Endings, Kate de A Bookish Blog, Sarah de Today I'm Reading, Bettina de Trip Fiction et Karen de My Reading Corner. Une mention spéciale pour Lor Bingham. Merci également à mes merveilleux amis et à ma famille, qui ont tout fait pour soutenir mes romans : Anne Nicholson, Christina Jansen, Sue Reid Sexton, Katie Bailey, Daisy Bata, Louise Kerr, Kirsty Crawford, Barbara Massey, Clémence Jacquinet, Lee Ryda, Martyn Swain, Fiona Williams, Neville Farmer, Jim Paul, Joyce McElroy, Peggy Vance, David Boyle, Julia Mackenzie, Carol Cornish, Dee McMath, Avril Broadley, Anna Sullivan, Patte Griffith, Catherine Lamb, Marnie Riches et Kerry Fisher. Je vous aime tous ! Enfin, merci à Karel, qui me fait rire.

Ouvrage composé par
PCA 44400 Rezé

Achevé d'imprimer en Allemagne
par GGP Media GmbH
à Pößneck
en septembre 2019
S29682/01